D1919478

ZNIKASZ

Christian Jungersen

ZNIKASZ

tłumaczenie z języka angielskiego
Mateusz Borowski

znak litera nova

Kraków 2015

Tytuł oryginału
Du forsvinder
(tytuł wydania angielskiego
You Dissapear)

Projekt okładki
Urszula Gireń

Fotografia na pierwszej stronie okładki
Copyright © Poul Lange Design

Opieka redakcyjna
Joanna Bernatowicz
Aleksandra Kamińska
Przemysław Pełka

Opracowanie tekstu i przygotowanie do druku
CAŁA JASKRAWOŚĆ, www.calajaskawosc.pl

ISBN 978-83-240-2723-1

Książki z dobrej strony: www.znak.com.pl
Społeczny Instytut Wydawniczy Znak
ul. Kościuszki 37, 30-105 Kraków
Dział sprzedaży: tel. 12 61 99 569, e-mail: czytelnicy@znak.com.pl
Wydanie I, Kraków 2015
Druk: Opolgraf S.A.

1

Pędzimy między ciemnymi ścianami skalnymi, po serpentynach, w dół, pośród wyschniętych krzewów i bladosrebrnych drzew, a potem znów w górę, wzdłuż grzbietu górskiego, a kiedy samochód nieomal unosi się w powietrze, a ja i Niklas wydajemy okrzyk, nasze wnętrzności stają się bezwładne.

Gorące śródziemnomorskie powietrze uderza nas w twarz, bo wszystkie okna są otwarte. Frederik wchodzi w zakręt tak szybko, że chwytam za zagłówek fotela. Morze w dole przesuwa się w prawo i w lewo.

Zazwyczaj Frederik nie szaleje za kółkiem, więc próbuję się opanować. Upał sprawia, że skały wydają się bardziej strome, ciemniejsze, a ostry zapach dochodzący z gajów cytrynowych drażni mój nos jeszcze bardziej. Nigdy nie widziałam, by morze tak połyskiwało na niebiesko.

Jeszcze jedna skała i nagle otaczają nas kolarze. Krzyczę. Ławica trykotów kolarskich w różowym, neonowym kolorze. Patrzę przez tylną szybę. Nikt się nie przewrócił, ale niektórzy zsiedli z rowerów. Zaciśnięte pięści, otwarte usta. Wchodzimy w kolejny zakręt.

– Frederik, już mnie to nie bawi! – On nie odpowiada. – Frederik!

On tylko wzdycha cicho, ale nie zwalnia.

Obserwuję jego długie, smukłe palce, zaciśnięte na kierownicy. Zupełnie nie pasują do takiego zachowania. Kiedyś wydawały mi się podniecające, pasowały do całego ciała Frederika, smukłe, szczupłe i rozluźnione. Tak nie wyglądają dłonie pirata drogowego.

Czy to z powodu prędkości jego oczy nabrały takiej głębi? Czarno-fioletowe masywy. Wydaje się jakiś inny, ale nie mogę uchwycić, co się w nim zmieniło.

Na kolejnym wyboju znowu wznosimy się w powietrze.

– Przestań, Frederik, przestań! – krzyczę.

Niklas wystawił przed chwilą głowę za okno. Teraz wsunął się z powrotem do środka.

– Mamo, daj spokój.

– To ja mam dać spokój? To ja mam dać spokój? Twój ojciec jedzie jak kompletny wariat! Pozabija nas! Tego chcesz?

To prędkość, kolory, upał i przytłaczające piękno Majorki. Niklas wzdycha z dokładnie takim samym sykiem jak jego ojciec i znowu wystawia głowę za okno.

– Niklas, nie wychylaj się. To niebezpieczne. – Udaje, że mnie nie słyszy. – Nie wychylaj się, powiedziałam. To niebezpieczne!

Zero reakcji. I co z tego, że już skończył szesnaście lat. Odwracam się i z całej siły wciągam go do środka, siada na miejscu.

Morze Śródziemne połyskuje tak jasno, że nie sposób na nie patrzeć. Wznosi się wysoko i woła nas. Jak tunel światła, który widzą umierający: „Chodź, zjednocz się z moim pięknem i wiecznością". Wystarczy szturchnąć Frederika i spadniemy ze zbocza, znowu zrobimy się nieważcy i ten pejzaż nas pochłonie. Mam ochotę znowu mu powiedzieć, żeby przestał. Ale tylko patrzę na naszego syna. Bawi się w najlepsze. Czy psuję im zabawę?

Kierowca nadjeżdżający z naprzeciwka trąbi na nas. Frederik jedzie ze wzrokiem wbitym w ciągnącą się przed nami drogę.

– Jeżdżą tu jak wariaci – mówi.

– Błagam, zwolnij – proszę znowu.

Niklas i Frederik się śmieją.

Droga się wije. Znowu jedziemy w cieniu, wzdłuż skalnej ściany. Nadjeżdżająca z naprzeciwka ciężarówka zasłania nam całe pole widzenia. Frederik zjeżdża w stronę skalnej ściany. Karoseria ociera się o granit, wydając taki odgłos, jakbyśmy wpadli na szlifierkę do metalu. Mijamy ciężarówkę.

– Mamy pełne ubezpieczenie – mówi Frederik. – Agencja wynajmu pokryje koszty. – Nie zwalnia.

Teraz Niklas ciągnie za oparcie fotela Frederika.

– Tato, przestań! Przestań!

Przyłączam się do niego.

– Natychmiast zatrzymaj samochód!

Ale on nie odrywa wzroku od drogi. Znowu wzdycha. Zaciągam ręczny hamulec, choć on nadal naciska pedał gazu. Ze śmiechem zwalnia hamulec.

– Frederik, spójrz na mnie. Nie możesz przynajmniej tego zrobić?

On patrzy przed siebie, kiedy mówi, i jak zawsze przemawia głosem przepełnionym rozsądkiem i spokojem.

– Muszę patrzeć na drogę.

* * *

Pięć dni temu, w dniu, kiedy lecieliśmy na Majorkę, zatrzymałam się w czasie joggingu na leśnej ścieżce nieopodal jeziora Farum i w jednej chwili dotarło do mnie, jak wspaniałe wiodę życie. Wyszłam na jeden z niewielkich pomostów i bryza ochłodziła pot pod moją koszulką. Zastanawiałam się nad tym, jak moje życie zmieniło się w ciągu ostatnich lat.

Na tafli jeziora pojawiły się niewielkie wybrzuszenia, jeszcze nie fale, a las na drugim brzegu wyglądał tak, jakby jesień trwała tam dłużej niż tutaj, gdzie drzewa już się z nią pożegnały. Mam cudownego syna i świetnych przyjaciół, pracę, która daje mi satysfakcję, i dom, który uwielbiam. Ale trzy lata temu też to wszystko miałam. Różnica – główna, kluczowa różnica – polega na tym, że teraz czuję się kochana.

Ilu ludzi może powiedzieć o sobie coś takiego? Powinnam czerpać z tego radość. Nareszcie, pomyślałam, wszystko się układa. Zaczęłam znowu biec ścieżką wśród drzew.

Farum to oaza spokoju, osiedle na przedmieściach, na które przeprowadzają się ci, którzy mają dwójkę dzieci, albo już planują drugie. Między uroczą średniowieczną wioską a jeziorem leży stara dzielnica z dużymi domami, i to właśnie tutaj mamy ogromne szczęście mieszkać. W latach sześćdziesiątych i siedemdziesiątych Farum rozrosło się ponad czterokrotnie wokół tego zabytkowego centrum. Na polach na wschód od wioski zbudowano kilometry nowych ulic, a wzdłuż nich wyrosły domy jednorodzinne z żółtej cegły, szkoły, przedszkola, a potem jeszcze więcej domów jednorodzinnych, kolejna szkoła i jeszcze kilka przedszkoli. Budynki połączyła gęsta sieć ścieżek rowerowych biegnących wśród traw, żeby dzieci mogły przejechać rowerem ze szkoły do centrum rekreacyjnego, z boiska piłkarskiego do domu kolegi, nie przekraczając nawet jednej ulicy, kiedy ich rodzice pociągiem albo drogą szybkiego ruchu wracali do domu z pracy w Kopenhadze.

Kiedy się tu wprowadziliśmy, zaczęliśmy się starać o drugie dziecko, nie wiedząc jeszcze, że nigdy nam się to nie uda. Nie wiedzieliśmy też, że Frederik odniesie tak ogromny sukces zawodowy, w tym względzie bowiem też się pomyliliśmy – wydawało nam się, że tylko przez kilka kolejnych lat będzie spędzał wszystkie wieczory i weekendy w pracy, odnosząc jeden sukces za drugim.

W jednej z mów do uczniów, rodziców i personelu szkoły Frederik powiedział, że został nauczycielem, a potem dyrektorem szkoły, „ponieważ pomaganie dziecku z problemami to najszlachetniejszy cel, któremu warto poświęcić całe życie".

Wielkie słowa. Czasem się zastanawiałam, czy aby nie za wielkie. Bez wątpienia jednak Frederik zarobiłby znacznie więcej pieniędzy, gdyby stał na czele jakiejś innej organizacji. Ja natomiast przez rok studiowałam architekturę, po czym przeniosłam się na akademię pedagogiczną. Na wydziale architektury dorabiałam jako instruktorka tenisa, a pozytywny wpływ, jaki wywierałam na moich młodych podopiecznych na korcie – szczególnie, kiedy rozmawialiśmy o czymś innym niż tenis – wkrótce zaczął dla mnie znaczyć więcej niż moje studia. Kiedy uzgodniłam sama ze sobą, co się w życiu naprawdę liczy, nie miałam wyjścia – musiałam zmienić uczelnię.

Od jeziora przebiegłam jeszcze kilkaset metrów ścieżką wzdłuż torów kolejowych i wkrótce dotarłam do domu. Idąc pod prysznic, zapukałam do drzwi Niklasa. Siedział przed komputerem.

– Zacząłeś się już pakować? – zapytałam. Nie odpowiedział. – Zacząłeś się już pakować?

– Tak, tak, słyszę.

Mathias, jego najlepszy przyjaciel z liceum, miał zostać sam w domu w czasie jesiennego urlopu rodziców i z trudem udało nam się przekonać Niklasa, żeby jechał z nami. Tym samym uniemożliwiliśmy mu udział w zbliżającej się całotygodniowej, szaleńczej imprezie. Mathias komponuje muzykę elektroniczną, a Niklas z ogromnym zapałem przygotowuje wideoklipy do jego kompozycji. Planowali, że cały tydzień spędzą w domu Mathiasa.

– Jak tylko dojedziemy na miejsce, będziesz zadowolony, że się z nami zabrałeś – powiedziałam.

W sypialni zadzwonił mój telefon komórkowy i pobiegłam go odebrać.

Dzwonił Frederik, żeby uprzedzić, że wróci do domu później, niż planował. Przeprosił mnie, ale musiał załatwić jakąś sprawę w szkolnym banku.

– Nie ma sprawy, Frederik. Naprawdę.

– Ale przez to mogę nie zdążyć się spakować.

– Pomogę ci. Czekam na ciebie.

Kiedyś taki telefon by mnie wkurzył i zepsuł mi nastrój na resztę wieczoru. „Wybieramy się na wakacje, a ty akurat...!" Ale teraz zachowuję spokój. Nasz związek jest zasadniczo w porządku, a Frederikowi takie wpadki nie zdarzają się już tak często.

Czasem trudno być żoną idealisty. Czuję się odstawiona na boczny tor, a jednocześnie wyrzucam sobie egoizm tylko dlatego, że nie podoba mi się, kiedy dobro uczniów okazuje się ważniejsze od mojego szczęścia rodzinnego.

Na szczęście to wszystko mamy już za sobą. Frederik postawił nas na pierwszym miejscu i nigdy nie było nam ze sobą tak dobrze.

...

Frederik skręca ostro i wjeżdża na wąską, wysypaną żwirem dróżkę, wzdłuż której po obu stronach ciągnie się kamienny murek. Wpadamy w poślizg na żwirze i krzyczymy, wjeżdżamy w murek, zarzuca nami mocno i samochód uderza w murek po drugiej stronie. Zatrzymujemy się.

Patrzę na Niklasa. Chciałabym usiąść obok niego na tylnym siedzeniu i przycisnąć jego głowę do mojej piersi, żeby go ochronić. Ale samochód już się zatrzymał. Za późno.

– Wszystko w porządku?

Wiem, że nic mu się nie stało. To tylko drobna stłuczka. Mieliśmy ogromne szczęście. Na chwilę zamykam oczy i wypuszczam powietrze z płuc. Czuję pulsowanie krwi w skroniach.

– Wszystko w porządku? – powtarzam.

– Tak. Tobie nic się nie stało?

– Chyba nie.

Patrzę przez przednią szybę. Frederik już wysiadł. Kopie samochód z gniewną miną i kuca, żeby przyjrzeć się bliżej błotnikom.

– Nie zainteresujesz się nawet, czy nam się nic nie stało?! – krzyczę. On nie odpowiada. – Masz to gdzieś?

– Przecież widzę, że nic wam nie jest.

Wyskakuję z samochodu. Po raz pierwszy w czasie dwudziestu lat naszego małżeństwa uderzam go bardzo mocno, nie na żarty. Upada na żwir, a ja krzyczę.

– Co ci, do kurwy nędzy, strzeliło do głowy?! Kompletnie ci odbiło?!

Czuję krople potu i zaciskające się pięści, krew wciąż pulsuje mi w skroniach. On staje na chwiejnych nogach, ale nie wydaje się szczególnie poruszony, jakby nie zauważył mojego uderzenia. Robi kilka kroków.

– Chyba nie uda mi się go uruchomić.

– To mamy cholerne szczęście, ty idioto. Może jednak dziś nie umrzemy.

– Mamo! – krzyczy Niklas z samochodu.

Przez chwilę oddycham ciężko. Ze względu na syna muszę grać tę rozsądną. Udaje mi się nad sobą zapanować.

– Co teraz zrobimy? – pytam nieco spokojniej.

Frederik nie odpowiada. Wchodzi na kamienny murek i stamtąd ogląda krajobraz.

Niklas też wysiada. Jego włosy płowieją na słońcu. Już stały się jaśniejsze niż moje, prawie białe. Przez całe lato pielęgnował grunge'owy wygląd i teraz przypomina szesnastoletniego Kurta Cobaina.

– W przewodniku piszą, że trzeba zadzwonić na 112 – mówi.

Patrzę na Frederika stojącego na murku.

– Co się z tobą dzieje? Co ty wyprawiasz?

– Co się ze mną dzieje? – Teraz przynajmniej patrzy mi prosto w oczy. – To ty przez cały ten wyjazd czepiasz się mnie na każdym kroku! Najpierw jadę za szybko, potem za głośno mówię w restauracji, potem za dużo jem. Krytykujesz dosłownie każdy mój gest!

Patrzę na niego i wydaje mi się, że za bardzo macha rękami. Te zamaszyste gesty wydają się takie teatralne.

– Mówię to tylko dlatego, że dziwnie się zachowujesz.

– Wcale nie! Cały czas się czepiasz. Raz mówisz, że się cieszę, kiedy nie trzeba, innym razem, że wstaję za późno.

Już rozumiem, o co mu chodzi. To wprawdzie cudowne wakacje, ale ja też stale odczuwam dziwne poirytowanie. Dużo się kłóciliśmy.

– Obiecuję, że przestanę cię krytykować – mówię. – Okej? Zejdziesz teraz?

– W domu zachowujesz się tak samo. Dlaczego nie mogę sobie tu postać, jeśli właśnie tego chcę.

– Słuchaj, przed chwilą wjechałeś naszym samochodem w mur, więc chyba mam prawo...

– I znowu to samo. Nie mogę tego znieść! Spójrz na Niklasa. On po mnie nie jeździ przez cały czas jak na łysej kobyle, więc może weź z niego przykład.

– Naprawdę musimy właśnie teraz o tym rozmawiać, Frederik?

– Ja też kocham Niklasa. On i ja... my... on naprawdę może... – Frederik zaczyna płakać.

Spoglądam na Niklasa, który nieznacznie się poruszył. Wyczuwam, że spogląda na mnie z ukosa, z wrogością w oczach.

Podchodzę do mojego męża.

– Zamierzasz teraz płakać ze wzruszenia, bo aż tak bardzo się lubicie z Niklasem? Dostałeś udaru czy co?

– Teraz już nawet nie wolno mi kochać naszego syna...

– Oczywiście, że ci wolno. Chodzi o to, że...

Frederik zaczyna jeszcze energiczniej gestykulować.

Mia, ty kupo gówna! Ty wielka, tłusta kupo gówna!

Nagle spada.

Podbiegamy do murka. Widzimy, jak Frederik stacza się po górskim zboczu, uderza głową w pień drzewa i zatrzymuje się jak nieżywy pięć metrów dalej.

– Frederik! Frederik!

– Tato!

Ale on się nie rusza.

Tuż za drzewem zaczyna się skalne urwisko. Dzwonimy na 112 i gapimy się na niego, czekając, co się teraz stanie. Jeśli się poruszy, to stoczy się w przepaść.

2

Postukuję rakietą tenisową o czarną nogę krzesła stojącego przede mną w poczekalni przed ambulatorium w szpitalu uniwersyteckim w Palma de Mallorca. Po ośmiu godzinach Frederik nadal nie odzyskał przytomności. Uderzam w drugą nogę. Może skończy na wózku. Czy wtedy będzie mógł nadal pracować jako dyrektor szkoły?

Wyobrażam sobie zakończenie roku w szkole w Saxtorph. Dyrektor na wózku inwalidzkim wjeżdża po rampie na podium. Ma na sobie elegancki garnitur, a uczniowie i nauczyciele są z niego dumni jak nigdy. Na jego twarzy pojawia się wyraz triumfu. Ja też pękam z dumy. To bohater. Ale nagle pojawiają się inne obrazy. W domu: Zmieniam mu pieluchy? Kładę go do łóżka? Czy... uprawiamy seks?

Może jednak nie. Wczesna emerytura. A jeśli nie wydobrzeje na tyle, żeby nadal pracować jako dyrektor szkoły? Siedzi na wózku, a ja karmię go zupą. Jestem jego pielęgniarką i żoną już od trzech lat, od dziesięciu i dwudziestu, od trzydziestu. Jestem starą kobietą, która jeździ samochodem po przedmieściach Farum ze sparaliżowanym mężem. Oto nasze małżeństwo. Oto nasze życie. Przyciskam twarz do jego obwisłych policzków i oboje płaczemy, pocieramy się nosami, czołami i policzkami. To będziemy robić za trzy lata, za dziesięć, za dwadzieścia i za trzydzieści.

Na górzystej Majorce na pewno są korty tenisowe. Nie wiem, po co zabrałam ze sobą rakietę. To oczywiste, że tu nie zagram. Co ja sobie wyobrażałam? Znowu uderzam rakietą w nogę krzesła. Spoglądam na zegar. Jedenasta.

W duńskich szpitalach izba przyjęć wygląda zazwyczaj zupełnie inaczej. Tutaj w długich rzędach stoją metalowe krzesła z winylowymi siedziskami. Wystarczyłoby tu miejsca dla co najmniej siedemdziesięciu pacjentów, czekających, aż ich numerek pojawi się na wielkim czerwonym wyświetlaczu nad oszkloną recepcją. Wygląda to jak poczekalnia na zaniedbanym, zagranicznym dworcu autobusowym.

Pojutrze mieliśmy lecieć z powrotem do domu. Teraz oczyma wyobraźni widzę pogrzeb Frederika. Jego rodzice, jego przyjaciele, wszyscy na czarno. Setki wiązanek i wieńców od rodziców uczniów i nauczycieli. Widzę siebie, zupełnie zdruzgotaną. Mój bohater, mój ukochany, mój mąż. Trumnę wsuwają do karawanu. Niklas, blady jak ściana, z godnością idzie w kondukcie żałobnym.

Jeśli zaraz nie przestanę stukać rakietą o krzesło, Niklas się wkurzy. Stuk, stuk, stuk. Za moment powie: „Przestań! Doprowadzasz mnie do szału". Wiem. Znowu postukuję w nogę krzesła, mocniej i mocniej.

Podnoszę głowę i spoglądam na niego. Stuk, stuk, stuk. Nie każe mi przestać? Nie, gra w jakąś grę na telefonie. Założył słuchawki i nic nie słyszy.

Szturcham go w nogę.

– Co? – Przerywa grę.

– Chyba robi się zimno.

Na zewnątrz się ściemnia. Niklas ma na sobie tylko szorty i podkoszulek, a ja kremową bluzkę obszytą u dołu koronką i szorty-bojówki.

– Aha.

– Może ich poproszę o jakieś koce? – On mamrocze coś pod nosem na znak, że mu wszystko jedno i wraca do gry. – Tak, poproszę ich o koce. A może o kilka swetrów z biura rzeczy znalezionych – mówię. On mnie nie słyszy. – Może jeszcze spodnie. Jeśli będą na nas pasowały. – Stuk, stuk, stuk. Od tego dźwięku sama dostaję białej gorączki. Odkładam rakietę. – Spodnie i swetry – mówię. – Może to i to.

Stypa, nasi przyjaciele płaczą, na pogrzeb przyszli też nasi sąsiedzi, jak wtedy, kiedy ta kobieta z naprzeciwka umarła na raka piersi. Czy jej mąż znajdzie nową żonę i zacznie nowe życie? Wtedy wszyscy się nad tym zastanawialiśmy.

Nie, dziwnie się ostatnio zachowuje. Zamknął się w sobie, zrobił się agresywny. Tragedia. Nie poprawia mu się.

Ja. Niklas. Widzę siebie za sześć miesięcy od teraz, jak gotuję mu kompot z czarnego bzu i piekę bułeczki. Jest wieczór, nadal mieszkamy w Farum. „Spróbujemy na nowo poukładać nasze życie", mówię. „Wiesz, że zawsze będę przy tobie i będę cię wspierać ze wszystkich sił". Usiądziemy na kanapie, pogadamy i popłaczemy, popijając gorący kompot.

Ale tak wcale nie będzie. Niklas nie chce siedzieć ze mną na kanapie. Inne obrazy: ja sama na zakupach, wchodzę do zimnego, ciemnego domu, wchodzę po schodach, wiedząc, że Frederik już nigdy ze mną nie wejdzie po schodach. Kładę się na łóżku, ciesząc się na myśl, że może ukaże mi się jego duch.

Rozlega się dzwonek. Spoglądam na czerwony numer. Nasza kolej. Zaschło mi w gardle.

Chcę szturchnąć Niklasa, ale on już chowa słuchawki. Jednak nie zamknął się aż tak bardzo w swoim świecie.

Kiedy wstaję, czuję że mam zdrętwiałe nogi. Z recepcji pielęgniarka prowadzi nas do niewielkiej sali pomalowanej na pastelową zieleń. Czeka na nas młody mężczyzna o ciemnej karnacji, w kitlu. Skóra pod jego oczami jest niemal czarna. Zmarzłam, trzeba było jednak poprosić o sweter. Te jarzeniowe światła rażą mnie w oczy.

Siadamy na plastikowych krzesłach. Na plakietce na piersi lekarza widnieje nazwisko: doktor González. Mówi do nas po angielsku.

– Zrobiliśmy pani mężowi tomografię. Bardzo mi przykro...

Czuję, jak krew odpływa mi z twarzy. Słabo mi i chwytam syna za rękę.

– Och, nie. Pęknięcie czaszki?

– Tak. Ma guz na mózgu. Bardzo mi przykro.

– Pęknięcie. Czy będzie sparaliżowany? Będzie mógł mówić? Umrze?

– Pęknięcie? – Lekarz patrzy na mnie ze zdumieniem.

– Tak, upadł... pęknięcie.

– Nie ma żadnego pęknięcia.

– Przecież przed chwilą pan powiedział...

– Ma guz na mózgu, którego ucisk wywołał atak epilepsji. Na szczęście nie uszkodził sobie głowy.

– Powiedział pan, że doszło do pęknięcia! – Nie wiem, czemu krzyczę. – Powiedział pan: „Tak". Przecież słyszałam.

Wiem, że zachowuję się zupełnie nie na miejscu. Muszę przestać. Gryzę się w język i odchylam się na oparcie niestabilnego krzesła z taką siłą, że prawie się przewracam.

– Przepraszam – mówię. – Przepraszam.

Teraz do rozmowy włącza się Niklas, ale mówi tonem zupełnie innym niż ja.

– Ma guz mózgu?

– Tak. – Lekarz robi żałosną minę i trochę zbyt gwałtownie kiwa głową. – Niestety, nie mam zbyt wiele do powiedzenia. Przenosimy go na oddział neurologiczny. Specjaliści zbadają go jutro rano.

Chwytam obiema rękami za krawędź krzesła.

– Czy to rak?

– Trudno powiedzieć. Neurolodzy zbadają to jutro rano.

– W takim razie to nie rak?

– Niestety, tego też nie możemy wykluczyć.

– Ale to prawdopodobne, że to nie rak?

– Neurolodzy będą mieli o wiele więcej do powiedzenia jutro rano.

To dziwne światło zaczyna mnie przytłaczać. Mętne jak ropa, ostre jak skalpel, który rozcina zaognioną ranę.

– Co to jest, jeśli nie rak? Czy to także…

– O wiele za wcześnie na takie diagnozy. Ale neurolodzy jutro rano…

– Może pan coś zrobić z tym światłem? Razi mnie w oczy.

– Jestem pewien, że na oddziale neurologicznym lekarze zrobią wszystko, co w ich mocy.

Wracamy z Niklasem do poczekalni, trzymając się za ręce. Milczymy. On już nie gra na komórce, a ja nie stukam rakietą.

Cisza.

Nie mam pojęcia, która jest godzina. Podchodzi do nas pielęgniarka.

– Mogą państwo już iść do domu. Dziś wieczorem już nic się nie wydarzy. Proszę odpocząć i przyjść rano na oddział neurologiczny.

W taksówce przez szybę oglądamy ulicę. Różowe domy z zielonymi roletami, drzewa palmowe i wąskie alejki, małe, idylliczne placyki, budki z lodami i ogromne parasole. Zapadł zmrok i miasto opustoszało. Zdaję sobie sprawę, że muszę być jak skała, na której wesprze się teraz Niklas. Mój głos ledwie słychać.

– Niklas, on z tego wyjdzie. Tata jest silny.

Jedziemy aleją wśród wysokich palm, do hoteli stojących jeden obok drugiego. Chwilę później Niklas mówi mi to samo. A ja to powtarzam.

– Wyjdzie z tego. Tata jest silny.

...

Poznałam Frederika dwadzieścia lat temu i bardzo szybko wiedziałam, że to miłość mojego życia.

Miałam dwadzieścia dwa lata i studiowałam matematykę i wychowanie fizyczne na Akademii Pedagogicznej w Blaagaard. Na drugim roku zaczęłam praktyki w szkole podstawowej Trørød w Søllerød, gdzie uczył też Frederik. W szkole pracowało ponad sześćdziesięciu nauczycieli i na początku on nie miał żadnego powodu, żeby ze mną rozmawiać. Ale wiedziałam, kim jest, bo często słyszałam, jak inni o nim mówią.

Pewnego razu rozmawiałam z moją przełożoną w zacisznym kącie biblioteki dla nauczycieli. Ona wspomniała, że Frederik najwyraźniej postanowił zostać dyrektorem, jak jego ojciec, który kierował konserwatywną i bardzo szanowaną, prywatną szkołą podstawową na zachodnim wybrzeżu Danii. Frederik miał wtedy zaledwie dwadzieścia osiem lat, a już wybrano go na członka szkolnej komisji dydaktyki języka duńskiego. Zorganizował też projekt we współpracy z trzema innymi szkołami, opracowując podyplomowe szkolenia dla nauczycieli literatury na temat kreatywnego pisania dla dzieci.

Wtedy nawet nie przyszło mi do głowy, że moją przełożoną mogło wkurzać to, że taki żółtodziób jak Frederik próbował ją przyćmić. Mówiła o nim z czułością i dumą i dopiero później zorientowałam się, że ludzie w otoczeniu Frederika właśnie w ten sposób na niego reagowali.

Potem wysłano nas na zieloną szkołę do Szwecji: pięć klas i dwunastu nauczycieli na tydzień w domkach letniskowych w głębi lasu.

Oczywiście nasz odjazd się opóźnił, a autobusy musiały się wielokrotnie zatrzymywać w drodze z powodu dzieci z chorobą lokomocyjną. Po pięciu godzinach w autokarze odór wymiocin drażnił mój nos i miałam serdecznie dość ciągłych okrzyków, pohukiwań, śmiechu i łez. Poczułam znużenie z powodu nagłego spadku poziomu cukru we krwi, bo dwie godziny wcześniej zjadłam kawałek ciasta bananowego.

Wreszcie dojechaliśmy do domków letniskowych. Było wprawdzie wczesne popołudnie, ale ciężkie deszczowe chmury wisiały tak nisko, że już na kilka godzin przed zachodem słońca w powietrzu czuło się nadchodzący zmierzch. Kazaliśmy dzieciakom włożyć gumowce i kurtki przeciwdeszczowe, a nauczyciele, którzy już kiedyś tu byli, zaprowadzili je na dół, nad ocean. Ja szłam na samym końcu, żeby się upewnić, że nikt nie został na ścieżce w sosnowym lesie.

Każda kropla deszczu spadała oddzielnie, była wielka i pękata i rozpryskiwała się o kaptur mojej kurtki przeciwdeszczowej. Szłam za grupą o wiele dalej niż to konieczne i kiedy wreszcie wyszłam z lasu, okazało się, że jestem sama.

Plaża ciągnęła się w nieskończoność i była niemal zupełnie pusta. W oddali widziałam grupkę dzieci. Nie rosła tu ani jedna roślina, na niebie nie widać było żadnej smugi światła, a piasek pod moimi stopami był wilgotny i ołowianoszary, o ton ciemniejszy niż niebo.

W oddali nauczyciele i dzieci w kurtkach przeciwdeszczowych w ognistych kolorach wyglądali teraz jak torebka owocowych cukierków, którą ktoś upuścił na piasek i otworzył kopniakiem. W moją twarz uderzały podmuchy zimnego, wilgotnego wiatru. Nagle jeden kolorowy cukierek odłączył się od pozostałych. Chwilę później stanął przede mną. Z nosa kapały mi krople deszczu.

Nie poruszył się, tylko patrzył na mnie pytająco. A ja patrzyłam na niego.

– Chyba się nie nadaję na nauczycielkę – powiedziałam.

Nic nie odpowiedział. Popatrzyłam prosto w jego szeroko otwarte oczy, spoglądające na mnie spod kaptura.

Rozmawialiśmy, idąc w dół, w stronę wody i stopniowo wśród monotonnego szumu zaczęłam słyszeć wybuchy poszczególnych fal. Nie widać było gwiazd, słońca ani księżyca. Pod nami nie było ziemi. Tylko ten dźwięk. Świat przed stworzeniem. Bez światła i ciemności, czasu i dzieci. Tylko potężne chrapanie fal, jakby jakaś uśpiona istota nabierała właśnie sił, by za chwilę stworzyć świat.

Nie wiem, jak to się stało, ale zaczęłam mu opowiadać o bliskiej przyjaciółce, która umarła dwa miesiące wcześniej. Chłopak zdradzał ją z jedną z naszych wspólnych znajomych, aż wreszcie wyprowadził się od jednej do drugiej. Hanna skoczyła z dachu wieżowca.

– Najdziwniejsze, że wciąż mi się wydaje, że ona tu jest – powiedziałam. – Unosi się pod sufitem każdego pomieszczenia, do którego wchodzę. Jest gdzieś tu, w deszczu. Śledzi mnie.

Frederik stał tyłem do fal, ich białe grzywy rozstępowały się za jego plecami.

– Czy ona mówi, że spełnisz się jako nauczycielka?

– Chwileczkę… – Na kilka sekund zamknęłam oczy. – Mówi, że tak.

– Uważasz, że ma rację?

Zastanawiałam się przez chwilę.

– Tak.

– Może ona wie, dlaczego zaczęłaś w siebie wątpić?

– Wie – powiedziałam. – Bo jestem nieszczęśliwa. Tęsknię za nią.

Nagle poczułam ogromną ochotę, żeby wsunąć mu rękę pod ramię, żebyśmy mogli iść blisko siebie w stronę pozostałych nauczycieli.

Kiedy dołączyliśmy do grupy, zachowując odpowiedni dystans, powiedziałam:

– Oczywiście tak naprawdę nie wierzę w duchy. Nie znasz mnie, ale nie jestem wariatką.

– Wcale tak nie pomyślałem.

Tamtego wieczoru wzięliśmy latarkę i wymknęliśmy się na ścieżkę wiodącą przez las na plażę, na której teraz panowała zupełna ciemność. Już nie padało, ale na niebie nie pojawiły się jeszcze gwiazdy i księżyc. Pamiętam, że zapytał:

– A co się dzieje potem? Uważasz, że mamy duszę, która żyje po naszej śmierci?

Zielona szkoła okazała się cudowna. Frederik miał niespotykanie radosne, bladobrązowe oczy, o źrenicach otoczonych cieniutkimi, czarnymi liniami i długi, wąski nos. Miał w sobie coś wyszukanego, coś eleganckiego. Dwukrotnie wymykaliśmy się wieczorami do lasu. Duch Hanny zniknął, a ja nabrałam niezłomnego przekonania, że nauczycielka to zawód w sam raz dla mnie.

Kiedy wróciliśmy do domu, próbowaliśmy ukrywać nasz związek przed całą szkołą. Oczywiście się nam nie udało i kilka naszych koleżanek wkurzyło się na Frederika, ale jeszcze bardziej na mnie.

Zgodnie z przewidywaniami cztery lata później Frederik został dyrektorem innej podstawówki. Mianowano go członkiem komisji programowej w Ministerstwie Edukacji, a on z zapałem zajął się pisaniem serii podręczników, które wprowadzały filozofię jako autonomiczny przedmiot w wyższych klasach.

Kiedy skończył trzydzieści pięć lat, zaoferowano mu posadę dyrektora w Saxtorph, prywatnej szkole podstawowej w Kopenhadze, gdzie pracował od tamtej pory i gdzie w ciągu trzynastu lat udało mu się podwoić liczbę przyjmowanych uczniów.

• • •

Kiedy wraz z Niklasem przechodzimy przez olbrzymie lobby hotelu urządzone w stylu lat osiemdziesiątych, woła nas trójka duńskich turystów. Wcześniej rozmawialiśmy z nimi przy basenie, choć to ludzie, z którymi nigdy nie zaprzyjaźnilibyśmy się w domu. Już z daleka widać, że sporo wypili.

Budzę się z głową na desce klozetowej. Wydaje mi się, że przespałam tylko kilka minut, ale mdłości ustały. Staję na chwiejnych nogach. Płuczę usta, piję wodę, myję twarz i przeglądam się w lustrze.

Muszę się dowiedzieć, jak się ma Niklas. Może on też się zatruł. To pewnie te smażone szprotki.

Wychodzę na korytarz w białym szlafroku. Pukam, ale on nie odpowiada.

Pukam jeszcze raz, mocniej. Powinnam iść na dół i poprosić kogoś o pomoc?

Drzwi się otwierają. Niklas nie ma opuchniętej twarzy, ani od snu, ani od gorąca, ani od płaczu. Jego twarz wygląda tak świeżo, jak twarze innych młodych ludzi.

– Niedobrze ci? – pytam.

– Nie.

– Wydawało mi się, że może się zatrułeś.

– Dobrze się czuję.

Przygląda mi się i powoli dochodzi do siebie.

– Co się stało? Poza, oczywiście... tatą.

Jeszcze kilka lat temu, po tak przytłaczającym dniu jak dziś, bez zastanowienia położylibyśmy się w jednym łóżku, u mnie albo u niego. W ogóle by nas to nie zdziwiło: zasypiałabym, obejmując mojego syna. Jeszcze kilka lat temu

3

– Mia. Rozmawialiśmy z nim.

Nagle się budzę i rozpoznaję w słuchawce głos Thorkilda, mojego teścia.

– Rozmawialiście?

– Tak, przez telefon, stąd, z Danii. Wydaje się dość ożywiony. I radosny! Zadzwoniliśmy do szpitala, ale teraz wysłali go na jakieś badania.

Pół godziny później siedzimy z Niklasem w taksówce, w drodze do szpitala. Wczoraj zadzwoniłam do teściów z pogotowia. Teraz bezskutecznie próbuję dodzwonić się do szpitala i jeszcze raz telefonuję do Thorkilda, ale on tylko powtarza to, co już wcześniej mi powiedział.

– Frederik jest chyba w doskonałym nastroju. Nic go nie boli, nie sparaliżowało go i nie ma kłopotów z mówieniem. Dobrze się czuje. Chyba tym razem mieliśmy szczęście.

Oddział neurologiczny mieści się w sześciennej przybudówce z metalu, obok starego szpitala. Jest bardziej nowoczesny i lepiej utrzymany niż wiele duńskich szpitali, wygląda też o niebo lepiej od izby przyjęć, gdzie spędziliśmy wczorajsze popołudnie.

Ale tutaj nie wszyscy mówią po angielsku. Pokazujemy paszport Frederika, a potem nasze paszporty. Wreszcie uśmiechnięta pielęgniarka prowadzi nas do sali Frederika, a my nie rozumiemy ani słowa z tego, co do nas mówi.

W miejscu, gdzie chyba stało łóżko Frederika, teraz jest pusto i znowu nie pozostaje nam nic innego, jak tylko usiąść i czekać. Próbujemy nie gapić się na pacjenta obok nas, ale z trudem się powstrzymujemy. To chudzielec po trzydziestce z obandażowaną głową. Stelaż ze stalowych rurek przyciska bandaż z wielu stron, pewnie żeby unieruchomić głowę, ale wygląda to tak, jakby wielkie sztaby metalu przykręcono bezpośrednio do czaszki. Mężczyzna mruga, ale jego twarz pozostaje nieruchoma. Gapi się w sufit, a jego policzki zwisają w dół. Drzwi się otwierają i zamykają z trzaskiem, na korytarzu rozmawiają pielęgniarki, dwaj stażyści wchodzą i wyciągają jakiś wielki aparat. Chudzielec nie reaguje.

Gdzieś daleko ktoś krzyczy niezrozumiale po hiszpańsku, a jego gniewny głos odbija się echem w korytarzu. Razem z Niklasem wychodzimy z sali. Na końcu korytarza widzimy sanitariusza pchającego łóżko.

– Frederik!

Biegniemy do niego, a on na nasz widok uśmiecha się szeroko.

– Och! Jak dobrze, że przyszliście! Ale się przestraszyłem – wykrzykuje. – Jak dobrze, że już po wszystkim.

Sanitariusz znowu zaczyna krzyczeć, tak samo gniewnie jak przed chwilą. Oczywiście chce, żeby Frederik leżał spokojnie, kiedy łóżko się porusza, ale Frederik nie zważa na jego upomnienia.

Nie wiem, czy wolno mi zatrzymać łóżko, żeby go pocałować, albo nachylić się nad nim i go przytulić.

– Już po wszystkim?

– Tak. Dadzą mi jakieś leki i wypiszą jeszcze dzisiaj.

Prawie biegniemy za łóżkiem.

– To fantastycznie!

Obejmujemy się z Niklasem, nieśmiało obserwując Frederika, który uśmiecha się od ucha do ucha.

– A co z guzem? – pyta Niklas. – Nie trzeba go usunąć?

– Na razie nie.

– To świetnie. Ale… jak się czujesz?

– Naprawdę znakomicie! Lekarze twierdzą, że za chwilę mnie wypuszczą i bardzo dobrze. Jeśli mamy w planie wyprawę do jaskiń ze stalaktytami, musimy wyruszyć jeszcze dziś.

– Na serio uważasz…

To czyste szaleństwo, ale Frederik chce się trzymać ściśle naszego planu podróży. Kiedy sanitariusz ustawia łóżko na miejscu i wychodzi, optymizm Frederika nas zaraża. Dzwonię do Thorkilda i Vibeke i włączam głośnik w telefonie, żebyśmy wszyscy mogli porozmawiać.

– Przebudziliśmy się z koszmaru – mówi Thorkild.

– To prawda – przytakuję. – Świetnie to ująłeś.

Podaję telefon Niklasowi i kładę się, przyciskając głowę do klatki piersiowej Frederika. Zamykam oczy, żeby nie widzieć mężczyzny z rurkami wystającymi z głowy.

– Tak się przestraszyłam, Frederiku – szepczę. – Tak strasznie, strasznie się przeraziłam.

– Ja też – mówi.

Ale nie zniża głosu, choć leżę tuż obok niego. Prawie krzyczy, mówi z takim uniesieniem jak przed chwilą, kiedy jechał w naszą stronę korytarzem, tak samo jak wczoraj, kiedy stał na kamiennym murku.

Wiem. Wiem, że teraz ten mężczyzna to nie mój prawdziwy Frederik. Ale on może się nim na powrót stać. Tak mi się wydaje. Oczywiście, że może.

Przytulam się do niego, wciskając twarz w jego długi, biały szpitalny szlafrok. Już nie chcę mieć biegunki i wymiotować, nie chcę się dziś w nocy obudzić z płaczem w pokoju hotelowym, nie chcę się bać.

Frederik prawie krzyczy.

– Musimy natychmiast wynająć samochód, jeśli mamy jeszcze dziś dotrzeć do jaskiń ze stalaktytami.

– Tak, Frederik – mówię. – Musimy.

...

W zeszłym roku postanowiliśmy urządzić Frederikowi wielkie przyjęcie urodzinowe, choć nie zaczynał kolejnej dekady życia ani nie było jakiejś szczególnej okazji. Przez tyle lat nie mieliśmy czasu, żeby świętować, więc uznaliśmy, że nadeszła na to najwyższa pora.

Zaprosiliśmy trzydzieści osiem osób i prawie wszystkim udało się przybyć, więc nie mogliśmy ich żadną miarą pomieścić przy jednym stole. Postanowiliśmy się tym nie przejmować. Atmosfera zrobiła się jeszcze bardziej domowa, kiedy niektórzy usiedli na rozkładanych krzesłach ustawionych w różnych pokojach, a inni jedli na stojąco albo siedzieli na oparciu kanapy, albo na schodach, albo tam, gdzie udało im się znaleźć miejsce.

Wielu naszych przyjaciół znało nas tylko z Saxtorph i widziałam, że zdziwili się na widok naszego domu. Przez wiele lat, kiedy Frederik odsunął mnie i Niklasa na bok, bez reszty pochłonęło mnie moje hobby. Odnawiałam i sprzedawałam designerskie meble, szczególnie duńską klasykę z lat pięćdziesiątych i sześćdziesiątych. Wyszukiwałam w gazetach ogłoszenia o sprzedaży i wiele weekendów spędziłam w trasie, jeżdżąc moim autem z przyczepką po nowe eksponaty. Ale choć mieszkaliśmy wśród pięknych mebli, wiedziałam, że zagraciłam nasz niewielki dom.

Od chwili przybycia pierwszych gości zapanowała wyjątkowa atmosfera. Niklas nagrał składankę z nastrojową muzyką, która miała wszystkim przypaść do gustu i faktycznie zadziałała jak magiczne zaklęcie. Z moją najlepszą przyjaciółką Heleną strasznie się naharowałyśmy, przyrządzając mnóstwo sałatek, a potem miejscowy masarz przywiózł grillowanego kurczaka z wolnego wybiegu i klopsiki.

Niedługo po rozpoczęciu kolacji Laust Saxtorph, przewodniczący rady szkoły, człowiek niewielkiego wzrostu, stanął na krześle i wygłosił przemówienie, a tłum gości zebrał się w salonie, żeby go wysłuchać.

– Frederiku, masz swój sekret. – Po tych pierwszych słowach zrobił efektowną pauzę. – Jakimś sposobem udaje ci się nakłaniać nas wszystkich, byśmy robili to, czego od nas oczekujesz. – Połowa naszych gości pracowała w Saxtorph. Rozległ się śmiech. – Jako dyrektor używasz tego talentu każdego dnia, wychowując zarówno dzieci, jak i nauczycieli... no i samego przewodniczącego rady szkoły!

Goście znowu się zaśmiali.

Zanim Laust stanął na czele rady, stanowisko to piastował jego ojciec, a przed nim dziadek i pradziadek, założyciel szkoły, słynny pedagog Gustav Saxtorph. Każdy z nich poza kierowaniem radą szkoły, pełnił też funkcję dyrektora, a w dawnych czasach oznaczało to kwaterę na terenie szkoły. Dlatego Laust, a także jego ojciec i dziadek, mieszkali w dzieciństwie w pokojach, w których teraz odbywały się zajęcia pozalekcyjne.

Od kiedy Laust zatrudnił Frederika, właściwie codziennie rozmawiali przez telefon, gadając z prędkością karabinu maszynowego, jak nastolatki. Laust poświęcał szkole zbyt wiele uwagi, zważywszy, że miał żonę i posadę kierownika wydziału w Ministerstwie Edukacji. Można bez wahania powiedzieć, że szef Frederika stał się jego najlepszym przyjacielem.

Laust zrelacjonował kilka zabawnych historyjek z życia szkoły, opowiadając, jak zareagowali na nie z Frederikiem. Ale pod koniec przemówienia uderzył w poważny ton.

Kilka lat wcześniej jedna z uczennic stała się nagle introwertyczna, a nauczycielka WF-u zauważyła u niej jakieś podejrzane sińce. Dziewczyna twierdziła, że się potłukła, kiedy wchodziła na drzewo, ale Frederik i tak poprosił o spotkanie jej matkę i ojczyma. Twierdzili, że nigdy by jej nie uderzyli.

Ale Frederik zaufał intuicji. Choć w szkole uczyły się setki dzieci, on miał oko na tę sprawę. Zaaranżował kolejne spotkania i wreszcie ojczym przyznał się, że nie potrafił opanować gniewu oraz że oboje z żoną postanowili rozpocząć terapię.

– Frederiku – powiedział Laust, wciąż stojąc na krześle – ten problem rozwiązałeś w taki sam sposób co wszystkie inne, a rodzice ani razu się na ciebie nie zdenerwowali. A kiedy wreszcie przyznali się do swoich problemów, nie poczuli się tak upokorzeni, by wypisać córkę ze szkoły. Wręcz przeciwnie, podziękowali ci za pomoc i zaangażowali się w życie szkoły.

Laust zapewne znał tę dziewczynę i jej rodziców. Zrobił pauzę i napił się wina. Jego blada skóra i rzadkie włosy nadawały mu dziwnie delikatny wygląd. Spojrzał Frederikowi prosto w oczy, gotów kontynuować przemówienie.

– Jeśli wcześniej nie wiedzieli, dlaczego tak wysoko cenimy twoje kompetencje jako dyrektora, to wtedy zapewne to do nich dotarło. Dzięki tobie, Frederiku, życie tej dziewczyny zmieniło się na zawsze. To tylko jeden z wielu takich przykładów. Bardzo, bardzo wielu! Zmieniłeś też na lepsze życie rodziców i pracowników naszej szkoły. A jeszcze bardziej zmieniłeś życie wszystkich nas, którzy dziś tu przybyliśmy i mamy zaszczyt zaliczać się do grona twoich przyjaciół.

Laust zszedł z krzesła, a my wznieśliśmy toast, wydaliśmy radosny okrzyk i biliśmy brawo, a Frederik podszedł do Lausta i go uściskał.

Po kilku innych przemówieniach zaczęliśmy śpiewać. Przyjaciel, którego Frederik poznał jeszcze w czasie pracy w szkole Trørød, opowiedział o tym, jak się poznaliśmy.

– Frederik poznał tę młodą, jasnowłosą tenisistkę, o której marzył każdy facet – powiedział.

Potem inny przyjaciel Frederika dodał:

– I wtedy przygruchał sobie tę ślicznotkę, Mię.

Znowu wszyscy się zaśmiali.

Niklas zmienił muzykę i dołączyło do niego kilku jego przyjaciół. Przesunęliśmy krzesła pod ściany i kilka osób tańczyło, otworzyliśmy drzwi na podwórko, choć był listopad, a kilka osób wyszło na schody na tyłach domu, żeby zapalić. Ja też tańczyłam z Frederikiem, w kałużach światła na parkiecie, objęłam go w pasie, wino lało się strumieniami, spadła półka, i co z tego, zegar wybił drugą, rozległ się jakiś hałas, a potem muzyka się uspokoiła.

Frederik i ja byliśmy cali spoceni od tańca. Wyciągnął mnie przez tylne drzwi na schody, a potem na podwórze, tak daleko od okien, że staliśmy w zupełnej ciemności. Pocałował mnie pod ciemnymi gałęziami jabłoni.

Było o wiele za zimno, ale leniwym krokiem wracaliśmy po czarnym trawniku w stronę białego, stalowego szkieletu z podwieszaną ławką, która lśniła w półmroku. Nie było na niej poduszek, a siedzisko z czarną tapicerką stapiało się w ciemności z trawą. Usiedliśmy, czując wciąż we krwi alkohol i taniec, wydawało nam się, że zawiśliśmy w zimnym, nocnym powietrzu.

Cholera, zapłaciliśmy z Niklasem wysoką cenę za to, żeby Frederik mógł wysłuchać takiej serii przemówień. Nie tak sobie wyobrażałam nasze małżeństwo, nie podejrzewałam, że przyjdzie mi wytrwać w samotności tyle lat, bo mój mąż poświęcał uwagę wszystkim pracującym i uczącym się w szkole Saxtorph, a także o wiele za bardzo interesował się kilkoma nauczycielkami i członkiniami rady szkoły.

Od tamtego czasu próbowałam zapomnieć, jak samotna czułam się przez wszystkie te lata. Poza moimi przyjaciółkami i Niklasem nikt nie patrzył mi prosto w oczy, nikt nie słuchał moich trywialnych opowieści i nie wyczuwał mojego nastroju, słuchając tylko tonu mojego głosu. Marzyłam o innym małżeństwie i z desperacją zastanawiałam się, dlaczego właściwie zostałam z Frederikiem. W jaki sposób on nade mną zapanował? Dlaczego się z nim nie rozstałam i nie założyłam takiej rodziny, jaką zawsze chciałam mieć?

Kilka lat temu wreszcie do nas wrócił. Walczyłam o to jak lwica, ale udało mi się zdusić w sobie poczucie zgorzknienia. Teraz czułam się tak, jakbyśmy byli ze sobą zaledwie od kilku lat, jakby nasz związek dopiero co się zaczął i jeszcze tętnił od nieskończonych możliwości. Nie opuszczało mnie radosne uczucie, że dopuścił się zdrady w zupełnie innym świecie. Nie moim.

Na podwórzu prawie nic nie było widać. Może słyszałam, a może intuicyjnie wyczuwałam, że coś porusza się w gałęziach jabłoni. Jakby ptak podrywał się do lotu, a może zeschnięte zimowe jabłko spadło z gałęzi.

– Frederik, wszyscy chwalą cię za tyle fantastycznych dokonań. Jestem z ciebie taka dumna. Taka dumna, że mam mądrego męża, który tak doskonale dogaduje się z ludźmi.

Przytuliłam się do niego i wtedy, na podwieszanej ławce, w nocy, w chłodnym powietrzu, we wnętrzu mojego rozedrganego ciała poczułam, że ja i on należymy do siebie.

– Właśnie za to cię kocham.

...

Do sali szpitalnej, na której leży Frederik, wchodzi inna pielęgniarka. Nie rozumiemy, co mówi, ale gestami przekazuje nam, że razem z Frederikiem mamy iść z nią na spotkanie z kimś innym, być może z jakimś lekarzem.

Frederik wstaje z łóżka, jakby była to najzwyklejsza czynność pod słońcem. Niklas zostaje sam, a Frederika i mnie prowadzą do dużego, narożnego gabinetu, gdzie siadamy naprzeciwko starszego lekarza z ogromnymi wąsami. Jego przesadna powściągliwość każe mi podejrzewać, że przez większość życia był lekarzem wojskowym. Mówi znakomicie po angielsku i wyraźnie jest z tego dumny, to angielszczyzna z patyną, nabyta w brytyjskiej szkole z internatem.

– Z niemal stuprocentową pewnością mogę stwierdzić, że to nie rak – mówi. – To oznacza, że moi koledzy z Danii zdołają prawdopodobnie usunąć guz w całości. Jednak przed operacją nikt nie będzie w stanie dokładnie oszacować, jak głęboka ingerencja okaże się konieczna. Być może po zabiegu będzie pan dokładnie taki sam jak wcześniej. Być może jednak zacznie się pan czuć inaczej.

Frederik milczy, więc pytam w jego imieniu:

– Inaczej?

– Tak, przecież ostatnio musiał pan zauważyć jakieś zmiany? Zgadza się?

Próbuję się skupić, ale moje myśli wiodą mnie na manowce. Nie mam pojęcia, o czym mówi ten lekarz, ale mimowolnie odpowiadam.

– Tak.

– Musi pani się przygotować na to, że pani mąż zupełnie straci zdolność empatii dla pani i pani samopoczucia – mówi lekarz. – Z coraz większym trudem będzie mu przychodziło zapanowanie nad pierwotnymi impulsami. Mogą zdarzać mu się napady gniewu, zapewne nie przyjmie do wiadomości, że choruje. To typowe symptomy, kiedy dochodzi do ucisku na płat czołowy mózgu.

Wpatruję się we Frederika i nadal nie dociera do mnie, co mówi lekarz, który składa swoje spalone słońcem dłonie na biurku i badawczo spogląda mi prosto w oczy.

– Ale, sądząc po rozmiarach guza, miała pani już okazję zaobserwować te symptomy, prawda?

W głowie zadaje sobie pytanie: „Naprawdę?". Odpowiadam jednak:

– Tak.

– Dobrze. Frederiku, podamy panu kortykotropinę, żeby zmniejszyć obrzęk w mózgu, a także antykonwulsanty, żeby zapobiec takim atakom epileptycznym, jak ten wczorajszy... Frederiku?

– Tak? – odpowiada.

– Może pan dziś wrócić do hotelu i polecieć z powrotem do Danii za kilka dni. Jeśli wszystko dobrze pójdzie, za miesiąc będą pana tam mogli zoperować.

Frederik uparcie wpatruje się w leżące na biurku czerwone i żółte teczki z tabelkami i diagramami.

– Musimy tak długo czekać? – pytam. – A jeśli to rak?

– Lekarze muszą dokładnie obejrzeć guz, żeby usunąć go w całości, ale też żeby nie wyciąć za wiele. A to najlepiej ocenić, kiedy opuchlizna już zniknie.

– Czy to niebezpieczna operacja? – pytam.

Lekarz zwraca się łagodnie do Frederika:

– Czy może pan odłożyć te papiery na swoje miejsce?

Dopiero teraz zauważam, że Frederik uważnie przeglądał kartotekę lekarza.

– Frederik! Mam nadzieję, że nie czytasz dokumentacji pana doktora?

– Nie, proszę o wybaczenie. – Frederik posyła swój najbardziej rozbrajający uśmiech i odkłada teczkę na biurko.

– Proszę mu wybaczyć.

– No cóż, tak. – Lekarz z dezaprobatą macha ręką. – Znam ten problem. Zmniejszona kontrola nad impulsami.

Na podstawie badań lekarz uważa najwyraźniej, że już od dawna powinnam zauważać, że w mózgu Frederika zaszły jakieś zmiany. Ale czy tak jest naprawdę?

Tak, chyba faktycznie trochę się zmienił przez ostatnie kilka tygodni. Zrobił się egocentryczny, zdezorganizowany, porywczy. Ale czy jest gorszy niż mąż Heleny albo inni mężowie, których znam? Bynajmniej.

Lekarz wstaje zza biurka i podaje mi dłoń na pożegnanie. Ściska mocno moją dłoń.

– Proszę się przygotować na to, że kortykotropina zniweluje nieco zmiany jego osobowości w nadchodzących tygodniach. Zarazem jednak ta terapia może wywołać tendencje maniakalne jako efekt uboczny. A to oznacza, że pod żadnym pozorem nie może pani mu dać kluczyków do samochodu. Nie wolno mu kierować do czasu operacji.

– Tak. Dziękuję – odpowiadam. – Tak zrobię.

W międzyczasie zastanawiam się, czy Frederik jest tak inteligentny, że ucisk guza nie wywołał u niego zwykłych objawów, tylko po prostu sprowadził go na poziom innych mężczyzn.

Ale jak mam zadać to pytanie lekarzowi, żeby nie pomyślał sobie, że mam wygórowane mniemanie o swoim mężu?

4

Lotnisko w Kopenhadze. Uwielbiam ten moment, kiedy drzwi rozsuwają się po przejściu przez odprawę celną, a my popychamy nasze bagaże na wózkach w stronę ustawionych przed drzwiami przyjaciół pasażerów i ich rodzin. Duńskie twarze, machanie flagami, wylewne powitania w błysku fleszy, przytulanie dzieci, małżonków i przyjaciół niewidzianych od miesięcy.

My też wyglądamy jak zwyczajna rodzina. Nikt by nie powiedział, że odstajemy od reszty. Pierwszą osobą, którą zauważam, jest Laust, choć jest tak niski i blady. Stoi wciśnięty w tłum i patrzy na nas szeroko otwartymi, zatroskanymi oczami.

Jego skóra wydaje się bardziej przezroczysta niż zazwyczaj, jak papier ryżowy, którym owija się sajgonki. Gdyby wbić w niego pałeczkę, wylałyby się z niego niebieskie, czerwone i szare mięśnie i wnętrzności.

Rodzice Frederika uśmiechają się, choć widać po nich zmęczenie i stres. Przepychają się przed Lausta. Thorkild jak zawsze ma na sobie ciemną marynarkę i białą koszulę. Choć jest już na emeryturze, wciąż czuje się najlepiej w takich ubraniach, których wymagała od niego funkcja prezydenta Zrzeszenia Dyrektorów Prywatnych Szkół w Danii i dyrektora szkoły znacznie bardziej konserwatywnej niż szkoła Frederika.

Po policzkach Vibeke płyną łzy, kiedy ściska mnie na powitanie i próbuje spojrzeć mi prosto w oczy. Szybko zaczynam przestawiać walizki na wózku i kiedy ja udaję, że jestem bardzo zajęta, ona oczywiście rzuca się na Niklasa.

– Jak dobrze was widzieć – mówię.

Na razie nie mam nic więcej do dodania. W ciągu ostatnich dwóch dni wydałam majątek, dzwoniąc do nich z mojej komórki i przekazując im najnowsze wieści. Rozmawiałam z Vibeke nawet w chwili, kiedy zapinaliśmy pasy w samolocie i kazano nam wyłączyć komórki, a potem zadzwoniłam do niej tuż po lądowaniu, kiedy tylko włączyłam telefon. Najlepiej, jeśli odłożymy spotkanie w cztery oczy do chwili, kiedy nie będzie nas otaczał skłębiony tłum.

Obejmujemy się w milczeniu, a potem Laust prowadzi nas do swojego samochodu, stojącego na zadaszonym parkingu. Vibeke trzyma Niklasa za rękę i płacze, a ja przyspieszam trochę kroku i podchodzę do Lausta i Frederika.

Na widok Lausta Frederik wyraźnie się ożywił. Opowiada mu o tym, jakie wspaniałe spędziliśmy wakacje, a po długiej wędrówce przez alejki wiodące między parkingami w podziemiu, Frederik mówi:

– Jeśli tata zawiezie was do domu, ja mogę pożyczyć samochód Lausta i podjechać do szkoły po papiery, których będę potrzebował w weekend.

Choć wielokrotnie ostrzegałam ich przez telefon, oni nie są na to przygotowani. Thorkild trochę się rozluźnił, słuchając, jak jego syn radośnie opowiada o wakacjach. Teraz odpowiada powoli i z namysłem.

– Frederiku, nie wolno ci prowadzić.

– Ach, to tylko gadanie lekarzy, którzy boją się procesu i problemów z firmą ubezpieczeniową. Przecież to oczywiste. – Otwiera szeroko ramiona. – Spójrz na mnie! Oczywiście, że mogę prowadzić.

Obejmuję go w pasie i przytulam, żeby dodać mu otuchy.

– Frederik, ja cię odwiozę. A potem wszyscy pojedziemy do domu. A może wszyscy podjedziemy pod szkołę?

– Chyba nie zamierzasz serio słuchać zaleceń tego faceta? Przecież nie mógłbym nie jeździć samochodem przez miesiąc. To wykluczone.

Laust niepewnie przestępuje z nogi na nogę i włącza się do rozmowy.

– Frederiku, musimy pogadać o czymś jeszcze. – Frederik jest tak szczęśliwy, jakby za chwilę miał się roześmiać. Laust mówi dalej: – Może jednak powinieneś zrobić sobie przerwę od pracy, dopóki nie wrócisz do pełnego zdrowia?

– Co?

– Chodzi o to, że... jeśli choroba może w najmniejszym stopniu wpłynąć na twoje decyzje, to chyba takie rozwiązanie byłoby najlepsze.

– Co?!

Puszczam Frederika i rozglądam się. Jego okrzyk rozbrzmiewa echem w betonowym garażu, ale tu na dole nikt nas nie słyszy.

Laust powściągliwie i z uwagą wpatruje się w przyjaciela.

– Ja tylko uważam... że gdybyś podjął kilka błędnych decyzji... to niepotrzebne ryzyko.

– Nie podejmę błędnych decyzji!

– To kwestia bezpieczeństwa. Poczekajmy do chwili, aż będziemy stuprocentowo pewni, że jesteś znowu w szczytowej formie.

Frederikowi łamie się głos.

– Laust, nie zamierzasz chyba wyrzucić mnie ze szkoły?

Laust zawsze wygląda na bardzo niskiego, kiedy stoi obok Frederika, który przewyższa go o ponad głowę.

– Frederiku, sam żałowałbyś najbardziej, gdybyś niewłaściwie oszacował...

– Ale ja wszystko oszacuję właściwie! Nie martw się!

Thorkild włącza się w rozmowę.

– Może powinieneś się przez chwilę zastanowić... – mówi ściszonym głosem.

– Chcesz mnie wyrzucić ze szkoły! – krzyczy Frederik.

Uderza Lausta pięścią w twarz, a potem przewraca go na asfalt.

– Frederik! Frederik! – krzyczymy.

Bez namysłu rzucam się na nich i próbuję chwycić Frederika za ręce, unieruchomić mu je za plecami, kiedy on zasypuje Lausta gradem ciosów. Chwytam go za jedno ramię, ale on się wyrywa, kiedy chwytam go znowu, gryzie mnie w rękę.

Nigdy wcześniej nie zdobyłam się na coś takiego, ale tym razem robię dwa głębokie oddechy i ponownie się koncentruję. Obiema rękami chwytam prawą rękę Frederika i wykręcam mu ją do tyłu tak szybko, żeby nie zdążył mnie ugryźć albo uderzyć. Rzucam go na cementową podłogę twarzą w dół i siadam na nim, blokując mu rękę. To on prawie całe życie spędził za biurkiem, a ja jestem od niego sześć lat młodsza i mam dyplom nauczycielki WF-u. Frederik wyje z bólu.

I krzyczy. O przemocy w rodzinie, o szkole, o tym, że wszyscy jesteśmy popieprzeni.

– Zamknij się! – krzyczę. – Zamknij się!

Laustowi udaje się wygrzebać spod Frederika. Jeszcze mocniej wykręcam rękę Frederika, przesuwam jego dłoń prawie pod kark. Kolejny krzyk. Jego mózg, biedny, schorowany mózg: cały tłuszcz i krew, rowki i bruzdy i to coś, co rośnie – wszystkie płody, które usunęłam, żebyśmy nie mieli już więcej dzieci.

Spoglądam na Niklasa, widzę jego długie blond włosy na tle betonowego sufitu parkingu. Trochę się nachylił do przodu, gotowy ruszyć do walki, mój mały blondynek, w jego oczach widać dezorientację. Z kim ma walczyć?

– Leż spokojnie, do cholery – mówię.

Ale Frederik rzuca się i wierzga, kiedy nie przyciskam jego ramienia do pleców. Vibeke kuca i patrzy mu prosto w twarz.

– Frederik – mówi takim tonem, jakby karciła niegrzecznego szczeniaka. – Frederik, jak mogłeś?

Laustowi płynie krew z nosa i ma zadrapania na policzku. Spoglądam na niego pytająco.

– Nic mi nie będzie – mówi.

Na dźwięk jego głosu Frederik znowu zaczyna się wyrywać.

– Chcesz mnie odciąć od szkoły! Od mojej szkoły! Mojej szkoły!

Chwytam go za włosy od tyłu i całym ciężarem ciała przygniatam jego głowę do betonu, ale błyskawicznie, jakby pod wpływem szoku, rozluźniam uścisk. Nie chcę dodatkowo naciskać na guz.

– Tak to wygląda? – pyta Laust. – Naprawdę tak się zachowuje?

– Wcześniej nie dochodziło do rękoczynów – mówię, dysząc ciężko.

Tylko mój teść zachowuje zimną krew. Delikatnie kładzie dłoń na ramieniu Lausta.

– Wiesz, że to nie nasz Frederik – mówi. – Wiesz. To jego guz.

– Tak.

– Wokół roi się od policjantów, a oni mogliby to opacznie zrozumieć. Liczę, że ich o tym nie poinformujesz.

– Nie, oczywiście, że nie. – Laust wygląda tak, jakby ta sugestia go zaniepokoiła.

W kryzysowych sytuacjach Frederik mówi dokładnie takim samym, łagodnym i poufnym tonem, jak Thorkild w tej chwili. Tak dobrze znam ten głos. Nawet leżący pode mną Frederik się rozluźnia.

– Chyba powinieneś już pójść – mówi cicho Thorkild do Lausta. – Może wtedy szybciej dojdzie do siebie.

Laust kiwa głową. W milczeniu odchodzi, wsiada do swojego samochodu i odjeżdża. Kiedy go już nie ma, chcę puścić Frederika, ale nie wiem, czy to nie za wcześnie.

– I co teraz? – pytam.

Vibeke nie podnosi się i mówi, patrząc Frederikowi prosto w twarz.

– Nie chcę cię pouczać, Mia, ale chyba traktujesz go zbyt obcesowo. Robisz mu krzywdę.

* * *

Jeszcze trzy lata temu Frederik codziennie wstawał o wpół do szóstej, odpowiadał na e-maile z domowego gabinetu, potem jedliśmy śniadanie i następnym razem widziałam go dopiero późnym wieczorem. Był zmęczony i rzadko uprawialiśmy seks. Potem zaczynał się kolejny dzień. W weekendy też większość czasu spędzał w domowym gabinecie, a ja o wiele za dużo niedzielnych wieczorów zmarnowałam na robienie mu o to awantur.

Kiedy pewnego razu skarżyłam się Helenie, powiedziała:

– Brak miłości każdego doprowadziłby do obłędu.

– Do obłędu?

– Tak. Oczywiście nie chcę powiedzieć, że jesteś wariatką. Ale twoje reakcje w ogóle mnie nie dziwią.

Osiem lat po ślubie znalazłam w jego torbie liścik do jednej z nauczycielek angielskiego. Wyglądał dokładnie tak samo jak wszystkie liściki miłosne, które zostawiał w mojej przegródce w pokoju nauczycielskim przez kilka miesięcy po powrocie z zielonej szkoły w Szwecji. Pisał, że chce się z nią zobaczyć wieczorem.

Wysłałam Niklasa na noc do Thorkilda i Vibeke i pojechałam pociągiem do Kopenhagi, gdzie za pomocą jego zapasowego klucza weszłam tylnymi drzwiami do szkoły. Frederik siedział sam w gabinecie i wszystkiego się wyparł. Ale kiedy wychodziłam, w korytarzu minęła mnie nauczycielka angielskiego.

Byłam gotowa na wszystko, nie tylko ze względu na siebie, ale także na Niklasa. Zrobiłam scenę z fajerwerkami, wrzeszcząc, że jeśli ona nie znajdzie sobie pracy w innej szkole, to skontaktuję się z rodzicami wszystkich uczniów i poinformuję radę szkoły o ich romansie, a potem będę jej na każdym kroku uprzykrzać życie.

Odeszła z pracy, a Frederik jeszcze raz obiecał mi, że się zmieni. W ten sposób rozpoczął się kolejny tydzień mojego życia z nim, a ja znowu żyłam nadzieją, że w weekend, a może w wakacje, a może w następne wakacje on okaże choć trochę zainteresowania Niklasowi i mnie.

Trzy lata później wydarzyła się podobna sytuacja. Nakryłam go wówczas z członkinią rady szkoły i tym razem wyrzuciłam go z domu. Najpierw przemieszkał tydzień w pokoju gościnnym w wielkim mieszkaniu Lausta i Anji w Kopenhadze, a potem wynajął sobie jednopokojowe mieszkanie, położone pięćdziesiąt metrów od szkoły.

Pierwszy tydzień był trudny dla mnie i dla Niklasa. Ale potem wpadłam w ekstazę. Postanowiłam, że zacznę malować i znajdę sobie prawdziwego męża, który zechce dzielić ze mną życie. Przez całe lata marzyłam o takim skoku w nieznane. Nareszcie skończyłaby się moja samotność. Przestałabym się narzucać Niklasowi. Od kiedy gruchnęła wieść, że jestem sama, zaczęło się mną interesować wielu żonatych i samotnych mężczyzn, którzy najwyraźniej wcześniej powstrzymywali się tylko ze względu na Frederika.

Po raz pierwszy od wielu lat byłam wolna, żyłam w uniesieniu, wszystko miało się zacząć od nowa, nadchodziły dobre czasy.

Do dziś nie rozumiem, co się wtedy wydarzyło. Niklas znalazł mnie nieprzytomną na podłodze w kuchni, z pustą butelką po tequili. Co się stało? To było do mnie zupełnie niepodobne. Co we mnie wstąpiło? Nic nie pamiętałam, kiedy obudziłam się na pogotowiu w szpitalnym łóżku, przy którym siedzieli Frederik i Niklas.

Nigdy sobie nie wybaczę, że syn zobaczył mnie w takim stanie. Czy na jedną noc zwariowałam? Czy wolność spadła na mnie zbyt szybko? Czy nie potrafiłam żyć bez Frederika?

Potem on wprowadził się z powrotem do domu. Może chciał zająć się Niklasem, a może mną. Pozwoliłam mu, bo nie wiedziałam, co ze mną nie tak.

Dokładnie pamiętam jedną z pierwszych kolacji z Frederikiem, kiedy już oboje wróciliśmy do domu. Niklas poszedł do kolegi, a Frederik kupił mi wielki bukiet kwiatów. Położył na stole płócienne serwetki, których nigdy nie używaliśmy, i świece, których wprawdzie używaliśmy, ale tylko wtedy, kiedy ja je zapaliłam. Słyszałam, jak w kuchni otwiera czerwone wino, choć jego matka uważała, że powinnam przestać pić.

Kiedy tylko usiedliśmy, powiedział:

– Czy możemy w jakiś sposób sprawić, by było bardziej romantycznie?

– Świece, wino?

– Nie, nie o to mi chodzi. – Jego usta dotknęły krawędzi kieliszka. Były suche, choć przed chwilą pił. Mówił dalej. – Jedno z dwojga kochanków ociera się o śmierć i wtedy oboje uświadamiają sobie, że rozstanie nie wchodzi w grę. To fabuła rodem z najlepszego romansu. Czy coś takiego nie przydarza się właśnie nam?

Miałam ochotę wykrzyczeć mu prosto w twarz: „To ja się otarłam o śmierć! Ty akurat wtedy posuwałeś jakąś panienkę! Naprawdę znasz historie miłosne, w których kobieta nieomal zapija się na śmierć i ratuje ją syn, który znajduje ją na podłodze?". Ale nic nie powiedziałam.

Wpatrywał się we mnie z taką zachłannością.

– Chyba powinniśmy wyciągnąć z tego wniosek, że nie możemy bez siebie żyć. Czy wyobrażasz sobie coś równie romantycznego, Mia? Jesteśmy sobie przeznaczeni, z wszystkimi naszymi ułomnościami. To sama esencja miłości, czyż nie? Ty i ja.

Głęboko podziwiam zdolność Frederika do odnajdywania czegoś pozytywnego nawet w najbardziej desperackiej sytuacji. Oczywiście miał rację. Choć byłam wściekle rozczarowana, choć od wielu lat skutecznie izolował mnie od siebie, choć nasz związek zmienił się tak radykalnie. Mimo wszystko Frederik miał rację. Byliśmy sobie przeznaczeni. Tak właśnie miało być: spotkaliśmy się na plaży w Szwecji, potem zmusiłam jego pierwszą kochankę do odejścia z pracy, a potem prawie zapiłam się na śmierć, żeby móc zjeść z nim tę kolację i żyć z nim do grobowej deski.

Potem nareszcie się ustatkował.

Nie zostawał już w szkole każdego wieczoru. Trochę się wyluzował i czułam, że znowu zaczął się mną interesować. Jadał w domu i razem oglądaliśmy telewizję i odwiedzaliśmy przyjaciół. Poświęcał więcej czasu Niklasowi i razem rozmawialiśmy o naszym synu, domu i ogrodzie. Zachowywaliśmy się jak inne pary.

Przyjaciele powtarzali mi raz po raz, że człowieka nie da się zmienić. Radzili mi rozwód. Ale ja walczyłam, zaciskając zęby.

Jak się okazało, mylili się.

...

Dwadzieścia minut później jedziemy do domu samochodem moich teściów. Thorkild wyjaśnił wszystko dwóm policjantom, którzy natychmiast się zjawili na parkingu, i to on kieruje teraz samochodem. Obok niego zajęła miejsce Vibeke, a my we trójkę siedzimy z tyłu.

Powiedziałam mnóstwo miłych rzeczy Frederikowi i w ten sposób udało mi się go spacyfikować. Teraz śpi z głową opartą o szybę.

Po mojej drugiej stronie siedzi wyprostowany Niklas. Wygląda tak cudownie i delikatnie. W przymglonym świetle sączącym się przez cienkie chmury i rozpraszanym przez kropelki deszczu wygląda prawie jak dziewczyna albo model o melancholijnej twarzy. Nachodzi mnie nieodparte przeczucie, że łatwiej przyszłoby mu się pogodzić z moją chorobą niż z chorobą ojca.

Ze względu na naszego syna Frederik potrafiłby zmienić przygnębiający, codzienny kierat opieki nad chorą matką w zabawę pod tytułem Pomóżmy Naszej Zwariowanej Mamie. Oczywiście nadal byłoby im smutno, ale potrafiliby się też bawić. Niklas potrzebuje radości jak powietrza. Ja jestem inna. Kiedy się smucę, moje przygnębienie udziela się całemu otoczeniu. On o tym wie.

Niklas wpatruje się w krajobraz za oknem. Odwracam od niego wzrok i patrzę przez drugie okno na niewielkie, wibrujące krople, które wiatr wciska w szybę.

Uzgadniam ze sobą, że nie jestem Frederikowi nic winna. Wręcz przeciwnie, to on ma u mnie dług wdzięczności za wszystkie te lata, kiedy mu bezgranicznie ufałam i tak strasznie cierpiałam z powodu jego nieobecności. Wydawało mi się, że poświęcam się dla uczniów szkoły Saxtorph, a on w tym czasie zabawiał się innymi kobietami w Kopenhadze. Rok za rokiem. Tak mijały kolejne lata mojej młodości.

Gdybym poważnie zachorowała, musiałby opiekować się mną bardzo, bardzo długo, żeby odpokutować swoje grzechy.

Powtarzam w myślach to, o czym wielokrotnie myślałam w ciągu ostatnich kilku dni: jeśli operacja Frederika się nie uda, zostanę z nim przez rok, najwyżej półtora roku. Tylko tyle, ile będzie wymagała rehabilitacja. Potem koniec. Kiedy o tym myślę, odczuwam ulgę. W takiej sytuacji zawsze trzeba znaleźć jakieś wyjście awaryjne.

Frederik odsuwa głowę od szyby i opiera się teraz na moim ramieniu. Ciepło, miękki dotyk jego ucha, ciche pochrapywanie.

Zaczynam płakać, cicho, bezgłośnie. Wcale nie zrealizuję tego planu, dobrze o tym wiem. Ostatecznie nie opuszczę mojego męża. Nawet po półtora roku. Na zawsze zostanę z Frederikiem.

Czy po operacji też będzie rzucał się na ludzi z pięściami? Czy będę musiała zrezygnować z pracy? Czy czeka nas przeprowadzka? Rzucam go na betonową podłogę parkingu i wykręcam mu rękę za plecy. Uderzam go w supermarkecie, kiedy mnie atakuje, bo nie pozwalam mu zdecydować, co kupić. Wierzga nogami, kiedy przyciskam go do ziemi na tarasie w domku letniskowym Thorkilda i Vibeke.

– Thorkild, możesz się zatrzymać? Niedobrze mi.

Teść zatrzymuje się na poboczu autostrady, a ja wypadam z samochodu na pas trawy rosnącej wzdłuż drogi. Padam na kolana i kładę ręce na czole.

Chcę zwymiotować, ale nie mogę. Po plecach płynie mi pot. Próbuję coś z siebie wyrzucić. Znowu. I znowu.

Potem czuję ciepłą dłoń na czole. To Niklas. Nauczył się tego ode mnie, kiedy był małym chłopcem i wymiotował. Zawsze wtedy kładłam mu rękę na czole.

To ja powinnam się nim zająć. Mam ochotę wstać i położyć mu dłoń na czole. To on powinien wymiotować. Kiedy wreszcie wstaję, on mnie obejmuje. Jest ode mnie wyższy, ma silne ramiona, głaszcze mnie po głowie.

Uszkodzenia kory okołooczodołowej

Kora okołooczodołowa koordynuje emocje pochodzące z naszego układu limbicznego z pracą nadrzędnych układów kontrolnych.

Układ limbiczny wysyła sygnały do pozostałych części mózgu, nakazując ucieczkę, walkę, kopulację, odczuwanie smutku lub gniewu. Te silne impulsy zapewniają przetrwanie i można je zaobserwować także u innych zwierząt. Kora okołooczodołowa to rejon modulujący te jednoznaczne sygnały i nadający im bardziej zniuansowaną ludzką formę.

Uszkodzenie kory okołooczodołowej prowadzi do utraty indywidualnego i wyjątkowego sposobu modulowania emocji. Mózg zna wtedy tylko dwie skrajne emocje: wyciszenie i maksymalną intensywność. Nie ma strefy pośredniej.

Osoba cierpiąca na takie zaburzenie często doświadcza patologicznej euforii albo czuje się skrajnie zdystansowana i obojętna na to, co się wokół niej dzieje. Zanikają subtelne reakcje, a wraz z nimi osobowość. Kiedy osoba z takim schorzeniem płacze albo wpada w gniew, nie potrafi zapanować nad siłą własnych emocji, zachowuje się jak małe dziecko.

Często lokalne uszkodzenie kory okołooczodołowej nie wpływa negatywnie na inteligencję, pamięć czy zdolności werbalne. Prowadzi jednak do głębokich zmian osobowości, odbiera zdolność odróżniania wyborów dobrych od złych. Osoba taka staje się bardziej brawurowa, bardziej „prostolinijna", z trudem przychodzi jej kontrolowanie momentalnych impulsów i traci zdolność długofalowego planowania.

Osoby cierpiące z powodu uszkodzenia płata czołowego często tkwią w mylnym przekonaniu, że są zdrowe, i nie wykazują żadnych objawów chorobowych. Nie potrafi ich o tym przekonać żadne badanie czy argument. Brak empatii i nieświadomość podejmowania błędnych decyzji u osoby z uszkodzeniem kory okołooczodołowej często prowadzą do radykalnej zmiany trybu życia, nawet w przypadku, gdy uszkodzenia są tak drobne, że nie potrafią ich wykryć konwencjonalne testy psychologiczne.

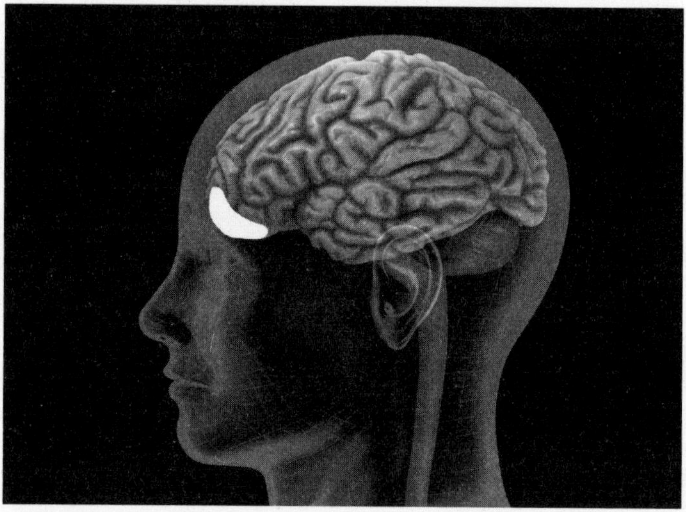

Kora okołooczodołowa usytuowana
jest w przedniej części mózgu, tuż nad gałkami ocznymi.

Niekiedy chorzy z uszkodzeniami kory okołooczodołowej przejawiają tylko kilka z następujących symptomów, u większości pojawiają się wszystkie objawy:

- brak empatii i zainteresowania dla innych,
- brawurowość, brak taktu, niewybredne zaloty o charakterze seksualnym,
- nienaturalna wesołość i wulgarne, dziecinne żarty,
- brak lęku i emocjonalna obojętność, przy minimalnym samokrytycyzmie,
- trudności z koncentracją i tendencja do poddawania się w obliczu najmniejszych trudności.

Symptomy te mogą się uwidocznić nawet wtedy, gdy u pacjenta nie pojawiają się inne oznaki choroby neurologicznej, takie jak paraliż. Co więcej, chory właściwie nie czuje, że coś mu dolega. W konsekwencji nie widzi powodu, by skonsultować się z lekarzem czy psychologiem.

5

– Oczywiście, że z nim zostaniesz – mówi Helena przez telefon, kiedy dzwonię do niej o trzeciej nad ranem, bo nie mogę zasnąć. – Zostaniesz. Bo taka właśnie jesteś.

Wieki temu studiowałyśmy razem architekturę i mieszkałyśmy w tym samym akademiku. Hanne umarła tuż przed tym, jak spotkałam Frederika. Helena jako jedyna z nas trzech, dzięki swojej żelaznej woli, skończyła studia. Zaczęłam wtedy grać z nią w tenisa i do dziś regularnie umawiamy się na mecze. Być może nie gra z taką finezją jak ja, ale jest wysoka, ma nieco męską sylwetkę i rozwiniętą muskulaturę, więc jest godną mnie przeciwniczką. Kiedy po pięciu latach nie znalazła pracy w zawodzie, za moją namową poszła na studia pedagogiczne i została nauczycielką w podstawówce. Potem dostała pracę w mojej szkole i od tamtej pory byłyśmy nie tylko partnerkami na korcie, ale i koleżankami z pracy.

– Przemyślałam to – mówi Helena. – Gdyby pewnej nocy zaatakował nas jakiś facet, który by mnie powalił na ziemię, i nie mogłabym uciec, to chciałabym, żebyś była wtedy u mojego boku. Bo byś go zaatakowała, nie zawahałabyś się. Razem byśmy go pokonały.

Jestem zmęczona, tak bardzo zmęczona. Leżę w łóżku na plecach i wiem, że mogę mówić tak głośno, jak tylko chcę, a Frederik i tak się nie obudzi. Zawsze śpi jak zabity.

– Czy ten facet ma pistolet? – pytam.

– No wiesz, jeśli przyciska mnie do ziemi, to właściwie nie ma znaczenia.

– Gdyby miał pistolet, to musiałabym być wariatką, żeby nie uciec.

– No jasne, przez głowę przemknęłoby ci tysiąc myśli: czy powinnaś ryzykować życie, zostać i walczyć z tymi facetami? Ale gdybyś się zastanawiała, nie ruszyłabyś się z miejsca. To nie twoje myśli decydują o tym, kim jesteś. Tylko twój instynkt.

– Aha, więc teraz mówimy już o kilku facetach?

– Trzech, ale nie mają pistoletu i my ich pokonujemy.

– Jeśli tylko wszystko dobrze się kończy.

Nie wiem, jak wpadła na pomysł, że nocą napada na nas trzech facetów. Tak, ma rację, że życie może stanąć na głowie w ułamku sekundy. Kiedy siedzisz na przeciągającej się radzie pedagogicznej, modląc się, by wreszcie się skończyła, albo znajdujesz koszulkę, którą chcesz włożyć do torby tenisowej, albo kiedy się spieszysz do kuchni po lody czekoladowe, bo w telewizji zaczyna się właśnie brytyjski serial kryminalny. Wydaje ci się, że jesteś bezpieczna, a w jednej chwili wszystko może wymknąć ci się z rąk. Na przykład, pęka naczynie krwionośne w twoim mózgu.

Miałam dwanaście lat, kiedy po raz pierwszy mój świat legł w gruzach. Rodzice dokładali wszelkich starań, żeby ich codzienne życie niczym się nie różniło od życia tysięcy innych młodych par. Prowadziłam w zasadzie szczęśliwe życie na nowo wybudowanym osiedlu na przedmieściach Fredericii, a mamie i tacie udawało się przekonać wszystkich, że też jesteśmy szczęśliwi. Tata pracował jako urzędnik w banku, a mama zajmowała się domem i od czasu do czasu pracowała na pół etatu w stołówkach różnych firm.

Dla mojego taty kulminacyjnym punktem każdego tygodnia był czwartkowy wieczór, kiedy grywał w piłkę nożną z przyjaciółmi na boisku za szkołą. Dzięki kolegom z drużyny piłkarskiej poznał bandę świrów z Kopenhagi, którzy właśnie założyli komunę w zdewastowanym budynku przy Prinsessegade. Nagle, bez ostrzeżenia, pewnego sobotniego ranka przeprowadził się z naszego domu do ich siedziby. Ani ja, ani matka nie rozumiałyśmy, co się stało.

Kiedy wpadałam na ojca w mieście, cieszył się na mój widok, ale nie na tyle, by dać mi do zrozumienia, że za mną tęskni. Mówił o rewolucji, która – jak z przekonaniem twierdził on i jego przyjaciele – miała się lada chwila rozpocząć. Mówił o ciemiężonych obywatelach i o tym, że chce zwiedzić świat, szczególnie Trzeci Świat. Kiedy któregoś dnia nieopatrznie powtórzyłam to wszystko matce, krzyknęła:

– Nie wierz mu, on kłamie! Przeprowadził się tam tylko po to, żeby się pieprzyć z tymi hipiskami!

Próbowała znaleźć nowego partnera, ale wszyscy ją zostawiali, a ja nauczyłam się izolować od jej duszącego rozgoryczenia moim ojcem, ostatnim mężczyzną, z którym spotykała się w danym miesiącu, wszystkimi, których znała. Dziś pewnie zdiagnozowano by u niej depresję, ale wtedy nikomu nie przyszło to do głowy.

Tymczasem z ojcem znacznie fajniej mi się rozmawiało. Potajemnie nadal odwiedzałam go w siedzibie komuny, aż pewnego dnia przyjechałam bez zapowiedzi i dowiedziałam się, że aresztowano go w Tajlandii za przemyt haszyszu.

Potem matka obsesyjnie wysyłała mu do więzienia długie listy, a rok później pojechała tam, żeby go odwiedzić. Kiedy wróciła do domu, pokazała mi jego zdjęcia, na których był chudy jak szczapa i powiedziała, że dzieli celę z dwoma mordercami. Napisałam do niego, a potem rozesłałam do duńskich polityków i dziennikarzy prośbę o pomoc w uwolnieniu ojca.

Kiedy wreszcie wrócił pięć lat później, wyglądał jak były więzień obozu koncentracyjnego. Dostał rentę inwalidzką z powodu rozstroju nerwowego, a kiedy wpadałam do jego małego mieszkanka, często opowiadał dziwne rzeczy. Zazwyczaj przekonywał mnie, że sąsiedzi chcą go dorwać i zabić. W czasie moich wizyt leżał wyciągnięty na kanapie przy włączonym telewizorze, z nogami przykrytymi brudnym kocem. Umarł, zanim skończyłam trzydziestkę.

Choć porzucił naszą rodzinę dla długowłosych dziewczyn z Kopenhagi, nigdy nie gniewałam się o to na niego, tylko na moją matkę. To ona ze łzami w oczach wepchnęła mnie w bagno dorosłych problemów, nad którym unosił się smród ciasteczek i herbaty. Nadal mieszka w tym samym małym domku w Fredericii. Nie dzwonimy do siebie zbyt często i rzadko się widujemy, a ja za nią nie tęsknię.

• • •

Trzy tygodnie po upadku Frederika nadal nie operowano. Thorkild i Vibeke muszą z nim siedzieć w domu, kiedy ja jadę do pracy, bo co chwilę wyczynia najdziwniejsze rzeczy.

Przez pierwszych kilka dni nie dziwiło nas to, że mówi tylko o sobie. Kto by nie mówił po tak poważnej diagnozie? Ale on nie przestawał. To nie miało końca, zawsze tym samym, pełnym energii, radosnym głosem. Żadnej modulacji tonu, żadnych wahnięć nastrojów i emocji.

W czasie kolacji miałam ochotę rzucić się na niego przez stół i go udusić, byle tylko ucichł ten jego głos. Jego monologi śniły mi się w najgorszych koszmarach. Śniło mi się, że ten głos go opętał, że zamieszkiwał w guzie, jak mały, pająkowaty potwór, który gadał i gadał. Ten głos decydował o wszystkim, a w moim śnie wcielił się w obleśnego instruktora tenisa w zbyt obcisłych spodenkach, który prowadził moje treningi, gdy miałam szesnaście lat, i którego nienawidziły wszystkie dziewczyny z klubu.

W dzień i w nocy czytałam w internecie o jego chorobie i pochłaniałam książki na temat neuropsychologii. Zawsze staram się dokładnie zrozumieć sytuację, w której się znalazłam. Czy w książkach piszą, że Frederik przeżyje? Czy kiedyś jeszcze będzie sobą?

Dzwoni do nas wielu lekarzy, których dzieci uczą się w Saxtorph, pytając, czy mogą nam w czymś pomóc. Kiedy pytam ich o rokowania, nabierają wody w usta. Dlatego wsłuchuję się w ton ich głosu. Czy długą robią pauzę, zanim odpowiedzą? Jak często pochrząkują? Wszystko staje się złowróżbnym znakiem.

Dzwonią też inni ludzie, oferując pomoc i wsparcie. Mówią: „Zazwyczaj nie zadzwoniłabym do dyrektora szkoły, w której uczy się moje dziecko, ale Frederik to co innego". Wreszcie Laust musiał napisać e-mail do „Przyjaciół Saxtorph" z prośbą, by do nas nie wydzwaniano i nie przysyłano już prezentów.

Wieczorami to ja gadam bez końca, tak jak Frederik, o tym samym, choć to nie on musi mnie wysłuchiwać. Dzwonię do przyjaciół, opisuję góry na Majorce i naszą szaleńczą jazdę. Nasze trzy cudowne lata. Streszczam to, co w ciągu dnia powiedzieli lekarze. Niklas co wieczór wychodzi z przyjaciółmi. Mój zachrypły, monotonny lament to zły brat bliźniak tego głosu, który nawiedził nasz dom.

Laust już nas nie odwiedza, bo Frederik nadal jest na niego wściekły. Ale wysłuchuje mnie przez telefon i pyta, jak może nam pomóc. Nigdy nie narzeka, że pozostali pracownicy administracyjni muszą pracować po godzinach. Często dzwoni, żeby skonsultować się w kwestiach związanych z kierowaniem szkołą, tak jak przed chorobą Frederika, tylko że teraz zadaje pytania mnie. Na początku wymyślaliśmy skomplikowane strategie, żeby wydobyć odpowiedzi z Frederika, ale wkrótce się okazało, że to niekonieczne.

Mogę bez zbędnych wstępów zapytać:

– Frederik, ostatnie listy od dzierżawcy szkolnej stołówki zniknęły z teczki z korespondencją. Gdzie one się mogą podziewać?

Nie mieści mu się w głowie, że słowa innych ludzi to wypadkowa ich myśli i emocji, więc nie analizuje ich motywacji. Po prostu odpowiada na pytania.

– Są w teczce leżącej pod segregatorem z umowami z firmą sprzątającą. Zamierzam ich użyć, pisząc projekt nowej umowy.

– Aha, więc tam są. Zastanawiam się nad czymś jeszcze: co zadecydowałeś w czasie wrześniowego spotkania z Fatimą z klubu pozalekcyjnego?

Jakby tego było mało, muszę wydzwaniać do wszystkich tych publicznych instytucji, wypełniać rządowe formularze i blankiety z firm ubezpieczeniowych, a także skomplikowane rachunki, które zawsze płacił Frederik. Kładę się spać bardzo późno. Teraz muszę się rozluźnić i zasnąć u boku mężczyzny, który inaczej chrapie, inaczej pachnie i inaczej niż przedtem wierzga przez sen. Równie dobrze mogłabym dzielić nasze małżeńskie łoże z włamywaczem.

Czy kiedyś jeszcze będziemy się kochać? Kiedy on leży i namawia mnie do seksu, odwracam się, ściskam mocno grubą poduszkę między piersiami i odpycham go nogą.

Ale którejś nocy dochodzę do wniosku, że on ma rację. W końcu wciąż jesteśmy mężem i żoną. Dlaczego się upieram, żeby spał na swojej połowie łóżka? Oboje chcemy tego samego, choć on od pięciu tygodni zachowywał się jak nieznajomy.

Poza tym co noc, kiedy leżę pod kołdrą w półśnie, fantazjuję o tym, że udaje mi się go wyleczyć. Wiem, że to mrzonki, ale czasem mam nadzieję, że to wszystko jedno wielkie nieporozumienie. Jakiś głos mi mówi, że nie ma żadnego guza, że Frederik wróci do zdrowia, jeśli tylko będę z nim uprawiać seks. Że ostatnie pięć tygodni to tylko sprawdzian mojej miłości i już niedługo on znowu będzie sobą, jeśli tylko mu na to pozwolę.

Więc którejś nocy się zgadzam i pół sekundy później on wskakuje na mnie i próbuje dziko się we mnie wbić. Nie ma w tym ani krzty erotyzmu czy czułości. Dla niego nie jestem osobą, dociera to do mnie z porażającą jasnością. Jakaś istota ściska mnie łapami i próbuje się na mnie wdrapać, jakaś istota bez wieku, bez twarzy, bez oczu i bez głosu.

Próbuję mu przypomnieć, co lubię i jak zazwyczaj to robimy. On pozwala mi mówić, ale robi swoje, jakby mnie

nie słuchał. Dziko prycha mi prosto do ucha. Ma takie niezdarne dłonie. Wygląda jak pies, który chce tylko wskoczyć na sukę. Wciska we mnie penisa, jakby nie dostrzegał, że robię, co w mojej mocy, żeby go nie wpuścić. Nigdy wcześniej pot tak nie lśnił na jego twarzy.

Wiję się, próbując go z siebie zepchnąć, ale on w odwecie tylko mocniej przyciska mnie do materaca. Nawet uśmiech na jego twarzy zdaje się należeć do kogoś innego.

– Przestań! Przestań! – Ale on nie daje za wygraną. – Przestań, Frederik! Do cholery, Frederik, przestań!

On robi swoje. Nie pozostawia mi wyboru. W końcu uderzam głową w jego głowę.

– Och! Ty pieprzona świnio!

Chwyta się za nos i podnosi się trochę. Wyje, a ja spycham go z siebie i biegnę do łazienki, ryglują drzwi i podnoszę w górę klamkę, bo zamek pewnie nie wytrzyma.

Dwie sekundy później on chwyta za klamkę i gwałtownie na nią naciska, krzycząc:

– Wychodź, kurwo! No już, wiem, że tego chcesz. Zaraz cię porządnie zerżnę! – Przez drzwi szepczę, że zbudzi Niklasa. Ale on ma to gdzieś. – Ty dziwko, czas na jebanie!

Rozlega się pukanie do drzwi sypialni.

– Co się tam dzieje? Co się stało? – Niklas woła wysokim, piskliwym głosem, jakim mówił jeszcze kilka lat temu.

– Nie wtrącaj się w nieswoje sprawy! – krzyczy Frederik. – Spadaj do swojego pokoju! Masz w tej chwili iść do swojego pokoju!

Przez drzwi łazienki i drzwi sypialni krzyczę w kierunku miejsca, w którym mój syn stoi na korytarzu.

– Wszystko w porządku, Niklas, nic się nie stało.

On mnie nie słyszy.

– Gdzie mama?

– Tu jestem, Niklas! Słyszysz mnie? Jestem w łazience!

– Spierdalaj do pokoju, gówniarzu!

Teraz w głosie Niklasa słychać panikę.

– Gdzie mama, chcę ją zobaczyć!

Otwieram drzwi i wbiegam do sypialni. Frederik jest nagi, stoi oparty plecami o drzwi prowadzące na korytarz. Telepią się, kiedy Niklas raz po raz uderza w nie z hukiem. Frederik nadal ma erekcję. W ciemności jego członek wydaje się większy niż przed chorobą.

Podchodzę bliżej.

– Niklas, wszystko w porządku. Jestem tutaj. Nic się nie stało.

Hałas ustaje. Niklas chyba stoi w ciszy po drugiej stronie drzwi. Teraz mówi łagodnym głosem.

– Chcę cię zobaczyć.

Wyjdę do ciebie – mówię, rozglądając się za ubraniem, które mogłabym na siebie narzucić.

Frederik już się nie opiera o drzwi. Napięcie na chwilę opada, a wtedy drzwi się otwierają się z hukiem na oścież i Niklas wpada do pokoju i z rozpędu mija nas oboje.

Światło z korytarza pada na mnie. Tak jak Frederik jestem naga. Niklas patrzy na mnie z przerażeniem. Ma zmierzwione włosy. Jest gotów do walki. Ale pada na podłogę.

– Przepraszam.

– Nie musisz przepraszać.

Rzucam okiem na Frederika. Najwyraźniej nic go nie zraziło, jego penis wciąż sterczy i nabrał już brązowo-fioletowej barwy. Nie rozumiem, czemu nie opada. Frederik w ogóle nie okazuje zawstydzenia, choć Niklas odwraca wzrok. Ruszam szybko w stronę łóżka, żeby okryć się kołdrą.

Niklas płacze w takim samym nierównym rytmie, jak kiedy miał pięć lat, tak samo pojękuje głęboko i łka.

– Przepraszam... przepraszam... przepraszam.

Rzucam drugą kołdrę w stronę Frederika, żeby się okrył.

– Nie masz za co przepraszać, Niklas. To dobrze, że chciałeś się upewnić, czy nic mi nie jest.

Kucam na podłodze obok mojego syna i mam ochotę objąć go i przytulić, ale on mnie odpycha.

Wstaję.

– Idź do swojego pokoju – mówię. – Zaraz do ciebie przyjdę.

Biorę jakieś ubrania, daję Frederikowi czasopismo o sportach motorowych, które przyniósł mu Thorkild, i biegnę do łazienki, żeby się ubrać. Kiedy wracam, Niklasa już nie ma, a Frederik pogrążył się w lekturze czasopisma.

Wchodzę do pokoju Niklasa. Siedzi na łóżku, otulony kołdrą. Przysuwam krzesło do jego łóżka i siadam. Wiem, że powinnam się uspokoić, powinnam w tych okolicznościach wykazać nieludzki spokój. On ma stężałą twarz, jakby sparaliżowało mu wszystkie drobne mięśnie pod skórą, a kiedy odsuwa z czoła kosmyk kręconych włosów, robi to powoli, jakby dużo go to kosztowało, jakby cierpiał na jakąś neurologiczną chorobę, która uniemożliwia mu normalne poruszanie się.

Zapewniam go, że nic mi się nie stało i że jego ojciec mnie nie uderzył. Powtarzam to. Jeszcze raz powtarzam. Za każdym razem sztucznie spokojnym tonem.

W którejś chwili czuję, że mój udawany spokój zaczyna udzielać się mnie samej i staje się rzeczywisty.

Teraz mówię do zdrowego człowieka. To kolosalna różnica.

– Czy tamtym razem tata też cię uderzył? – pyta w końcu Niklas i wiem, że chodzi mu o ten wieczór, kiedy wyrzuciłam Frederika z domu.

– Twój tata nigdy mnie nie uderzył – mówię.

W jego pokoju jest ciepło. Zamiast plakatów Niklas rozwiesił na ścianach wydrukowane czarno-białe zdjęcia, które sam zrobił, obok monochromatycznego plakatu anonsującego imprezę techno w Kopenhadze. W pokoju unosi się zapach nastolatka, a jego rzucone byle jak na podłodze ubrania przypominają małego, grubego trolla.

– To się niedługo skończy – mówi.

– Tak, po operacji wszystko wróci do normy.

– Maksimum trzy tygodnie.

– Maksimum trzy tygodnie.

Oboje wpatrujemy się przed siebie, nie mówiąc ani słowa. Słaba poświata z latarni ulicznej rzuca wzorzysty cień na jego policzek, kiedy przejeżdża samochód. Słuchamy, jak dźwięk powoli niknie w oddali.

Musieliśmy zacząć pilnować Frederika w nocy. Trzy dni temu zastałam go w salonie o wpół do piątej nad ranem i tylko kilka kliknięć dzieliło go od wysłania ociekającego wściekłością maila z listem do redakcji naszego dziennika „Politiken" o kilku dyrektorach z innych prywatnych szkół, którzy, jak twierdził, są niekompetentni i powinno się ich zwolnić. Mógł tak wiele zniszczyć – w swoim życiu, w naszym życiu. Ktoś musi spać koło niego i budzić się razem z nim.

– Nie mogę tam dziś spać – mówię.

Niklas zaczyna się niemal niedostrzegalnie trząść.

– Ja też nie.

– Nie, nie! Oczywiście, że nie chcę, żebyś tam spał.

On trzęsie się coraz bardziej.

– Ale ja chcę. Ty tu powinnaś spać. Tutaj. To ja powinienem...

Chowa twarz w kołdrze zwiniętej na kolanach. Wciąż się trzęsie.

– Nie, Niklas. Na pewno nie będziesz tam spał. Ja tam pójdę. Nie. Nie. Położę się na materacu pod drzwiami do sypialni.

Teraz słyszymy przez ścianę, jak Frederik głośno płacze. Ktoś powinien teraz do niego pójść. Ktoś powinien go pocieszyć.

– Niklas, musisz tu spać, jak zawsze. Ja się położę na kanapie w salonie... Nie, pójdę spać pod jego drzwiami... Nie.

Ostatecznie Niklas zgadza się, żebym spała na materacu w jego pokoju. Jutro muszę iść do pracy, a wiem, że nie zmrużę oka, jeśli przyjdzie mi spać gdzieś indziej.

Dmuchany materac leży na półce w szafie Niklasa, ale wszystkie kołdry i pościel przechowujemy w naszej sypialni. Nie chcę tam iść. Przynoszę sobie koc z salonu.

Kiedy ścielę sobie na materacu na podłodze, obok łóżka Niklasa, mimowolnie zastanawiam się, dla kogo w ogóle to wszystko robię. To oczywiste, że Frederik ma mnie gdzieś. Jest teraz w pełni uzależniony ode mnie i swoich rodziców, musimy go chronić przed nim samym. Ale z powodu choroby od czasu pierwszego ataku zrobił się taki bezduszny. A jak było dawniej, kiedy był sobą?

A potem zadręczam się, przywołując to wspomnienie, które prześladuje mnie od pięciu tygodni. Na Majorce, tuż przed upadkiem, kiedy Frederik stał na murku, machając rękami i krzycząc, zaczął płakać na samą myśl o Niklasie. Jego ojcowska miłość była tak ogromna, że jego osłabiony mózg nie mógł jej już dłużej tłumić.

Ale mnie nie okazał takiej czułości.

Czarne ściany skalne, gaj, który minęliśmy, zapach cytryn.

– Mia, ty kupo gówna! Ty wielka, tłusta kupo gówna!

Zaczął jeszcze gwałtowniej machać rękami. A potem upadł.

– Frederik! Frederik!

– Tato!

„Kupa gówna". Czy czuł to wobec mnie od dawna, tak jak miłość do Niklasa, ale wcześniej miał na tyle silną psychikę, że skrzętnie to ukrywał?

Zbocze, po którym się zsunął. Drzewo, które uratowało mu życie.

...

Nareszcie. Półtora miesiąca po ataku Frederika lekarze wreszcie uznają, że czas na operację i wszystko toczy się w błyskawicznym tempie. Wyznaczają termin za dwa dni.

Wieczorem na dzień przed operacją idę do kuchni. Niklas spędził cały dzień poza domem z przyjaciółmi. Jak zwykle, nalewam sobie szklankę whisky.

Nie zdążyłam jej podnieść do ust, kiedy za plecami słyszę głos Niklasa.

– Nie rób tego, proszę.

Odwracam się. Niklas stoi przed schowkiem na miotły.

– Skąd się tu wziąłeś?

Gapi się na mnie, w jego oczach widzę napięcie i dezaprobatę, nie wiem, gdzie podziać wzrok.

– Tylko jedna szklaneczka. To nie...

On jest niewzruszony.

– W takim razie przeprowadzam się do Mathiasa.

Nie wiem, dokąd pójść. Już nie mogę wytrzymać w kuchni ani w korytarzu. Biegnę do salonu, gdzie Frederik wyciągnięty na kanapie ogląda telewizję i rzucam mu się w ramiona, jakby był zupełnie zdrowy. Leżę i wtulam się w niego. On nie odrywa oczu od ekranu. Na Eurosporcie transmisja wyścigów samochodowych.

Milczymy przez chwilę, aż wreszcie się odzywam.

– Jestem taka nieszczęśliwa.

On nie odpowiada.

– Frederik! Powiedz coś! Nie zapytasz mnie, dlaczego jestem nieszczęśliwa?

On patrzy na mnie z szerokim uśmiechem.

– Tak, zapytam. Zapytam cię. Dlaczego jesteś nieszczęśliwa, kochanie?

– Bo tak się martwię twoją jutrzejszą operacją. – Słowa pospiesznie wychodzą z moich ust. – Bo nie wolno ci umrzeć ani jeszcze bardziej się rozchorować.

– To tyle? Wszystko będzie w porządku. Nie martw się o to.

On patrzy dalej na goniące się w kółko samochody. Leżę obok niego. Pewnie mogłabym z niego wycisnąć więcej, mogłabym dodać, że jestem nieszczęśliwa z powodu mojej rozmowy z Niklasem, ale zamiast tego wstaję, idę na drugi koniec salonu i dzwonię do Heleny, przekrzykując hałas z telewizora.

W moim głosie słychać, w jak złym jestem stanie, bo ona od razu proponuje, że przyjdzie dziś przenocować u nas. Pewnie słyszy też, z jaką ulgą przystaję na jej propozycję.

W kuchni na stojąco tak łapczywie pożeram trzy gałki lodów czekoladowych, że drętwieje mi podniebienie.

Potem idę na górę i pukam do pokoju Niklasa. Uchyla drzwi, ale staje tak, by zablokować wejście.

– Przenocuje u nas Helena – mówię. W odpowiedzi coś pomrukuje. – Mogę ci jakoś pomóc? – pytam.

– Nie, dzięki.

– Co robisz?

– Siedzę sobie i oglądam jakieś filmy.

Wydaje mi się, że mnie nie usłyszał, choć może tak mi się tylko wydaje.

– Helena przyjdzie do nas na noc. – Nie wiem, czemu się powtarzam. – Naprawdę się cieszę.

– Okej – odpowiada Niklas.

– Naprawdę się cieszę, że zachowujesz się jak... prawdziwy mężczyzna. – Zaskakuje mnie to, co mówię. Potem znowu powtarzam. – Daj znać, jak byś chciał o czymś porozmawiać, gdybym mogła coś dla ciebie zrobić.

Ale on najwyraźniej nie potrzebuje pomocy. Stoję sama na plaży w Szwecji, gdzie spotkałam Frederika dwadzieścia lat temu. Wszyscy już poszli do domu, radzą sobie jakoś w życiu, a ja stoję tutaj, na wpół zakopana w piachu, obmywają mnie fale, zimne jak zwłoki.

Wracam do kuchni i zagotowuję wodę na herbatę dla Heleny. Może faktycznie umarłam wtedy na plaży, sama nie wiem. Wyciągam dwie szklanki i resztkę szkockiej. Może Helenie też przyda się trochę whisky.

Ale butelki nie ma. Zaglądam do wszystkich szafek. Zniknęła whisky i cały koniak.

6

Frederik nie ma raka. Jego choroba go nie zabije.

Ale jego oponiak umiejscowił się blisko płaszczyzny przyśrodkowej mózgu, co oznacza, że trudniej go usunąć. W konsekwencji w ciągu tygodnia po operacji spędzam mnóstwo czasu na oddziale intensywnej terapii w klinice neurochirurgicznej w szpitalu, który staje się moim drugim domem. Przez kolejne trzy tygodnie odwiedzam Frederika na oddziale neurologicznym w szpitalu Hillerød. Mój mąż chodzi po korytarzu chwiejnym krokiem, powłócząc nogami jak zdychający pies.

Potem wraca do naszego domu. Powoli walczy o to, by znów móc pamiętać, mówić i chodzić. Jego stan poprawia się z każdym tygodniem, ale po miesiącu nadal wydaje mi się tak samo obcy, jak przed operacją. Może przestanie robić postępy, a może jego stan jeszcze się poprawi przez kolejnych kilka tygodni. Trudno powiedzieć. Na pewno już nigdy nie będzie sobą.

Kiedy ogarnia go furia, wykrzywia twarz dokładnie tak jak Niklas, kiedy miał trzy lata. Tak samo ściąga brwi, robią mu się identyczne dołeczki w policzkach, tak samo drży mu cała twarz i wysuwa się dolna warga. Teraz napady wściekłości Frederika kierują się przeciwko

Niklasowi. Byle co potrafi zaognić konflikt. Drą się na siebie i trzaskają drzwiami w całym domu, podobni do siebie jak dwie krople wody, różnią się tylko tym, że jeden jest starszy o trzydzieści dwa lata i przeszedł skomplikowaną operację mózgu o nieprzewidzianych skutkach. Lawiruję między nimi, próbując przemówić Niklasowi do rozsądku. Tylko mnie nie wolno się wściekać. Jeśli się poddam, nasz świat się zawali.

...

Moje pierwsze spotkanie z grupą wsparcia dla współmałżonków osób z uszkodzeniami mózgu miało się odbyć w domu kobiety o imieniu Kirsten. Ale jej mąż musiał wrócić tego ranka do szpitala, więc w ostatniej chwili spotkanie przeniesiono gdzie indziej.

W mieszkaniu Gerdy w powietrzu wisi zapach cukru i wanilii. Upiekła ciasteczka. Siedzimy stłoczeni wokół jej stołu w jadalni. Sześć kobiet, z których pięć ma na oko dwadzieścia pięć lat więcej ode mnie, i jeden szczupły, siwowłosy mężczyzna.

Gerda włączyła termostat, żeby starsze panie mogły rozgrzać zmarznięte kości. Mieszkanie umeblowane jest głównie podrabianymi antykami z ciemnego drewna, a na wysokiej witrynie przycupnął wypchany kondor z rozpostartymi skrzydłami. Wcześniej w rozmowie telefonicznej Gerda mnie o nim uprzedziła.

– Nie ma powodu do obaw. Gdy goście przychodzą do mnie po raz pierwszy, często na widok tego ptaka truchleją. Mój mąż kupił go od dobrego przyjaciela jeszcze przed naszym ślubem. – Gerda to emerytka, więc ma mnóstwo czasu na rozmowy telefoniczne. – Przez pięćdziesiąt lat kłóciliśmy się z powodu tego szkaradzieństwa. A teraz on ma je w nosie! Mogłabym wyrzucić to ptaszysko, razem z naszymi przezroczami z wakacji i wieloma innymi pamiątkami. Zupełnie stracił z nimi wszelką więź.

Nad naszymi głowami stoją rzędem pamiątkowe talerze bożonarodzeniowe, a kondor dumnie prezentuje swoje sfatygowane upierzenie w kolorze kurzu. Czekamy na ostatnią członkinię grupy. Trwa jeszcze część nieoficjalna, wszyscy śmieją się i rozmawiają, niektórzy z entuzjazmem wyrażają swoją radość ze spotkania. Pytają mnie o Frederika i już rozmawiamy w sposób zupełnie inny, niż kiedy rozmawiam ze swoimi przyjaciółmi. Tak mi tego brakowało. Zaczynam się trząść, choć ogrzewanie pracuje pełną parą. Nagle czuję, że mam ostatnią szansę, żeby stamtąd uciec.

Kobieta siedząca obok mnie to stateczna matrona grubo po sześćdziesiątce. Jeśli pod rdzawą bluzką nosi biustonosz, to niewiele jej on pomaga.

– Tutaj możesz powiedzieć, co tylko zechcesz! – mówi głosem, w którym słychać podekscytowanie. – Tu wszystko wolno. Taki natłok emocji potrafi zrozumieć tylko ktoś, kto mieszka z osobą z uszkodzonym mózgiem. Dobrze znamy ten intensywny gniew, który wyładowuje się na niewłaściwej osobie. Dobrze znamy tę rozpacz, z którą trzeba nauczyć się żyć. Znamy...

– Ulla! – Przerywa jej kobieta siedząca obok mnie, po drugiej stronie. – Daj Mii szansę, żeby doświadczyła tego na własnej skórze.

– No dobrze, dobrze. Niech będzie. Tylko pamiętaj, że z nami możesz być do bólu szczera. Do bólu! Tacy właśnie jesteśmy.

Kiedy w zeszłym tygodniu rozmawiałam przez telefon z Kirsten, ona też się rozgadała i zrelacjonowała mi historię choroby partnerów wszystkich członków grupy. Niewiele z tego wszystkiego zapamiętałam. Tylko dwie osoby rozpoznaję z jej opisów. Jedna z nich to ta młoda kobieta, Andrea, która ma około trzydziestu pięciu lat, jest chuda i ma blond włosy obcięte na pazia. Wiem, że ma doktorat z biologii morza i dwójkę małych dzieci, a jej mąż półtora roku temu spadł ze zbocza górskiego w czasie wspinaczki w Norwegii. Teraz ma trudności z mówieniem, co noc dręczą go koszmary i jest sparaliżowany od pasa w dół.

Zapamiętałam też historię jedynego w grupie, siwowłosego mężczyzny. Nie wiem, czemu wygląda tak staro, bo powinien być w moim wieku. To Francuz. Ma na imię Bernard i osiem lat temu uległ wypadkowi samochodowemu ze swoją żoną, Dunką. Teraz ona jeździ na wózku i kiedy on idzie do pracy, musi oddawać ją na oddział dziennej opieki. Mają bliźniaki w wieku Niklasa, więc Kirsten uznała, że mielibyśmy o czym porozmawiać.

Skąd ta przemożna chęć ucieczki, wyrwania się stąd?

Wreszcie przychodzi ostatnia uczestniczka. Wszyscy pytają o męża Kirsten, który trafił do szpitala, i chwalą ciasteczka Gerdy. Możemy zacząć. Po chwili opowiadam o czterech miesiącach mojego życia po operacji Frederika.

Czuję się taka oszukana, kiedy o tym opowiadam. Jakby ktoś ukradł mi życie. Moi współpracownicy i przyjaciele prowadzą jakieś życie. Każdy prowadzi jakieś życie.

Pozostali członkowie grupy orientują się, że nie potrafię powiedzieć nic więcej, i głos zabiera kobieta siedząca na końcu stołu. Jej mąż cierpi na chorobę, którą autorzy podręczników nazywają zespołem nieuwagi stronnej. Nie widzi niczego po lewej stronie. Nie oznacza to, że ma uszkodzony wzrok. W ciągu kilku tygodni po wylewie zjadał jedzenie tylko z prawej strony talerza i co chwilę wpadał na meble i inne przedmioty stojące po jego lewej stronie. Ona nadal nie może z nim oglądać telewizji, bo on nie widzi tego, co dzieje się po lewej stronie ekranu.

Kiedy byłam jeszcze małą dziewczynką i mieszkałam we Fredericii, późną nocą oglądałam film dla dorosłych w naszym czarno-białym telewizorze. Ciemne, ziarniste zdjęcia przedstawiające kolonialne Indie. Umarł jakiś członek wysokiej kasty i wszyscy oczekiwali, że jego żona wejdzie na stos pogrzebowy i spłonie żywcem, jak nakazuje lokalny obyczaj. Jej przyjaciele i najbliższa rodzina zgromadzili się nocą wokół stosu, patrząc na nią wymownie. Dziś często przed oczami stają mi obrazy zapamiętane tamtej nocy. Siedzę na kanapie, rodzice gdzieś wyszli. Twarze, ciemność, czarno-białe płomienie, stary ekran śnieży. Wielkie, ciemne oczy stojących w szeregu Hindusów. Ona wchodzi na stos. Rodzina jej męża go podpala. Ona długo krzyczy. Potem umiera.

Mam ochotę komuś przyłożyć. Mam ochotę uderzyć kobietę, która spóźniła się na spotkanie, mam ochotę uderzyć inną kobietę za sposób, w jaki rozchyla usta i odgryza malutkie kawałeczki ciasteczka, żeby wszyscy słyszeli jej chrupanie. Mam ochotę uderzyć Bernarda, bo siedzi na krześle taki nieporuszony, z typowo męską pewnością siebie. Mam ochotę rozwalić na kawałki tego ohydnego kondora.

Teraz inna członkini grupy opowiada o tym, że jej mężowi jedzenie wypada z ust.

To nie może mi się przydarzyć. Ja jestem młoda, gram w tenisa i mieszkam w Farum. Ci ludzie też muszą odczuwać wściekłość, ale nie dają tego po sobie poznać. Jak im się to udaje? Jak udaje im się zapanować nad gniewem?

Przyglądam im się po kolei. Znużone twarze, obrazy na ścianach, witryna, następne twarze, taki spokój. Gerda bierze ciasteczko i cicho odgryza kawałek, podnosi suchą połówkę na wysokość oczu, przygląda jej się bacznie, potem uśmiecha się łagodnie i zjada resztę. Małe, wydęte usta Andrei, jej zmęczone oczy.

Nagle doznaję oświecenia. Już wiem, czym te kobiety różnią się od innych.

One wyparły swoją seksualność. Weszły na stos pogrzebowy i spaliły swoje ciała. Andrea przeraża mnie najbardziej. Jest o wiele młodsza ode mnie, ma takie wąskie usta, jakoś tak dziwnie kuli się w sobie i patrzy tak, jakby nikt jej nie kochał. Jakby pogodziła się z tym, że nikt jej już nie pokocha.

Patrzę na Bernarda. Osiem lat z kobietą, która wymaga opieki w dziennym ośrodku opieki. Czy mężczyzna potrafi coś takiego wytrzymać? Pod względem potrzeb seksualnych mężczyźni różnią się od nas zasadniczo.

On naprawdę sobie z tym radzi? Jego mocne mięśnie, jego krótkie, siwe włosy. Czy podnieca go to, że ma nad nią pełną kontrolę? Seksualnie? Czy to jakiś chory popapraniec?

Pod skórą na jego szczęce mocno pracują mięśnie. To przystojny facet, ale ma w twarzy coś wilczego i to nie tylko z powodu wysportowanej sylwetki i siwych włosów, pomimo młodego wieku. On z całą pewnością nie wszedł na stos pogrzebowy.

Kobieta na drugim końcu stołu mówi:

– Może teraz każdy z nas opowie coś o poczuciu winy? Na przykład wiem, że nie mogłam zapobiec wylewowi u Steffena, ale i tak mam wyrzuty sumienia. Szczególnie kiedy myślę o naszych dzieciach. Mogłam dopilnować, żeby to się nie wydarzyło.

Ulla nachyla się do przodu, a je obwisłe piersi opadają na blat stołu.

– Bardzo często tak właśnie się czuję! Mogłam uchronić jego ojca przed chorobą. To nie ma najmniejszego sensu. – Patrzy na Bernarda. – Moje dzieci mają trzydzieści osiem i trzydzieści sześć lat. A gdyby nadal mieszkały z nami?

Nie wiem, dlaczego wstaję.

– Nie wyobrażam sobie nawet, jak dajecie sobie z tym wszystkim radę – mówię. – To wprost niezwykłe. Rok za rokiem. – Nie daję im czasu na odpowiedź. Słyszę, że mówię za szybko. – Zmagacie się z problemami o wiele poważniejszymi niż moje. Nie jestem tak silna jak wy... więc może to ja powinnam... nie wiem, czy powinnam tu przychodzić, chyba lepiej już pójdę.

Nachylam się nad stołem i przesuwam moją filiżankę, stawiając ją przed moim krzesłem, na samym środku, jakbym sprzątała po sobie przed wyjściem. Andrea spogląda na mnie swoimi małymi, wodnistymi oczami.

– Ale mój mąż nadal jest sobą, Mia – mówi. – Na tym polega różnica. To ogromna różnica. – Nie mogę ani usiąść, ani wstać od stołu. Ona mówi dalej. – Mój mąż to nadal ten sam mężczyzna, którego zawsze kochałam, wciąż tak samo się śmieje i ma takie same zainteresowania. Tylko teraz ma problemy. Ty znalazłaś się w znacznie trudniejszym położeniu. To zupełnie naturalne, że nie potrafisz odnaleźć się w tej sytuacji!

– W trudniejszym położeniu? Tak, ale kiedy słyszę twoją historię... wózek inwalidzki, dwójka małych dzieci!

– W przypadku choroby twojego męża nie wiesz nawet, dla kogo się poświęcasz. To trudne!

Moje ciało podniosło się z miejsca, choć ja o tym nie zadecydowałam, a teraz ono zmierza do wyjścia i zaraz wybuchnie płaczem, a ja nie zdołam nad nim zapanować.

– Moim zdaniem masz rację, Mia. – Za plecami słyszę głos Bernarda. – Twoja sytuacja jest inna. To oczywiste, że twój mąż nie jest aż tak chory jak nasi współmałżonkowie.

Jak to dziwnie zabrzmiało. „Twoja sytuacja jest inna". Nikt nie powiedział mi czegoś takiego od czasu, gdy chodziłam do podstawówki. Ale teraz chyba powinnam wziąć jego słowa za dobrą monetę. Odwracam się do Bernarda.

– To prawda. On nie jest aż tak chory.

On uśmiecha się, jakby chciał dodać mi otuchy, prawie tak jak Frederik albo mój teść.

– Ale może właśnie dlatego zainteresują cię nasze, zupełnie odmienne doświadczenia.

– Tak – odpowiadam. – Być może. Poza tym oczywiście Frederik z tego wyjdzie.

– Zgadza się. Być może w nadchodzących miesiącach zrobi ogromne postępy.

Cała się trzęsę, choć kiedy patrzę na moją dłoń, ona nie drży. Czuję, jak coś w środku mnie gryzie, głęboko w brzuchu, jakby powróciły skurcze, które prześladowały mnie, kiedy byłam nastolatką. Nigdy się nie dowiedziałam, czy to po prostu z powodu dojrzewania, czy z powodu moich przejść z matką, czy też dlatego, że zabujałam się w chłopaku starszym o dwa lata.

Przynajmniej moje ciało wraca teraz na krzesło. Grupa czeka, aż usiądę, w ich spojrzeniach zatroskanie miesza się z zaciekawieniem.

– Pierwsze spotkanie zazwyczaj wydaje się trochę przytłaczające – mówi kobieta, której mąż kierował jednym z wydziałów w Ministerstwie Sprawiedliwości. Wcześniej opowiadała, jak wykradał różne rzeczy ze śmietników sąsiadów i układał je w wielkie stosy na podwórku.

Kilka osób powtarza to, co powiedział Bernard, bo wydaje im się, że w tej chwili właśnie to chcę usłyszeć. „Twój mąż jest zupełnie inny od naszych mężów".

– Dziękuję. Naprawdę chciałabym zostać. Jesteście fantastyczną grupą. Nie wiem, co się stało... – Wszyscy milkniemy. Pijemy kawę i patrzymy na siebie. – Dziękuję, że nakłoniłaś mnie do zostania. – Mówię do Gerdy, a nie do Bernarda. – Kontynuujcie.

Chwilę później do Gerdy dzwoni Kirsten ze szpitala. Próbujemy podsłuchiwać i szybko orientujemy się, że nadeszły dobre wiadomości. Gerda odsuwa słuchawkę od ucha i informuje nas, że mąż Kirsten jest już w stabilnym stanie. To był znacznie mniejszy wylew niż ten poprzedni. Owszem, nastąpił drastyczny regres w procesie rehabilitacji, ale mąż przeżył.

– Gratulacje! – krzyczymy chórem do słuchawki.

Kiedy Gerda się rozłącza, ciężko opada na krzesło.

– Kirsten kamień spadł z serca – mówi. – Obojgu.

W szczegółach relacjonuje to, co powiedziała Kirsten, a potem idzie do kuchni, żeby zaparzyć więcej kawy.

Rozmawiamy. W jednostajnym szumie głosów słyszę, jak Ulla, ta, która czuje się winna wobec swoich dzieci, ściszonym głosem mówi:

– Lepiej by się stało, gdyby tym razem mąż Kirsten umarł.

Czy wolno mówić coś takiego? Czy tylko ja to usłyszałam?

Wokół stołu błyskawicznie rozchodzi się fala skrępowania. Andrea podnosi głos, żeby słyszała ją nawet Gerda w kuchni.

– Ulla, jak byś się poczuła, gdyby ktoś powiedział coś takiego o twoim mężu?

Ulla gapi się na nią pustymi, spokojnymi oczami. Wzrusza ramionami, ale nie odpowiada.

Wszyscy patrzą po sobie, zaglądają sobie w oczy i widzę w ich twarzach ciepło, którego tak okropnie mi brakowało od tak dawna. Właśnie to: ciepło. Czuję je. Mamy na twarzach wymuszone, wykrzywione uśmiechy, w których kryje się wiele emocji, ale na pewno nie radość.

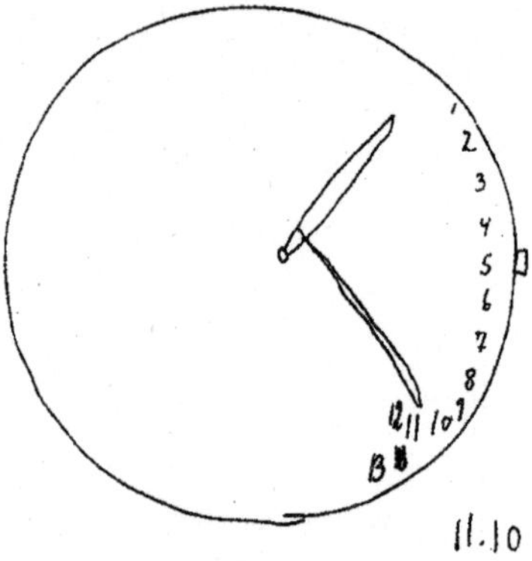

Rycina 8.3. Typowe badanie diagnozujące zespół nieuwagi stronnej. Badany ma umieścić cyfry i wskazówki na tarczy zegara. Pokazany tu rezultat testu wskazuje na zaawansowany zespół nieuwagi stronnej.

7

Powinniśmy z Niklasem pieczołowicie pielęgnować wspomnienia ostatnich trzech lat przed upadkiem Frederika na Majorce i czerpać z nich siłę. W tym czasie był ojcem i mężem z marzeń. Spędziliśmy z nim tak mało czasu, ale przez te kilka lat zasłużył na to, bym resztę życia poświęciła na opiekę nad nim.

Spędzaliśmy długie weekendy w Budapeszcie, Pradze i Wiedniu, czasem z Niklasem, czasem we dwoje. Sami naprawiliśmy dach domu, siedząc na górze przywiązani linami zabezpieczającymi do komina, a on był taki szczęśliwy i rozradowany, patrząc z góry na nasz dom, podwórko i inne piękne domy w Farum. Razem wybraliśmy nowe rośliny do ogrodu, żeby w lecie kwiaty były lepiej rozmieszczone. Wyremontowaliśmy łazienkę, zbudowaliśmy dużą kabinę prysznicową i inaugurowaliśmy jej działalność dwukrotnie w czasie jednego wieczoru, kiedy Niklas nocował u kolegi. Dziwnie się czułam, po raz drugi tak szaleńczo zakochując się w moim mężu, po tylu latach rozgoryczenia.

Nawet po tym, jak latem spędziliśmy sam na sam całą sobotę, potrafiliśmy wymknąć się z przyjęcia w ogrodzie u sąsiadów, bo pozostali goście nas nudzili, i woleliśmy spędzić jeszcze kilka godzin we dwoje. Wróciliśmy do domu i rozsiedliśmy się na podwieszanej ławce, która stała się naszym ulubionym meblem. Otworzyliśmy butelkę wina i siedzieliśmy, gapiąc się razem na bladoniebieskie letnie niebo, które powoli ciemniało. Ławka lekko się kołysała. Zdjęłam buty i usiadłam z podkulonymi nogami. Patrzyliśmy w górę, na młode gałązki rosnące na samym wierzchołku jabłoni. Patrzyliśmy na siebie i na nasze małe podwórko.

Stworzyliśmy od podstaw te wszystkie cuda. Niklasa, dom, ogród i siebie nawzajem, całe nasze wspólne życie. Przetrwaliśmy najgorsze, bo nasza miłość okazała się silniejsza.

Kiedy zapadła już noc, poszliśmy na górę do naszej sypialni i kochaliśmy się, nadal zachwyceni sobą i naszym cudownym życiem.

Ale jeszcze ważniejsze niż te wspaniałe dni, które z radością dzieliłam z Frederikiem, było to, że on zaczął dbać o relacje z Niklasem. W czasie naszych chudych lat bez przerwy kłóciliśmy się o to, że Frederik nie spędza z naszym synem dość czasu. To, że mnie zostawił samą, to jedno, ale nie miał prawa opuszczać Niklasa.

Teraz wszystko się zmieniło. Niekiedy przesiadywali razem w salonie do późna, słuchając starych płyt długogrających Frederika z jego ogromnej kolekcji. Może prowadzili nocą głębokie rozmowy, choć to do nich niepodobne. Pewnie tak sobie wyobrażam, jak to jest, spędzać czas z tatą, którego wcześniej widywało się sporadycznie. Im pewnie wystarczyło, że siedzieli razem w salonie i słuchali muzyki.

Niekiedy wydawało mi się wręcz, że Frederik aż za bardzo rozpieszcza Niklasa. Kiedyś na przykład szkołę

Saxtorph odwiedzał konsultant z Ministerstwa Edukacji i wspomniał, że w samochodzie ma profesjonalny aparat fotograficzny z dodatkowymi obiektywami i że zamierza go sprzedać przez internet.

Prezent, który Frederik w ekstazie przyniósł do domu dla Niklasa, był wart fortunę. Za te pieniądze mógł przez wiele lat kupować wszystkie prezenty świąteczne i urodzinowe. Pokłóciliśmy się o to. Ale teraz, jak zwykle, wiem, że to Frederik miał rację. Niklas zaczął się interesować fotografią, to był prezent, który mógł zmienić jego życie, a Frederik kupił go za okazyjną cenę od wiarygodnego sprzedawcy.

...

Minęła jedenasta, dopiero co skończyło się spotkanie grupy wsparcia, a wcześniej spędziłam długi i męczący dzień w szkole. Ale cieszę się, że spotkałam tych ludzi, bo teraz czuję, że mogę porozmawiać z kimś, kto mnie rozumie. A to bardzo ważne.

Parkuję przed domem i zanim jeszcze wyłączam silnik, zauważam pomarańczową łunę nad trawnikiem. Biegnę w tamtą stronę. Moim oczom ukazują się dogasające resztki ogniska, które żarzą się kilka metrów od domu. Zadeptuję największe, rozżarzone gałęzie, leżące w pobliżu budynku, a potem wpadam do środka przez drzwi frontowe.

– Niklas!

On wychodzi z salonu z miną niewiniątka.

– Kto rozpalił ognisko na naszym podwórku?

– Znalazłem z Mathiasem kilka gałęzi na chodniku. Zapytałem taty i się zgodził.

– Nie można palić ogniska na podwórzu! Co ty sobie wyobrażałeś? Cały dom mógł pójść z dymem. Zniszczyliście cały trawnik!

Moja dłoń przesuwa się tuż obok jego twarzy, kiedy wieszam płaszcz na haczyku tuż za jego plecami.

– Pozwolenie od taty nic nie znaczy, dobrze o tym wiesz!

– Tak, ale chciałem zrobić kilka zdjęć, a on powiedział, że możemy, jeśli będziemy ostrożni.

Idę do salonu.

– Czemu pozwoliłeś Niklasowi spalić podwórko?

W telewizji pokazują wyścigi samochodowe. Frederik leży na kanapie wpatrzony w ekran, a dźwięk jest o wiele za głośny. Na dywanie wala się kilka poduszek, pewnie Niklas leżał tu i oglądał telewizję z ojcem.

Frederik marszczy brwi, zastanawiając się, co mi odpowiedzieć. Ale ja pytam go tylko z czystego przyzwyczajenia. To przecież nie ma już najmniejszego znaczenia.

Nie czekając na odpowiedź, wracam na wąski korytarz, żeby włożyć pantofle, i przeciskam się obok Niklasa.

– Dobrze wiedziałeś, że tego nie wolno robić – mówię.

Nie odpowiada. Robię kilka głębokich wdechów i dochodzę do wniosku, że przecież wszystko dobrze się skończyło. Dom się nie zapalił, a ja za chwilę wyjdę, żeby ugasić resztki żaru. Teraz widzę, że moje kozaki się przewróciły i kiedy je podnoszę, jeden wydaje się dziwnie ciężki. Odwracam go i wypada z niego duża cebula sałatkowa.

Wracam do salonu.

– Co ta cebula robi w moim bucie?

Niklas znowu leży na dywanie i odpowiada z oczami wlepionymi w ekran telewizora.

– Urządziliśmy cebulową bitwę.

– Cebulową bitwę? To znaczy, że goniliście się po całym domu i rzucali cebulami?

– Tak.

– Ale tak się nie robi! – krzyczę, choć w głębi duszy ulżyło mi, że znaleźli jakiś sposób, żeby razem się dobrze bawić.

Jeden dzień, który wypełniła im bitwa na cebule i palenie ogniska na podwórku, jest sto razy lepszy niż całe życie spędzone w roli pielęgniarki chorego męża. Z trudem powstrzymuję uśmiech.

– Zniszczyliście coś?

– Tylko wazę.

– Tylko wazę! Nie ma czegoś takiego, jak „tylko waza"!

– To tata zaczął – mówi Niklas, śledząc wyścig na ekranie.

– Nieprawda, to on! – krzyczy Frederik i wreszcie obaj na mnie patrzą.

Nie mogę się dłużej powstrzymywać. Wybucham śmiechem, a oni mi wtórują. Podchodzę do Frederika i próbuję pocałować go w czoło, ale on odwraca głowę. Czuję się, jakbym próbowała pocałować dziesięciolatka, który tego nie lubi, albo nie rozumie sensu takich czułostek.

– Pozamiatałem skorupy – mówi Niklas. – Poza tym to on to zrobił.

– Dobrze. To dobrze, że rozbiliście tylko wazę. Którą?

– Tę małą, zieloną.

– Nic się nie stało. Zebrałeś wszystkie odłamki, tak?

– Tak.

Przy wtórze silników wyjących w telewizorze wychodzę do kuchni i nalewam sobie dużą szklankę soku z czarnej porzeczki, ulubionego napoju Niklasa. Ze szklanką w ręku staję obok kanapy, na której Frederik położył stopy, i próbuję usiąść. Ale on ani drgnie. Dopiero po kilku długich sekundach przypominam sobie, że trzeba go o to poprosić.

– Frederik, mógłbyś przesunąć stopy, żebym mogła usiąść?

– Ach, tak. Oczywiście.

Siadam i oglądam wyścigi. W dawnych czasach pomyślałabym: „oto moi dwaj mężczyźni", ale dziś myślę: „oto moi dwaj chłopcy". Słucham, jak wzdychają z irytacją lub satysfakcją.

– Kibicujemy żółtym? – pytam po chwili.

– Tak – odpowiadają chórem.

Kładę stopy na naszym odnowionym przeze mnie stoliku projektu Ole Wanschera, nie dbając o to, czy zrobią się rysy. Piję sok i kibicuję kierowcy w żółtym samochodzie. Znowu jesteśmy prawie normalną rodziną, z tą tylko różnicą, że nie uprawiamy seksu, a mojego męża nie obchodzi, co myślę i czuję. Mówię do siebie w myślach: „To tak, jak w wielu innych rodzinach". Znowu chichoczę pod nosem, muszę zapamiętać ten dowcip i powiedzieć go Helenie.

Myślę, że mogę być szczęśliwa. Teraz jestem szczęśliwa. Jeśli w takiej sytuacji potrafię być szczęśliwa, to wszystko jest możliwe. To znaczy, że w innych sytuacjach też potrafię odczuwać szczęście.

Wymykam się do naszej sypialni, żeby zadzwonić do Heleny i podziękować za to, że zachęciła mnie do pójścia na spotkanie grupy wsparcia. Dzięki temu wszystko się zmieniło. Wiem, że mogę zadzwonić, choć dochodzi północ.

Podnoszę słuchawkę, ale nie ma sygnału. Widzę, że ktoś wyrwał wtyczkę z gniazdka. Z narastającym niepokojem postanawiam odłożyć rozmowę z Heleną na później i wracam do salonu.

– Co się stało z telefonem?

Oni nie odpowiadają i teraz dostrzegam, że kable zostały wyciągnięte z automatycznej sekretarki i z telefonu w salonie. Stoję i wymachuję dwoma kablami.

– Frederik, co się stało? – On nie odwraca wzroku od telewizora. – Frederik!

Przez chwilę patrzy na mnie.

– Laust tu wydzwaniał, a ja nie miałem ochoty z nim rozmawiać.

Od razu się orientuję, że stało się coś poważnego i biegnę po torbę, w której zostawiłam komórkę. W czasie spotkania grupy wsparcia ją wyciszyłam. Dostałam pięć wiadomości od Lausta.

„Mia, oddzwoń do mnie".

„Mia, to pilne, oddzwoń!".

„Mia, do cholery, odbierz! Co się z wami stało?".

„Co tu się, do diabła, dzieje? Mia, ty też w tym maczałaś palce?".

„Zrujnowaliście nas, tak? Mia, nawet nie próbuj udawać, że nie przyłożyłaś do tego ręki".

Biegnę na górę, zamykam drzwi i dzwonię do niego. Jest wściekły i nie chce ze mną rozmawiać.

– Dlaczego do nas dzwoniłeś?

– Nie mogłem uwierzyć, że to zrobiłaś. Ale potem Benny pokazał mi dokumenty. Nie potrafię tego wyjaśnić w żaden inny sposób.

– Czego wyjaśnić?

– Dobrze wiesz czego!

– Nie!

– Jeśli Frederik przyniósł do domu dwanaście milionów koron, to pewnie to zauważyłaś i kupiłaś sobie kilka designerskich mebli albo coś innego.

– Dwanaście milionów? – Bezwładnie opadam na łóżko. – Zaraz do ciebie przyjadę.

– Nie. Anja już śpi. Ona o niczym nie wie.

– Gdzie jesteś?

– Tam, gdzie Frederik przechowuje swoje księgi.

– Jadę do szkoły!

Rozłączam się.

W salonie odciągam Frederika od telewizora, żeby Niklas nas nie słyszał. Niklas nawet nie podnosi głowy, już się przyzwyczaił, że co chwilę odciągam ojca od niego.

W sypialni na górze Frederik udaje głupiego. Wmawia mi, że nic nie wie. Chwytam go za ramiona i badawczo patrzę mu prosto w oczy.

– Mogę ci zaufać?

– Tak. – Patrzy na mnie wielkimi, szeroko otwartymi oczami, w których nie widzę ani śladu wyrzutów sumienia.

– Na sto procent? Mogę ci zaufać na sto procent?

– Tak.

Dobrze wiem, że to nieprawda. Już odkrył, jak doskonale potrafi kłamać, i robi to bez przerwy, zupełnie niezrażony tym, że zazwyczaj bardzo szybko odkrywam prawdę.

• • •

Dziś przeprowadziłam sześć lekcji, całe popołudnie spędziłam na szkolnych zebraniach. Niklas obiecał popilnować Frederika, odbyłam intensywną, ale pozytywną w skutkach sesję z nową grupą wsparcia i wróciłam do domu, gdzie odkryłam wciąż jeszcze się tlące resztki ogniska na podwórzu. Jest za piętnaście pierwsza, a ja nie mam pojęcia, kiedy mój dzień dobiegnie końca.

Wprowadzam kod alarmowy i otwieram drzwi wejściowe do szkoły. Tyle razy przechodziłam wieczorem tymi pogrążonymi w półmroku korytarzami. Kiedy zdarzało się, że jechałam do Kopenhagi i chciałam spędzić trochę czasu z Frederikiem, wpadałam po niego, żebyśmy mogli wracać razem do domu. Często spotykałam tu Lausta, a niekiedy Mortena, zastępcę dyrektora. Od czasu do czasu siadaliśmy z Frederikiem przy stole konferencyjnym w jego gabinecie i dojadaliśmy resztki ze stołówki, piliśmy czerwone wino i relaksowaliśmy się po jego kolejnym czternastogodzinnym dniu pracy.

Teraz otwieram ciemne, mahoniowe drzwi do jego gabinetu i widzę Lausta, Mortena i księgowego szkoły, Benny'cgo. Stoją wokół kilku stosów papierów rozłożonych na dużym stole konferencyjnym. Na ścianach wiszą, jak dawniej, ponure portrety olejne, niektóre z nich przedstawiają przodków Lausta.

Laust mnie zauważa. Krzyczy do mnie dziwnym, ostrym głosem

– Szkoła zbankrutowała! Musimy zwolnić nauczycieli i sprzedać budynek. Jesteśmy skończeni! Zadowolona?

– Co?

– Pomogłaś mu! Nie mógł tego zrobić sam!

– Czego?

– Nie mógł sam pojechać do banku.

– O czym ty mówisz? – On nie przestaje krzyczeć, a ja nie wiem, jak przemówić mu do rozsądku. – O czym ty mówisz? O czym ty mówisz? O czym ty mówisz?

Nic nie jest w stanie przebić się przez mur histerii otaczający Lausta. Wreszcie podnoszę popiersie Gustava Saxtorpha z półki, jakbym miała zamiar roztrzaskać je o stół.

– Nie dotykaj tego! – krzyczy Laust.

Rzuca się na mnie, próbując mi je wyrwać. Odstawiam je i odparowuję jego atak, a on upada na podłogę. Nie potłukł się bardzo, powinien szybko wstać. Ale on leży dalej i wbija palce w gładkie deski na podłodze.

Morten kuca obok niego. Też chciałabym pomóc, ale najpierw zwracam się do księgowego.

– Benny, wyjaśnij mi, co tu się dzieje. Nie mam zielonego pojęcia, o co chodzi.

– Frederik podżyrował w imieniu szkoły kredyty na dwanaście milionów koron.

– Przecież on nie może zrobić czegoś takiego!

– On akurat może.

– To na pewno jakieś nieporozumienie. Dobrze wiesz, że Frederik by czegoś takiego nie zrobił. To ktoś inny albo zaszło jakieś nieporozumienie. To nieporozumienie, prawda?

– Mia, na pewno nie zaszło nieporozumienie. Dobrze o tym wiesz.

Gonitwa myśli. Czy mógł zrobić coś takiego? Już nie wiem, kim on jest. Tyle pieniędzy?

W jednej chwili przychodzi mi do głowy, jak mogły zniknąć. Kiedyś w czasie wakacji w Portugalii poszliśmy do kasyna. Frederik chciał spróbować szczęścia. Wyciągnęłam go stamtąd siłą, ale nieludzkie skupienie na jego twarzy przyprawiło mnie o dreszcze.

– Nie wierzę w to – mówię. – On nie zna haseł do telefonu i komputera. Jak niby dostał się sam do banku? To nie ma sensu.

Kucam obok Lausta, który nadal leży na podłodze.

– Laust – mówię. – Przepraszam cię za popiersie, Laust. Zrobiłam to z premedytacją.

Próbuję posłać Mortenowi zatroskane spojrzenie, ale on nie chce mi nawet spojrzeć w oczy. Nad głową słyszę głos Benny'ego.

– On to zrobił, zanim zachorował. To się zaczęło ponad rok temu.

Wstaję tak szybko, że na chwilę tracę równowagę.

– Rok temu?

– Tak.

– Niemożliwe, że rok temu.

– Powiedziałem, rok temu.

– Tak, ale dobrze wiecie, że... Przecież wtedy był jeszcze sobą!

Morten podnosi się i staje obok księgowego.

– Wszystkie dokumenty są tutaj. Benny wszystko znalazł.

Nachodzi mnie dziwne uczucie, że to ja leżę na podłodze, desperacko próbując się czegoś chwycić, a Laust i jego dwaj pomocnicy stoją nade mną.

– No dobrze. Ale przecież znacie Frederika. Nie zrobiłby czegoś takiego. Prawdziwy Frederik nigdy by tak nie postąpił.

– Wydawało nam się, że znamy Frederika. I ciebie.

Teraz wydaje mi się, że to, co przyciska mnie do podłogi, zrobiło się jeszcze cięższe. Jakbym z narastającą desperacją próbowała się czegoś chwycić.

– Do jasnej cholery, ale się na tobie zawiodłam! – krzyczę. Właśnie teraz, kiedy Frederik najbardziej cię potrzebuje, zmyślasz taką historyjkę! Skąd wiesz, że to Frederik, skoro podpisy i tak sfałszowano?

– Coś takiego mógł zrobić tylko geniusz rachunkowości – mówi Benny. – Nie znam nikogo poza Frederikiem, kto mógłby...

Laust zaczyna się podnosić. Dziwnie się czuję, bo naprawdę z jakiegoś powodu czułam się tak, jakbym to ja leżała na podłodze. Mam ochotę kopnąć go tak mocno, żeby znowu się przewrócił.

– Jeśli komukolwiek możesz ufać, to Frederikowi! – mówię. – Wszyscy to wiedzą! I ty to wiesz.

Kącik ust Mortena unosi się lekko w gorę.

– To samo mówiłaś, kiedy Frederik był z Gitte i Dorte?

Wychodzę, trzaskając drzwiami, schodzę szybko po schodach i zaczynam biec.

...

W domu nie pali się światło, pewnie Niklas i Frederik poszli spać. Ognisko na podwórku już się dopaliło, został po nim tylko czarny krąg.

Wchodzę do domu i siadam na łóżku obok Frederika, który śpi jak zabity. Kiedy tak leży, pod jego włosami widzę fragmenty długiej, wąskiej blizny w kształcie półksiężyca. Delikatnie przesuwam po niej palcem. Prawdziwy Frederik byłby do głębi rozczarowany Laustem. Trzymalibyśmy się razem, wymyślilibyśmy jakiś plan, wyjaśnilibyśmy sprawę. Zrobilibyśmy to razem. Ale teraz nie ma przy mnie prawdziwego Frederika, choćbym nie wiem jak długo mówiła do leżącego w naszym łóżku ciała, tuliła je i kładła głowę na jego ramieniu.

Kiedy wracałam do domu autostradą przyszło mi do głowy jedyne logiczne wyjaśnienie. To ma jakiś związek z umową o pracę. Chcą wylać Frederika, ale nie mogą, dopóki jest na zwolnieniu lekarskim. Więc wpadli na taki pomysł. Ale przecież Laust chyba nie grał komedii. Czy to możliwe, że Morten i Benny ukartowali całą sprawę za jego plecami? Rozważam wszystkie możliwości, a potem je odrzucam. Pewnie czegoś nie wiem.

– Frederik – mówię bardzo głośno. Nieomal krzyczę. – Frederik, coś się stało. Frederik! Frederik!

On się nie budzi.

Potrząsam jego ramię. Zero reakcji. Nie chcę ryzykować, że uszkodzę mu głowę, więc podchodzę do drugiej strony łóżka i mocno ciągnę go za nogę. Powoli się budzi.

– Cooo? – pyta płaczliwie.

W taki sam sposób mówił w klinice neurologicznej na intensywnej terapii. Spędziliśmy tam tydzień, w rozpaczy, Niklas zamykał się w toalecie dla niepełnosprawnych, a Viebeke nie odchodziła od łóżka. To okropne, kiedy on się budzi i mówi tym głosem. Stare krakersy w kuchni dla gości szpitalnych. Wpatrzone w dal, okrągłe oczy krewnych i innych pacjentów.

Próbuję mu wyjaśnić, co powiedzieli Laust, Morten i Benny.

– To nie ja. – Wzdycha.

– Nie, wiem. – Znowu siadam na krawędzi łóżka, blisko twarzy Frederika. Nadal ma zamknięte oczy.

– To wasza sprawka – mówi z jękiem.

– Co?

– Waszej dwójki.

– O kim ty mówisz?

– O tobie i Niklasie.

– Jak moglibyśmy zrobić coś takiego?

– Powiedziałaś, że nie potrafię obsługiwać komputera. Więc szkoła straciła pieniądze.

– O czym ty, do diabła, mówisz?

– Próbowałaś zastrzec hasłami dostęp do komputerów.

Wydawało mi się, że nasza szaleńcza przejażdżka po górzystych drogach na Majorce stanowiła punkt zwrotny w moim życiu. Tego dnia wszystko zniknęło. Myliłam się.

Jeszcze nie wiem, co się stało, ale coś mi podpowiada, że właśnie nadszedł dzień, kiedy wyjdzie na jaw, że Frederik jako dyrektor szkoły zniszczył prywatną szkołę Saxtorph. Dziś stracimy przyjaciół, którzy nas wspierali. Dzień, w którym stracimy nasz dom i pracę. Wszystko. Dziś.

Frederik budzi się na tyle, że mogę mu kazać usiąść na łóżku. Powoli opowiada mi historię, którą, chcąc nie chcąc, muszę uznać za prawdziwą.

Frederik w tajemnicy pożyczył pieniądze z rachunku szkoły, żeby grać na międzynarodowych rynkach giełdowych. Oczywiście zamierzał je oddać, ale stracił kilkaset tysięcy koron, kiedy spadła cena miedzi, a kawa poszła w górę. Wziął jeszcze więcej pieniędzy, żeby odrobić straty. Założył trzy prywatne firmy, żeby odprowadzić ze szkoły pieniądze dzięki kilku podejrzanym transakcjom, fałszując dokumenty, poręczenia i podpisy. Stracił jeszcze więcej pieniędzy. Sytuacja zrobiła się dramatyczna.

– Wszystko bym odzyskał i jeszcze zarobił kilka milionów, dla nas i dla szkoły. Bez dwóch zdań. Ale Laust mnie wyeliminował. A ty zabezpieczyłaś komputery hasłem. To twoja wina.

Prawdziwy Frederik nigdy w życiu nie zdefraudowałby pieniędzy szkoły. To się kłóci z wszystkimi wyznawanymi przez niego zasadami. Guz rósł powoli, to normalne, tak przynajmniej twierdzą lekarze. Pewnie już rok temu zaczął zmieniać jego osobowość. Zanim jeszcze ktokolwiek to zauważył. Lekarze uważają, że to też zupełnie normalne.

Kiedy dzwonię do Lausta, on jeszcze nie śpi.

Przepraszam go tak żarliwie, jak przepraszałam Niklasa po moim płukaniu żołądka. Nigdy tak żarliwie nikogo nie przepraszałam. Płaczę z powodu szkoły, licząc na to, że on też się rozpłacze. Ale on milczy.

– Jestem twoją przyjaciółką, Laust! O niczym nie wiedziałam! O niczym! Na pewno znajdziemy jeszcze jakieś pieniądze na jego kontach, może ceny kawy spadły ostatnio, a miedź poszła w górę, coś na pewno się zmieniło. Coś znajdziemy, na pewno! W taki czy inny sposób. Zrobię wszystko, co w mojej mocy, żeby ci pomóc. – Laust nadal milczy. – Naprawdę rozumiem, że jesteś na niego wściekły. Ja też się często na niego wściekam. Zapominam, że jest chory. To choroba wszystko spowodowała. To ona podejmuje za niego decyzje.

Laust wciąż milczy i po chwili się rozłącza.

8

Leżę na dmuchanym materacu obok naszego łóżka. W świetle latarni liście drzewa rzucają na ścianę sypialni wzorzyste cienie. Gałęzie wibrują i cienie ożywają. To taki sam znak jak wygasłe palenisko na podwórku przed domem.

A więc w ten sposób zostaliśmy napiętnowani. Teraz zdrowi ludzie, idąc ulicą, będą wiedzieć, żeby się tu nie zatrzymywać. Tu mieszkają chorzy. Jeśli wchodzisz do domu oznakowanego w ten sposób, rezygnujesz z wszelkich praw do ochrony i bezpieczeństwa. Nie oczekuj pomocy, jeśli biedne diabły osaczą cię i rozerwą na strzępy.

Zanim się położyłam, postanowiłam nie budzić Niklasa. Ale po kilku godzinach wpatrywania się w znak na suficie doszłam do wniosku, że podjęłam złą decyzję. Przecież stawką jest jego przyszłość. Czy jego ojciec pójdzie do więzienia? Czy będziemy musieli sprzedać dom, w którym do tej pory dorastał? Czy w gazetach nazwą jego ojca oszustem?

Wkładam dresy. Pukam do drzwi jego pokoju, ale się nie budzi. Wchodzę i siadam na krawędzi łóżka. Szeptem wypowiadam jego imię.

– Niklas. Niklas. – Gwałtownie się podrywa, a ja dotykam jego ramienia. – Nic się nie stało, Niklas.

Spokojnie, już dobrze. Nic się nie stało. – Najgorsze przede mną. Muszę powiedzieć Niklasowi. Teraz nie mam już wyjścia. – Właściwie coś się stało. Coś się stało. – Blednie. Światło latarni zostawia znak na jego policzku. – Chodzi o tatę.

– Co się stało? Nie żyje?

– Nie, on... w szkole mówią, że... – Opowiadam mu wszystko, co wiem.

– Nie wierzę! – wykrzykuje Niklas z takim samym przekonaniem jak ja. Opada na łóżko.

– Ja też w to nie mogłam uwierzyć – mówię.

W czasie naszej rozmowy w ułamku sekundy przed moimi oczami kłębią się obrazy. Niklas jako dystyngowany, siwowłosy starzec w garniturze, może dyrektor szkoły, może minister edukacji. Niklas jako niemowlak na stole do przewijania, z jego malutkiego penisa tryska strumień moczu, a ja muszę wytrzeć i jego, i blat. Niklas biega po podwórku i bawi się taczkami. Zdjęcia Niklasa w gablocie w bibliotece gimnazjum, oboje z Frederikiem pękamy z dumy.

– Tata się przyznał – mówię dalej. – Oni myślą, że mu pomagałam.

– Przyznał się? Ty? – Niklas znowu się podnosi.

To nie tyle myśli, ile raczej migawki, a nawet nie migawki, tylko stan umysłu. On spada z roweru, kaleczy swoje małe, gładkie kolano. Bawi się w piasku na plaży.

– Tak, dlatego pewnie jutro przesłucha nas policja mówię.

– Ale wy oczywiście nie... oczywiście, że nie...

– Ja nic nie zrobiłam. Tata zrobił to tylko dlatego, że zachorował. Policja to zrozumie, Laust też, kiedy przejdzie mu gniew.

Ciepłe powietrze w jego pokoju ma mdły zapach. Wokół panuje niewyobrażalny bałagan, przestałam mu już zwracać na to uwagę. W ciemności widzę, jak coś jaśnieje w świetle w stosie brudnych ubrań. Stąd wygląda to na biustonosz. Biały, niemal świetlisty biustonosz wśród znoszonych jeansów i podkoszulków. Nie mogę podejść bliżej, żeby się upewnić.

– Do cholery, skończcie z tym! – krzyczy. – W ogóle się ze mną nie liczycie? Robicie jedną głupotę za drugą!

Mówię sobie, że muszę zaakceptować jego gniew. Muszę stworzyć przestrzeń dla jego emocji.

– Oczywiście, że o tobie myślę. Przez cały czas. Wszystko naprawię. Musisz tylko...

– Wcale o mnie nie myślisz, taka jest prawda! Obojgu wam odbiło!

Przestrzeń dla jego gniewu. To raczej stany umysłu. Po raz pierwszy nocuje u przyjaciela, ale koło północy jego rodzice dzwonią, że się rozpłakał i muszę po niego jechać. Jego pierwszy rok w gimnazjum, dwie dziewczyny i jeden chłopak z nowej klasy czekają na niego na ulicy, idą na plażę z matami i przenośną lodówką.

– Niklas, dobrze wiesz, że nie zdefraudowałabym pieniędzy. Nic nie zrobiłam.

– Nigdy nie można na tobie polegać!

Mówię sobie, że najważniejsze, żebym teraz nie krzyczała. Odpowiadam najspokojniej, jak potrafię.

– Teraz możesz na mnie polegać, Niklas. Teraz.

– Akurat! Nie mogłaś uważać? To był twój obowiązek!

Nie pytam go, na co powinnam uważać. Zamiast tego mówię:

– Rozumiem, że to dla ciebie trudne, Niklas.

– Zamknij się, do kurwy nędzy! Nie dociera do ciebie, że... – krzyczy. – Wynoś się!

Robię, co każe.

Kiedy jestem sama w kuchni, cieszę się, że pozwoliłam mu wyładować emocje. Rozumiem go. Migawka, stan umysłu, jego mała rączka w mojej dłoni, kiedy prowadzę go ze szkoły do domu w pierwszej klasie.

Może jak zjem coś ciężkiego, to szybciej zasnę. Najlepsza byłaby zimna owsianka na chudym mleku z bananem. Patrzę na talerz. To kolor ducha, myślę, czegoś nierealnego: nasienia.

...

Nie wiem czemu jestem tak spokojna, kiedy otwieram im drzwi frontowe. Wiem, że nie przyszli po prawdziwego Frederika. Tak naprawdę to nie ja wpuszczam ich do środka.

Dwóch młodych policjantów wchodzi do salonu, gdzie Frederik siedzi przy dużym stole i czyta gazetkę z supermarketu, jakich cały stos ułożył przed sobą.

– Frederik Halling? – pyta jeden z nich. – Jest godzina 10.15. Niniejszym aresztuję pana za defraudację i fałszowanie dokumentów. Najlepiej będzie, jeśli zostanie pan tutaj w czasie rewizji domu.

Frederik nic nie mówi, a ja w milczeniu siadam na krześle obok niego i trzymam go za rękę.

Słyszę, jak drzwi frontowe kilkakrotnie otwierają się i zamykają. Słyszę, jak policjanci przetrząsają gabinet Frederika. Wstaję i idę tam. Jego komputer leży w kartonowym pudle, razem ze stosem płyt DVD i dwoma zewnętrznymi dyskami. Oficer wkłada teczki i różne dokumenty do pudeł. Policjanci pozwalają mi stać i się przyglądać.

Godzinę później znowu zwracają się do Frederika.

– Proszę pana, zechce pan pojechać z nami na posterunek.

Frederik wstaje, a ja pakuję do torebki krakersy i jabłka. Wkładam płaszcz i jestem gotowa do wyjścia, kiedy pierwszy z oficerów mówi:

– Przykro mi, proszę pani, nie może pani z nami jechać. Tylko pan Halling.

– Ale przecież oni uważają, że pomogłam mu w defraudacji. Mnie też o to oskarżają.

– Nic nam o tym nie wiadomo.

Do rozmowy włącza się drugi policjant.

– Proponuję, żeby została pani w domu. Jeszcze dzisiaj zadzwonimy do pani z informacją, czy pani mąż trafi bezpośrednio do więzienia.

– Bezpośrednio do więzienia?

– Tak, proszę pani. Przy takich oskarżeniach nie wypuszczamy podejrzanych na noc do domu.

Coś we mnie pęka. Oczyma wyobraźni widzę, jak Frederik bije się z innymi więźniami. Widzę, jak w niekontrolowanym wybuchu gniewu rzuca się na policjanta, który bije go pałką.

– Ale on jest chory! Cierpi na chorobę mózgu! Muszę z nim jechać. Nie wiedzą panowie, jak z nim rozmawiać.

– Przykro mi, proszę pani.

– Nic pan nie rozumie! On ma napady gniewu, zacznie panów bić!

– Przykro nam.

– Nie wolno wam tego zrobić! Będą panowie musieli go oskarżyć za napaść na funkcjonariusza!

– Proszę pani, sytuacja pani męża i tak już nie może być gorsza.

Próbuję uspokoić oddech, ale kiedy idę za nimi do samochodu policyjnego i błagam o zmianę decyzji, z moich ust wydobywają długie i ciężkie pojękiwania. Oni nie ustąpią. Tymczasem Frederik siedzi spokojnie w samochodzie ze wzrokiem wbitym w przedni fotel i je krakersy z paczki, którą mu dałam.

Po ich odjeździe biegnę do domu i dzwonię do Lausta, który nie odbiera. Zostawiam mu wiadomość na automatycznej sekretarce, wymyślam mu od psychopatów i dodaję, że wpędzi do grobu swojego najlepszego przyjaciela.

Dzwonię do Heleny, ale ona też nie odbiera.

Dzwonię do Thorkilda i Vibeke. Mieli chwilę, by przetrawić złe wieści, bo skontaktowałam się z nimi już o wpół do siódmej rano. Odbiera Vibeke, ale natychmiast oddaje słuchawkę Thorkildowi.

– Potrzebujesz prawnika – mówi mój teść.

To oczywiste. Dzwonię do Gerdy z grupy wsparcia i pytam, czy ktoś z grupy zna prawnika, który zna się także na urazach mózgu.

– Zadzwoń do Bernarda – radzi.

– On kogoś zna?

– Jest prawnikiem i do takiej sprawy nie znajdziesz nikogo lepszego.

Bernard to jedyny członek grupy, w którego obecności nie czułam się zupełnie swobodnie, ale oczywiście do niego dzwonię.

– Twój mąż ma prawo, by w czasie przesłuchania towarzyszył mu prawnik – mówi. – Policja powinna cię o tym poinformować. Jak chcesz, mogę przyjechać na posterunek w ciągu dwudziestu minut.

– Będę dozgonnie wdzięczna, jeśli to zrobisz. On może kogoś zaatakować i jest...

– Dobra, zadzwonię później.

Opadam na łóżko, które jakoś nieprzyjemnie pachnie. To zapach nowego Frederika. Próbuję się uspokoić, ale nie potrafię. Dlatego kładę się na dmuchanym materacu, nakrywam głowę kołdrą i mam nadzieję, że za chwilę odpłynę.

...

Niklas wraca ze szkoły wcześniej. Nie poszedł na ostatnie lekcje. Mówię, że rozumiem i przedstawiam mu krótką i mocno ocenzurowaną wersję porannych wydarzeń.

– Bardzo źle się czujesz? – pyta.

– Tak. – W korytarzu panuje złowieszczy spokój. – Tak, źle.

– Ale nie tak... jak wtedy?

– Nie! Nie tak. Nie martw się tym, już nigdy tego nie zrobię.

Chrząka.

– Mogę ci jakoś pomóc?

– Ty nie powinieneś w ogóle... nie musisz...

To niezwykłe, jaką rozwagą potrafi się wykazać Niklas, szczególnie że przez ostatnie tygodnie dawał mi nieźle popalić. Byle bzdura doprowadzała go do szału. Teraz rozmawiamy, jakby zeszłej nocy na mnie nie nawrzeszczał, jakby trzy dni temu nie wydarł się na mnie, kiedy nie chciał się otworzyć zamek kłódki przy jego rowerze i nie zrobił mi awantury, kiedy Frederik położył pod stosem przeczytanych gazet jego wypracowanie z literatury duńskiej, którego jeszcze nie oddał do oceny.

Na internetowym forum dyskusyjnym braindamage.com przeczytałam, że jeśli Frederikowi się polepszy, będzie raz nadmiernie emocjonalny, innym razem zupełnie normalny. Stanie się bardzo drażliwy i nadpobudliwy. „Jak nastolatek", napisał ktoś w komentarzu. Na chwilę jego stan się poprawi, a potem bez ostrzeżenia pogorszy.

– Mogę pokazać ci moje nowe zdjęcia – proponuje Niklas.

Wie, że uwielbiam oglądać z nim jego zdjęcia. Ale ostatnio mi nie pozwalał.

Przytulam go i przynoszę krzesło z gabinetu Frederika, żebyśmy mogli siedzieć obok siebie w pokoju Niklasa.

Kiedy mój syn wraca do domu, siada przed komputerem, edytuje zdjęcia i montuje filmy wideo. Mathias komponuje wprost niewiarygodną muzykę elektroniczną i ostatnio zaplanowali, że pokażą zdjęcia Niklasa na wielkim ekranie nad sceną, kiedy Mathias zagra swoją muzykę na rozgrzewkę przed szkolnym koncertem.

Na stosie brudnych ubrań już nie leży biustonosz – sprawdziłam, kiedy Niklas poszedł do szkoły – i nie zauważyłam niczego białego, co mogłabym w ciemności pomylić z biustonoszem. Kiedy siadam, Niklas szybko zamyka kilka programów i wydaje mi się, że widzę imię „Sara" w nagłówku okienka czatu, ale wiadomości znikają tak szybko, że nie mam pewności. Chyba wiem, która to dziewczyna. Chodzi do klasy z Mathiasem, długowłosa brunetka o jasnej cerze z piegami. Kiedy w czasie szesnastych urodzin Niklasa zamieniłam z nią kilka słów, odpowiadała wyuczonymi formułkami. Od tego czasu kilkakrotnie wspominałam o niej w rozmowie z Niklasem, ale on szybko zmieniał temat.

Niklas odnajduje najnowszą kompozycję Mathiasa i włącza ją. Fala rozbija się o brzeg. Jeszcze raz. I jeszcze raz. Za każdym razem dźwięk uderzającej fali coraz bardziej przypomina odgłos, jaki wydaje ciało spadające ze schodów. Ciężkie uderzenia. Na pewno pękło kilka kości. Upadki – uderzenia fal – robią się coraz szybsze, rozbrzmiewają w porywającym tanecznym rytmie. Grana na fortepianie melodia wije się, a potem wieje wiatr na szwedzkiej plaży.

– Nasz temat to woda – mówi Niklas, pokazując mi sekwencję enigmatycznych czarno-białych wzorków. – Zgadniesz, co to jest?

– Nie mam pojęcia.

– Widzisz coś okrągłego, prawda?

– To wygląda jak wnętrzności martwego zwierzęcia – mówię, bo wydaje mi się, że to mógłby być mózg, ale nie chciałam wypowiedzieć tego głośno.

– To szklanka wody z kostkami lodu, w której odbija się światło. Zauważyłem ją na blacie w kuchni i zrobiłem całą serię zdjęć.

Pokazuje kolejne zdjęcia i objaśnia mi je, jakby czytał książkę małemu dziecku. Jakby był moim tatą. Jego dłonie błyskawicznie przefruwają nad klawiaturą. Rosną mu na nich włosy, wąskie pasmo od podstawy małego palca do nadgarstka. Wielu mężczyzn pewnie by fantazjowało na temat tego, co Niklas i Sara robią razem. Z fascynacją snuliby w głowie fantastyczne scenariusze. Tacy właśnie są mężczyźni: chcą młodości. Wydaje im się, że jak się pieprzą z młodszą albo się z nią żenią, to sami młodnieją.

Ale choćby nie wiem jak się upodlili, i tak pozostają tylko biednymi popaprańcami, stojącymi jedną nogą w grobie. Tak jak ja.

W tym pokoju zawsze panuje niewiarygodny upał. Muszę zdjąć bluzę, w przeciwnym razie strasznie się spocę. Na ekranie leje się woda, po przekątnej, pryska w naszą stronę i rozprasza się jak para. Mathias i Niklas są już dorośli, to prawdziwi artyści.

Zanurzam się w morzu dźwięków stworzonym przez Mathiasa i w ociekających od wody zdjęciach Niklasa. Być może mój syn robi to samo. Kiedy dzwoni mój telefon, oboje się podrywamy. Pewnie byśmy się zaśmiali, gdyby nie paraliżował nas strach.

9

Dzwoni Bernard. Przesłuchanie dobrze poszło. Frederik jednak nie został w areszcie. Bernard odwozi go do domu.

Niklas wyłączył muzykę i wpatruje się we mnie wyczekująco. Powtarzam mu to, co właśnie usłyszałam, a potem wracam do rozmowy z Bernardem.

– Bardzo, bardzo ci dziękuję! Co powiedzieli? Stracił panowanie nad sobą? Jak poważne jest oskarżenie? Jak zareagowali na wieść, że jest chory?

Głos Bernarda brzmi tak spokojnie. W tle słyszę przejeżdżające samochody.

– Niestety nie mogę ci nic powiedzieć. To poufne informacje o moim kliencie. Frederik sam powie ci to, co uzna za stosowne. Oddaję mu telefon.

– Frederiku, mów! Jak ci poszło?

– Nieźle.

– Co powiedzieli? – Nie odpowiada.

– Frederiku, jesteś zmęczony? Jak się masz?

– Nie wiem.

– Pewnie teraz jesteś bardzo zmęczony? – Znowu milczy. – Chcesz mi opowiedzieć o przesłuchaniu?

– Nie wiem.

– Powiedz coś, Frederik, cokolwiek. Zamierzają cię aresztować później? Był tam Laust?

Znowu milczy. W słuchawce rozlega się głos Bernarda.

– Długie przesłuchania są zawsze bardzo męczące. Wkrótce do was wrócimy.

Kiedy razem z Niklasem zbiegamy po schodach i wychodzimy przed dom, szczegółowo mówię, co i jakim tonem powiedział Bernard. W ciągu popołudnia rozpoczął się pierwszy, łagodny dzień wiosny. Słońce wszystkich rozgrzewa, a nasza powoli zieleniejąca ulica wygląda dokładnie tak kusicielsko jak wtedy, gdy po raz pierwszy razem z Frederikiem spotkaliśmy się tutaj z agentem nieruchomości, żeby obejrzeć dom. Staliśmy dokładnie w tym samym miejscu na chodniku. Agent, młody mężczyzna, przyjechał czerwonym samochodem i kilka chwil później nie wyobrażałam już sobie życia w innym domu. Teraz w naszą stronę zmierza białe kombi Bernarda i w oknie samochodu widzę Frederika śpiącego na fotelu pasażera.

Pomagamy mu wysiąść, on wspiera się na mnie i na Niklasie, kiedy wchodzimy po schodach, a potem kładziemy go na łóżku w pełnym ubraniu. Całuję go w czoło, ale on nie reaguje, potem schodzimy na dół.

Bernard siedzi na kanapie w salonie. Wzdłuż jego pomiętych, szarych spodni biegną ledwo widoczne, niebieskie prążki. Ma rozpięte górne guziki białej koszuli w nieco szersze, jasnoniebieskie paski. Ściska podłokietnik kanapy i wpatruje się w szew w skórzanej tapicerce. Ta kanapa projektu Wegenera nigdy nie trafiła do masowej produkcji. To rzadki okaz, mój najcenniejszy skarb. Bernard pewnie zna się na meblach.

Niklas i ja stoimy.

– Bernard, jeszcze raz ci dziękuję. Wiem, że gdybyś się tak nie postarał, pewnie trzymaliby go w areszcie całymi miesiącami. – On się uśmiecha i wtedy wiem, że mam rację. – Ale pewnie nie możesz nam powiedzieć, co zrobiłeś.

– Nie.

Może za kilka miesięcy Frederik poczuje się lepiej, nie ma gwarancji, ale lekarze twierdzą, że to możliwe. Postępowanie sądowe to zupełnie inna sprawa. Jego konsekwencje będą nas prześladować aż do śmierci. Żadne z nas nie „wyjdzie z tego" ani nie „stanie na równe nogi".

Jeszcze raz próbuję wydobyć z Bernarda choć trochę informacji o tym, co się stało, ale on uprzejmie udziela wymijających odpowiedzi. Mówi o ogólnych przepisach i prawach stosowanych w przypadku defraudacji. W ten niebezpośredni sposób opowiada nam o sprawie Frederika, nie naruszając klauzuli poufności.

Robi to z niezwykłą wprawą, rozwagą i zacięciem pedagogicznym. Mówi jak rasowy prawnik, choć ujawnia osobisty stosunek do sprawy, jakby faktycznie troszczył się o mnie i Niklasa.

Kiedy Bernard mówi, rozglądam się po salonie i zastanawiam się, jak na nasz dom patrzy ktoś obcy. Głośniki zostały rozmontowane i teraz zieją w nich czarne dziury. Frederik uważa, że nasz system nagłaśniający jest nie dość dobry i chce go naprawić. Dlatego teraz membrany i splątane kable oraz niewielkie części elektroniczne w jaskrawych kolorach od tygodnia walają się po podłodze. Obok leżą także dwa plakaty, bo on chce je powiesić, ale nie potrafi zdecydować gdzie. Natomiast regały ze swoimi klasycznymi, analogowymi płytami odsunął od ściany, bo chciał coś zrobić z gniazdkiem elektrycznym.

– Przepraszam za ten bałagan – mówię.

– Podoba mi się ta domowa atmosfera. Masz fantastyczny gust, jeśli chodzi o meble.

– Dziękuję. Co mogę ci zaproponować? Po takim dniu musisz być głodny.

– No cóż... tak.

– Kanapkę? Bułkę? Z serem, szynką, pasztetem, dżemem? Kawa, herbata, piwo?

Uśmiecha się.

– Wszystko brzmi tak dobrze.

Na stole w jadalni stawiam bułki, piwo i wodę i kładę sztućce. Niklas bez pytania nakrywa dla trzech osób, choć wiem, że nie przełknę ani kęsa.

Nasz prawnik je w sposób kontrolowany, niemal z gracją, choć w jego oczach wyraźnie widać głód. Może we Francji wychowywano go konserwatywnie. Kiedy zjadł połówkę bułki, starannie przeżuwa do końca i wyciera usta serwetką, zanim zacznie mówić.

– To oczywiste, że jesteście oboje zdezorientowani i nie macie pojęcia, co się stanie z Frederikiem i z wami.

– Zgadza się.

– Najpierw musicie się pozbierać. W sprawach o defraudację ogólne zorientowanie się w rachunkach i wyznaczenie terminu rozprawy zajmuje policji kilka miesięcy. Frederik będzie miał mnóstwo czasu, żeby poszukać sobie prawnika.

– Myślałam, że ty weźmiesz tę sprawę! – Mówię wysokim głosem, prawię piszczę. Rzucam okiem na Niklasa, ale on najwyraźniej dziś się mnie nie wstydzi.

Bernard wciąż mówi spokojnym głosem.

– Frederik sam musi wybrać sobie prawnika. To sprawa kluczowa, mimo że jest chory. Choć dzisiaj byłem z nim na przesłuchaniu, on może równie dobrze wybrać kogoś innego.

– Ale ty się znasz na chorobach mózgu i masz doświadczenie w takich sprawach, prawda?

– To musi ocenić sam Frederik.

Na chwilę się uspokajam, kiedy dociera do mnie jawny absurd tej sytuacji. Przecież teraz to ja podejmuję wszystkie decyzje za Frederika. Podpisze wszystko, co mu podsunę, to czysta formalność.

Kiedy Bernard żuje, pod skórą na jego szczękach widać każdy poruszający się mięsień. To niezwykłe, że w jego wieku zachował tak szczupłą i atletyczną sylwetkę. Zaraz, przecież Gerda powiedziała, że on ma tyle lat co ja. Ciągle o tym zapominam.

– Oponiak rośnie bardzo powoli – mówi. – U Frederika pojawił się, zanim on zaczął defraudować pieniądze. Mógł wpłynąć na jego działania i Frederik nie mógł nic na to poradzić.

– To oczywiste, że to wina choroby! Wszyscy wiedzą, że on sam by czegoś takiego nie wymyślił!

Wciąż ten sam spokojny głos.

– Chodzi jednak o to, czy choroba wpłynęła na niego na tyle, że można powiedzieć, że to ona podyktowała jego decyzje. Jeśli oskarżony cierpiał na dolegliwości o podłożu neurologicznym, jedna kwestia decyduje o wszystkim, kwestia, którą członkowie rodziny muszą od samego początku wziąć pod uwagę. Czy osobowość oskarżonego zmieniła się znacząco w okresie bezpośrednio poprzedzającym popełnienie przestępstwa, nawet jeśli nikt nie wiedział o istnieniu choroby?

Mimowolnie wykrzykuję z ulgą.

– Ależ tak, on się bardzo zmienił trzy lata temu!

Po raz pierwszy Bernard traci swój stoicki spokój.

– Fantastycznie! To kwestia kluczowa! Doskonale!

– Frederik zaczął wracać z pracy o normalnych godzinach, poświęcał więcej czasu…

Chwytam podłokietniki krzesła. Ściskam mocno i milknę. Potem wybiegam z pokoju.

Zatrzymuję się w kuchni i podpieram się na wyciągniętych rękach o blat, z trudem łapiąc powietrze. Nie chcę płakać, kiedy Niklas w salonie dotrzymuje towarzystwa naszemu gościowi.

Najlepsze lata naszego wspólnego życia. Lata, które miały napełnić mnie energią do końca życia. Czy były tylko produktem ubocznym guza mózgu?

Razem z Frederikiem idziemy wąską, ocienioną drzewami ścieżką wzdłuż brzegu jeziora Farum, razem remontujemy dom, przytulamy się, stojąc na podwórku i przesiadujemy do późna na podwieszanej ławce. Jego entuzjazm nie słabł nawet w obliczu problemów, z którymi zmagaliśmy się w pracy. Po wszystkich tych latach rozważnego i zdyscyplinowanego życia jego impulsywność tchnęła w nasz związek nowe życie. Jego wygłupy, jego nagła beztroska wobec zobowiązań zawodowych. Skąd się to wszystko wzięło?

Słyszę, że Niklas przybrał dorosły ton głosu.

– Wiem, że to może być dla niej trochę za dużo. To trudne dla nas wszystkich.

Najwyraźniej nie do końca wszystko zrozumiał. Bo w ciągu ostatnich trzech fantastycznych lat Niklas odzyskał też ojca.

Słyszę odpowiedź Bernarda.

– Każdy z nas ma do tego prawo. Kiedy moja żona zachorowała, ja też musiałem zmienić wiele w moim życiu.

Nigdy wcześniej nie słyszałam, jak rozsądny dorosły mężczyzna rozmawia z Niklasem. Spokojny, głęboki głos i jego mądre słowa kontrastują z paplaniną Frederika. Nigdy wcześniej nie słyszałam, jak Niklas słucha. Jak dobrze wpływa na niego towarzystwo zdrowego psychicznie mężczyzny. Wydaje mi się, że w naszym domu taka sytuacja nie zdarzyła się od bardzo dawna.

...

Muszę się położyć. Nie mogę pójść do sypialni, bo tam leży Frederik. Mogę pójść tylko do pokoju Niklasa. Kładę się w ubraniu na łóżku, choć może nie powinnam tak robić. Podciągam kołdrę pod nos.

Wspominam szczegóły z najlepszych lat naszego małżeństwa. Frederik boso przychodzi z podwórka w niedzielę rano, goni mnie, żeby mnie połaskotać, uciekam, oboje upadamy na kanapę. Frederik wraca do domu rozradowany po tym, jak pod wpływem impulsu kupił Niklasowi w prezencie drogi aparat. To moje wspomnienia z naszego najlepszego okresu życia. Czym stały się teraz?

Bernard odjeżdża, zanim schodzę na dół, żeby się z nim pożegnać.

Niedługo potem słyszę, jak Niklas otwiera drzwi pokoju. Wciąż mam zamknięte oczy.

Musi być zdziwiony, widząc mnie, ale podchodzi do łóżka, jakby chciał mi się tylko przyjrzeć. Zatroskanym głosem pyta:

– Jak się masz?

Nadal leżę twarzą w dół, z zamkniętymi oczami, w tej samej pozycji.

– Przepraszam, Niklas. Nie mogę teraz pójść do naszego pokoju.

– Rozumiem.

– Naprawdę świetnie się zająłeś naszym prawnikiem.

– Dzięki.

– Mogę sobie tu jeszcze chwilę poleżeć?

– Oczywiście.

Kiedy Niklas mnie budzi, tym razem otwieram oczy. Po świetle poznaję, że spałam kilka godzin. Znowu stoi przy łóżku.

– Myślisz, że powinienem zostać dziś wieczorem w domu?

– To chyba dobry pomysł. Nie wiemy, co się dzieje. Albo co może...

– Chodzi o to, że miałem się spotkać z Mathiasem u niego, żeby pogadać o naszym występie. Właściwie to bardzo ważne.

Przed oczami stają mi strzępy wspomnień, chyba o tym śniłam. Frederik jadący na dinozaurze.

– Oczywiście, nie ma problemu. Powinieneś wyjść.

Czuję, że wnętrze moich ust jest lepkie. Potrzebuję czegoś do picia i jak najszybciej powinnam napisać SMS-a do rodziców czwartoklasistów, żeby odwołać dzisiejsze zebranie. Powinnam też zadzwonić do naszych przyjaciół, zanim dowiedzą się o Frederiku z telewizji. Poza tym nie mamy w domu nic do jedzenia.

Nie mam siły, by do kogokolwiek dzwonić, ale chyba będę musiała wyskoczyć do supermarketu, żeby kupić coś na kolację.

Wstaję z łóżka i sprawdzam, czy Frederik nadal śpi. Kiedy wychodzę z naszego podwórka na ulicę, ubrana grubo jak w środku zimy, zauważam Sarę, przyjaciółkę

Niklasa. Stoi dosłownie kilka metrów ode mnie, jakby się ukrywała za żywopłotem sąsiada, wpatruje się w ekran swojej komórki.

Jestem wyczerpana, ale zdobywam się na uśmiech.

– Cześć – mówię. – Chcesz wejść? Niklas jest w domu.

Ona patrzy na mnie nieomal z przerażeniem.

– Ja tylko... Poczekam tutaj.

– On idzie do Mathiasa.

– Ja też.

– Razem przygotowujecie pokazy zdjęć i koncerty?

– Nie, chcieliśmy tylko razem posiedzieć.

Niklas krzyczy z okna za moimi plecami.

– Nigdzie się nie ruszaj! Już wychodzę!

Krzyczę w jego stronę.

– Niklas, możesz zaprosić Sarę na górę, do swojego pokoju!

Ona natychmiast traci zainteresowanie swoim telefonem.

– Sara? Tak mnie pani nazwała?

– Co? Nie, wcale nie! Nawet nie wiem, kto to jest Sara!

– Czy Sara tu była?

– Nie! Nikogo tu nie było. – Krzywię się pod jej badawczym spojrzeniem, jakbym to ja była nastolatką, a ona dorosłą kobietą. – Nie było tu nikogo o imieniu Sara – mówię trochę za szybko. Czuję się tak, jakbym jeszcze nie do końca się obudziła. – Możesz wejść do środka, jak chcesz – dodaję. – Poczekaj tam na niego.

– Właściwie uzgodniliśmy... Chyba lepiej, gdybym...

Otwierają się drzwi frontowe i wychodzi Frederik. Znowu wygląda rześko i radośnie. Rześko i radośnie, właściwie tak jak zawsze, niezależnie od tego, jakie wielkie zgliszcza za sobą pozostawił. Wygląda jak człowiek, który właśnie dostał dużą podwyżkę.

– To przyjaciółka Niklasa – mówię.

Frederik uśmiecha się radośnie.

– Cholera, ale ładnie wyglądasz. I pomyśleć, że przyjaźnisz się z Niklasem. Muszę mu pogratulować!

– Jesteśmy razem w komitecie społecznym.

On wyciąga rękę, żeby dotknąć jej ramienia.

– Naprawdę chciałbym wejść do twojej cipki!

Szybko odpycham jego rękę.

– Frederik!

– Powinna być z tego dumna i się cieszyć z takiego komplementu – warczy. – Że mężczyźni chcą wejść do jej cipki.

– Przestań! Natychmiast przestań!

Niklas wybiega z domu i od razu zauważa minę swojej przyjaciółki.

– Co tu się dzieje?

– Najlepiej będzie, jak już pójdziecie – mówię. – Idźcie już, a ja wprowadzę go do środka.

Niklas i dziewczyna, która nie jest Sarą, pospiesznie się oddalają. Frederik i ja zaczynamy na siebie wrzeszczeć. Potem wbiegam do domu, a on idzie za mną, żeby tam się ze mną kłócić.

Kiedy jesteśmy w środku i sąsiedzi już nas nie widzą, rzucam go na podłogę w salonie, siadam mu na plecach i wykręcam mu ręce.

– Ty wielka kupo gówna! – krzyczy Frederik. – Wielka kupo gówna! – powtarza w nieskończoność.

Rzuca się tak bardzo, że uderza nogami o framugę drzwi i przewraca lampę, a ja widzę, jak na nogawce jego spodni pojawia się plama krwi.

– Zamknij się, do cholery! – krzyczę, z trudem przyciskając go do podłogi.

Udaje mu się wyswobodzić rękę i uszczypnąć mnie mocno w udo. Chwytam stojącą na stoliku do kawy misę z nierdzewnej stali i uderzam go nią w plecy. On wyje z bólu.

Kim, do diabła, jest ten obcy, który włamał się do mojego domu? Kto zakradł się do ciała mojego męża, do jego głowy?

Kiedy uderzam go raz, nie mogę już przestać. Tłukę misą w jego plecy raz po raz, a on się wije i krzyczy, że go to boli, że jestem kupą gówna.

Przestaję, żeby złapać oddech. „Nie mogę żyć z kimś takim", myślę, czekając, aż on się uspokoi. „Nikt nie może tego ode mnie oczekiwać. Nie ma mowy".

Czuję, jak pod moim ciężarem jego ciało się męczy i wiotczeje. Nadal przyciskam go do podłogi, kiedy on zaczyna mówić smutnym głosem, którego nie słyszałam od początku jego choroby.

– Te słowa po prostu mi się wypsnęły – mówi. – Wiedziałem, że nie wolno mi czegoś takiego do niej powiedzieć. Nie rozumiem, czemu to powiedziałem.

Natychmiast go puszczam. Mówi, jak prawdziwy Frederik. „Głos" zniknął. Chcę pomóc mojemu biednemu mężowi, chcę go podnieść. Kim jest teraz? Czy się uwolnił?

Stoimy pośrodku pokoju, który nagle się rozświetla, a mnie się wydaje, że z mojego ciała ulotnił się cały gniew po szamotaninie z Frederikiem. Czuję odrazę do siebie za to, co zrobiłam. Choremu człowiekowi. Biednemu, choremu człowiekowi.

Nie potrafię mu spojrzeć prosto w oczy. Rozglądam się tylko, szukając najlepszego miejsca, żeby go posadzić.

– No cóż, to na pewno dobrze, że wiesz, że to źle – mówię.

– Wiem. To bardzo, bardzo źle! – W jego szeroko otwartych oczach widzę desperację. Jakby właśnie w tej chwili odkrył, kim się stał, i dotarło do niego, co zrobił w ciągu ostatnich miesięcy. – To bardzo, bardzo źle! Bardzo, bardzo, bardzo! – Nagle krzyczy. – To okropne! Dlaczego wygaduję takie rzeczy? – Płacze, łzy albo flegma spływają mu do gardła i zaczyna kaszleć, jednocześnie krzycząc. – Dlaczego ja to robię?

Po kilku sekundach ma już mokre policzki. Nie przypomina już człowieka, tylko wyjące zwierzę. Wychudłe zwierzę o długich kończynach. To łoś, stojący samotnie w środku lasu i wyjący ze smutku.

– To okropne! To okropne! Nie wiem, czemu mówię takie rzeczy!

– Nie, nie wiesz dlaczego.

– Nie chcę… Nie… Ja… to okropne!

Nagle dzieje się coś jeszcze. już nie płacze w ten zwierzęcy sposób. Bez namysłu wyciągam rękę, żeby go pogłaskać po policzku, a on jej nie odpycha. Po raz pierwszy pozwolił mi dotknąć swojej twarzy, kiedy płacze.

Natychmiast ja też zaczynam płakać. To nowość, że mogę go dotknąć, kiedy jest smutny. Przyciskam go do siebie, a on mi na to pozwala.

– Frederik, wiem, że to dla ciebie okropne doświadczenie.

– To jest okropne!

– Ale robisz postępy.

– Nie, nie, nie!

– Robisz. Twój stan się poprawia.

– Nie, to takie okropne!

– To prawda, nie powinieneś mówić takich rzeczy do przyjaciół Niklasa, ale teraz to wiesz. Teraz wiesz, że zrobiłeś coś złego.

– Nie, nie wiem!

– Owszem, wiesz. Wolno mi cię objąć i dotknąć. To mnie bardzo cieszy.

– Pozwalam ci! Jestem łajdakiem!

– Tak, jesteś łajdakiem. Ale na szczęście wiesz, że jesteś chory. To bardzo dobrze. To dobrze, że źle się czujesz, kiedy zrobiłeś coś złego. To też bardzo dobrze.

– Nie, nie, nie!

Piętnaście minut później jego płacz nagle ustaje. Siadamy na kanapie, a ja przypominam sobie, co w takiej sytuacji robiłam w dawnych czasach. Wychodzę do kuchni i smaruję dżemem cztery kromki chleba, które on pochłania w błyskawicznym tempie.

I pomyśleć, że kilka minut temu mu przyłożyłam. Nie rozumiem tego. To ja jestem okropna. Właśnie uderzyłam mojego chorego męża. Stłukłam go na kwaśne jabłko. Małą misą z nierdzewnej stali. Nie usprawiedliwia mnie żadna choroba mózgu.

Dzwoni telefon. Potem dzwoni komórka, a potem słyszę, że przyszedł SMS, a potem znowu dzwoni telefon. Nie odbieram. Wiem, czego wszyscy się dowiedzieli. Z wiadomości. W telewizji powiedzieli o oskarżeniu. Wyłączam telefon.

Nieco później na Frederika spływa inny rodzaj spokoju.

– Może jestem bardziej chory, niż nam się wydawało? – mówi.

– Tak, być może.

– Ale ja naprawdę nie mogłem się doczekać powrotu do pracy w szkole. Myślisz, że muszę poczekać jeszcze kilka tygodni?

– Tak, to dobry pomysł. Powinieneś jeszcze chwilę poczekać.

Nasze głowy się stykają, a ja otulam go ramieniem. Tak siadywaliśmy za starych, dobrych czasów. Tak siadywaliśmy w ciągu tych trzech dobrych lat.

Mia Halling

Od: Else Vangkær, Kościół Farum

Do: Mia Halling

Data: Wtorek, 1 marca 2011, 20.52

Temat: Re: Czy w mózgu mieszka dusza?

Droga Mio,

wszystkich witamy w kościele z otwartymi ramionami! To dotyczy również ludzi, którzy przychodzą do nas tylko, jak napisałaś, „na śluby, konfirmacje i pogrzeby".
Rozumiem, jak ciężko musi ci być, skoro piszesz, że czujesz się, jakby twój mąż już nie żył – że jego dusza umarła. Przysięgałaś, że „nie opuścisz go aż do śmierci". Ale co, jeśli jego prawdziwe „ja" już umarło i zostało tylko jego ciało?
Nad tym problemem filozofowie głowili się od tysięcy lat. W Starym i Nowym Testamencie znaleźć można rozmaite odpowiedzi na pytanie o związki duszy z ciałem. Katolicy i protestanci zajmują w tym względzie odmienne stanowiska.
Trudno omawiać tak poważne problemy w e-mailu, dlatego mam szczerą nadzieję, że w tygodniu wpadniesz, żeby pogadać. Widzę, że napisałaś do mnie o drugiej w nocy. Jeśli w ciągu dnia masz zbyt wiele obowiązków, możemy na pewno znaleźć jakiś odpowiedni dla ciebie termin.
To oczywiste, że w tak trudnym okresie czujesz głęboki smutek i ogromną stratę i może o tym też zechcesz porozmawiać.
Możesz do mnie zadzwonić. Mój numer: 70 27 25 95.

Pozdrowienia,
Else

Else Ankar
Pastor
Kościół Farum

10

Następnego ranka za piętnaście siódma biegnę z parku, w którym stoi kilka rzeźb, za domem spokojnej starości ścieżką przez las. W ziemi zostało po zimie mnóstwo dziur. Długi odcinek trasy biegnie wzdłuż brzegu jeziora, dosłownie kilka metrów od wody.

Biegnąc, myślę o Niklasie. O tym, że nie ma już odwagi przyprowadzać do domu przyjaciół. Myślę też o Frederiku, który chciałby uprawiać seks z przyjaciółką własnego syna. Czy zawsze był taki? Czy wszyscy mężczyźni są tacy? Może jedyna różnica między Frederikiem i innymi mężczyznami polega na tym, że oni siedzą cicho, bo ich mechanizmy blokujące funkcjonują bez zarzutu.

Kiedy moje stopy omijają dziury i błotniste kałuże na ścieżce, myślę o wszystkich tych latach, kiedy Frederik był niewierny. Myślę o przyjacielu Hanne, przez którego skoczyła z wieżowca. O moim ojcu, który tylko chciał „pieprzyć się z hipiskami". O żonatym mężczyźnie, który zaczął mnie podrywać w kilka tygodni po tym, jak wyrzuciłam Frederika z domu, i o trenerze tenisa, który mnie uczył w dawnych, licealnych czasach. Oni są wszędzie. Myślę o wszystkich tych pijanych, żonatych nauczycielach, z piwnymi brzuchami i czerwonymi policzkami, obskakujących wszystkie kobiety w czasie przyjęć świątecznych w naszej szkole. Jak w ogóle można zbudować z mężczyzną związek oparty na zaufaniu?

Przez zwisające nisko gałęzie widzę gęstą mgłę unoszącą się nad jeziorem. Ono przybrało jej barwę. „To woda i to woda", myślę i zatrzymuję się przy przystani. Wchodzę w mgłę szybko i głęboko wciągam powietrze do płuc.

Myślałam o tym, zanim jeszcze Frederik się rozchorował. Często rozmawiałam o tym z Heleną. Jej pogląd jest taki: „Tak, wszyscy mężczyźni są tacy. Ale za kilka lat to się skończy. Powinnyśmy się tym cieszyć, póki się da".

I tu się z nią nie zgadzam.

W dresie, cała spocona, wpadam do minimarketu przy stacji kolejowej. Za kilka minut powinnam wrócić do domu i wziąć prysznic, ale skończyło nam się mleko, bo wczoraj ostatecznie jednak nie poszłam na zakupy.

Już zrobiła się kolejka. Biorę dwie butelki mleka i wkładam kartę kredytową do terminalu.

Dziewczyna za ladą mówi:

– Transakcja odrzucona. Proszę spróbować jeszcze raz.

Wyciągam kartę z terminalu i wsuwam ponownie. Na ekranie pojawia się napis: „Transakcja odrzucona". Dziewczyna milczy.

Wyciągam kartę Frederika z wewnętrznej kieszeni wilgotnych dresów, wkładam do terminalu i wpisuję PIN.

– Pojawiła się informacja, że mam ją skonfiskować – mówi.

– Skonfiskować? Dlaczego?

– Nie wiem? Może ją pani ukradła.

Patrzy na mnie wielkimi niebieskimi oczami, które może i byłyby piękne, gdyby ta blada twarz nie była aż tak bardzo nijaka. Można by pomyśleć, że ta dziewczyna potrafi tylko jedno: siedzieć z prostymi plecami.

– Oczywiście, że jej nie ukradłam! – mówię. – To karta mojego męża.

– Proszę mi ją dać – mówi ekspedientka.

– A jak nie dam?

– Nie wiem. Nigdy mi się coś takiego nie przytrafiło.

Udaje idiotkę. Myśli, że dam się nabrać. Chce, żebym myślała, że ma w nosie mnie, sklep i całą swoją przyszłość. Ma w nosie wszystko poza telewizją, frytkami z keczupem i swoim chłopakiem, który jest tak durny jak ona.

– Naprawdę muszę – mówi dziewczyna. – Musi mi pani ją oddać.

Za mną w kolejce stoi dwóch mężczyzn. Jeden z nich mieszka na naszej ulicy i wiem, że jest kierownikiem sprzedaży w sieciówce obuwniczej. Podejrzewam, że zeszłego wieczoru dowiedział się z telewizji, co się stało w Saxtorph. Skinęliśmy do siebie na powitanie pod lodówką z mlekiem, ale teraz on udaje, że ogląda coś w swoim koszyku.

Dziewczyna ma twarz tak gładką jak nadmuchiwana lalka z sex-shopu. Czuję, że mówię nazbyt nerwowo i za głośno.

– Nie rozumiem, co tu się dzieje.

Zmuszam się, żeby nie odwracać wzroku od mężczyzn. Zamierzam zachowywać się tak, jakby nasza rodzina nie zrobiła nic złego. Drugi mężczyzna posyła mi zlękniony uśmieszek.

– Spróbujmy jeszcze raz z tą drugą kartą – mówię troszeczkę zbyt szybko. – Na pewno pani terminal działa?

Dziewczyna nie odpowiada.

To tylko dwie butelki mleka. Ale niby czym mam zalać płatki śniadaniowe?

Dziewczyna patrzy na ekran.

– Teraz pokazała się informacja, że tę kartę też mam zatrzymać.

– Co? Moją kartę? Moją kartę też? Wcześniej nie było o tym mowy!

– Ale teraz mówię. Może tę pani też ukradła.

– Proszę przestać powtarzać, że je ukradłam. Niczego nie ukradłam! To moja karta!

– Może i tak. Ale proszę ją oddać.

Nie odpowiadam jej, nie oddaję jej kart i wychodzę ze sklepu bez mleka. Biegiem wracam tą samą drogą, przez las. Teraz nie mogę wrócić do domu, muszę biegać, póki napięcie nie ujdzie z mojego ciała. Nawet jeśli przez to spóźnię się na pierwsze zajęcia z matematyki.

Na jak długo bank może zamrozić nasze konta? Na miesiąc, kilka miesięcy, rok? Będziemy musieli pożyczyć pieniądze od przyjaciół. Ale czy oni się zgodzą?

Mój rytmiczny krok, gdy biegnę ścieżką wśród drzew, przyspieszony oddech, wielkie, powykrzywiane, czarne gałęzie między mną a słońcem. Światło razi mnie w oczy. Staję przed moimi siódmoklasistami. Morze światła.

„Po opodatkowaniu państwo Halling otrzymują 23 000 koron miesięcznie jako rentę inwalidzką i pensję nauczycielską. Są winni 10 000 000 koron, które pan Halling zdefraudował z funduszy powierzonych jego pieczy. Jak długo zajmie państwu Hallingom spłacanie długu, jeśli:

a) będą wydawać 2000 koron miesięcznie na jedzenie i ubranie oraz przeniosą się do jednopokojowego mieszkania, co umożliwi im ograniczenie stałych wydatków do 10 000 koron miesięcznie?

b) wprowadzą się razem do wynajętego pokoju i anulują wszystkie subskrypcje, opłaty członkowskie i ubezpieczenie, ograniczając stałe wydatki do 6000 koron miesięcznie?

c) powiedzą sobie »Mamy to gdzieś« i nie zmienią stylu życia, choć przez to zabraknie im miesięcznie 8000 koron?

Wykonaj obliczenia dla przypadku a, b i c jeszcze raz, przyjmując założenie, że rodzina znajduje 6 000 000 koron ze zdefraudowanych pieniędzy, które pan Halling ukrył na koncie, ale zapomniał o nich, bo ma uszkodzony mózg".

Muszę jeszcze raz zadzwonić do Bernarda. Za wcześnie? Na pewno. Ale przecież już chyba wstał, prawda? Nic, nic znam go aż tak dobrze.

Odskakuję na bok, żeby ominąć trzy wielkie kałuże, a Anna, która siedzi w pierwszej ławce przed moim biurkiem, podnosi rękę.

„Czy możemy założyć, że Hallingowie pożyczą mnóstwo pieniędzy od przyjaciół i nigdy ich nic oddadzą?

Nie, nie możecie. Jeszcze jakieś pytanie? Kevin?

Czy możemy założyć, że rodzice chorego na mózg pana Hallinga dadzą rodzinie zaliczkę na poczet spadku, żeby mogli kupić mieszkanie?".

Biegnę drogą, nad którą wisi mnóstwo pajęczyn. Dziś nikt tędy jeszcze nie biegł. Sieci mają kolor mgły nad jeziorem, jeziora – mojego potu. Przylepiają mi się do czoła, policzków i ust, a kiedy mijam drzewa rosnące po prawej stronie ścieżki, unoszę ręce i próbuję odgarnąć niewidzialne nitki. Biegnę i macham rękami, robię grymas, kiedy kolejna nitka wymyka się z moich dłoni i lepi mi się do oczu.

...

Wczoraj Niklas wrócił do domu późnym wieczorem, ale i tak poszłam do jego pokoju i zmusiłam go do rozmowy o więzieniu, o jego ojcu w wieczornych wiadomościach i o tej biednej dziewczynie napotkanej przeze mnie na ulicy, która, jak się dowiedziałam, ma na imię Emilie. Powiedziałam, że jeśli nie chce się jeszcze konfrontować z kolegami ze szkoły, może posiedzieć przez jeden dzień w domu. Ja bym skorzystała z takiej okazji, ale on zachowywał się tak, jakby nie mógł się doczekać powrotu do szkoły. Mój dzielny syn nie chciał odkładać na później konfrontacji. Przytuliłam go, a wychodząc, powiedziałam, że może mnie obudzić choćby w środku nocy, jeśli będzie chciał o wszystkim jeszcze pogadać. Mówiąc to, położyłam dłoń na jego głowie, choć nie jestem pewna, czy mu się to spodobało.

Kiedy wróciłam z joggingu, nakryłam do śniadania, wciąż w spoconym dresie. Niklas z hukiem zszedł po schodach na dół i spojrzał na mnie jak typowy nastolatek, jakby niczego nie zauważał, ale i tak przyjmował, że ma prawo do irytacji.

– Dlaczego nie wzięłaś prysznica? – zapytał od razu.

– Coś mnie zatrzymało.

– Zamierzasz w tym stroju jeść śniadanie?

– Tak. Później wezmę prysznic.

– Ani myślę jeść śniadanie obok mojej matki, która jest cała spocona i śmierdząca.

Chcę powiedzieć, że będzie musiał, że nie śmierdzę i że kiedy do mnie mówi, powinien okazać trochę szacunku. Ale ton jego głosu i cała postawa za bardzo przypominają mi jego chorego ojca. Niklas nie jest sobą i ma do tego pełne prawo.

Sypie sobie musli do miseczki, bardzo skupiony, jakby mnie tam nie było. Ale dziś nie ma mleka. Niklas się rozgląda, jakby nie zauważał wysokiej, szklanej karafki z wodą, która po raz pierwszy stoi przed nim na stole.

– Gdzie mleko?

– Dziś będziemy musieli zjeść musli z wodą. Wielkie rzeczy. W dawnych czasach wszyscy tak jadali.

– Nie będę jadł tego gówna. – Już odsunął krzesło od stołu i wstał.

Muszę stworzyć przestrzeń dla jego gniewu. Muszę zaakceptować jego i mój gniew. Zaakceptować wszystko, co czuje. To oczywiste, że się wkurza, to oczywiste, że jest skupiony tylko na sobie, to oczywiste, że brak mu energii, żeby koncentrować się na matce. Czy nie mogę stworzyć takiej przestrzeni?

Tak, mogę… Poza tym przypominam sobie, jak kilka dni temu czytałam wieczorem w jednej z wielu książek o neurologii, które wypożyczyłam ostatnio z biblioteki, że u nastolatków płat ciemieniowy nie jest jeszcze do końca rozwinięty. Jak się okazuje, proces ten dobiega końca dopiero po ukończeniu dwudziestego roku życia. Wedle podręczników, nastolatki, choćby nie wiem jak mądre, zawsze będą przejawiały takie symptomy jak Frederik, tylko w słabszej formie: brak pełnej samokontroli, gwałtowne wahnięcia nastroju, brak współczucia dla innych i ograniczoną zdolność planowania odległej przyszłości.

– A co byś zjadł? – pytam.

– Na pewno nie to. Smakuje jak gówno.

– Tego nie wiesz, Niklas, jeszcze nie próbowałeś.

Mój głos brzmi tak łagodnie. Mówię, jak prawdziwa matka. Przestrzeń. Zrób mu przestrzeń.

On grzebie w lodówce, robi przy tym szerokie, niezdarne ruchy. Jak jego ojciec.

– Zrozumiem, jak nie pójdziesz dziś do szkoły – powtarzam. – Jak chcesz, to zostań.

– Ile razy mam powtarzać, że nie chcę zostawać w domu?

– Nie, powinieneś po prostu... Przecież wspomniałam o tym tylko raz, wczoraj wieczorem.

Nie odpowiada. Sama mam ogromną ochotę zostać w domu, rzucić to wszystko w diabły i nigdy już nie oglądać swoich uczniów i kolegów z pracy.

– Pewnie tylko młodsi koledzy będą cię zaczepiać – mówię. – Tak pewnie będzie. Tak, rodzicom się wydaje, że są tacy sprytni. Każą dzieciom, żeby zadawały pytania w ich imieniu.

Chyba słyszy, że mówię zmienionym głosem. Nareszcie patrzy na mnie jak na istotę ludzką. Stoi z połową bochenka ciemnego chleba w jednej ręce i kawałkiem sera w drugiej.

– A ty idziesz dziś do szkoły?

– Tak – odpowiadam.

– I co im powiesz?

– Może wszystkiemu zaprzeczę.

– Ale oni widzieli wszystko wczoraj wieczorem w telewizji.

– No, tak... Sama nie wiem.

...

Po raz pierwszy od dawna nie jadę do pracy na rowerze. Wsiadam do samochodu, którego nie rozpozna żaden mój kolega z pracy ani uczeń, i parkuję za szkołą. Stamtąd tylne drzwi prowadzą na klatkę schodową, która wiedzie wprost do sali, w której czekają moi siódmoklasiści.

W sekretariacie wiedzą, że mam problemy w domu i kiedy zadzwoniłam tam dziś rano i powiedziałam, że spóźnię się godzinę, sekretarka była bardzo uprzejma i powiedziała, że zaraz znajdzie jakieś zastępstwo.

Wyłączyłam telefon, żeby uniknąć rozmów z dziennikarzami. Teraz znowu go włączam na minutę. Nawet nie czytam SMS-ów, tylko dzwonię do Bernarda. Kiedy dzwoniłam wcześniej z domu, nie odpowiadał, więc próbowałam się skontaktować z jego kancelarią, ale tam też nikt nie odbierał. Nie mogę się do niego dodzwonić, ale kiedy jeszcze raz wybieram numer kancelarii, odbiera sekretarka.

– Berman & Friis, gabinet Bernarda Bermana.

Mówi uprzejmym tonem, jak wzorcowa sekretarka z filmu z lat pięćdziesiątych.

Słowa wylewają mi się z ust w złej kolejności, kiedy próbuję jej wyjaśnić, że jestem znajomą Bernarda, że zamrożono wszystkie nasze konta i nie wiem, kiedy znowu – jeśli w ogóle – będę miała dostęp do naszych pieniędzy.

– Pan Berman jest teraz w sądzie, ale przekażę mu, że pani dzwoniła. Czy on ma pani numer telefonu?

Podaję jej numer i idę na lekcję.

W klasie panuje pełna napięcia cisza, ale nikt nie wspomina o tym, że zeszłego wieczoru widział w wiadomościach Frederika. Kiedy prowadzę lekcję, zastanawiam się, czy to wyobraźnia płata mi figla, czy też świadomość, że ich nauczycielka matematyki jest żoną oszusta na wielką skalę, trochę ich krępuje. Zastanawiam się też nad tym, od kogo, do cholery, mam pożyczyć pieniądze, żeby wystarczyło nam do pierwszego, i od kogo pożyczyć o wiele więcej, jeśli w ciągu nadchodzących miesięcy będziemy wciąż potrzebowali pieniędzy.

Oczywisty wybór pada na moich teściów, choć nawet bez długu z trudem powstrzymywałam Vibeke przed zdominowaniem całej rodziny. Rozumiem, że ona chce zrobić wszystko, co w jej mocy, żeby pomóc choremu synowi i że jako emerytowana pielęgniarka ma doświadczenie w opiece nad chorymi, którego mnie ewidentnie brakuje. Bezsprzecznie nie mogę się obyć bez ich pomocy. Ale kiedy Vibeke upiera się, że musimy teraz z Frederikiem oszczędzać i nie chce zapłacić za organiczną żywność, którą umieściłam na liście zakupów, albo kiedy chowa odkurzacz do szafy, bo twierdzi, że stamtąd łatwiej go wyjąć, i zastępuje wszystkie moje środki czyszczące innymi, albo kiedy zaczyna mówić o tym, że zostanie na noc, żeby pomóc, wtedy muszę postawić na swoim.

Trening psychoterapeutyczny, na który się zapisała po przejściu na emeryturę, sprawił, że zrobiła się jeszcze bardziej irytująca. Któregoś dnia wyprowadziła mnie z równowagi, kiedy siedziała w fotelu, i obracając w palcach wielki bursztyn w swoim naszyjniku, próbowała mnie przekonać, że nie pozwalam jej się wprowadzić do naszego domu, bo sama nie potrafiłam nawiązać dojrzałej relacji z moją matką.

Kolejną osobą, która przychodzi mi na myśl w takiej sytuacji, jest oczywiście Laust. Aż do przedwczoraj nie miałam wątpliwości, że możemy na niego liczyć w każdej sytuacji i że pożyczy nam pieniądze. Jest jeszcze Helena. Mogę ją zapytać w czasie przerwy obiadowej, ale wiem, że ostatnio mieli z Henningiem problemy z opłaceniem wszystkich rachunków.

Właśnie w tej chwili omawiam kilka problemów związanych z rysowaniem perspektywy.

– Czy ktoś mi powie, jak odnaleźć dwa punkty zniknięcia?

Anna, która siedzi naprzeciwko mojego biurka, podnosi rękę.

– Czy to prawda, że pani mąż idzie do więzienia?

Czy oni to zaplanowali? Czy umówili się wcześniej, kto zada to pytanie? Ona wygląda tak niewinnie – niezależnie od tego, jak bardzo wyreżyserowana jest ta sytuacja – że odstawiam na bok wszystkie odpowiedzi, które zeszłej nocy zmyśliłam w półśnie i bez ogródek mówię prawdę.

– Być może. Jeszcze tego nie wiadomo. Zabrał innym dużo pieniędzy, ale to wynik jego choroby. Nie mógł nic na to poradzić. Cierpi na chorobę mózgu.

Rozmawiamy o tym krótko, a oni przyjmują moje wyjaśnienia. To zdumiewająco łatwe, a potem wracamy do matematyki. W czasie przerwy wysyłam SMS-a Niklasowi, informując go, że powiedziałam wszystkim prawdę.

Spóźniam się na następną lekcję, bo nie chcę na przerwie chodzić po korytarzu i szkolnym podwórzu. Unikam też pokoju nauczycielskiego, ale w czasie przerwy obiadowej muszę tam iść.

Już wcześniej wysłałam Helenie wiadomość, prosząc ją, żeby mi towarzyszyła. Spotykamy się przed łazienką i obejmujemy na powitanie. Chwilę później to ona otwiera drzwi do pomieszczenia, w którym znajdują się wszyscy nauczyciele, i szybko, jakby nigdy nic, prowadzi mnie do stolika pod oknem, przy którym zawsze siadamy.

Oto ja, oszustka – a może żona oszusta, nie wiedzą tego na pewno – w każdym razie połowa pary, która zniszczyła jedną z najbardziej szanowanych szkół w kraju.

– Wszystko będzie dobrze.

– Wspaniale wspierasz Frederika.

– Jeśli mogę ci jakoś pomóc, daj znać.

Nauczyciele zebrali się przy naszym stoliku, obejmują mnie i uśmiechają się do mnie. Inni przychodzą z przyjaznymi słowami albo machają przyjaźnie z drugiego końca sali. Helena pewnie już wcześniej rozmawiała z niektórymi, w czasie którejś przerwy. Nie uważają mnie za kryminalistkę. Uważają, że stoję murem za moim chorym mężem.

– Właśnie tak trzeba, Mia. Chciałabym mieć tyle siły, co ty.

Cała sytuacja zbija mnie z tropu, Helena nie mogła rozmawiać z wszystkimi. Czuję się lubiana i po chwili płaczę przy stoliku, na oczach wszystkich.

Idąc na następną lekcję, żartem mówię do Heleny:

– Powinnam zadzwonić do wszystkich kochanek Frederika i powiedzieć im: „Zabawa się skończyła. Teraz pora ponieść konsekwencje. Na dobry początek masz nam dać 20 000 koron, i to natychmiast".

Helena się nie śmieje.

– Wiem, że nie powinnam cię prosić o pożyczkę – mówię. – Że macie teraz swoje problemy.

Ona zaciąga mnie pod regał ze skrytkami nauczycieli i cicho mówi:

– Uważam, że nie powinnaś iść na następną lekcję.

– Co? Czuję się fantastycznie, wszyscy tak świetnie zareagowali! Mogę uczyć, aż do... przez cały czas, aż do... bardzo długo.

– Powinnaś teraz iść do domu. Świetnie, że się dzisiaj zjawiłaś. Ale dziś nie jesteś sobą.

11

Czy Frederik chciał mieć romans z każdą z tych kobiet? Pod każdym innym względem był najbardziej godnym zaufania człowiekiem na świecie, ale nasz związek traktował tak, jakby obowiązywały w nim inne zasady.

Pamiętam, jak bezdusznie zareagował, kiedy powiedziałam mu wszystko, o czym się dowiedziałam. Obojętność jego wyrazu twarzy, kompletny dystans i brak empatii. Czy okazał wtedy patologiczny chłód? Czy już wtedy coś złego działo się w jego mózgu? W każdym razie zachowywał się zupełnie inaczej niż zazwyczaj. Może to była początkowa faza jego choroby.

W ciągu naszych pierwszych wspólnych lat nie tonął po uszy w pracy. Niedawno dowiedziałam się, że guz może osłabić zdolność wykonywania jednocześnie kilku zadań, że może prowadzić do monomanii. Z medycznego punktu widzenia to zupełnie możliwe, że wszystko zaczęło się na samym początku naszego małżeństwa i przeobraziło mojego cudownego, uroczego męża w niewiernego pracoholika. Że guz przestał rosnąć, a mój mąż nauczył się wszystko rekompensować i przez trzy cudowne lata był znowu starym dobrym Frederikiem. A kiedy ten czas dobiegł końca, guz znowu zaczął rosnąć, aż wreszcie mój mąż dostał ataku i trzeba go było operować.

Posłuchałam Heleny i wyszłam wcześniej ze szkoły. Wróciłam do domu trzy godziny wcześniej, niż planowałam. Czy dziennikarze i fotoreporterzy wciąż stoją przed domem i czyhają na mnie? Nie.

Wchodząc na podwórze, widzę, że teściowie z Frederikiem uprzątnęli teren przed domem, przygotowując go na nadejście wiosny. Przystrzygli krzewy, a gałązki, liście i ostatnie, niedopalone resztki z ogniska zagrabili w dwie sterty. Patrząc na swojego utalentowanego syna, Thorkild i Vibeke zawsze pękali z dumy. Teraz przypominam sobie, jak Thorkild stoi w naszej kuchni i mówi:

– Wolałbym nie żyć, niż to wszystko oglądać!

Ale może mi się to przyśniło, bo kiedy dziś rano przyjechali, żeby zająć się Frederikiem, byli tu po raz pierwszy od aresztowania.

Wchodzę do domu i kiedy tylko otwieram drzwi, słyszę na górze mechaniczne łkanie Frederika. Biegnę na górę, gdzie Vibeke i Thorkild stoją na korytarzu przed łazienką.

– Nie chce wyjść. Próbowaliśmy wszystkiego.

– Co się stało?

Odpowiadają milczeniem, a ja podchodzę do drzwi łazienki.

– Frederik, to ja. Wróciłam już do domu. – Może mnie nie słyszy. – Frederik, wróciłam. To ja. Nie mogłam się doczekać, kiedy cię zobaczę.

Nadal nie odpowiada.

– Odbyliśmy... rozmowę – mówi Vibeke.

Nic nie mówię, tylko na nią patrzę, aż wreszcie ona wyjawia mi prawdę.

– Nasikał na moje liście. Na podwórku.

– Nasikał na twoje liście?

– Te, które zebrałam własnymi rękami i chciałam wynieść na ulicę.

– Nakrzyczałaś na niego?

Vibeke nabiera powietrza, jakby chciała złożyć długie wyjaśnienie, ale ja proszę ich cicho, żeby poszli na dół, a Thorkild ściska jej dłoń i prowadzi ją po schodach.

– Już sobie poszli, Frederik. Zostałam tylko ja. Mogę wejść? Naprawdę mi na tym zależy.

Przez dłuższą chwilę siedzę oparta plecami o drzwi, próbując go uspokoić. Nagle jego łkanie ustaje.

– Nic nie zrobiłem – mówi przez drzwi.

– Nie.

– Słowo honoru, nic nie zrobiłem. Nie nasikałem na jej liście.

– Nie.

– A potem mama się wściekła.

– Rozumiem, że to cię wyprowadziło z równowagi. Mogę wejść?

– Nie.

– No dobra, nie ma problemu, posiedzę tutaj. To nie ma znaczenia.

Przez dłuższą chwilę czekam w milczeniu, aż wreszcie mówię:

– Zejdę na dół i z nimi porozmawiam. Na pewno wszystko będzie dobrze. Jak zechcesz, żebym wróciła na górę, to mnie zawołaj, dobra?

W salonie siadam na moim fotelu i wzdycham ciężko. Ale ani trochę się nie rozluźniam. Vibeke już się nie może doczekać, żeby mi wszystko opowiedzieć. Potrząsa jedną ręką, a jej ciężkie bransolety zsuwają się w stronę łokcia, czuję, że ona się mnie boi. I słusznie. Czuję chłód w głowie. Za chwilę wybuchnę.

– Tak dobrze szła nam praca na podwórku – mówi. – Frederik i ja przycięliśmy krzewy i zagrabiliśmy śmieci i liście, każde na swoją stertę. Musiałam wrócić na chwilę do domu i kiedy wyjrzałam przez okno w łazience, zobaczyłam, że on sika na moje liście. Te, które za chwilę miałam gołymi rękami zanieść na ulicę! – Milknie na chwilę i patrzy na mnie wyczekująco. Udaje mi się utrzymać nerwy na wodzy, a ona mówi dalej: – Wściekłam się! Proszę bardzo, Mia, jak chcesz, to możesz urwać mi głowę. Nie chodziło mi o to, że się pobrudzę sikami. Wiele razy brudziłam się sikami. Jestem matką i byłą pielęgniarką. Ale chodzi mi o znaczenie tego gestu. Czemu on to zrobił? To tak, jakby mnie obsikał. Taki akt ma tyle symbolicznych znaczeń: oczywiście, chodzi o fallusa, który drwi z matki...

Przez ostatnie miesiące na treningu psychoterapeutycznym Vibeke nauczyła się mówić żargonem, który naprawdę działa mi na nerwy. Ale kontroluję się i jej słucham.

– Spalone gałęzie. Czy oznaczają śmierć i rozpad? Czy to oznacza, że on ma gdzieś, że jestem stara i umrę w niedalekiej przyszłości? Że drwi z mojej śmiertelności? Czy chce, żebym umarła?

– On się nad tym aż tak bardzo nie zastanawia – odpowiadam.

– To oczywiste, że jest wściekły, że odczuwa ten podskórny, wszechogarniający smutek, który od czasu do czasu daje o sobie znać. To wszystko potrafimy bez trudu zrozumieć. Każdy z nas by tak zareagował. Ale to głęboko niesprawiedliwe, że on pozwala sobie wylać cały swój gniew na Thorkilda i mnie. Nie zasłużyliśmy sobie na to. Przecież przyjeżdżamy tu prawie codziennie, tylko po to, żeby mu pomóc!

– Ale przecież to niemożliwe, że on…

– Mia, czy ktoś kiedyś nasikał na coś, co do ciebie należało? Nasikał? Naprawdę nasikał?

Zastanawiam się, jak ona może karać chorego człowieka. Frederik nic na to nie mógł poradzić! A teraz ukrywa się na górze i czuje się fatalnie. Wiem już, że za chwilę, kiedy wreszcie dam sobie przyzwolenie, żeby powiedzieć jej dokładnie, co o niej myślę, nie zamilknę, póki ona nie zacznie płakać.

Już mam wybuchnąć, kiedy Frederik schodzi na dół. Podbiegam do niego, żeby go przytulić, ale zatrzymuję się w pół drogi. Język jego ciała mówi mi, że on sobie tego nie życzy.

Nie wszczynam jednak awantury z Vibeke, bo wcześniej odzywa się Thorkild.

– Mia, nie czytałaś gazet.

Nigdy bym nie przypuszczała, że artykuły o defraudacji popełnionej przez Frederika zdołają rozproszyć napięcie. Ale Thorkildowi się to udaje. „Børsen", „Jyllands-Posten", „Politiken", „Berlingske" – we wszystkich tych gazetach znalazł artykuły na temat swojego syna. Siadamy z Thorkildem na kanapie i czytamy, jego wysokie, szczupłe ciało przypomina mi ciało Frederika. Siedząc obok niego, wyczuwam jego ciepło, coś fundamentalnie dobrego. Siedzę obok Frederika za trzydzieści lat, to przyszłość, której nigdy nie poznamy. Kiedy czytam artykuły, od czasu do czasu rzucam okiem na spokojną twarz mojego teścia.

Widzę wstyd na jego policzkach, starą skórę wylewającą się zza kołnierzyka. Myślę o jego dużym gabinecie z czasów, kiedy był dyrektorem prywatnej szkoły na zachodnim wybrzeżu, do tego gabinetu przysyłano za karę niegrzecznych chłopców. Thorkilda i Vibeke nigdy nie dziwił pracoholizm Frederika. Kiedy był mały, Thorkild właściwie przez cały czas był nieobecny.

Odechciewa mi się pokazywać Vibeke, gdzie jej miejsce. Teraz ona siedzi w moim fotelu, łapiąc oddech i rzucając mi nieśmiałe spojrzenia.

– Nie powinnaś czegoś zjeść, Mia? Po tak długim dniu w szkole?

Idąc do kuchni, żeby zaparzyć herbatę i zrobić kanapki, delikatnie głaszcze Frederika po głowie.

– Przepraszam – mówi. – Bardzo cię przepraszam, Frederiku.

On odsuwa jej rękę, jakby odganiał owada, który usiadł mu na głowie. Kiedy Vibeke wraca, razem z Thorkildem podnosimy głowy znad gazety.

– Frederik – mówię. – Czy nasikałeś na stertę liści swojej mamy, bo jesteś na nią zły?

– Nie.

– Na pewno?

– Na pewno. Nie z tego powodu.

– W takim razie czemu to zrobiłeś?

– Nie wiem.

– Uważasz, że nasikałeś na liście, bo jesteś chory?

– Och, nie! Znowu chcesz o tym rozmawiać?

– Tak. Przecież jesteś chory, prawda?

– Dobrze wiem, że jestem chory! Ale to nie ma nic wspólnego z tą sprawą.

Ostatnio często uskarżał się na osłabienie pamięci po operacji, ale to nieprawda. Uważa też, że operacja osłabiła jego kontrolę nad ciałem, to dlatego ciągle spada ze schodów i nabija sobie siniaki i wciąż się o coś potyka. Tak naprawdę co chwilę się przewraca, bo biega po domu bez potrzeby i o wiele za szybko. Frederik uważa, że tylko to się zmieniło. Reszta jest po staremu.

...

Czy Frederik był sobą dwa i pół roku temu, kiedy wrócił do domu używanym, pomarańczowo-czerwonym alfa romeo? Uzgodniliśmy, że przydałby się nam nowy samochód – ale żeby od razu taki? Tyle pieniędzy za luksus i prędkość? Na to się nie umawialiśmy, taka ekstrawagancja nie była ani w jego, ani w moim stylu. Wtedy żadne z nas jeszcze nie słyszało o uszkodzeniu mechanizmów blokujących ani tym bardziej o zespole czołowym i niezwykle szybko samochód spodobał się nam obojgu. Kilka miesięcy później zaczęliśmy wręcz uważać, że Frederik bardzo dobrze postąpił, kupując go.

Jestem dokładnie taka jak Vibeke. Nie potrafię pogodzić się z tym, że za wszystkimi dziwactwami, które wyprawia Frederik, stoją banalne motywacje.

Zupełnie przestał zamykać okna, drzwi i szafki. Nie zakręca nawet słoików. Wszystkie słoiczki z dżemem zaczęły się kleić i któregoś dnia, kiedy przewróciłam słoik z ogórkami w lodówce, zalewa octowa rozlała się wszędzie, bo on zapomniał go zakręcić.

Pytałam kilku specjalistów i wszyscy zgodnie twierdzą, że nie ma w mózgu oddzielnego ośrodka, który kontrolowałby czynność zamykania. Istnieje ośrodek ruchu, który często ulega uszkodzeniu u pacjentów z urazem prawej skroni. Ale gdyby guz Frederika rozrósł się w tym miejscu, on nie potrafiłby poruszać się po domu, rozsuwałby rozporek, zamiast go zasuwać, i wkładałby prawy but na lewą nogę.

Jeśli to, że ostatnio niczego nie zamyka, nie stanowi konsekwencji uszkodzenia mózgu, to pewnie należy na to spojrzeć z punktu widzenia psychologii, jak zapewne stwierdziliby nauczyciele Vibeke na kursach psychoterapii. Może Frederik nie chce zamykać sobie dróg wyjścia, bez względu na to, czy prowadzą w przyszłość czy przeszłość. Może chodzi o to, że nie potrafi znieść swojego obecnego stanu.

W żadnym momencie nie opuszcza mnie przekonanie, że on będzie od teraz coraz bardziej sobą i nieustannie wypatruję potwierdzających to znaków. Jeśli słońce zaświeci, kiedy będę wkładała ostatnie naczynie do zmywarki, on nie okłamie mnie przez kolejnych kilka godzin. Jeśli następna osoba przechodząca pod oknem będzie miała niebieską kurtkę, Frederikowi przyjdzie ochota na stek, jak za dawnych czasów, a nie na chleb z dżemem albo miodem. Jeśli światło na skrzyżowaniu zmieni się na zielone, zanim minę znak parkingu, on powie mi coś miłego z własnej woli.

Nigdy wcześniej nie byłam przesądna. Oczywiście projektuję na Frederika więcej niż na czarne koty i drabiny, gwiazdy i światła na skrzyżowaniu. Ten błysk w jego oku – czy to nie dawny Frederik? Kiedy zapina koszulę, patrzy z roztargnieniem w przestrzeń, dokładnie tak samo, jak kiedy był zdrowy! Jak za starych czasów!

...

„Dusza się nie rodzi i nie jest tworzona. Istniała zawsze, niezależnie od materii i ukształtowania świata". Takie stwierdzenie przeczytałam na jednej z wielu dziwnych stron internetowych, na które natrafiłam, kiedy w bezsenną noc wpisałam do wyszukiwarki hasła: „dusza" i „płat ciemieniowy".

Czy Vibeke wydarła się na chory mózg, który nie umie sam sobie pomóc, czy na osobę z duszą i poczuciem odpowiedzialności? Czy można być odpowiedzialnym, jeśli nie ma się duszy? Czy można mieć duszę, a nie być odpowiedzialnym? Odpowiedzialnym za zrujnowanie całej szkoły? Za zniszczenie życia żony i syna, za sprośne komentarze pod adresem przyjaciółki syna?

Ale gniew Vibeke to i tak nic w porównaniu z tym, jak zbiłam go wczoraj stalową misą, kiedy bezbronny leżał pode mną na podłodze. Dałabym wszystko, żeby to odkręcić. Zeszłej nocy zauważyłam, że oprócz wielu siniaków i opuchnięć, które już miał, na jego plecach pojawiły się nowe. Wciąga mnie głęboko w dziką gęstwinę niewybaczalnych zachowań, a ja mogę za to winić tylko i wyłącznie siebie.

Vibeke robi mi kromkę chleba z serem, taką samą, jaką często robię Niklasowi jako przekąskę. Kładzie ją przede mną, ale ja nie mogę przełknąć ani kęsa. Nalewa mi herbaty do kubka i siada w fotelu.

Obraca w palcach sznur bursztynów, który ma na szyi, i poprawia mankiety wełnianego żakietu. Rozsiada się i zaczyna wykład.

– Kiedy w jego działaniach doszukuję się motywacji psychologicznej, niezwiązanej z uszkodzeniem mózgu, to w ten sposób okazuję mu również szacunek. Praca pielęgniarki na tym właśnie polega. On jest istotą ludzką, a nie tylko chorym ciałem. Musisz koniecznie spróbować go wysłuchać...

Bez zastanowienia zrywam się na równe nogi.

– Nie waż się sugerować, że nie okazuję szacunku Frederikowi!

– Przepraszam, Mia, wybacz, nie to miałam na myśli.

– Wcale nie okazujesz mu więcej szacunku niż ja, kiedy wygadujesz te pseudopsychologiczne bzdury.

– Nie, oczywiście że nie. Ja nie...

Rzucam kanapką z serem o ścianę.

– Wynoś się, natychmiast! Wynocha! Wynocha!

– Mia, nie możesz wszystkich od siebie odsunąć! Już tylko my przychodzimy tu, żeby się nim opiekować.

Thorkild staje przed Vibeke. Jakby widział sińce na plecach swojego syna.

– Mia, proszę cię. Usiądź, dobrze?

Nie mogę. Nie mogę usiąść, nie mogę przebywać w pobliżu Vibeke, nie mogę nawet mówić.

– Mia, wolałbym, żebyś usiadła – powtarza Thorkild.

Za jego plecami Vibeke płacze, a ja siadam. Siadam powoli, ale Thorkild nadal stoi, spokojny i gotowy do działania, jak emerytowany pogromca dzikich zwierząt.

– Wszyscy odczuwamy gniew – mówi. – Ale musimy trzymać się razem. Musimy pogodzić się z tym, że Frederik już nas nie kocha.

Vibeke wzdycha ciężko, a po policzkach płyną jej wielkie, teatralne łzy.

– To takie trudne. On mnie już nie kocha. Okazuje mi to na każdym kroku. Tak mi ciężko.

Spoglądam na Frederika, który zasnął w fotelu. Vibeke patrzy na mnie.

– Tobie jest najciężej, Mia. Prawda? Bo on cię już nie kocha?

...

Następnego dnia tłumaczę Thorkildowi, kiedy, moim zdaniem, Frederik przestał być sobą. Stoimy w holu. On i Vibeke mają na sobie płaszcze i już wychodzą. Właściwie trochę im się spieszy, jadą na pogotowie, żeby sprawdzić, czy Vibeke nie złamała kości w prawej ręce. Twierdzi, że przypadkowo uderzyła mocno w blat stołu w jadalni.

– Jeśli już, to jest zupełnie na odwrót – mówi Thorkild. – Frederik był sobą, kiedy pracował po szesnaście godzin dziennie. Potem guz zaczął wpływać na jego zachowanie, a on coraz szybciej się męczył. A ponieważ nie był już zdrowy, musiał częściej relaksować się ze swoją rodziną. Był sobą właśnie wtedy, kiedy dużo pracował.

Vibeke chce już iść. Z bólu wykrzywia twarz.

– Już, już – mówi do niej Thorkild, ale nie rusza w kierunku drzwi, tylko rozmawia ze mną. – Ta choroba go osłabiała i zamieniała w rodzinnego człowieka.

– Ale przez trzy ostatnie lata był z nami tak blisko jak nigdy wcześniej. Zachowywał się zupełnie normalnie!

Zastanówmy się jeszcze nad tym. Sędzia nie kupi historyjki o oskarżonym, który za dnia jest sobą, a nocą zamienia się w hazardzistę w wyniku uszkodzenia mózgu.

– Ale tak właśnie było!

– W takim razie Frederik pójdzie do więzienia na cztery lata i oboje stracicie dom, emerytury i cały majątek.

Spogląda kątem oka na Vibeke.

– Musimy już iść – mówi.

12

– Ile miałeś lat, kiedy po raz pierwszy tu przyjechałeś?

– Dwadzieścia jeden.

– Pewnie dla jakiejś Dunki. – Śmieje się. – Wszyscy wiedzą, że obcokrajowcy przeprowadzali się tutaj dla Dunek.

– Nie, ale wydawało mi się...

– I dobrze ci się wydawało! Lærke pracowała jako *au pair* dla moich rodziców w Paryżu. Któregoś dnia poszedłem za nią, kiedy wracała do domu, i to zmieniło moje życie.

Minęły dwa tygodnie, od kiedy Frederika aresztowano i wypuszczono do domu. Wzięłam wolne w pracy i razem z Bernardem siedzimy w salonie, czekając na nowego prawnika reprezentującego szkołę, który ma przyjść z rzeczoznawcą, żeby oszacować wartość rynkową naszego domu, samochodu, mebli, oszczędności i całego majątku.

Bernard pokazuje mi zdjęcie na swojej komórce.

– A tu jesteśmy razem na wakacjach.

Na zdjęciu on wygląda o wiele młodziej, ale zrobiono je na pewno w ciągu ostatnich dziesięciu lat – mniej więcej w tym czasie, kiedy wydarzył się wypadek – bo jego synowie, stojący obok, to już duzi chłopcy.

– Jest przeurocza – mówię.

To prawda. Ma blond loki i szeroki, radosny uśmiech. Bernard miał wtedy ciemne włosy, był szczupły, ale nie tak chudy jak teraz. Stoją, obejmując ramionami dwóch chłopców w jakiejś wiosce na południu Europy, a w tle widać szczyty górskie i las.

– Wiem, co sobie myślisz – mówi. – W ciągu ostatnich ośmiu lat bardzo się postarzałem.

– To w czasie tych wakacji mieliście wypadek?

– Nie, to było dwa tygodnie później, tutaj, na ulicy Lyngby. Na szczęście w samochodzie nie było z nami chłopców.

Kiedy na nią patrzę, przechodzą mi po plecach ciarki. Teraz ona chodzi o kulach i musi codziennie zjawiać się w ośrodku opieki dziennej, bo jest niepełnosprawna umysłowo. A on utknął w obcym kraju, bez wsparcia ze strony rodziny i przyjaciół z dzieciństwa. Co go powstrzymało przed opuszczeniem jej? Jak sobie daje radę?

– Jej niepełnosprawność ma charakter ogólny – mówi. – Straciła kontrolę nad ciałem, mową i myślami. Brak jej energii. – Patrzę w jego ciemne oczy, ale on nie odwzajemnia mojego spojrzenia. – Co dziwne, ona się tak naprawdę nie zmieniła. To nadal moja Lærke. – W jego głosie pobrzmiewa duma.

Nie rozumiem go. Nawet nie mam odwagi pomyśleć, jak spędzał dnie i noce przez ostatnie osiem lat. A przecież dokładnie w chwili, gdy ta myśl przychodzi mi do głowy, mój własny mąż leży w sypialni z uszkodzonym mózgiem, a prawnicy zabierają nasz dom.

Tydzień wcześniej Bernard zadzwonił z ostrzeżeniem, że wizytę może nam złożyć rzeczoznawca.

– Zgodnie z duńskim prawem Frederik będzie musiał oddać tak dużo, jak tylko może, ze zdefraudowanej kwoty, bez względu na to, czy sąd obciąży go odpowiedzialnością prawną za jego czyny. Szkoła przejmie cały majątek Frederika i połowę waszego wspólnego majątku.

– Ale czemu nie policzą, ile mamy razem i nie wezmą połowy?

– Nie, na wszystko musimy mieć rachunki. Liczy się nazwisko na rachunku. Skąd pochodziły pieniądze na zakup tych rzeczy? Czy dostałaś jakieś kosztowne prezenty od Frederika, zakupione za pieniądze z defraudacji, czy też płacił za nie ze swoich dochodów? Czy są rzeczy, które są *de facto* twoje, choć na rachunku figuruje nazwisko Frederika? Chodzi o takie rzeczy.

Z telefonem w dłoni zamykam oczy i odchylam się na oparcie fotela. Wyczuwam wgniecenie w tapicerce pod prawym pośladkiem i rysę na jednym podłokietniku. To mój fotel. Bez wątpienia też go zabiorą.

Czy on usłyszał, jak opadłam na fotel?

– Wiem, to straszne – powiedział. – Naprawdę straszne, ale musisz to zrobić.

Wokół mnie stoją meble, które wytargowałam i o które się wykłócałam, odrestaurowałam je, chuchałam na nie i dmuchałam przez piętnaście lat. Dałam im nowe życie. Pewnie zabiorą też stolik, na którym teraz trzymam stopy, dywan pod stolikiem i oświetlającą go lampę. Wszystko. Wszystko.

Chcę chrząknąć, ale Bernard robi to pierwszy.

– Mia, wiem, że sobie poradzisz.

– Skąd ta pewność?

– Bo to łatwiejsze niż opieka nad twoim chorym mężem, a z tym radzisz sobie znakomicie.

Kiedy rozmawiałam przez telefon z Heleną, próbowała mnie zmobilizować do działania.

– Przynajmniej ukryj tę kanapę Wegenera u mnie w domu, zanim po nią przyjdą. Musisz zostawić sobie jakieś rezerwy. To niezbędne w twojej sytuacji. Nikt nie będzie miał ci za złe, jeśli ukryjesz kilka mebli.

– Myślę, że wiele osób miałoby mi za złe.

– Pozwól mi przyjechać i zabrać kilka rzeczy. Lampę! Tę zaprojektowaną przez Arne Jacobsena, mogę ją przewieźć samochodem.

Znowu miałam ochotę opaść na fotel, poczuć wgniecenie pod prawym pośladkiem, przesunąć palcem po rysie na podłokietniku. Ale przecież właśnie na nim siedziałam.

...

Trudno odmówić im rzetelności. Punktualnie o dziewiątej razem z Bernardem witamy dwóch mężczyzn na naszym spalonym podwórku. Kanapa i lampa nadal stoją w salonie, sama już nie wiem, czy to dlatego, że jestem uczciwa czy zmęczona. Nowy prawnik szkoły to wysoki, ciemnowłosy mężczyzna o szerokiej szczęce, w lśniącym, różowym krawacie. To zupełne przeciwieństwo jego poprzednika, pulchnego mężczyzny, z którym tańczyłam przez wiele lat w czasie przyjęć w Saxtorph.

Rzeczoznawca to człowiek, którego na pewno bym nie zapamiętała, nawet gdybym wpadła na niego kilka dni wcześniej na ulicy. Jego ubranie, rysy twarzy, fryzura, dosłownie wszystko w moim umyśle nakłada się na zapamiętane obrazy innych mężczyzn, którzy nie chcą zostać zauważeni i zapamiętani. „Pewnie zgarnia prostytutki z ulicy", myślę, podając mu rękę. W gazetach zawsze opisują klientów prostytutek jako całkiem zwyczajnych mężczyzn, a ten zupełnie niczym się nie wyróżnia.

– To pani samochód?

To jedna z pierwszych rzeczy, jakie mówi prawnik, pokazując ręką na niebieskiego mercedesa, zaparkowanego przed naszym domem. Już widzę radość w jego oczach.

– Nie, nasz stoi tam. – Pokazuję na ulicę.

Ruszamy w kierunku naszego małego, pomarańczowego alfa romeo. Wygląda, jakby zatonął w asfalcie, bo powietrze uszło z opon, które rozpłaszczyły się na boki.

– Co się stało? – pyta Bernard.

– Ktoś przeciął opony.

– Zgłosiłaś to na policję? – Nie odpowiadam. – Powinnaś. Nie zrobiłaś nic złego.

– Jestem jego żoną.

– To nie przestępstwo. Nie zasługujesz na takie traktowanie.

Czuję, że gdzieś w środku mnie budzi się gniew. Chyba tak. Zastanawiam się, czy opony przeciął jakiś dzieciak, czy może nauczyciel, a może jakiś nasz dawny przyjaciel. Ale obserwuję narastającą furię z obezwładniającym wyczerpaniem. Jestem rozleniwiona i bierna, jakbym doznała jednego z tych uszkodzeń mózgu, o których czytałam, tylko nieco wyżej niż u Frederika, nad płatem czołowym. Samochód stoi w tym stanie od tygodnia, a ja nic nie zrobiłam.

Frederika nie obchodzi nasze auto, choć jego stan wyraźnie się poprawia. Przerwy między gniewnymi wybuchami są coraz dłuższe. Nadal często płacze, a najbardziej unieszczęśliwia go to, że muzyka przestała sprawiać mu przyjemność. Dla niego nuty nie składają się w melodie, to tylko dźwięki bez krzty piękna.

Dlatego dostał bzika na punkcie zasad konstrukcji głośników i chce zbudować lepsze kolumny niż te, które mamy. Zabrałam go do domu sąsiadów, żeby mógł się przekonać, że problem nie leży w naszym sprzęcie. Ale on zaczął wieszać psy również na ich wieży, a oni musieli tego wysłuchać. Niklas próbował odtwarzać mu muzykę na komputerze przez słuchawki, ale Frederik uważa, że to też brzmi okropnie.

Wieczorami odblokowuję mu komputer, żeby mógł wejść na fora internetowe, których członkowie omawiają optymalną częstotliwość graniczną i kontrolę impedancji, czy bardziej ogólne kwestie związane z budową głośników doskonałych. W tym czasie siedzę koło niego i poprawiam klasówki z matematyki, albo wypełniam formularze w sprawie jego choroby, przysłane przez rozmaite publiczne agencje. W ten sposób mogę mieć go na oku i upewniać się, że nie wchodzi na strony, na których można stracić mnóstwo pieniędzy czy narobić innych kłopotów.

Przedwczoraj pojechał z Thorkildem i Vibeke do outletu z materiałami budowlanymi, gdzie kupili ogromne płyty pilśniowe. Frederik razem z ojcem pocięli je na kawałki piłą tarczową w naszym domowym gabinecie, który teraz przerobili na warsztat. Od tego czasu Frederik zaszywa się tam samotnie ze szkicami, kalkulacjami, klejem i kołkami.

Stoimy przy samochodzie. Prawnik zadaje kolejne pytanie.

– Chce go pani zatrzymać?

– Wszystko chcemy zatrzymać.

– Tak, ale chodzi mi o to, że musimy sprzedać dom. Ale za to auto dostaniemy najwyżej dziewięćdziesiąt tysięcy, więc...

– Na pewno moich klientów stać na to, żeby zatrzymać samochód – przerywa mu Bernard. – I chcą go zatrzymać.

– Świetnie. Dobrze – mówi prawnik. – Przyślemy eksperta, żeby oszacował jego wartość, ale nie wystawimy go na sprzedaż.

Kiedy wracamy do domu, a ja otwieram im drzwi, prawnik zadaje kolejne pytanie.

– Czy pani mąż jest w domu?

– Tak, ale jest zajęty.

– Dla jasności, nasze dzisiejsze spotkanie zadecyduje o tym, ile pieniędzy będą państwo mieli od dzisiaj do końca życia. Podjęte dziś decyzje nie podlegają renegocjacji.

– Wiem o tym.

– Pani mąż też o tym wie?

– Tak.

Prawnik kaszle cicho i zaciska szeroką szczękę, jakby zmuszał się, żeby na mnie nie patrzeć i nie zadawać kolejnych pytań.

Prowadzę ich do salonu. Rzeczoznawca, człowiek bez właściwości, wzdycha z ulgą i uśmiecha się, jakby miał ochotę włączyć telewizor i rozwalić się na kanapie z piwem.

– Zawsze można poznać dom, który nadaje się do ponownej sprzedaży, zadając sobie podstawowe pytanie: „Czy mógłbym tu zamieszkać?" – mówi. – W tym przypadku odpowiedź jest bez wątpienia twierdząca.

Prawnik też wydaje się zadowolony.

– Lokalizacja jest idealna, prawda? Biorąc pod uwagę, że dom nie jest ogromny. Z pewnością wiele młodych par szuka tak uroczego gniazdka...

– Ale nie ma tu zbyt dużo światła, a tego szukają dziś młodzi ludzie – przerywa mu rzeczoznawca.

– Tak, musimy usunąć niektóre meble, zanim zaczniemy robić zdjęcia do dokumentacji. Dzięki temu zrobi się tu bardziej przestronnie i jasno.

Prawnik podnosi ze stolika w salonie miseczkę ze stali nierdzewnej, przyglądając się emblematowi na dnie. Ja staję naprzeciwko mojej kosztownej kanapy i obserwuję ich z absolutnym spokojem.

– Wygodnie się tu państwo urządzili – mówi rzeczoznawca.

Prawnik z podziwem patrzy na mój fotel, przesuwając kciukiem po oparciu.

– Fantastyczne meble. Czy chcą państwo niektóre z nich zatrzymać?

Spoglądam z wahaniem na Bernarda.

– Ile tylko się da – mówię.

Pamiętam dokładnie, kiedy kupiłam ten fotel, tuż po tym, jak moi uczniowie z dziewiątej klasy zdali egzaminy końcowe. Po raz pierwszy byłam wychowawcą w klasie maturalnej. Zdali koncertowo. Tak się cieszyli, zarażając mnie swoim entuzjazmem. „A więc tak to będzie", pomyślałam i poczułam, że to właśnie moje powołanie. A ogromna satysfakcja rekompensowała mi nawet ciągłą nieobecność Frederika, z którą już się pogodziłam. Wtedy wśród ogłoszeń internetowych natrafiłam na zdjęcie sfatygowanego, starego fotela, który wyglądał dość obiecująco. Moim samochodem z przyczepką pojechałam do oddalonego o sto pięćdziesiąt kilometrów Korsør, żeby obejrzeć mebel, który okazał się dokładnie taki, jak sobie wyobrażałam. Zrobiono go w latach czterdziestych, a jego autorem był projektant z Funen, który był właściwie nieznany, ale ja już zdążyłam zakochać się w jego stylu.

– A ten fotel? – zapytał prawnik. – Ktoś oszacował już jego wartość?

– Nie, ale nie zaprojektował go nikt znany.

Spoglądam na ścianę, na której jaśnieje prostokątna plama tuż obok półek z płytami Frederika. Jeszcze do niedawna wisiał tam obraz namalowany przez Niklasa w trzeciej klasie. Ale kiedy poszedł do gimnazjum, kazał nam go zdjąć i teraz został po nim tylko wyblakły prostokąt na tapecie.

Gdzie teraz zamieszkamy? Pewnie w jakimś bloku pełnym bezrobotnych i chorych umysłowo, ludzi takich jak my. Daleko od zabytkowego centrum Farum.

– Mąż pracował wieczorami i w weekendy – wyjaśniam. – Miałam mnóstwo czasu na restaurowanie starych mebli. To było tylko moje hobby. Kupowałam je i sprzedawałam. On nie miał z tym nic wspólnego. Może pan sprawdzić, że na wszystkich rachunkach figuruje moje nazwisko.

Prawnik staje dokładnie w tym miejscu, gdzie niecałe półtora roku wcześniej Laust wszedł na krzesło i wzniósł toast za Frederika w czasie jego przyjęcia urodzinowego.

– Zgadza się – mówi. – Porozmawiajmy zatem o tym, jak to wszystko podzielić. Jeśli pani mąż pracował wieczorami i w weekendy, a oboje państwo korzystaliście z jego większych dochodów na codzienne wydatki, w takim wypadku szkoła Saxtorph ma prawo do połowy tego, co zarobiła pani, pracując w tych godzinach.

W jednej chwili czuję, jak do moich żył wpływa adrenalina. Udaje mi się mówić spokojnie, choć z trudem łapię oddech.

– Ale ja te meble gromadziłam powoli i w pocie czoła, sama. Zajęło mi to parę ładnych lat.

– To nie zmienia faktu, że mój klient ma prawo do co najmniej połowy ich wartości, jeśli pani mąż zarabiał pieniądze, z których pani korzystała.

– Ale przecież nie może pan tak po prostu…

Bernard staje przed prawnikiem.

– Może lepiej poczekajmy i wrócimy do tej sprawy później? – mówi bardzo spokojnie.

W ten sposób konfrontacja pozornie zostaje odsunięta w czasie. Bernard uśmiecha się do mnie. Głośno wypuszczam powietrze z płuc. Przygotowałam się do walki, tymczasem pozbawiono mnie okazji do wyładowania agresji.

Rzeczoznawca siada na jednym krześle, potem na drugim, ogląda dokładnie blat stołu, a potem książki na półkach, klęka i podnosi róg dywanu. Prawnik spokojnie mu się przygląda. Ja przyglądam się Bernardowi.

Czy tak czuje się ktoś, kim ktoś inny się opiekuje? Kiedy po raz ostatni ktoś się mną zaopiekował? Trzy lata przed pierwszym atakiem Frederika były takie spokojne. On nie musiał mnie właściwie przed niczym chronić. Tak samo upłynęły nam nasze trzy pierwsze wspólne lata, zanim szkoła zupełnie go pochłonęła. Wtedy czułam, że on chce mnie chronić. A wcześniej czułam się tak tylko w dzieciństwie, do chwili, kiedy ojciec wyprowadził się z domu, kiedy miałam dwanaście lat.

Bernard wkłada ręce do kieszeni marynarki, potem je wyjmuje, a potem znowu chowa do środka. Dwa tygodnie temu, kiedy spotkałam go po raz pierwszy, w jego ewidentnym osamotnieniu, jego siwych włosach i w całej fizyczności wyczuwałam coś wilczego.

Ale teraz patrzę na niego zupełnie inaczej. Widać po nim, że po prawie dwudziestu latach małżeństwa nadal jest szaleńczo zakochany w swojej żonie. Bardziej niż jakikolwiek mężczyzna, którego w życiu spotkałam. Teraz widzę w nim nie tyle wilka, ile raczej psa, który nie potrafi odnaleźć drogi do domu i rodziny. Wyraziste kości policzkowe i intensywne spojrzenie należą do psa, który niestrudzenie błąka się po ulicach w środku zimy, szukając swojej rodziny i ciepła domowego ogniska, którego kiedyś zaznał, a każdego dnia jego kości coraz wyraźniej zarysowują się pod sierścią.

Wszyscy idziemy na piętro i wchodzimy do łazienki. Z warsztatu nie dobiegają dźwięki piłowania i wiercenia. Pewnie Frederik dopiero rysuje kontur do wycięcia na płycie pilśniowej. Powoli zauważam ślady osobowości w rysach twarzy rzeczoznawcy. Ma trochę bardziej okrągłą głowę niż większość mężczyzn, trochę grubsze wargi i mniejsze oczy. Jeśli za kilka dni wpadnę na niego na ulicy i go nie rozpoznam, to wcale nie dlatego, że niczym nie różni się od innych mężczyzn, ale dlatego, że nie chcę go rozpoznać.

Łazienka jest za mała i teraz wydaje się jeszcze ciaśniejsza, bo nigdzie indziej nie znaleźliśmy miejsca na pralkę i suszarkę, więc ustawiliśmy je jedną na drugiej.

– Hmm, hmm. Cóż, jaka szkoda – mówi rzeczoznawca. – To obniży cenę o kilkaset tysięcy.

– Ale dopiero co ją wyremontowaliśmy!

– Mam nadzieję, że się państwo nie wykosztowali. Taki remont obniży wartość domu.

– Chyba nie mówi pan poważnie.

– Proszę spojrzeć na ten rząd kafelków. Każdy kupiec wolałby, żeby był równy.

– Ale na tym polega urok tego wnętrza, przecież te kafelki są przyklejone...

Nagle zdaję sobie sprawę z tego, że człowiek, który kładł te kafelki, to nie był prawdziwy Frederik.

Dwa lata temu często spędzaliśmy tu z Frederikiem weekendy. To był z pewnością najlepszy okres w naszych najlepszych latach. Flirtowaliśmy, śmialiśmy się i baraszkowaliśmy wśród narzędzi, fug i kafelków. Frederikowi nigdy nie szło dobrze zajmowanie się domem, to była moja działka. Ale postanowił sam położyć rząd zielonych kafelków i zawsze, kiedy siadam na sedesie i patrzę na nie, ten krzywy szereg przypomina mi o naszym szczęściu.

Ale przecież prawdziwy Frederik nie ustępował, póki nie zrealizował swojego zamierzenia. Szczególnie jeśli robił coś, na czym się nie znał. Prawdziwy Frederik nie mógłby patrzeć na nierówno położone kafelki.

Światło z lamp halogenowych igra na powierzchni kafelków, a w powietrzu miesza się zapach dochodzący z otwartych pudełek z proszkiem do prania, wilgotnego powietrza i mokrego ręcznika mojego męża. Mam ochotę zwymiotować na powyginane linoleum, nierówno docięte w rogu. Dwa lata temu nie wiedziałam, że temperament Frederika zmienił się pod wpływem choroby. Dlatego wszystko wydawało mu się proste, zabawne i pozbawione głębszego znaczenia. Jego dobry nastrój chyba mi się udzielił, bo nigdy wcześniej tak dobrze się nie czułam.

...

– Czy mogę zostać tu na chwilę sama? – pytam, kiedy rzeczoznawca i prawnik są gotowi do wyjścia, żeby obejrzeć resztę pokoi na górze.

Bernard patrzy mi pytająco prosto w oczy. Chce się upewnić, że dam sobie radę. Od razu widzi, że sobie nie dam rady, ale jak on może tu pomóc? Z nieudolnie udawaną beztroską pyta mnie:

– Myślisz, że zajmie ci to dłuższą chwilę?

– Nie.

Zamykam za nimi drzwi i siadam na desce klozetowej, chowając twarz w dłoniach. Jak ja nienawidzę stęchłego zapachu naszych wilgotnych ręczników, proszku do prania i stojącej wody.

Czy w łazience Bernarda i Lærke też tak śmierdzi? Trudno mi to sobie wyobrazić. Czy unosi się tam choć trochę podobny zapach? Chyba nieświadomie obwąchiwałam Bernarda przez cały ranek, bo ku mojemu zdumieniu przypominam sobie, jak on pachnie. Stąd wiem, jak ładnie pachnie u niego w łazience.

Kiedy wychodzę, oni stoją w pokoju Niklasa. Rzeczoznawca trzyma w jednej ręce torbę z aparatem Niklasa i już ma zamiar ją przetrząsnąć, tak jak przetrząsa cały nasz dom.

– Proszę tego nie otwierać! – krzyczę, stojąc w drzwiach. – To własność mojego syna, a nie nasza.

– Ma pani na to rachunek?

Podbiegam do niego i staję z nim twarzą w twarz.

– Proszę zostawić torbę naszego syna! Należy do niego, nie może jej pan zabrać!

Ale on nie zwraca uwagi na to, co mówię.

– W takim razie powinna pani posiadać rachunek na nazwisko syna – mówi. – Boże, jaki fantastyczny aparat.

Bernard mówi kojącym tonem.

– Mia, oni tego nie zabiorą. To nie należy do Frederika. Muszą tylko stwierdzić...

Milknie. Rzeczoznawca i prawnik też nic nie mówią. Patrzą na drzwi, na coś za moimi plecami.

Frederik wyszedł ze swojego warsztatu.

– Frederik, oni chcą zabrać aparat Niklasa! – krzyczę.

– Tak naprawdę nie o to im chodzi – mówi cicho Bernard. – Chcą tylko...

Frederik przygląda się trzem mężczyznom, ale ignoruje ich i zwraca się w moją stronę. Patrzę prosto w jego rozradowane oczy. Ten pusty wyraz twarzy. Ta obojętna satysfakcja, dokładnie taka, jak kiedy mnie okłamuje. Kiedy idzie na spacer, kiedy ogląda telewizję, kiedy je.

– Mia, musimy kupić więcej płyt pilśniowych.

– Nie musimy kupić więcej płyt pilśniowych. Oni chcą zabrać aparat Niklasa. Nie widzisz, że...

– Ale ja potrzebuję więcej płyt pilśniowych. Zweryfikowałem plany konstrukcyjne.

– Czy ty mnie w ogóle słuchasz? Oni chcą zabrać aparat twojego syna!

– Uważam, że powinniśmy po nie jechać dziś po południu. A potem się zdrzemnę.

– Do cholery, Frederik! Czy możemy przez dwie sekundy skupić się na kimś innym niż ty?

Coś się pojawia w jego oczach. Jakby gdzieś w środku wyłaniała się osobowość. Ostrożnie próbuje oszacować, jak dopiąć swego. Oszacować, co myślę i czuję, i co powinien powiedzieć, żeby dostać te swoje płyty pilśniowe. To głęboko skupione i dziwnie odległe jednocześnie, takie same, jak u małego chłopca, który ćwiczy siadanie na nocniku, kiedy dopiero kształtują się u niego połączenia neuronalne.

– A jak ci nie pozwolę, żebyś podjęła za mnie decyzję, zaczniesz mnie bić, prawda? – Patrzy z wahaniem na całą naszą czwórkę. – Po prostu zaczniesz mnie mocno bić w plecy, tak? Jak nie pozwolę ci zdecydować, zbijesz mnie tą miską ze stolika w salonie.

Test hazardzisty

Od dawna starano się dowiedzieć, dlaczego ludzie z uszkodzeniem kory orbitofrontalnej podejmują tak katastrofalne w skutkach decyzje życiowe, choć w trakcie rozmowy lub podczas konwencjonalnych testów psychologicznych wydają się zupełnie normalni.

Zjawisko to można wyjaśnić, jeśli przyjmiemy założenie, że aktywizujemy odmienne obszary mózgu, kiedy podejmujemy istotne decyzje, niż kiedy wybieramy między cappuccino a caffè latte.

Musimy też założyć, że używamy innych ośrodków mózgu, gdy mówimy o krytycznych decyzjach życiowych, i innych, dokonując tych decyzji.

Uszkodzenie kory okołooczodołowej najłatwiej zdiagnozować, kiedy pozwoli się pacjentowi podejmować samodzielne decyzje. Konsekwencje takich uszkodzeń dość trudno zaobserwować w sytuacjach, w których obowiązują klarownie zdefiniowane zasady. Właśnie dlatego nie sposób ich zarejestrować w trakcie tradycyjnych testów na inteligencję i zwykłych rozmów.

Oprócz zaspokojenia ciekawości naukowej, opracowanie skutecznego narzędzia diagnozującego uszkodzenia kory okołooczodołowej ma kluczowe znaczenie dla ustalenia, jak lekarze i pracownicy socjalni powinni traktować pacjentów z takimi uszkodzeniami, dla określenia, czy należy im się ubezpieczenie z tytułu wypadku i renta inwalidzka, a także dla rozwiązania wielu innych praktycznych kwestii.

Jak jednak skonstruować test psychologiczny, który zmusi badanego do podejmowania fundamentalnych wyborów życiowych w całej ich złożoności emocjonalnej i przy braku odgórnie narzuconych zasad?

Antoine Bechara, który pracował w tej samej katedrze, co słynny neurolog Antonio Damasio na Stanowym Uniwersytecie Iowa, w 1994 roku opracował w tym celu tak zwany „test hazardzisty".

W trakcie testu badający kładzie przed badanym cztery stosy kart. Badany nie wie nic o stosach kart ani o zasadach gry, wie tylko tyle, że ma możliwość wygrania lub stracenia pieniędzy. Nie mówi mu się też, jak długo potrwa gra. Do tego musi dojść sam.

W przypadku dwóch stosów badany dostaje 50 dolarów za każdą odwróconą kartę, poza niektórymi kartami, które zmuszają go do zapłacenia 250 dolarów. Jeśli badany wyciąga karty z tych dwóch stosów, na pewno coś zyska.

Za każdą kartę wyciągniętą z pozostałych dwóch stosów badany otrzymuje podwójną zapłatę – 100 dolarów – ale niekiedy wyciąga kartę, która kosztuje go 1250 dolarów, co stanowi dość znaczącą karę. Jeśli będzie wyciągał karty z tych dwóch stosów, w ostatecznym rozrachunku straci fortunę.

Osoby zdrowe (lub takie, u których uszkodzenia zlokalizowane są poza płatem czołowym) rozpoczynają wyciąganie kart z wszystkich czterech stosów, próbując ustalić, jakie zasady rządzą grą. Po kilku rundach wybierają raczej karty ze stosu z kartami za 100 dolarów, ale zanim wyciągną trzydzieści kart, zazwyczaj już wiedzą, że powinni się trzymać stosów niskiego ryzyka. Gra umożliwia im zarobienie pieniędzy. Nie potrafią powiedzieć, dlaczego wybierali stosy o niskim ryzyku. Mają jednak niejasne (ale trafne) przeczucie, że na dłuższą metę przyniesie im to korzyści.

Pacjenci z uszkodzeniami kory okołooczodołowej również zaczynają od wyciągania kart ze stosów wysokiego ryzyka. Ale nie uczą się, że powinni wybierać dwa inne stosy. Zamiast tego koncentrują się coraz bardziej na przynoszących im straty stosach wysokiego ryzyka. Po wyciągnięciu pięćdziesięciu kart, zazwyczaj tracą wszystko i chcą pożyczyć pieniądze, żeby móc grać dalej.

Niekiedy potrafią nawet racjonalnie i przekonująco wyjaśnić, że powinni wybierać inne stosy, albo badający może ich o tym poinformować, a po kilku tygodniach poprosić ich o powtórzenie badania. Oni jednak nawet wtedy stracą fortunę.

Jeśli zmierzy się poziom stresu u badanego, umieszczając elektrody na jego skórze (czyli wykorzysta się wykrywacz kłamstw), można zaobserwować, że zarówno zdrowi, jak i chorzy reagują na zysk i utratę pieniędzy. Pod tym względem nie ma między nimi żadnej różnicy.
Ale eksperyment ten pokazuje, że osoba zdrowa odczuwa stres już po krótkim czasie gry, kiedy jej ręka ledwie zbliża się do stosu wysokiego ryzyka. Choć badany nie jest jeszcze świadomy tego, że to stos wysokiego ryzyka, jego ciało wysyła mu sygnał o niebezpieczeństwie, który sprawia, że on czuje się nieswojo, gdy wyciąga kartę z tego zestawu. Im dłużej osoba zdrowa gra, tym silniejszy staje się sygnał, aż wreszcie badany potrafi wyjaśnić, jakie zasady rządzą grą.

Test hazardzisty uderzająco i niepodważalnie demonstruje, że u badanych z uszkodzeniami płata okołooczodołowego nigdy nie pojawia się ten nieświadomy, organiczny sygnał o zbliżającym się niebezpieczeństwie.
Podobnie, jeśli badający pokazuje im zdjęcia klęsk żywiołowych, wojen i ludzkiego cierpienia, ich reakcje skórno-galwaniczne nie zmieniają się, tak jak u zdrowych badanych. Nie mają też gęsiej skórki w sytuacjach, w których pojawia się ona u zdrowych, np. w czasie słuchania muzyki.

Na podstawie tych badań Antonio Damasio postawił hipotezę markerów somatycznych, której słuszności dowodzi w swojej książce *Błąd Kartezjusza*, stanowiącej krytykę filozofii René Descartes'a (1596–1650). Descartes, jeden z najbardziej wpływowych filozofów kultury zachodniej, między innymi zasłynął teorią oddzielającą umysł od ciała, którą zamknął w formule: „Myślę, więc jestem".
Zgodnie z teorią markerów somatycznych Descartes pomylił się, oddzielając umysł od biologicznego ciała. Damasio utrzymuje, że racjonalna myśl i oceny etyczne nie mogą istnieć niezależnie od ciała i jego fizycznych reakcji.

13

– Ten artykuł wszystko wyjaśnia!

Biegnę do pokoju Niklasa, żeby się z nim tym podzielić, ale oczywiście nie ma go w domu. Z okna jego pokoju patrzę na ulicę, sprawdzając, czy już wraca. Nikogo nie widzę.

Biegnę do gabinetu Frederika, żeby mu o tym opowiedzieć, ale zatrzymuję się w korytarzu. On okaże mi obojętność, mnie się zrobi przykro i pewnie się pokłócimy.

Mogłabym zadzwonić do Vibeke i Thorkilda, ale nie mam siły. Są jeszcze nasi przyjaciele, ale wielu z nich pracuje w Saxtorph i zdecydowana większość trzyma stronę Lausta i nowej administracji. Mają nadzieję, że jeśli stan Frederika się poprawi, dostanie bardzo surowy wyrok.

Jeden z nauczycieli, z którym jeszcze utrzymujemy kontakt i który nie kwestionuje niewinności Frederika, powiedział mi, że któregoś dnia nauczyciele zaczęli się kłócić w czasie rady pedagogicznej, bo jeden z nich określił Frederika mianem kryminalisty, a inni mu się sprzeciwili.

Czasem, kiedy wychodzę na zakupy, nieznajomi podchodzą do mnie i deklarują swoje poparcie, a inni krzyczą: „Świnia!", kiedy widzą Frederika w supermarkecie Irma, w największym centrum handlowym w Farum.

Mam ogromną ochotę zadzwonić do Lausta i opowiedzieć mu o teście hazardzisty. Może zrozumie, jak bardzo się pomylił. Nie mogę jednak się odważyć, żeby jeszcze raz do niego zadzwonić. Próbowałam kilka razy, ale on rzucał słuchawką, choć czasem sam do mnie dzwoni w środku nocy, pijany, drze się na mnie i płacze z powodu swojej szkoły. Powtarza, że Frederik nie tylko zniszczył życie uczniów i nauczycieli, ale także przez niego sens straciło życie ojca Lausta, jego dziadka i pradziadka.

Schodzę do salonu i jeszcze raz wyglądam przez okno, żeby sprawdzić, czy wraca Niklas. Ale niby czemu miałby wracać?

Przez nasze podwórko przebiega trzech chłopców. Coś mi mówi, że nie przyszli się tu tylko pobawić. Kiedy wychodzę, okazuje się, że pomalowali sprayem nasz dom. Napis głosi: TU MIESZKA POJEB! Natychmiast idę po ostrą szczotkę i wiadro z wodą i mydłem.

Pół godziny później zapada zmrok, a ja starłam tyle, ile się dało. Powietrze jest chłodne i wilgotne, ale mnie jest gorąco od wysiłku. Idę na tyły domu, gdzie nie zobaczą mnie sąsiedzi i przechodnie. Tu mogę też skryć się przed widokiem spalonej trawy i jasnych plam na ścianie naszego domu, w miejscach, w których mydło usunęło stary brud, pozostawiając ślad w kształcie słowa POJEB.

Siadam na naszej podwieszanej ławce, na gołych sprężynach. Ile to już czasu upłynęło od tego wieczoru, kiedy urwaliśmy się z letniego przyjęcia u sąsiadów i przyszliśmy tutaj, żeby posiedzieć z winem przed zaśnięciem? Czy to było mniej więcej w tym samym czasie, kiedy remontowaliśmy łazienkę?

Metalowe druty wciskają się w moje pośladki, podnoszę głowę i patrzę na okno warsztatu Frederika. Nadal jest tam ciemno. Powinnam pójść na górę i zapalić mu światło. On o tym co wieczór zapomina i psuje sobie wzrok.

Dzwoni mój telefon.

– Halo, tu Bernard. Nie przeszkadzam?

– Nie, wcale.

– Masz taki głos, jakbyś była zmarznięta.

– Nie, właściwie nie. Coś się stało?

– Dostałem e-mail od Andrei, tej z grupy wsparcia. Powiedziała, że powinniśmy przeczytać w internecie artykuł o teście hazardzisty. Przeczytałem. Mamy przekonujący dowód na to, że kiedy Frederik grał na rynku towarowym, nie był tak naprawdę sobą.

Kiedy Bernard mówi, nieomal widzę krople rosy spływające w półmroku po gałęziach krzewów. Spadają i spadają, koją mnie, choć jakby nigdy nie spadają na ziemię. Tak samo spływa na mnie głęboki i spokojny głos Bernarda.

– Mnie też go przysłała. Właśnie go przeczytałam w internecie, dosłownie przed chwilą!

– Pewnie się cieszysz, prawda?

– Tak.

Postanawiam nie wspominać o graffiti na naszej ścianie, nie chcę mu mówić, że nawet dzieci nas nienawidzą. To zbyt skomplikowane, by mu wyjaśniać, że nawet kiedy się „cieszę", i tak towarzyszy mi podskórny lęk i wydaje mi się, że jeśli odetchnę głęboko i przez pół sekundy naprawdę się zrelaksuję, świat się zawali. Mam nadzieję, że jeśli Frederik zostanie uniewinniony, te napady lęku się skończą.

– Powinniście się cieszyć z Frederikiem. – On w okamgnieniu wyczuwa moje wahanie. – Może Frederika teraz to nie zainteresuje. Ale kiedy wydobrzeje...

– Tak... wtedy sobie uświadomi, jakie to ważne.

– Na pewno nie chcesz wejść do środka? Naprawdę, mówisz takim głosem, jakbyś była przemarznięta.

– Właśnie wchodzę.

Dopiero w domu czuję, jak straszliwie zmarzłam.

– Położę się na kanapie – mówię do słuchawki. – Chcę się nią nacieszyć, zanim będziemy musieli ją sprzedać.

Oboje się śmiejemy.

...

– Co się stało z domem?

Niklas mówi do mnie, a ja próbuję się zorientować, gdzie jestem. Kanapa w salonie, nadal moja. On stoi przede mną. Jest ciemno. Chyba spałam przez kilka godzin. Gdzie Frederik? Wybiegł na zewnątrz? Gdzie się podziewał Niklas? Co on powiedział?

– Co się stało z domem? – powtarza.

No właśnie, co się stało z domem? Siadam. Ale ciemno! Zaczynam dochodzić do siebie.

– Z domem? Z domem? Ktoś coś na nim napisał dziś po południu. Widać w ciemności?

– Wygląda to jak chmury namalowane na fasadzie.

– W tych miejscach starłam farbę w sprayu. Zostały jasne plamy, prawda?

– Z ulicy wygląda to tak, jakby nad podwórzem unosiły się duchy.

– Jadłeś coś?

– Tak, oczywiście.

– Jest późno?

– Po dziewiątej.

Powłócząc nogami, idę do gabinetu Frederika. Nie ma go tam. Śpi w naszym łóżku. Schodzę na dół, żeby szybko przygotować coś do jedzenia. Wyobrażam sobie, że jego mózg goi się lepiej w czasie snu, więc budzę go tylko wtedy, kiedy to absolutnie konieczne.

Na blacie kuchennym stoi do połowy pełny karton z mlekiem i pół placka z gruszkami, który kupiłam w drodze z pracy do domu.

– Niklas! – krzyczę. On nie odpowiada, więc wychodzę do holu. – Niklas!

– Tak? – odkrzykuje ze swojego pokoju.

– Możesz do mnie zejść?

Kiedy przychodzi, ziemniaki już się gotują. Ma źle zapiętą koszulę. Wcześniej była dobrze zapięta.

– Co się dzieje?

– Masz już tyle lat, że powinieneś odstawiać mleko i placek do lodówki, jak już skończysz jeść.

– Zapomniałem. Czemu sama tego nie zrobiłaś, skoro już tu przyszłaś?

– Bo musisz się tego wreszcie nauczyć. Musimy oszczędzać. Nie możemy pozwalać, żeby jedzenie się psuło.

– Tata przez cały czas zostawia masło na stole.

– Tak, tym bardziej my we dwójkę powinniśmy odstawiać wszystko na miejsce. Tata robi to mimowolnie.

– Ja też to robię mimowolnie. Moja kora okołooczodołowa również...

Nagle urywa, bo zauważa coś za moimi plecami. Odwracam się, ale nie widzę, na co tak zareagował. Nic tam nie ma oprócz jakiejś sterty rupieci, których Frederik używa do budowy swoich głośników. Podchodzę bliżej. Jakieś zlutowane ze sobą, elektroniczne części, lutownica, cyna do lutowania i jakiś licznik. Wcześniej nie widziałam tego licznika. Wygląda na skomplikowane, drogie urządzenie. Podnoszę go. Na spodzie ma wygrawerowany napis: LABORATORIUM FIZYCZNE/WŁASNOŚĆ GIMNAZJUM BIRKERØD.

– Co to jest?

– To do głośników taty.

– Zabrałeś to ze szkoły?

– Pożyczyłem dla niego.

– Dali ci pozwolenie?

Niklas milczy.

– Zacząłeś kraść?

– Wszystko, co robi tata, jest w porządku. Choćby zrobił największe głupstwo. Nie dajesz mu popalić za to, że ukradł dwanaście milionów koron! A ja pożyczyłem tylko jedną, niewielką rzecz, i to nie dla siebie...

– Niklas, twój ojciec jest bardzo poważnie chory.

– Tak, ale moja kora okołooczodołowa też nie funkcjonuje, tak jak powinna.

Coś mi tu nie gra, ale jeszcze nie wiem co. On nie drze się na mnie tak głośno jak zazwyczaj. Ma źle zapiętą koszulę. Wziął podwójną porcję ciasta. Czy siedzi z kimś na górze w pokoju? Z Mathiasem? Z tą dziewczyną, którą obraził Frederik, z Emilie? To ona jest na górze? Wpadam udem na blat, a lutownica stacza się za krawędź i zwisa na sznurze tuż nad podłogą.

Teraz w głosie Niklasa słyszę obojętny, pozbawiony współczucia ton Frederika.

– Powinnaś też okazać trochę zrozumienia dla mojego mózgu. Moja kontrola nad impulsami i długoterminowe planowanie nie są...

– Co ty wygadujesz?

Myślę o Emilie w jego pokoju. O sobie, w pokoju Caspeara. Miałam szesnaście lat. On przesuwa lekko – ledwie mnie dotykając – palce po moim przedramieniu.

W dół i w górę, ledwie mnie dotyka. Właśnie to robiliśmy, w nieskończoność. Ciemność i Duran Duran. Na drewnianym łóżku w jego pokoju, w ubraniach.

– Na stoliku w salonie leżał artykuł na ten temat.

– Jaki artykuł?

– Sama go wydrukowałaś. O tym, że szesnastolatki są dokładnie tak samo inteligentne jak dorośli, ale część ich mózgu nadal się rozwija, aż do dwudziestego roku życia.

Casper wsuwa mi dłoń pod bluzkę, a potem do spodni. Cienka, blada skóra na jego chłopięcych, pozbawionych jeszcze zarostu policzkach.

Niklas patrzy na mnie zadziornie.

– To kwestia niedorozwoju płatu czołowego, tej samej części, co u taty. Więc ja też...

– Niklas, nie możesz o sobie myśleć w ten sposób. To cię nie usprawiedliwia. Nie możesz robić, co ci się żywnie podoba.

– Ale to prawda!

– Tak, być może to prawda. Ale tak możesz myśleć tylko o innych. To pozwala zrozumieć innych ludzi i im wybaczyć. Ale o sobie...

Rozmawiamy o tej sprawie. Nigdy nie przyłapałam go na zabieraniu czegoś ze szkoły i chcę, żeby zrozumiał, że to poważne przestępstwo. Ale przez cały czas przed oczami staje mi Niklas i Emilie, piękna dziewczyna o jasnej cerze, z piegami. Niklas jest przystojniejszy niż Casper... Czy oni są parą? Niklas przesuwa dłonią po jej piersi, kiedy ona leży na drewnianym łóżku w pokoju Caspera. Duran Duran. Culture Club. Muzyka Niklasa.

On chce jak najszybciej wyjść z kuchni.

– Przyprowadziłeś kogoś do domu?

On się waha i lekko przekrzywia głowę, kiedy odpowiada.

– Być może.

– To Emilie?

Jego twarz zastyga, oczy szeroko otwarte. Zakochał się, wyczuwam to w jego przerażeniu.

– Na pewno nie pójdziesz na górę.

Mimowolnie się uśmiecham.

– Nie, oczywiście, że nie.

Zakochał się. Razem z Frederikiem poszliśmy na USG. Bicie serca. Jego pierwszy dzień w szkole, dzień na podwórku, kiedy graliśmy w badmintona. Muszę przestać, powinnam zachowywać się jak dorosła osoba. Niklas się zakochał, czy za bardzo się uśmiecham? On wygląda tak strasznie poważnie. Kradzież, odpowiedzialność, ciąża.

– Czy jej rodzice wiedzą, że tu przyszła?

– Oczywiście!

Niklas idzie do siebie.

...

Każdego dnia zmuszam się, by przestać wyobrażać sobie, jak wyglądałoby moje życie, gdybym związała się z którymś z tych mężczyzn, których znałam przed Frederikiem. Niklas nie miałby tak doskonałych genów, byłby mniej inteligentny, mniej kreatywny i inaczej by wyglądał. Ale może chciałby grać ze mną w tenisa i biegać. Może bylibyśmy bliżej.

Pewnie bylibyśmy sportową rodziną, bo wszyscy moi mężczyźni przed Frederikiem interesowali się sportem. Może Niklas miałby rodzeństwo. Lekarze specjaliści orzekli, że problem leży po mojej stronie, ale może z innym mężczyzną udałoby mi się zajść w ciążę.

Kiedyś przez półtora roku byłam z Sørenem, który studiował administrację publiczną. Byliśmy pewni, że spędzimy ze sobą całe życie, i oboje szlochaliśmy na piankowym materacu w naszym wilgotnym, głośnym mieszkaniu, kiedy musiałam mu powiedzieć, że poznałam kogoś innego. Ale wtedy już miałam obsesję na punkcie Frederika. On był taki zabawny, poświęcał mi tyle uwagi, wszystko wiedział, był taki uczciwy i potrafił dzielić się uczuciami. Problemy, które miałam z Sørenem i które uważałam za swoje problemy, znikały przy Frederiku. Nikt nie mógł z nim konkurować. Wszyscy przegrywali z nim w przedbiegach.

Kilka lat temu razem z Niklasem stałam w kolejce w strefie bezcłowej w Niemczech. Jechaliśmy na wakacje i Frederik wyszedł na pokład, żeby porozmawiać przez telefon komórkowy z Laustem, choć robił to już wcześniej w samochodzie. Nagle uświadomiłam sobie, że ojciec stojącej przed nami rodziny to Søren. Nie widziałam go od czasu, kiedy wypisywał do mnie bezustannie listy o tym, że po moim odejściu już nigdy nie zazna szczęścia.

Na promie opowiedział mi, że nadal gra w tenisa dwa razy w tygodniu. Pracował w Departamencie Sportu w Ministerstwie Kultury i jak na swój wiek trzymał się znacznie lepiej niż Frederik. Z dumą przedstawił mi swoje trzy urocze córeczki i piękną, wysportowaną żonę, która miała dokładnie takie same blond włosy jak ja, związane w kucyk. A Niklas poznał mężczyznę, który byłby jego ojcem, gdyby szkoła podstawowa Trørød nie wysłała mnie z Frederikiem na zieloną szkołę do Szwecji, gdzie na szerokiej pustej plaży padał deszcz.

Powiedziałam Niklasowi, że kiedyś byłam z Sørenem, zanim poznałam jego ojca, a Niklas spojrzał na Sørena wzrokiem, w którym zdumienie mieszało się z obojętnością. Nigdy wcześniej nie widziałam takiego wyrazu twarzy, choć Frederik od operacji co chwilę robi taką minę. Właśnie w taki sposób patrzy, kiedy ktoś w jego obecności wspomina o tym, że on jest chory. Nie ma takiej przegródki w jego mózgu, w której mógłby skatalogować tę informację. Ona po prostu nie istnieje.

...

Moje życie wyglądałoby zupełnie inaczej, gdybym została z Sørenem. Miałabym zdrowego męża. Ojciec moich dzieci byłby zdrowy.

...

Dwadzieścia po dziesiątej słyszę ciche kliknięcie drzwi frontowych. Niklas i Emilie bardzo sprawnie przemknęli na dół.

Idą kawałek ulicą, potem ona wsiada na rower. Niklas nie całuje jej na pożegnanie, nie przytula jej i chyba udaje mi się wycofać w głąb salonu, zanim on się odwraca.

Słyszę, jak idzie do łóżka i choć moja drzemka trwała co najmniej trzy godziny, mam ochotę znowu się położyć. Już prawie od pół roku śpię na podłodze na dmuchanym materacu, ale najpierw zazwyczaj leżę na mojej stronie łóżka i czytam przez chwilę. Odkryłam, że rzadziej śnią mi się koszmary, kiedy czytam kobiecą prasę tuż przed zaśnięciem, a poza tym przy materacu nie mam lampy.

Kilka godzin później budzi mnie Frederik, który krząta się po pokoju ze szczoteczką do zębów w ustach i układa ubranie na komodzie. Budzik pokazuje drugą trzydzieści. Zasnęłam w naszym łóżku przy włączonej lampce.

To najgorszy z możliwych momentów na rozpoczynanie poważnej rozmowy, ale nie mogę się powstrzymać przed powiedzeniem tego, co ciśnie mi się na usta.

– Nie powinieneś zachęcać Niklasa do tego, żeby dla ciebie kradł.

Kiedy tylko wypowiadam te słowa, ogarnia mnie strach. Teraz już nie pośpię. Będę musiała przez kilka godzin słuchać jego darcia się. A rano muszę przecież iść do pracy.

Ale on mówi tylko:

– Nigdy bym czegoś takiego nie zrobił. – Uśmiecha się i nagle się ożywia. Może dlatego, że kłamstwo go stymuluje. – To byłoby okropne – mówi. – Bardzo, bardzo, bardzo złe. Nie zrobiłbym czegoś takiego.

Stoi zupełnie spokojnie naprzeciwko mnie, wpatrując się we mnie z niespotykaną intensywnością.

Czytałam już na tyle dużo książek o neuropsychologii, by znać medyczny termin określający to, co on teraz robi. On perseweruje. To znaczy, robi coś, co zaczął, choć od dłuższej chwili nie jest to już konieczne.

– Naprawdę sądzisz, że nakłoniłbym Niklasa do kradzieży? – pyta. – Przysięgam, że nie zrobiłbym czegoś takiego. Możesz być na sto procent pewna, że bym tego nie zrobił. Na sto procent. Bo uważam, że to złe. Na sto procent.

Chcę tylko, by zapomniał o sprawie i nie wpadł w szał. Będziemy musieli o tym porozmawiać innym razem.

– Tak, wiem o tym – mówię. – A teraz wracaj do łóżka.

Kiedy idzie do łazienki, żeby wypluć resztki pasty do zębów, ubrany tylko w podkoszulek, bez spodni, myślę o tym, jak łatwo przychodzi mi stłumienie w sobie chęci rozmowy o Niklasie. Dwadzieścia sekund temu te słowa po prostu wyszły z moich ust. Czy stało się to z powodu zahamowania przepływu krwi przez moje płaty czołowe, kiedy się budziłam? Czy kiedy krew zaczęła płynąć, pojawił się strach i stres z powodu wizji nadchodzącej kłótni? Czytałam, że to bardzo prawdopodobne. Może właśnie w takiej sytuacji mogę poczuć się choć trochę tak, jak Frederik czuje się cały czas.

Frederik kładzie się obok mnie z czasopismem motoryzacyjnym, które kupił mu Thorkild.

Kładę się na boku i patrzę na niego.

– Przepraszam, że to powiedziałam. Cieszę się, że starczyło ci siły, żeby się nie rozgniewać. Robisz ogromne postępy i bardzo to doceniam.

On z irytacją gwałtownie uderza czasopismem o kołdrę.

– Uczucia, uczucia, uczucia! Zawsze musimy rozmawiać o tym, co ciebie interesuje! Kiedy wreszcie porozmawiamy o czymś, co mnie fascynuje?

– Ale przecież co wieczór rozmawiamy o twoich głośnikach.

– To chyba niewiele, prawda? Jest też coś o nazwie ranek, południe i popołudnie, a także noc. I południe i ranek. – Znowu perseweruje.

– No dobrze, porozmawiajmy o głośnikach.

Kiedy słucham kolejny raz jego wykładu na temat gęstości płyty rezonansowej, szeregach harmonicznych i amplitudach wymuszonych drgań, uspokaja się. Mam ogromną potrzebę porozmawiać z kimś o tym, jak w tej trudnej sytuacji wspierać Niklasa w najlepszy z możliwych sposobów, ale Frederik znowu zaczął czytać swoją gazetę. Wysyłam SMS-a do Bernarda, licząc na to, że jutro go przeczyta.

Długo się zastanawiam, jak nadać wiadomości właściwy, lekki ton. Za wszelką cenę nie chcę wyjść na desperatkę.

„Cześć, Bernard. Gdybyś miał czas, byłoby fajnie pogadać z tobą o tym, jak to jest wychowywać nastoletniego chłopca, kiedy współmałżonek ma uszkodzony mózg. Nie tak, jak z prawnikiem, ale raczej jak z kolegą z grupy wsparcia. Dzięki, Mia".

Kilka sekund później rozświetla się ekran mojego telefonu. Odbieram, zanim komórka zdąży zadzwonić.

– Też o tym często myślę – mówi Bernard. – Chętnie bym o tym z tobą pogadał.

– Ty też nie spałeś?

Słyszę, że on się waha i oboje się śmiejemy.

– To nic takiego.

– Możemy pogadać jutro, albo kiedy ci pasuje.

– Tak, chętnie. Możemy też pogadać teraz. – Jego głos brzmi chropawo, zupełnie inaczej niż za dnia. – Czy między tobą i Niklasem zdarzyło się dzisiaj coś szczególnego?

Muszę wziąć głęboki oddech, zanim najlepiej to sformułuję.

– Nigdy wcześniej niczego nie ukradł, ale...

Za moimi plecami Frederik wzdycha z irytacją.

– Chyba najwyższa pora, żebyś już zeszła na dół do swojego łóżka.

Odwracam się, żeby na niego spojrzeć. On spogląda na mnie znad swojego czasopisma.

Wyłączam lampkę nocną i zabieram moją kołdrę. W uchu słyszę głos Bernarda.

– Czy to Frederik?

– Tak, przeszkadzam mu w czytaniu. Poczekaj, za chwilę będę mogła rozmawiać.

Drodzy Rodzice,

Mia prosiła mnie, żebym Wam bardzo podziękował za pieniądze, które nam pożyczyliście, żebyśmy mogli jakoś przetrwać ten okres, kiedy nie wolno mi pracować. Piszę, żeby poprosić o więcej.

Mogłoby się wydawać, że zwyczajna, niedroga płyta wiórowa jest równie dobra jak płyta pilśniowa o wysokiej gęstości.

NIC BARDZIEJ MYLNEGO!

Duży odsetek zniekształceń – a także zakłócenia na mikropoziomie, które przysłaniają muzyczną esencję samej muzyki! – niszczą to, co w ogóle skłania nas do słuchania muzyki! – uniemożliwiają subtelną muzyczną komunikację, na której tak nam zależy – odbierają nam radość z odbioru wielkiej sztuki! – wywołuje nie głośnik, ale jego obudowa. Im cięższa obudowa, tym mniejsze drgania. Z tego powodu najbardziej szanowane i najwyżej oceniane głośniki ważą grubo ponad 100 kilogramów. Zajrzyjcie do internetu, a sami się o tym przekonacie.

Normalna płyta wiórowa byłaby TOKSYCZNA dla jakości dźwięku, która jest głównym celem moich wysiłków. Z takim materiałem wszystkie moje wysiłki w dziedzinie projektowania głośników poszłyby na marne.

Beton jest cięższy niż płyta pilśniowa wysokiej gęstości i wielu majsterkowiczów z tego powodu wyobrażało sobie, że najlepiej wykonać obudowy z betonu. JEDNAK jego naturalny rezonans jest wyższy niż drewna, więc chociaż betonowy głośnik ważący setki kilogramów ma mniejszą energię rezonansu, rezonans będzie bardziej irytujący, ponieważ sytuuje się w skali tonalnej, która bardziej drażni nasz zmysł słuchu.

Od ponad dekady beton PRZESTAŁ ISTNIEĆ! jako materiał dla poważnych konstruktorów.

Dlatego właśnie powinniście mi dać więcej pieniędzy. Przynajmniej 20 000 koron!

Kocham Was,
Frederik

Frederik Halling

PS Niklas dostał piątkę z plusem z projektu na socjologię.
PPS NIE DA SIĘ rozwiązać tego problemu, konstruując obudowę asymetrycznie, żeby uniknąć zjawiska fal stojących!

Fale stojące są problemem wewnątrz obudowy i można poszukać rozwiązania, tworząc bardzo pieczołowicie projekt, ale nie rozwiąże to problemu z rezonansami, które penetrują ściany obudowy.

14

Czasem pragnę tylko błogiej monotonii: piłka leci w twoją stronę. Uderzenie, wydech, łapię równowagę. Trzy krótkie kroki na połowę kortu. Piłka wraca. Uderzenie, wydech, łapię równowagę.

Uderzenie, wydech, łapię równowagę.

Gram z Heleną. Uderzenie i oddech, pot na twarzy, łapię równowagę. Słońce nisko na niebie, chrzęst kamieni pod stopami.

Kiedy gram, koncentruję się z całych sił. Jednocześnie śnię. Śnię o grze w tenisa: kolejny mecz z Heleną. Jesteśmy na tym samym korcie, piłki wracają pod innym kątem, słońce przesunęło się trochę niżej na niebie i w trakcie tego meczu śnię o innym meczu. Słońce jeszcze niżej. Piłki coraz szybsze. Ślady po wślizgach coraz dłuższe na powierzchni kortu.

Uderzenie, wydech, nasza godzina na korcie dobiegła końca, ocieram czoło i z trudem łapię oddech. To krańcowe, fizyczne wyczerpanie daje mi złudzenie szczęścia. Wracamy do szatni, a w korytarzu w naszą stronę biegną juniorzy, niektórych z nich uczyłam wychowania fizycznego. Słychać ich okrzyki, witam się z nimi. Helena wie, jak wiele znaczy dla mnie gra z nią.

Po prysznicu siadamy na tarasie klubu, gdzie zazwyczaj pijemy zrobione w domu koktajle. Kiedy Helena wyciąga szklanki, słomki i termos pełen koktajlu bananowo-jagodowego, opowiada mi o swojej przyjaciółce, Clarze, która od lat zwierzała się Helenie ze swoich wątpliwości, czy powinna opuścić męża, czy z nim zostać.

Clarę i Poula spotkałam tylko w czasie przyjęć u Heleny i Henninga, ale słyszałam o nich to i owo i ich małżeństwo wydaje mi się o niebo lepsze niż to, z czym Helena i ja musiałyśmy się borykać przez tyle lat. Jednak Clara uważa, że jej życie seksualne nie spełnia jej oczekiwań.

Wiem, że to dziwnie brzmi, ale uważam, że Clara rozdmuchuje trywialne problemy i robi z igły widły.

– Kto normalny rozwodzi się, bo nie układa mu się w łóżku? W naszym wieku, po dwudziestu latach małżeństwa? Z tego powodu wszyscy powinniśmy się rozwieść.

– Ale ludzie tak robią. Naprawdę.

– No dobra, mężczyźni tak robią.

– Nie tylko.

Przez chwilę w milczeniu oglądamy innych graczy i nagle Helena znowu się odzywa.

– Wydaje mi się, że ich małżeństwo jest zupełnie normalne. Jedyny problem Clary polega na tym, że przed ślubem miała chłopaka, który ustawił poprzeczkę w łóżku tak wysoko, ze nikt nie potrafi mu dorównać.

Kątem oka patrzymy na graczy siedzących najbliżej nas.

– A co takiego robił? – Nachylam się nad stolikiem, mieszając koktajl słomką.

– O ile dobrze zrozumiałam, zawsze było między nimi tak, jak w ciągu kilku pierwszych miesięcy. Całował ją, masował, lizał, głaskał i miał na jej punkcie bzika, no i... sama nie wiem. Kiedy ona mi to opisuje, same wspomnienia doprowadzają ją do ekstazy, ale i tak nie do końca to rozumiem... On chyba lubił też różne eksperymenty, ale robił to naturalnie, nie tak jak na filmach porno.

Kiwam głową, jakbym miała pojęcie, o czym ona mówi. Śmiejemy się nerwowo.

Helena pije swój koktajl.

– Dobry, prawda?

– Pyszny.

– Tym razem posłodziłam go sokiem z żurawiny i nie dodałam jogurtu... W każdym razie to oczywiste, że Clara nigdy nie zapomniała o tych pierwszych nocach, nawet po urodzeniu Poulowi trójki dzieci. Tu leży pies pogrzebany.

– Ale przecież nie może chodzić tylko o to, co robili w łóżku – mówię jak pierwsza naiwna. – On musiał być miłością jej życia, prawda?

Helena wzrusza ramionami.

Ale żałosna historia.

– To dlaczego zerwała z tym superkochankiem?

– On znalazł sobie inną. Któregoś dnia powiedział „J'en ai assez".

– Co?

– No tak. To był Francuz.

– Jak miał na imię?

– Hmm... nie pamiętam. – Milczenie. – Naprawdę, nie pamiętam. – Patrzy na mnie zaintrygowana. – A czemu pytasz? Znasz jakichś Francuzów?

– Nieee...

Ona śmieje się cicho.

– Opowiadaj, opowiadaj!

– Nie ma o czym.

– Ale spotkałaś gdzieś, kiedyś jakiegoś Francuza. Jak ma na imię?

– To prawnik Frederika, do którego się wybieram, żeby pogadać z nim o Niklasie. Ma na imię Bernard.

– Jezu! Tamten Francuz też tak miał na imię! Możliwe, że to…

– Tak? Naprawdę? To po prostu…

– Ha, ha! Gdybyś mogła zobaczyć teraz swoją twarz!

Helena zwija się ze śmiechu. Trójka nastolatków siedząca na końcu tarasu odwraca się w naszą stronę i rzuca nam karcące spojrzenia, choć na pewno nie słyszą, o czym rozmawiamy.

– Przecież mówiłam, że nie pamiętam jego imienia.

Zmieniamy temat rozmowy. Dopiero na parkingu, tuż przed rozstaniem, mówię:

– Nie słyszałaś nic więcej o tym Francuzie?

Helena nie wygląda już na rozbawioną. Kręci głową, przyglądając się mojej twarzy trochę zbyt uważnie.

• • •

Bernard bez wątpienia ma masę roboty, więc zaproponowałam, że wpadnę na rozmowę do niego do domu. W ten sposób zajmę mu możliwie jak najmniej czasu.

– Dobry pomysł, dzięki temu poznasz też Lærke – mówi od razu.

Kiedy jadę do Brede, zastanawiam się, w czym tkwi sekret jego żony. Częściowo sparaliżowana, umysłowo niepełnosprawna kobieta, która po ośmiu latach od ich wypadku samochodowego nadal przyprawia swojego męża o zawrót głowy. Jak ona to robi?

Po zaparkowaniu przeglądam się w lusterku wstecznym. Dałam dziś z siebie wszystko, żeby Helena nie pokonała mnie zbyt łatwo. Wyszłam z formy po kilkumiesięcznej przerwie, od kiedy Frederik zachorował. Moja skóra wciąż jest zaróżowiona po porannym wysiłku, a pory na twarzy są otwarte, ale konturówka się nie rozmazała. Już chcę wysiąść, kiedy zauważam mokre plamy pod pachami. Przypadkowo mam na tylnym siedzeniu białą bluzkę z krótkim rękawkiem, którą odebrałam z pralni. Nikogo nie ma na ulicy, więc szybko przebieram się w samochodzie.

Jednopiętrowy, biały dom Bernarda wygląda dokładnie tak przytulnie, jak sobie wyobrażałam, a las na końcu ulicy jest od niego oddalony o nie więcej niż siedemdziesiąt pięć metrów. Czuję wilgotną ziemię i rzekę Mølle. Tutejsza roślinność wydaje się taka bujna, choć dzielnica leży bliżej Kopenhagi niż moje Farum.

Jednak to nie Bernard otwiera drzwi. Patrzę na charyzmatyczną starszą kobietę, która stoi wyprostowana i ma siwe włosy upięte na czubku głowy w dziwny kok.

– Dzień dobry. Bernard dzwonił, żeby przekazać, że trochę się spóźni.

– Och, nie ma problemu.

Już wiem, że to Winnie, matka Lærke, ale i tak się sobie przedstawiamy.

– Lærke siedzi w ogrodzie – mówi. – Napije się pani czegoś?

– Byłoby cudownie, gdybym mogła dostać zimny sok.

– No pewnie. Proszę do niej iść, a ja zaraz wrócę z dzbankiem.

Mój wzrok wędruje w stronę fotografii wiszącej na korytarzu. To ta sama fotka z wakacji, którą kilka dni temu pokazał mi Bernard w swoim telefonie. To szczęście, te uśmiechy. Dziwne, że tak bardzo zapadła mi w pamięć, choć widziałam ją tylko przez chwilę, ale mam wrażenie, że od tamtego czasu mi się przyśniła. Winnie podąża za moim wzrokiem.

– Tak, wtedy wszystko było prostsze – mówi.

Obie stoimy, patrząc na zdjęcie.

– Człowieka ogarnia czasem taki gniew – mówi. – Ale on już nie żyje. Kierowca.

Uporczywie wpatruję się w fotografię, choć zaspokoiłam swoją ciekawość. Po prostu wiem, że nie potrafię spojrzeć Winnie prosto w oczy.

– Zmienił pas i staranował trzy samochody, które wjechały na siebie – mówi. – Nic nie mogli zrobić. Wszystko trwało dwie sekundy.

Kiedy przechodzimy przez salon, uważnie się wszystkiemu przyglądam, próbując jakoś odczytać ich dom, nie ściągając na siebie zbyt wiele uwagi. Niskie pomieszczenia, dość przytulne, na ścianach mnóstwo czarno białych, artystycznych fotografii w ramkach, coś dla Niklasa. Grube albumy o sztuce na regałach zasłaniających całą ścianę.

Ewidentnie jakoś zmienili aranżację przestrzeni, trochę tak jak ja, ale z większym rozmachem. Widzę wiszące na ścianach tablice z francuskimi napisami, zabawne bibeloty wyszukane na pchlim targu, mniej duńskiego designu.

Ogród na tyłach domu jest zdecydowanie większy od naszego i delikatnie schodzi w dół ku wielkiej, nieprzeniknionej gęstwinie. Może to las, który dochodzi aż tutaj.

Pośrodku trawnika siedzi Lærke. Z blond lokami wypływającymi spod kapelusza z szerokim rondem wygląda jak senna arystokratka. Doskonale pasuje do tego ogrodu.

W ciągu ostatnich ośmiu lat niewiele się postarzała. Modraszki przeskakują z gałęzi na gałąź kwitnącego wiciokrzewu, który rośnie w połowie zbocza.

Zauważa mnie, dopiero kiedy się do niej zbliżam.

– Cześć, jestem Mia.

Ona się uśmiecha, ale nie wstaje. Widzę uchwyty kul, które wystają z ciemności pod stołem.

– Och, tak, witam. Dobrze, że przyszłaś.

– Macie tu fantastyczne podwórko.

– Dziękuję, też uważamy, że jest fajne.

– Tak świetnie utrzymane! Ty się tym zajmujesz?

– Moja mama.

– Muszę powiedzieć, że to chyba wspaniale mieć taką mamę.

– Tak, bardzo fajnie.

Siadam.

– Twoja mama przyjdzie do nas za chwilę z sokiem.

– Och, sok. Ale fajnie.

Wszystko jest tu takie cudowne, kuszące, wspaniałe, a jednak czuję się jak zdrowa osoba, która sięga ręką w stronę stosu wysokiego ryzyka w czasie testu hazardzisty. Coś w sposobie mówienia Lærke sprawia, że mam ochotę stąd uciec. Jednak z całych sił staram się mówić najbardziej radosnym i spokojnym głosem.

– Razem z twoją mamą oglądałyśmy zdjęcie waszej czwórki w holu.

– To z Cévennes. – Długi lok jasnych włosów zsunął się jej na czoło, ale ona go nie odgarnia. – Uwielbiamy te góry, leżą we Francji. Rodzina Bernarda ma tam wiejski domek w Aumessas. To nasze ulubione miejsce.

– Nigdy tam nie byłam.

– Cudowne miejsce. – Uśmiecha się. – Tenisowałaś?

– Tak.

– Tak jak Bernard.

– Tak.

– Ja też tenisowałam. Ale... to się mówi jakoś inaczej, prawda?

– Ty też grałaś w tenisa.

– Ach, tak. Ha, ha! – Ma słodki, dziewczęcy śmiech. – Grzałam w tenisa.

– Ale już nie możesz?

– Nie, to fatalnie.

– No tak.

Teraz widzę ogród pod innym kątem. Rabatka z azaliami w odległym zakątku mieni się wieloma kolorami, a kiedy patrzę na dom, dostrzegam trzy kamelie. Rzadko się je widuje w Danii. Kiedyś próbowałam hodować je w moim ogrodzie.

– Byłaś dziś w ośrodku opieki? – pytam.

– Tak.

– Podoba ci się tam?

– Tak, tam jest tak fajnie.

– I co dziś robiłaś?

Przez dłuższą chwilę siedzi w milczeniu.

– Wyobraź sobie, wiesz co, że nie pamiętam. – Śmieje się. – „Wiesz co" to dobre rażenie, prawda? Lubię dobre rażenia. Nasz język jest taki bogaty! Pełno w nim dobrych rażeń, wy... wy-rażeń.

Tak, to prawda. Ja też lubię fajne wyrażenia.

– „Wiesz...", „wiesz...", co dalej?

– „Wiesz co?"

– Ach, tak. Ha, ha! Powiedziałam „Wiesz... co...?". A ty odpowiedziałaś: „Wiesz co?".

– Tak, to bardzo zabawne.

– Ha, ha! Język jest taki bogaty.

Z domu wychodzi Winnie. Na tacy niesie dzbanek z sokiem i cztery szklanki. Woła do nas z daleka.

– Proszę mi wybaczyć, że tyle mi to zajęło.

– Nic się nie stało – mówię. – Siedzimy sobie, a ja podziwiam państwa ogród. Mogłabym tu przesiedzieć cały dzień.

– Dziękuję, nam też się bardzo podoba. Właśnie grałam przez internet w mahjonga z siostrą, która mieszka w Sydney. Czekała na mój kolejny ruch, dlatego chciałam tylko...

– Nic się nie stało, proszę wrócić do domu i skończyć grę.

– Dziękuję, właśnie to chciałam zrobić. Jeśli będzie pani czegoś potrzebowała, proszę mnie zawołać.

Wraca do domu.

– Chcesz porozmawiać z Bernardem o swoim synu, Nelkasie, tak? – pyta Lærke.

– Tak, zgadza się.

– Przykro mi.

– Dziękuję.

– Guz.

– Tak.

Za krzewami na końcu ogrodu widzę przebiegającą nieopodal parę w dresach. Pewnie jest tam ścieżka. A więc Bernard i Lærke mogli prosto z ogrodu pobiec do lasu.

...

Nagle za nami staje Bernard. Ma na sobie garnitur, a kiedy nachyla się, żeby pocałować żonę, w jego siwych włosach igrają promienie słoneczne.

Kiedy ją obejmuje i mówi do niej kilka czułych słów, spogląda na mnie.

– Wybacz, próbuję być punktualny, ale czasem w sądzie...

– To oczywiste.

Znowu patrzy na Lærke i dotyka jej ramienia.

– Czemu nie ma z wami Winnie? Poszła do siebie?

– Mahjonguje.

– Moi teściowe mają tutaj swój pokój, z komputerem. Mogą tu nocować, kiedy zajdzie taka potrzeba.

Kiedy kiwam głową z uśmiechem, wyobrażam sobie, że Vibeke i Thorkild mieszkają w naszym domu. To przerażająca myśl, ale przypuszczam, że nie każdy ma takie same uczucia względem swoich teściów jak ja.

– Siedzimy tu sobie i gawędzimy – mówię. – Lærke opowiedziała mi o Cévennes.

– Ach, Aumessas. Co roku rezerwujemy kilka dni, żeby pojechać tam w rocznicę ślubu.

– Ach, jak romantycznie!

– Tak. Ostatnimi laty jeździli tam z nami rodzice Lærke. To bardziej praktyczne rozwiązanie. – Dostrzega coś w mojej twarzy, bo natychmiast dodaje: – Ale w naszą rocznicę wychodzimy razem na kolację, bez Winnie i Knuda! – Słowa: „bez Winnie i Knuda" wypowiada trochę wyższym głosem. Te kilka wieczornych godzin to pewnie dla nich najważniejszy moment w roku.

Tym razem chyba udaje mi się ukryć moje współczucie.

– To bardzo fajne – mówi Lærke, a Bernard po raz ostatni ściska jej ramię i prowadzi mnie do salonu, żeby porozmawiać o Niklasie.

Kiedy poprzednio przechodziłam przez salon, nie wydawał mi się aż tak ciemny, a teraz zrobiło się tu tak ponuro. Oczywiście to dlatego, że przyszliśmy z ogrodu, gdzie chłonęliśmy promienie słoneczne.

Bernard czeka, aż siądę na kanapie, a potem sam zajmuje miejsce naprzeciw mnie.

– Niektórzy na początku nie potrafią się odnaleźć w jej towarzystwie – mówi. – Ale bardzo szybko dostrzegają to, co niewidoczne na pierwszy rzut oka, i poznają ją lepiej. Nadal ma wspaniałe poczucie humoru i jest tak urocza, jak za dawnych lat.

Zatapia się w myślach, wpatrując się w moją pustą szklankę, a ja myślę o tym, że on nigdy nie odzyska swojej dawnej Lærke. Choćby nie wiem, ile marzył i się okłamywał, nie ma takiej rehabilitacji, która przywróciłaby mu żonę po ośmiu latach.

Nagle Bernard gwałtownie wyrywa się z zamyślenia.

– Wybacz! Chcesz jeszcze coś do picia?

– Tak, poproszę. Strasznie chce mi się dziś pić.

– Chodź ze mną do kuchni i zobaczymy, co uda nam się znaleźć.

Wchodząc do kuchni, stawiam kroki zbyt szybko, depczę mu po pięcie i wpadam na niego. Śmiejemy się, a potem znajdujemy w szafce sok z czarnego bzu.

Kostki lodu grzechoczą, kiedy Bernard wrzuca je do szklanki, a ja oczyma wyobraźni widzę go uwięzionego w samochodzie, krzyczącego z bólu i przerażenia, kiedy miłość jego życia leży obok niego nieprzytomna, krew wsiąka w jej blond włosy, a jej policzki bledną. Zapach krwi i spalonej gumy otacza mnie i wciska mi się w podniebienie.

Nachodzi mnie przemożna chęć, by zapytać: „Czy była nieprzytomna? Myślałeś, że umarła? Byłeś uwięziony obok niej?".

Wiem, że nie powinnam, ale chyba moje mechanizmy blokujące zawiodły, bowiem z wszystkich cisnących mi się na usta pytań, jedno wypowiadam na głos.

– Też byłeś ranny, wtedy, w samochodzie?

– Tak. – On wpatruje się trochę zbyt długo w szklankę z sokiem w bzu. – Czy możemy o tym nie rozmawiać?

– Oczywiście! Oczywiście, w porządku.

W milczeniu wracamy do salonu. Zaczynam mu opowiadać o Niklasie.

– Czasem próbuję się dowiedzieć, co sądzi o całej sytuacji. Ale u nastolatka czyny mówią więcej niż słowa, prawda? Kiedy ojciec nakłonił go, żeby ukradł ze szkoły... To niewiarygodnie trudne, kiedy trzeba ustanowić pewne granice... – Czuję, że mówię o wszystkim naraz. – Wczoraj Frederik położył płyty pilśniowe na podłodze w swoim gabinecie i zaczął w nich wiercić. Wiedział, że podziurawi podłogę, ale miał to gdzieś! Zdusiłam w sobie gniew, bo to bzdura w porównaniu z defraudacją. To wszystko przez jego chorobę. Ale co mam zrobić w sytuacji, kiedy Niklas zostawia talerz na stoliku w salonie, kiedy skończył już jeść? To przecież jeszcze większa bzdura. A ja tylko wrzeszczę na Niklasa! Więc to oczywiste, że on odszczekuje.

Bernard mówi o swoich chłopcach. Nie odpowiada na pytania, które mu zadałam, nawet nie wiem, dlaczego poruszył ten temat, po prostu dzieli się osobistymi doświadczeniami.

Dziwnie się czuję, kiedy przez chwilę mam okazję posłuchać, jak wychowuje się dzieci we dwoje. Słyszę, jak sama mówię teraz o wiele spokojniej, a moje myśli stają się jaśniejsze; dopiero teraz zdaję sobie sprawę, jak bardzo były zaplątane.

Kiedy już Bernard wysłuchał tego, co miałam do powiedzenia na temat Niklasa, nachyla się w moją stronę.

– Nie wiem dlaczego, ale przyszło mi do głowy, że Frederik poznał przyjaciół Niklasa, a może dziewczynę, którą interesuje się wasz syn? Może zachowywał się wobec niej nieodpowiednio?

– Ale skąd! Jak możesz...

Przerywam w pół zdania. On zauważa coś przez okno i bezgłośnie podbiega do tylnych drzwi, gdzie staje ukryty pod ścianą, jakby zauważył jelenia, który wyszedł z lasu i pasie się w ogrodzie.

Instynktownie dociera do mnie, że nie powinniśmy spłoszyć tej lękliwej istoty. Ostrożnie, po cichu przesuwam się w stronę drzwi.

Ale widzę tylko Lærke, która chwiejnie chodzi o kulach po ogródku.

– Winnie też to powinna zobaczyć! – szepcze podekscytowany Bernard, szeroko otwierając swoje chłopięce oczy.

Wychodzi na korytarz i dopiero kiedy staje w drzwiach, odwraca się i szepcze:

– Nie chodziła w tak stabilny sposób po trawie od wypadku! Spójrz na nią! Co za siła woli! Odzyskuje swoją siłę woli.

Wychodzi.

Ona rzeczywiście wygląda uroczo. Walczy, spadł jej kapelusz, za nią w oddali majaczą krzewy, gęstwina leśna, połacie mokrej ziemi. Ale ja widzę tylko kobietę chwiejnie chodzącą po trawie. Nie widzę tego, co on widzi.

Żonie dyrektora nadal nie postawiono oskarżeń

DEFRAUDACJA. Każdy tydzień przynosi nowe odkrycia w sprawie przeciwko Frederikowi Hallingowi, który miesiąc temu został oskarżony o defraudację środków finansowych należących do prywatnej szkoły Saxtorph.

Żona Hallinga, Mia Halling, nie została postawiona w stan oskarżenia w sprawie o defraudację na szeroką skalę, choć tabloid „Ekstra Bladet" donosił wczoraj, że została aresztowana i przyznała się do przelania 4 milionów koron na prywatne konto w Hiszpanii. Doniesienie to okazało się fałszywe.

Media wielokrotnie już spekulowały na temat roli Mii Halling, kiedy ujawniono, że jej podpis widnieje na wielu kluczowych dla tej sprawy dokumentach.

Tom Jørgensen, prawnik szkoły Saxtorph, oświadczył, że jego klient uważa za karygodny fakt, że żadne z małżonków nie zostało aresztowane, choć śledztwo wciąż trwa. Wielu obserwujących tę sprawę niezależnych ekspertów prawnych za swoisty precedens uznało fakt, że oskarżonemu udało się uniknąć aresztowania przed procesem w sprawie o tak poważną defraudację. Podkreślają jednak, że mogą istnieć okoliczności łagodzące, które nie zostały upublicznione. Nieznane są na przykład szczegóły poważnej operacji, którą ostatnio przeszedł Frederik Halling.

Ponadto Bernardowi Bermanowi, obrońcy Frederika Hallinga, udało się przekonać sąd, że podpis Mii Halling na kluczowych dokumentach był poza wszelką wątpliwością sfałszowany przez samego oskarżonego.

Laust Saxtorph, przewodniczący rady szkoły zagrożonej bankructwem, powiedział w oświadczeniu prasowym, że chociaż szkoła nie może aktualnie udowodnić, że Mia Halling podpisała własnoręcznie dokumenty, to czeka on na rezultaty dalszego dochodzenia.

(*MT*)

15

Mąż mojej kuzynki, młodsza siostra właściciela sklepu komputerowego, była żona mojego sąsiada – wszyscy, wszyscy. Każdy reaguje w zupełnie nieprzewidziany sposób. Robię się aspołeczna, a potem i tak się przed nimi otwieram, a wtedy oni zawsze jakimś sposobem przypierają mnie do muru.

Była skarbniczka naszej spółdzielni mieszkaniowej staje nagle obok mnie przed sklepem rybnym w centrum handlowym. Uśmiecha się i wydaje mi się, że z wszystkich ludzi przynajmniej ona powie mi coś miłego. Zawsze lubiła Frederika, który kiedyś pomagał jej prowadzić księgowość.

Ma na sobie krótką, czerwoną kurtkę z paskiem zwisającym po obu stronach i szalik w jaskrawych kolorach.

– To okropne, co się przydarzyło Frederikowi i jeszcze ta straszna choroba! – wykrzykuje.

– Tak, to naprawdę straszne.

– To oczywiste, że to nie on. Nie rozumiem, dlaczego oni tego nie widzą.

Sprzedawca pokazuje na mnie, ale ja przepuszczam następnego klienta. Skarbniczka chwyta mnie za ramię.

– Ale na pewno wkrótce znajdą winnego, prawda?

– Winnego?

– No tak, osobę, która zdefraudowała pieniądze. To przecież nie był Frederik.

– Ale to on to zrobił, przecież pani wie. Ale był wtedy ciężko chory i nie był sobą.

– Kto?

– Frederik. Ale był chory. Bardzo chory.

Puszcza moje ramię i szybko się rozgląda, jakby nagle straciła pewność, czy chce być widziana w moim towarzystwie.

– Ale to niemożliwe. Powiedziałam wszystkim moim przyjaciołom, że Frederik tego nie zrobił.

– Bo to nie on to zrobił, nie był sobą. Kiedy to się stało, guz zmienił już jego osobowość.

– Co? A więc zrobił to? Ale przyznał się?

– Tak, on...

– Co?! To nie może być...

– To skomplikowane. Od wielu lat rósł mu w głowie guz i w miarę upływu czasu Frederik przestawał być sobą, a w konsekwencji to nie...

– Ale nadal kierował szkołą, tak?

– Tak, udawało mu się to dość dobrze.

– Ale był na tyle chory, żeby podkradać z kasy?

Po raz tysięczny próbuję w ciągu kilku sekund streścić wszystkie książki i artykuły, nad którymi ślęczałam od miesięcy. Ale ona pospiesznie odchodzi i wtedy dociera do mnie, że usunęłam jej twardy grunt spod nóg. Przez resztę dnia będzie o tym opowiadała swojemu mężowi i wszystkim przyjaciołom.

...

Zanim oskarżono Frederika, nie zdawałam sobie sprawy, że czasem wyroku nie ogłasza sędzia ani ława przysięgłych. W sprawie Frederika decyzję podejmie niewielka grupa wyznaczonych z urzędu psychiatrów i od ich wyroku nie można złożyć apelacji.

I tak czeka nas rozprawa w sądzie, za kilka miesięcy, ale odbędzie się ona zasadniczo *pro forma*. Sędzia nie może udawać, że ma choćby blade pojęcie o neuropsychologii i swoją decyzję w pełni uzależnia od raportu psychiatrów. Jeśli stwierdzą, że Frederik zdefraudował pieniądze z własnej woli, sędzia skaże go na minimum trzy lata więzienia. Jeśli jednak orzekną, że działał pod wpływem choroby, wyślą go na leczenie. W tym przypadku terapia polega na operacji, którą Frederik ma już za sobą, więc wyjdzie z sądu jako wolny człowiek, bez poczucia winy za zniszczenie całej szkoły.

Można znaleźć „ekspertów", którzy powiedzą wszystko za pieniądze i żeby uniknąć takiej, typowej dla amerykańskiego systemu sytuacji, rząd powołał specjalną grupę psychiatrów sądowych. Ich praca polega na regularnym zapoznawaniu się z najnowszymi ustaleniami psychiatrii sądowej i utrzymywaniu swojej wiedzy na poziomie nieosiągalnym dla sędziów, prawników i zwykłych psychiatrów.

Raport psychiatryczny Federika przygotowała Klinika Psychiatrii Sądowej w Kopenhadze. Opierał się na czterech badaniach. Dwa z nich przeprowadzili psychiatrzy, jedno pracownik socjalny i jedno psycholog. W poczekalni przed każdym badaniem denerwowałam się tak, jakbyśmy mieli stanąć przed sądem. Jak się okazało, nie bezpodstawnie. Na podstawie wszystkich czterech badań spisano zbiorczy raport psychiatryczny, który przemawia na niekorzyść Frederika.

Nie można zakwestionować raportu psychiatrycznego, a nawet złożyć odwołania. Ale Bernard zażądał, żeby raport Frederika przedłożyć do zatwierdzenia Radzie Medyczno-Prawnej, która jest w tym przypadku organem nadrzędnym. W duńskim prawie nie istnieje stojąca wyżej instytucja.

Dzisiaj, niemal dwa miesiące od aresztowania Frederika, po niezliczonych rozmowach telefonicznych z Bernardem, siedzimy razem z Frederikiem w poczekalni neuropsycholożki Herdis Lebech. Rada wyznaczyła ją, by przeprowadziła nowe badanie psychologiczne, zanim wyda ostateczną decyzję.

Między operacjami Frederika, jego rehabilitacją i dochodzeniem w sprawie defraudacji stałam się wytrawną bywalczynią poczekalni w gabinetach neurologów, neuropsychologów, neurochirurgów, w małych i dużych klinikach neurologicznych. Zawsze zabieram ze sobą torbę pełną lektur na czas oczekiwania, ale to badanie jest zbyt istotne, bym mogła skupić się na czytaniu. Wstaję z krzesła i znowu siadam ze zdenerwowania, a postronny obserwator mógłby pomyśleć, że to mój spokojny mąż mi tu towarzyszy, a nie ja jemu.

Obok mnie siedzi szczupły mężczyzna koło sześćdziesiątki w eleganckim garniturze. Łatwo sobie wyobrazić, że posiada jacht w jakiejś drogiej przystani na północy Kopenhagi.

– Chcę już iść do domu – mówi.

Jego żona jest opalona i cała się błyszczy od jakiegoś olejku. Odpowiada mu ze znudzeniem, głosem zmęczonej recepcjonistki.

– Nie możesz.

– Ale ja chcę do domu.

– Wiem, ale nie możesz.

– Chciałbym już iść do domu.

– Najpierw musisz przejść badanie.
– Ale ja chcę iść do domu.
– Musisz poczekać.
– Myślę, że powinniśmy już pójść.
– Najpierw musi z tobą porozmawiać lekarz.
– Ale ja chcę do domu.

Ona milczy i patrzy przed siebie. Nie trwa to długo.

– Erica! Mogłabyś odpowiadać, kiedy do ciebie mówię! Tyle przynajmniej można od ciebie wymagać!

– Ale nie możesz teraz wrócić do domu.
– Ale ja chcę.
– Nie możesz.
– Uważam, że powinniśmy już wracać.

Po dwudziestu minutach słuchania tej rozmowy, kiedy na przemian wstaję i siadam, bo łapie mnie skurcz w łydce, dostaję szału.

– Teraz chciałbym już pójść do domu.
– Poczekaj jeszcze chwilę.
Chodźmy już.
– Musimy najpierw zrobić badanie.
– Ale ja chcę do domu.

Uśmiecham się do niej i dla zabicia czasu próbuję postawić amatorską diagnozę. On chyba też ma uszkodzony płat czołowy. Traci poczucie czasu i nie wie, jak długo wykonuje już określoną czynność. Perseweruje, to jasne. Jednocześnie wykazuje zerową inicjatywę. Przecież mógłby wstać i wyjść. Nikt go nie zmusza, żeby został.

Dopiero zaczynam wyrabiać sobie blade pojęcie o tym, jak funkcjonuje mózg, ale zastanawiam się, czy tak skrajny brak inicjatywy oznacza, że u tego mężczyzny uszkodzenie jest zlokalizowane bliżej kory grzbietowo-bocznej niż u Frederika. Poza tym jego niezmiennie radosny ton świadczy chyba o tym, że uszkodzeniu uległa lewa część płata.

Może powinnam zabrać Niklasa na jedno z tych badań, żeby zobaczył, z czym muszę się borykać dla dobra naszej rodziny. Zarazem jednak wolałabym oszczędzić mu widoku tego świata.

Frederik siedzi bezwładnie na krześle z zamkniętymi oczami. Może śpi. Myślę, że gromadzi wspomnienia, by zrelacjonować je w trakcie badania. Nie potrafię już nawet ustać spokojnie, muszę chodzić w tę i z powrotem, muszę drobić kroki, bo niestety wciąż mam skurcze łydek.

Jak staruszka, która posikała się w majtki, drepczę po długim korytarzu, wzdłuż rzędu identycznych, zamkniętych drzwi. Kiedy się odwracam i patrzę na poczekalnię, zauważam, że elegancki właściciel jachtu siedzi nieruchomo w tej samej pozycji, w jakiej usiadł na początku. Przywodzi mi to na myśl historię, którą opowiedziała Birgit w czasie spotkania grupy wsparcia zeszłego wieczoru. Tydzień temu, kiedy poszła odebrać swojego męża z ośrodka opieki dziennej, personel nie potrafił go znaleźć. Okazało się, że nadal siedzi na rowerze stacjonarnym w sali fitness, choć skończył ćwiczyć dwie i pół godziny wcześniej i wszyscy wyszli z sali. Jego inicjatywa została stępiona w niespotykanym zakresie. Jeśli nikt mu nie powie, że powinien zejść z roweru, on będzie na nim siedział. Nic nie mówi, bo nikt go nie pyta. Gdyby Birgit go nie znalazła, przesiedziałby tam pewnie całą noc.

Kiedy nasi dawni przyjaciele widzą Frederika, nawet najbliżsi często mówią:

– Jeśli kiedykolwiek doznam urazu mózgu, będę codziennie ćwiczyć jak szalony, żeby tylko wrócić do formy.

Potwornie się wkurzam, słysząc takie rzeczy, bo te słowa dowodzą, że oni tylko udają, że wierzą w niewinność Frederika. Niczego nie zrozumieli.

Gdyby „ja" człowieka było zlokalizowane poza mózgiem i mogło dochować postanowienia, że będzie się intensywnie rehabilitowało, nawet po uszkodzeniu mózgu, mogłoby także postanowić, że nie będzie popełniać przestępstw. A to by oznaczało, że Frederik zasłużył na to, żeby zgnić w więzieniu. A gdyby wyszedł, nie potrafilibyśmy spojrzeć sobie i naszym przyjaciołom w oczy. Musielibyśmy zmienić nazwiska i przeprowadzić się gdzieś daleko. Ale takie „ja" nie istnieje. Nie ma nic poza mózgiem.

Dlatego grupa wsparcia dodaje mi tyle otuchy. Wszyscy w niej wiedzą, jak to jest. Nikt nie udaje.

Dreptałam w tym samym miejscu przez pół godziny. Teraz zapuszczam się dalej, w głąb opustoszałych korytarzy szpitalnych. Spotykam niewysoką, ciemnowłosą kobietę obciętą na pazia.

– Ktoś wyjdzie i nas zawoła, prawda?

– Wyjdzie i nas zawoła.

– Tak. Czekamy już tak długo, że zaczęłam w to wątpić.

– Wątpić.

– Tak, dostaliśmy list z informacją, że badanie przeprowadzi doktor Lebech.

– Lebech.

– Zgadza się. To neuropsycholog.

– Tak, zgadza się. To tutejszy neuropsycholog.

Czuję się jak idiotka, patrząc na tę niewysoką kobietę, która tak słodko się do mnie uśmiecha. Jak wybrnąć z tej sytuacji?

– Dziękuję za pomoc – mówię.

– Dziękuję za pomoc.

Słyszałam o echolalii. Niektórzy w wyniku uszkodzenia mózgu nie potrafią się powstrzymać przed powtarzaniem tego, co mówi druga osoba. Może ona cierpi też na echopraksję. Pod wpływem niezrozumiałego impulsu podnoszę rękę i czekam. Ale ona mnie nie naśladuje. Powtarza tylko słowa.

Zza drzwi dobiega dźwięk spuszczanej wody i z łazienki wychodzi jeszcze drobniejsza kobieta.

– Stałam sobie tu i rozmawiałam z pani córką – mówię.

Za plecami słyszę głos.

– Rozmawiałam z pani córką.

– Nie wie pani, czy oni nas zawołają, czy musimy gdzieś pójść i poinformować ich, że tu jesteśmy?

Próbuję nie słuchać córki, kiedy matka opowiada mi, że zrobiliśmy wszystko, jak trzeba. Po prostu musimy czekać.

– Potem wyjdzie sekretarka i państwa zawoła.

– Sekretarka państwa zawoła.

Kilka miesięcy temu nawet nie wyobrażałam sobie istnienia tego tajemnego świata, dziesiątków tysięcy domów, w których jeden z członków rodziny ma uszkodzony mózg. Idioci, z którymi kłóciłam się w supermarkecie, nieracjonalnie zirytowani ludzie na ulicy, pustogłowi mówcy w czasie spotkań publicznych. Dopiero teraz zdaję sobie sprawę, że wielu z nich jest dosłownie chorych na głowę. Wielu z nich ma rodziny i przyjaciół, którzy ich kochają i którzy spotykają się, tak jak moja nowa grupa wsparcia.

Czuję się, jak bohaterka filmu, która nagle może zobaczyć i usłyszeć wszystkie duchy, które chodzą wśród nas. Ludzie z uszkodzeniami mózgu żyli wśród nas od zawsze. Spotykałam ich, rozmawiałam z nimi, kłóciłam się z nimi, niczego nieświadoma.

...

Naczytałam się już historii o ludziach, którzy przeszli neurologiczne zmiany, ale nikt tego nie zauważył. Do transformacji doszło w wyniku upadku z drabiny albo z roweru, albo z powodu powoli rosnącego guza.

Zazwyczaj nie diagnozujemy innych na każdym kroku. Nawet po tysiącu kłótni i rozwodzie rzadko dociera do nas, że to uszkodzenie mózgu przekształciło zaangażowanego i społecznie dostosowanego współmałżonka w kogoś zimnego i upartego. Dopiero patrząc wstecz, można dostrzec, że wszystkie elementy układanki do siebie pasują.

A zatem kiedy u Frederika rozpoczęło się to, co lekarze określają jako „podstępne zmiany osobowości"?

W przypadku guza w płacie czołowym pierwsze symptomy pojawiają się zazwyczaj, kiedy partner zaczyna podejmować niezrozumiałe decyzje i bardziej zdecydowanie niż zazwyczaj przy nich obstaje. Neurolodzy określają ten rodzaj braku elastyczności jako „usztywnienie". Bardzo często powtarzają to słowo.

Poza tym należy uważnie obserwować, czy partnera nie rozpraszają doraźne przyjemności i momentalne impulsy. Na przykład może zrobić się bardziej leniwy i trudniej z nim coś wynegocjować.

Powinno się też monitorować wszelkie zmiany życia emocjonalnego. Możliwe, że od pewnego momentu jego nastrój przestanie się zmieniać, albo – wręcz przeciwnie – będzie doznawał gwałtownej huśtawki nastrojów.

Oprócz tego oczywiście pojawia się wzmożona egocentryczność. Kolejny niebezpieczny symptom to zmiany nawyków seksualnych. Jeśli partner okazuje znacznie podwyższoną albo zmniejszoną energię seksualną, albo kiedy zmieniają się jego zainteresowania erotyczne.

Kiedy z całą tą wiedzą patrzę wstecz na ostatnie kilka lat, widzę wyraźnie, że faktycznie Frederik coraz częściej podejmował złe decyzje. Ale wtedy wydawało mi się, że zmiany zachodzą we mnie, że się starzeję, mądrzeję i jestem coraz mniej młodzieńczo bezkrytyczna w moim uwielbieniu dla niego.

Kilka razy dawał dowód impulsywności, o którą wcześniej bym go nie podejrzewała. Na przykład kiedy kupił Niklasowi aparat albo to pomarańczowe alfa romeo. A jednak trudno dokładnie stwierdzić, kiedy jego dawne „ja" się rozwijało, a kiedy Frederik stawał się innym człowiekiem.

W porównaniu z mężami innych moich przyjaciółek nie zrobił się rozlazły, ale w porównaniu z wcześniejszymi latami trochę się rozleniwił. W dawnych czasach nagminnie unikał domowych obowiązków. Różnica polegała tylko na tym, że wtedy miał ważniejsze rzeczy do roboty w szkole. Teraz zaniedbuje obowiązki, żeby móc się bezczynnie wałęsać po domu. Pomyślałam: „Nareszcie!". Zaczęliśmy znowu odpoczywać w weekendy w taki sposób, o jaki bezskutecznie błagałam przez ponad dziesięć lat. I co z tego, że musiałam kosić trawę, choć on obiecał, że to zrobi? Było mi wszystko jedno.

Czy było mu trudniej kontrolować emocje? Tak, pewnie tak. W ciągu kilku ostatnich lat przed operacją czasem wpadał w gniew albo się denerwował tak bardzo jak nigdy wcześniej. Ale w tym także potrafiłam dopatrzeć się pozytywów, bo to oznaczało, że spędzamy czas razem. Bo już nie czułam, że on ukrywa przede mną uczucia. Przynajmniej się na mnie otwierał. Wtedy nie uznałam tego za patologiczny objaw. Żadna z jego zmian nie wyglądała w najmniejszym stopniu na odchylenie od normy.

Czytałam, że coraz częstsze kłótnie stanowią ostrzegawczy symptom, który zauważa się w pierwszej kolejności. To dlatego, że w kontekście rodzinnym, gdzie wszyscy się rozwijają i są ze sobą powiązani, trudno wyśledzić zmiany zachodzące w jednej osobie. Owszem, zaczęliśmy się z Frederikiem kłócić w samochodzie. Prosiłam, żeby nie jeździł samochodem jak wariat, a on krzyczał, że od kiedy się poznaliśmy, zrobił się ze mnie straszny tchórz. Prawda leżała pewnie gdzieś pośrodku, przynajmniej tak mi się do niedawna wydawało.

A jednak w sumie kłóciliśmy się rzadziej. Za dawnych czasów często kruszyliśmy kopie z powodu jego nieobecności w domu. Te kłótnie ustały.

Kiedy zatem zaczęły zachodzić te ledwie widoczne zmiany, kiedy dokładnie? Wśród tysięcy chaotycznych, małych konfliktów i dziwnych wydarzeń, z których składa się codzienne życie każdej rodziny, jak można wyłowić pierwszy epizod, choćby był bardzo nieznaczny, na który mogłabym pokazać palcem i powiedzieć: „Wtedy Frederik nie był sobą"?

Najwcześniejsze takie wydarzenie, które przychodzi mi do głowy z dokładną datą, miało miejsce w naszą rocznicę ślubu sześć lat temu. Frederik kupił mi w prezencie ser. Wpadłam w szał, zwłaszcza dlatego, że nadal byłam rozgoryczona po jego romansie z nauczycielką angielskiego, który odkryłam kilka lat wcześniej.

– Jej na pewno nie kupowałeś sera! – krzyczałam.

Natomiast on z uporem maniaka powtarzał, że to cudowny i romantyczny prezent.

– Ale to przepyszny ser! – powtarzał bez końca. – Bardzo drogi! Nigdy byśmy go nie kupili, gdyby nie nasza rocznica. Wspólne jedzenie go i delektowanie się nim będzie dla nas obojga przyjemnością.

Udało mu się wmówić mi, że to moje zachowanie świadczy o usztywnieniu, choć oczywiście nie użył takiego sformułowania. Powiedział, że nie jestem dość otwarta i nowoczesna, jeśli nie potrafię dostrzec romantyzmu w sytuacji, w której oboje czerpiemy przyjemność z jedzenia sera i popijania doskonałym winem.

Teraz myślę zupełnie inaczej o wszystkich szczegółach naszego małżeństwa, które trwało osiemnaście lat... To jednak dziwny prezent na rocznicę, prawda? Ser? Czy zupełnie zdrowemu Frederikowi coś takiego przyszłoby do głowy? Jestem naprawdę przekonana, że nie. A to było sześć lat temu.

...

Zupełnie straciłam poczucie godności i stoję oparta o ścianę, rozciągając się, żeby pozbyć się skurczu w łydkach, kiedy sekretarka woła Frederika.

Hedris Lebech, która teraz wyda ostateczny wyrok w naszej sprawie, okazuje się niewysoką, uśmiechniętą kobietą o bardzo szerokich biodrach. Prowadzi nas do gabinetu z regałami pełnymi książek. Mógłby równie dobrze należeć do księgowej albo agentki ubezpieczeniowej, gdyby nie plastikowy model mózgu stojący na biurku naprzeciw mojego krzesła. Pofałdowana powierzchnia mózgu, pomalowana na odblaskową czerwień i blady błękit, przypomina pysk mandryla.

– Rada Medyczno-Prawna przysłała mi raporty z poprzednich badań. Dodatkowo oglądałam skany mózgu sprzed i po operacji – mówi do Frederika. – Najpierw chciałabym, żebyśmy porozmawiali we trójkę. Potem poproszę, żeby pańska żona wyszła, żeby mógł pan się skoncentrować na nowych testach, które dla pana przygotowałam. Wreszcie chciałabym porozmawiać w cztery oczy z pańską żoną, jeśli nie ma pan nic przeciwko temu.

Frederik siedzi spokojnie na krześle.

– Nie mam nic przeciwko temu. Nie ma problemu.

– Dobrze. Na początek proszę mi opowiedzieć, co pan sądzi o poprzednich badaniach, którym pana poddano?

Frederik zaczyna mówić, jakby był zupełnie zdrowy! Słyszę to w jego głosie, w doborze słów. Sam przejmuje inicjatywę i mówi więcej, niż go poproszono. To dawny, rozsądny Frederik.

Jestem pod takim wrażeniem, że po kilku minutach nie mogę usiedzieć spokojnie i mimowolnie mu przerywam.

– Frederik! To fantastyczne, naprawdę fantastyczne! Od tak dawna nie słyszałam, jak mówisz w taki sposób! Zrobiłeś ogromne postępy!

– Tak, cały czas robię postępy. Ale właśnie miałem opowiedzieć pani doktor o tym badaniu.

Frederik mówi dalej, aż wreszcie po jakimś czasie znowu czuję, że muszę mu przerwać.

– Teraz zaczynam się martwić, że pani doktor odniesie mylne wrażenie co do tego, jak bardzo byłeś chory.

On odpowiada z tym samym niewymuszonym urokiem, za który tak go podziwiano.

– Mia, trzeba zaufać lekarzowi. Pani doktor Lebech jest neuropsychologiem. Bez problemu oceni mój rzeczywisty stan, prawda, pani doktor?

– Zgadza się.

Spoglądam to na Frederika, to na lekarkę.

– Ale może powinieneś też pokazać doktor Lebech, jak się zazwyczaj zachowujesz od kilku miesięcy, kiedy jesteśmy w domu.

– Nie zamierzam udawać kogoś, kim nie jestem! To by było nieuczciwe. Poza tym doktor Lebech złoży raport o tym, jak byłem chory wtedy, a nie teraz. Obrzęk pooperacyjny uciskał mój mózg, ale to inny typ ucisku niż oponiak w płacie czołowym, którego mi usunięto. Zatem moje symptomy po operacji powinny różnić się od symptomów przed operacją, prawda, pani doktor?

– Tak, zgadza się.

– To dobrze – mówi Frederik. – Jeśli zatem mogę kontynuować...

Przyjaciele powiedzieli mi, że wszystkie te neurologiczne terminy, których zaczęłam używać w rozmowach na prawie każdy temat, są okropne. Frederik nigdy nie budził się w środku nocy i nie czytał literatury naukowej jak ja. Ale najwyraźniej podłapał kilka specjalistycznych wyrażeń, których nawet ja bym nie użyła.

Zmuszam się, by siedzieć cicho, ale po kilku minutach znowu muszę mu przerwać.

– Frederik, dlaczego tak nagle ci się poprawiło? Oczywiście to wspaniale, ale czemu akurat teraz?

– Nie wyolbrzymiaj mojej choroby, Mia! Właściwie czuję, że przez cały czas byłem zdrowszy, niż ty to przedstawiasz.

– No i proszę, znowu mówisz jak chory.

– Muszę się wtrącić – mówi lekarka. – To zupełnie normalne, że pacjent w czasie badania sprawia wrażenie zdrowszego niż w życiu codziennym, w domu. Jeśli pacjent denerwuje się przed badaniem, właściwy poziom stresu w mózgu, nie za wysoki i nie za niski, może tymczasowo wyeliminować symptomy chorobowe. – Patrzy na mnie, a w jej bladych, okrągłych oczach na jej bladej, okrągłej twarzy pojawia się błysk. – To oczywiste, że chciałaby pani, żeby mąż zachowywał się w ten sposób przez cały czas. Ale nie może. On tego nie kontroluje. Jeśli przez kilka godzin idzie mu dobrze, to potem może być bardzo zmęczony. To, co dla pani i dla mnie jest normalne, dla niego jest prawdziwym maratonem.

Ta kobieta o twarzy jak księżyc w pełni robi na mnie ogromne wrażenie. Przyszłam tutaj pewna, że będę się musiała wykłócać jak podsądny z opowiadania Kafki, tymczasem już po kilku minutach ta lekarka wykazała więcej zrozumienia dla mojej sytuacji niż moi przyjaciele. Rozmawia się z nią prawie tak jak z Bernardem.

– Wiem – mówię. – Wielokrotnie widziałam te gwałtowne zmiany jego stanu, ale nigdy nie widziałam... Mam nadzieję, że nie odniesie pani mylnego wrażenia.

– Tego może pani być pewna. To stanowi właśnie przedmiot procesu przeciwko pani mężowi. Półtora roku temu był pan znacznie, znacznie mniej chory niż teraz. I wydawał się pan zdrowy nieomal przez cały czas, choć może musiał pan wychodzić z pracy wcześniej niż zazwyczaj, prawda?

– Zgadza się, tak było.

– Tak, szukał pan odprężenia, wykonując mało wymagające czynności. Może oglądał pan telewizję, może siedział pan w ogrodzie, żeby się odprężyć.

– Tak, właśnie to robiłem.

– Czy kiedy odpoczywał pan w domu, często miewał pan bóle głowy?

– Tak.

– Zazwyczaj mężczyźni, których leczę, nikomu o tym nie mówią, więc pan też pewnie zachował to dla siebie.

– Tak.

– A kiedy pewnego dnia poczuł się pan bardziej zmęczony albo wypił kilka kieliszków wina, albo rozmyślał nad czymś, co nie dawało panu spokoju przez cały dzień, wtedy doświadczał pan odwrotnej sytuacji niż ta, w której znalazł się pan w trakcie naszego badania, prawda? Ujawniały się symptomy. Wtedy nie można było panu zaufać. Czy mam rację, panie Frederiku?

– Zgadza się, robiłem straszne rzeczy.

– Tak. Z takim guzem, który widać na tych skanach, można popełniać błędy, których zdrowa osoba by nie popełniła. A to by naraziło na szwank pana małżeństwo albo relacje zawodowe. Ale wtedy oczywiście należałoby winą obarczyć chorobę.

Nie mogę wyjść ze zdumienia. Słowa płyną z jej ust, kiedy mówi dokładnie to, co tak bardzo chciałam usłyszeć od chwili aresztowania Frederika.

Z trudem zachowuję spokój.

– Twierdzi pani, że to z powodu choroby?

– Tak jest zazwyczaj. Ale teraz muszę oczywiście porozmawiać z pani mężem.

Patrzy na mnie dużymi, roziskrzonymi oczami. Znowu się uśmiecha, a kiedy przymyka powieki, robi to powoli. Jakby chciała mi powiedzieć coś, czego nie powinna mówić przed końcem całego oficjalnego postępowania. Mam gęsią skórkę i nie mogę oderwać wzroku od doktor Lebech.

– Z tego, co czytałam o pani mężu, a także na podstawie skanów... – Mówi tak spokojnie, jak przed chwilą. Potem powtarza to, co już powiedziała, ale ciszej. – Zazwyczaj takie zachowania to efekt choroby. Pani mąż nie mógł nad sobą zapanować.

Podaje mi pudełko chusteczek, które stało za plastikowym mózgiem. Kiedy płaczę, Frederik nic nie mówi, tylko obejmuje mnie ramieniem i przytula mnie tak jak za dawnych czasów.

Nie wiem, jak długo zajmuje mi dojście do siebie. Otacza mnie ciepło ciała Frederika, który szepcze mi do ucha słowa otuchy, a ja czuję jego oddech na mojej skroni i szyi. Spoglądam na lekarkę.

– Dziękuję – mówię. Próbuję się wytłumaczyć. – To wszystko takie trudne. Nawet anulowanie subskrypcji w telefonie Frederika, albo umówienie się z hydraulikiem. Myślałam, że tutaj też będę musiała się wykłócać i skarżyć i... i przygotowałam sobie całe przemówienie na temat testu hazardzisty.

– Bardzo dobrze znam ten eksperyment. Neurofilozofia to moja wielka pasja.

– Neurofilozofia?

– Tak. Użycie metod badań neurologicznych do kwestii podnoszonych przez filozofię teoretyczną. To, co Damasio zrobił z Kartezjuszem.

Frederik kontynuuje swoją relację, a ja próbuję się pozbierać, wpatrując się w kręte pofałdowania na powierzchni plastikowego mózgu. Z miejsca, na którym siedzę, dostrzegam niewielki napis: INTERPRETACJA ZAPACHU, a wzdłuż niego ciągnie się pas złożony z kilku mniejszych ośrodków: INTERPRETACJA SMAKU, JAMA BRZUSZNA, GARDŁO, JĘZYK, ZĘBY.

16

Doktor Lebech badała funkcje neurologiczne Frederika zaledwie przez półtorej godziny, ale wybrała zadania trafiające w jego najczulsze punkty. Po wyjściu z jej gabinetu jest tak wyczerpany, że ledwo idzie.

Dwadzieścia minut później, kiedy już doktor Lebech skończyła rozmowę ze mną, Frederik śpi w poczekalni, na wpół leżąc, a na wpół siedząc na dwóch sąsiednich krzesłach. Pozwalam mu spać i wychodzę na parking, żeby zadzwonić do Niklasa.

– Lekarka powiedziała, że tata jest niewinny!

W słuchawce rozlegają się głosy kolegów Niklasa, którzy głośno rozmawiają. Jak się okazuje, zebranie komitetu społecznego w jego gimnazjum jeszcze się nie skończyło. Niklas mówi cicho, przyciskając usta do mikrofonu.

– Ale przecież dopiero za dwa tygodnie mieli...

– Tak, to nie była właściwa ekspertyza psychiatryczna dla potrzeb procesu tylko badanie, na podstawie którego Komisja Medyczno-Prawna sporządzi raport. To krok naprzód, wielki krok! Poza tym tata dawno nie zachowywał się tak normalnie. Chyba dziś wieczorem powinieneś zostać w domu, żebyśmy mogli to uczcić.

Cisza. Potem jego głos, prawie szept.

– Muszę?

– Nie, nie musisz, Niklas. Ale to może być jeden z najważniejszych dni w naszym życiu. Chyba powinniśmy go spędzić razem.

– Ale to nie dziś jest najważniejszy dzień w naszym życiu. Sama powiedziałaś, że dopóki...

– Ale być może dzisiaj zapadły kluczowe decyzje. Może to właśnie dzisiejsze badanie zaważy na tym, że tatę uniewinnią!

– W takim razie oczywiście wrócę do domu. Wrócę. Musimy... – W tonie jego głosu słyszę, że właśnie zmienia zdanie. – Ale przed chwilą powiedziałaś, że to jeszcze nie jest właściwy raport. Może to tylko... Poza tym dziś spotykają się wszyscy, którzy pracowali przy organizacji wiosennego koncertu.

– No to zmień plany i przyjdź do domu, żeby świętować z matką i ojcem. Taką okazję warto uczcić.

Potem dzwonię do Bernarda, ale on jest właśnie w sądzie. Wiadomość, którą mu zostawiam na poczcie głosowej, chyba brzmi idiotycznie, ale jeśli Frederik może zachowywać się tak normalnie jak dzisiaj, to chyba wszystko jest możliwe. Potem dzwonię do teściów, Heleny i kilku osób z grupy wsparcia. Wszyscy cieszą się razem ze mną. W przypływie entuzjazmu dzwonię nawet do mojej matki i zostawiam jej wiadomość.

Mam wyrzuty sumienia, że zmusiłam Niklasa, żeby został w domu. Postaram się, żeby na pewno ten wieczór był dla niego szczególny. Odwożę Frederika do domu, a potem jadę na zakupy, bo chcę przygotować ulubioną potrawę Niklasa: wielkie steki i bardzo tuczące, czekoladowe makaroniki bezowe według starego przepisu Vibeke. Ustaliliśmy, że Niklas wróci do domu o siódmej.

O wpół do siódmej budzę Frederika i próbuję go ubrać w jakiś odświętny strój.

Niklas przychodzi o wpół do ósmej, ale nie wypominam mu spóźnienia. W salonie podaję bezalkoholowe koktajle i mam ochotę postukać łyżeczką w szklankę i wygłosić mowę. Dziś odnieśliśmy dwa ważne zwycięstwa w walce o zdrowie i wolność Frederika.

Ale Niklas jest naburmuszony. Próbuję go rozbawić, prawię mu komplementy, pytam, jak sobie radzi, napełniam jego szklankę i przepraszam za to, że nalegałam, aby wrócił do domu. Jeszcze raz mu wyjaśniam, że jeśli rodzina musi razem stawić czoło przeciwnościom losu, to należy też pamiętać, żeby razem spędzać te dobre chwile.

Może on próbuje być miły, bo przecież na pewno widzi, ile wysiłku włożyłam w przygotowanie kolacji, nakryłam stół świątecznym obrusem i postawiłam srebrne świeczniki. Ale nie udaje mu się. Zastanawiam się, czy nie układa mu się z Emilie, ale wiem, że nie warto go o to pytać. Czy już ze sobą nie chodzą? Pokłócili się? Zamiast tego pytam, jak było na zebraniu komitetu, i opowiadam mu o innych pacjentach, których spotkałam dziś w poczekalni, próbując go rozbawić najlepiej, jak potrafię.

Na końcu mówię, że zostawię moich dwóch mężczyzn sam na sam w salonie na kilka minut, żeby dokończyć gotowanie w kuchni. Tak naprawdę nie mam nic do zrobienia poza usmażeniem steków, ale czasem Niklas o wiele lepiej bawi się w towarzystwie ojca.

Dobrze zrobiłam. Z kuchni słyszę, jak rozmawiają o filmikach z meczów bokserskich, które oglądali na YouTubie. Tydzień temu Frederik nagle stracił zainteresowanie sportami motorowymi. Teraz fascynuje go boks i wkurza się, kiedy ktoś zaczyna z nim rozmawiać o wyścigach samochodowych.

Siadamy do stołu, a Frederik pożera swój stek w ciągu kilku minut. W taki sposób je, kiedy jest zmęczony. Kiedy kończy, bez słowa wstaje od stołu. Powinnam na niego krzyknąć, ale zazwyczaj kończy się to źle.

Zastanawiam się, czy Niklas powie teraz: „Jak on sobie poszedł, to ja też idę". Już sobie przygotowuję odpowiedź, ale on nic nie mówi. Mój mózg i tak bez potrzeby wymyśla powody, dla których powinien zostać, i uparcie wyobraża sobie naszą kłótnię.

W naszym domu obowiązuje niepisana zasada, że w czasie posiłków nie używamy telefonów, ale jego komórka sygnalizuje, że dostał nową wiadomość, na którą zaczyna odpisywać.

Skutecznie odizolował mnie od Emilie, od kiedy na ulicy pomyliłam ją z Sarą, ale w wyobraźni zbudowałam jej szczegółowy portret. W nocy, przed zaśnięciem zastanawiam się, jaka jest. Jeśli Niklas się w niej zakochał, to na pewno jest utalentowana i pewnie lubi artystyczne kino, jak Niklas i Mathias. Ale powiedziała, że nie fotografuje i nie robi kolaży muzycznych ani nie komponuje jak Mathias. Poza tym wiem o niej tylko tyle, ile wywęszyłam w internecie. Już w pierwszej klasie liceum weszła do redakcji szkolnej gazetki i napisała niezły artykuł o szkole w Birmie, którą wspiera uczniowska organizacja charytatywna, a także trzy krótkie wiersze o jej najlepszej przyjaciółce z dzieciństwa, która zachorowała na stwardnienie rozsiane.

Czasem w nocy, kiedy powoli odpływam w sen, w jej twarzy widzę rysy innych ślicznych, długowłosych dziewczyn o jasnej karnacji, które chodziły do mojego liceum. Jeśli jest poetką, pewnie czasem dopada ją smutek i poczucie osamotnienia. Może ma trudne relacje z rodzicami, może mogłabym być dla niej taką matką, jakiej żadna z nas nigdy nie miała. Potem myślę o wszystkich dzieciach, które straciłam po urodzeniu Niklasa. Córki, synowie, rodzeństwo. Zamiast tego przytrafił nam się guz mózgu.

– Dlaczego nie zaprosiłeś dziś Emilie? – pytam. – Byłoby miło, gdyby przyszła.

Nad naszymi głowami rozlega się huk. Patrzymy na siebie z przerażeniem, ale nie wstajemy, choć wydaje się, że dom i cała ulica nadal się trzęsie. Frederik znowu przewrócił na podłogę w warsztacie jedną ze swoich wielkich płyt pilśniowych o wysokiej gęstości, dokładnie nad nami.

– To ciekawe, że ty i Bernard interesujecie się pracami tych samych fotografów – mówię. – Pożyczyłam od niego album z pracami Denisa Darzacqa. Moglibyśmy go razem obejrzeć. Powiesz mi, co o nich myślisz jako fotograf.

Niklas nie jest zainteresowany. A mnie się wydawało, że przyniesienie tego albumu to takie sprytne posunięcie.

Znowu nad nami rozlega się huk. Nie rozumiem, czemu Frederik nie potrafi postawić płyt stabilnie. Niklas znowu pisze SMS-a, a ja powoli zbieram się w sobie, żeby powiedzieć to, co zaplanowałam. Jestem pewna, że on niczego nie zauważa, bo oboje milczymy już od dłuższej chwili.

Kiedy widzę, że wysłał wiadomość, robię głęboki wdech.

– Niklas?

– Tak?

– Ostatnio się nad czymś zastanawiałam.

– Mhm.

– Wydaje mi się, że powinniśmy porozmawiać o naszym gniewie.

– Jakim gniewie?

– Gniewie, który oboje odczuwamy.

– Ja nie odczuwam żadnego gniewu.

– Miałam nadzieję, że tego nie powiesz.

– Nie odczuwam gniewu!

– Posłuchaj sam siebie. Wrzeszczysz na mnie.

– Do cholery, mamo!

– Nie ma nic złego w gniewie. Ja też go odczuwam. Tak naprawdę wszystko mnie wścieka. Oboje mamy wiele powodów do gniewu.

– Aaach!

– Ale on nie powinien wpływać na nasze relacje. Nie powinien nas poróżnić. To mnie niepokoi, i to bardzo.

Niklas wzdycha ciężko i wpatruje się w blat stołu.

– Naprawdę wolałbym dziś wieczorem pójść na to spotkanie.

– Wydaje ci się, że rozmowa na ten temat to dla mnie przyjemność? Tak myślisz?

Niklas mówi teraz spokojnie. Teraz rozpoznaję w nim mojego syna.

– Nie.

– Mówiłam ci, że możesz się umówić na dwanaście spotkań z psychologiem, jeśli ktoś z twojej rodziny...

– Uważasz, że powinienem iść do psychologa, bo nie chcę dzisiejszego wieczoru spędzić z wami w domu?

– Nie. Dlatego, że wyraźnie przepełnia cię smutek i gniew. Dlatego, że ode mnie uciekasz. Dlatego, że kiedy tylko próbuję z tobą pogadać, kończy się to fatalnie.

– Ja po prostu chciałem pójść na to spotkanie.

– Kiedy mówię o psychologu, to pewnie wyobrażasz sobie kogoś takiego jak twoja babcia, kogoś po szkoleniu psychoterapeutycznym. Dlatego ci się wydaje, że to by ci nie pomogło. Też bym tak myślała. Ale prawdziwy psycholog to coś zupełnie innego.

– Nie myślę o babci.

– Mówiłam ci już kiedyś, że jak odszedł od nas mój ojciec, byłam bardziej wściekła na mamę niż na niego?

– Tak, tysiąc razy mi to mówiłaś! – Niklas wstaje od stołu. – Tacie się nie poprawia! Żaden raport psychiatryczny nie uratuje go od więzienia! Nie ma czego świętować i wcale mnie nie bawi siedzenie teraz z wami w domu! Wychodzę!

– Nie możesz zostać jeszcze pięć minut?

– Ale twoje pięć minut zawsze zamienia się w godzinę, a potem w cały wieczór.

– Nie zamierzasz chyba sobie pójść, zanim się nie pogodzimy.

– Przestań powtarzać, że się na ciebie wściekam!

– Ale na mnie krzyczysz.

– Krzyczę, bo twierdzisz, że się wściekam.

– Porozmawiajmy, żebyśmy znowu mogli się zaprzyjaźnić. Tylko pięć minut.

– Mamo, okłamujesz mnie! To nie potrwa pięć minut. To nigdy nie trwa pięć minut.

– Pięć minut!

– Kłamiesz.

– Pięć minut, Niklas! Tym razem przysięgam.

– Mamo, to nie potrwa pięć minut. Nie da się wszystkiego naprawić w pięć minut. Na to nie wystarczy cała noc.

Biegnie do swojego pokoju i zatrzaskuje za sobą drzwi.

Słyszę, jak Frederik wypada na korytarz i krzyczy, że w tym hałasie nie może się skupić. Niklas odkrzykuje, że kilka minut temu to on walił w podłogę swoją pieprzoną płytą pilśniową. Nie mam siły, żeby wstać i zażegnać kłótnię. Włączam telewizję. Na Eurosporcie pokazują pojedynek bokserski. Pewnie Frederik oglądał to wcześniej.

Przeskakuję z kanału na kanał, aż wreszcie trafiam na program o pięknej i szczęśliwej Amerykance.

Kilka minut później Niklas schodzi na dół. Przebrał się i zmierzwił włosy. Najwyraźniej chce wyjść.

– Przepraszam, że na ciebie nakrzyczałem – mówi.

– Ja też przepraszam, że na ciebie nakrzyczałam.

Pozwala mi, żebym go bez słowa przytuliła.

– Wszystko w porządku? – pyta.

Dobrze znam to spojrzenie. To nie miłość, ale gorzka obawa, że mogę zrobić coś głupiego. Sprawdza, czy może wyjść i dołączyć do swoich przyjaciół. Kątem oka spogląda na kieliszek wina stojący na stoliku w salonie.

– Tak. – Kłamię.

Jestem pewna, że się zorientował, że nie mówię prawdy, ale pewnie też zobaczył, że daleko mi do załamania nerwowego.

– Idę do Kiry – mówi. – Wrócę przed jedenastą.

Przez okno w kuchni widzę, jak odjeżdża.

A więc po prostu zostawiasz mnie samą z Frederikiem. To takie zdecydowane posunięcie, jakby znaczyło koniec pewnej epoki, dokładnie w tej chwili. Jak ja ci zazdroszczę tego, że potrafisz mi odmówić, kiedy cię proszę o kolejne pięć minut, które na pewno się przedłuży. Nigdy się nie nauczyłam tak manipulować swoją matką. A może brakowało mi odwagi. Zazdroszczę ci, że umiesz mnie zostawić i odjechać na rowerze.

Program telewizyjny o pięknej Amerykance dobiega końca, więc przełączam z powrotem na boks. Meksykanin zostaje ukarany za uderzenie Rumuna czołem. Pot, dzwonek, ręczniki i krew na wargach. Powinnam pójść na górę do Frederika i porozmawiać z nim o Niklasie. Ale nie umiem w sobie znaleźć na tyle energii. Powinniśmy zmienić tak wiele, powinniśmy sobie nawzajem ufać. Powinniśmy się wspierać. A on powinien być zupełnie inny, żeby uczucie pożądania go na nowo się we mnie zatliło.

A ja tylko kładę stopy na stoliku. Boks nigdy mnie nie interesował, ale przez ostatnie dni Frederik zmuszał mnie, żebym go z nim oglądała, więc się zainteresowałam. Dwaj faceci okładają się pięściami. Rozumiem, dlaczego to takie przyjemne. Poza tym można podziwiać ich technikę i szybkość, ich wspaniałe ciała.

Z przyjemnością oglądam walczących, jęczących mężczyzn, powoli rozładowując stres, kiedy dzwoni telefon. Szybko wyłączam telewizor i wyciągam rękę ze spodni.

W słuchawce rozlega się głos Bernarda.

– Nie przeszkadzam?

– Mhm, nie.

– Chciałem tylko złożyć gratulacje.

– Dzięki.

– To wspaniały dzień.

– Dlatego wspaniale się czuję.

W mgnieniu oka wieczór robi się tak odświętny, jak marzyłam. Jeszcze raz nawzajem sobie gratulujemy, a Bernard mówi mi, że on też ma ważny powód do świętowania. Lekarz Lærke z ośrodka opieki dziennej potwierdził to, co Bernard zauważył kilka dni temu w ogrodzie. Lærke wciąż robi postępy, coraz sprawniej porusza prawą nogą i rośnie jej siła woli.

– Właśnie nalewam sobie kieliszek wina – mówi Bernard. – Lærke już się położyła. Masz wino, żebyśmy mogli wznieść toast?

– Mam. Świetny pomysł.

Frederikowi nie wolno pić, więc kupiłam dla siebie tylko małą butelkę tego wina, które zawsze kupujemy na odświętne okazje. Unoszę kieliszek.

– Na zdrowie.

– Na zdrowie.

Rozmawiamy o tym, jak bardzo może się poprawić stan Frederika i Lærke. Prawie leżę na fotelu, podpierając nogi o stolik. Słuchając Bernarda, włączam z powrotem boks, ale bez głosu. Pytam go, czy słyszał o neurofilozofii – takiego terminu użyła doktor Lebech – głównie po to, żebym mogła go jeszcze chwilę posłuchać w milczeniu. Bokser z piękniejszą muskulaturą, Meksykanin, siada w narożniku, jego tors lśni od potu. Kiedy ciężko dyszy, pod jego skórą prężą się pięknie wyrzeźbione mięśnie brzucha. Wyciągam się w fotelu i wkładam rękę do spodni, patrząc na bokserów zaczynam się znowu relaksować, teraz jeszcze głębiej, wsłuchując się w głos Bernarda.

Kiedy skończył opowiadać o neurofilozofii, mówi:

– Przeszłaś piekło, ale nawet nie pomyślałaś o opuszczeniu męża. To godne podziwu. To jedna z pierwszych rzeczy, jakie w tobie zauważyłem. Wykazałaś niespotykaną lojalność.

– O tobie można powiedzieć to samo, Bernardzie. To niezwykłe, jak wspierasz swoją żonę i stoisz za nią murem. Rzadko spotyka się takich mężczyzn.

– Uważam, że kiedy już się kogoś wybrało...

– Też tak uważam.

Piję wino i słyszę, że on też to robi. Zdaje się, że wyczerpaliśmy temat, ale on mówi dalej.

– To właśnie nas łączy. Mało kto byłby tak wierny jak my.

Śmieję się.

– Co cię tak śmieszy?

– Nie wiem.

Neurofilozofia

Neurofilozofia to dynamicznie rozwijająca się gałąź filozofii, która wykorzystuje badania neurologiczne, żeby w nowym świetle postawić klasyczne problemy filozoficzne.

Opublikowana w 1986 roku kanoniczna już praca Patricii Churchland *Neurophilosophy* była pierwszą znaczącą dla tego nurtu publikacją. Od tamtej pory wielu uznanych filozofów i neurologów włączyło się w ten nurt badań. Największe znaczenie mieli Daniel Dennett, Antonio Damasio (*Błąd Kartezjusza*), Daniel Wegner i Benjamin Libet. Wszyscy opierają swoje ustalenia na technologiach diagnostyki obrazowej stworzonych w ciągu ostatnich dekad, umożliwiających oglądanie pracującego mózgu. Nieustający postęp w dziedzinie diagnostyki neurologicznej umożliwia nam obserwowanie i dokonywanie pomiaru takich zjawisk, jak strach, miłość, uzależnienie od rozmaitych substancji, empatia, egotyzm, proces podejmowania decyzji, sen na jawie i wiele innych fenomenów umysłowych, manifestujących się w ludzkim mózgu.

W książce *Brain-Wise. Studies in Neurophilosophy* (2002) Churchland pisze:

> ...jeśli ustalenia neuronauk i nauk kognitywnych usytuuje się w kontekście starych problemów filozoficznych, dochodzimy do zdumiewających wniosków. Można dostrzec rzeczywisty postęp tam, gdzie wydawał się on z gruntu niemożliwy. Intuicja okaże się omylna, a dogmaty uda się obejść szerokim łukiem. Zaczniemy rozumieć sens zjawisk umysłowych w kategoriach neurobiologicznych, jednocześnie demaskując niektóre klasyczne zagadki jako błędne przekonania sprzed epoki neuronauk. Neuronauka dopiero od niedawna wywiera wpływ na problemy filozoficzne. W ciągu następnych dekad, kiedy rozwiną się nowe technologie neurobiologiczne, zaś teorie funkcjonowania mózgu zostaną udoskonalone, paradygmatyczne formy rozumienia zjawisk umysłowo-mózgowych w nieunikniony sposób ulegną zmianie (s. 32).

Nowy renesans

Najbardziej radykalni neurofilozofowie uważają, że w ciągu ostatnich trzystu lat istnienia filozofii nie dokonały się takie zmiany obowiązującej definicji człowieczeństwa, jak te, które zajdą w ciągu następnych trzech dekad dzięki rozwojowi badań neurologicznych. Stosowne wydaje się w tym kontekście porównanie z późnym renesansem w Europie, czyli okresem rewolucji naukowej. Jeszcze pięćset lat temu fizykę, biologię i chemię uznawano za dziedziny „filozofii przyrodniczej", a nie „nauk przyrodniczych". Wielkie umysły, które chciały badać porządek naturalny we wszechświecie, nie posiadały innych środków niż logika i rozsądek, ze względu na brak odpowiedniego oprzyrządowania. Filozofowie doszli do wniosku, że świat składa się z czterech podstawowych żywiołów: ognia, ziemi, powietrza i wody. Wyznawali też pogląd, że Ziemia leży w centrum wszechświata, wokół niej unoszą się planety i gwiazdy, zaś dalej zamieszkują anioły i Bóg. Cały ich system myślenia wytworzył kosmologię, która była jednocześnie bardzo złożona i wewnętrznie spójna.
Gwałtowny rozwój teleskopów i mikroskopów na przełomie szesnastego i siedemnastego wieku doprowadził do rewolucji naukowej. Nagle można było zaobserwować i zmierzyć wiele zjawisk, które poprzednio pozostawały ukryte. Zasadniczo wszystkie wyjaśnienia zjawisk fizycznych zaproponowane przez filozofów przy wykorzystaniu czystej spekulacji okazały się błędne. Wielcy myśliciele nie tylko się mylili, ale także wprowadzali w błąd innych. Dziś na naszych oczach pojawiają się maszyny, które mogą monitorować funkcjonowanie żywego mózgu. Każdego roku z prędkością światła pojawiają się nowe przyrządy i metody badań, co ma ogromne konsekwencje dla wywodzących się z klasycznej filozofii pojęć, takich jak wolna wola, odpowiedzialność, determinizm, świadomość, język, tożsamość i związek ciała z umysłem.
Projektowane dziś przyrządy doprowadzą do radykalnego przewrotu we wszystkich filozoficznych, psychologicznych i naukowych definicjach człowieczeństwa. Nadejdzie nowy renesans. Z czasem ta nowa koncepcja człowieczeństwa przeniknie do prawodawstwa, edukacji, literatury, sztuki i naszego sposobu postrzegania siebie i innych.

17

– Akustyka byłaby idealna, gdyby nie ta ściana. Fale będą się od niej odbijać, co zmniejszy wrażenie głębi, ale zawsze możemy położyć tu okładzinę dźwiękoszczelną.

Frederik promienieje, kiedy zastanawia się, jaki potencjał ma klaustrofobiczne mieszkanie, które pokazuje nam pośrednik nieruchomości. Ja już nienawidzę to miejsce.

– Chcesz zakryć ściany w środku mieszkania wełną mineralną?

– Tak.

– Nie chcę, żeby na ścianach wisiała wełna mineralna.

– Ha, ha! – Frederik śmieje się głośno i mechanicznie. Pewnie sobie to wyobraził. – Naprawdę? To nie będzie źle wyglądało! Owinę płaty wełny filcem, będzie przypominała poduszki na krzesła ogrodowe.

– Nie chcę, żeby na ścianach w moim mieszkaniu wisiały poduszki z krzeseł ogrodowych.

– Cóż, będziemy musieli pójść na kompromis w tej kwestii. To dla mnie ważne. Jest nas dwoje.

Po raz pierwszy od operacji użył takich słów, jak „kompromis" i „nas dwoje". Cały czas robi postępy. Teraz mogę go już zostawić samego w domu. I tak przesiaduje w swoim warsztacie od rana do nocy. Dlatego Thorkild i Vibeke nie przyjeżdżają już do nas codziennie. Kiedy jest wypoczęty, nieznajomi nawet nie podejrzewają u niego choroby. Uznają go po prostu za niezwykle egocentrycznego człowieka, który śmieje się w odrażający sposób.

Przywykliśmy do skromnego życia. Ale teraz, kiedy on dostaje rentę inwalidzką, a ja pensję nauczycielską, stać nas na naprawdę niewiele. Oglądamy tylko dwupokojowe mieszkania. Jakoś będziemy musieli sobie poradzić na małym metrażu. Będę potwornie tęskniła za naszym ogrodem. Szukam mieszkania, do którego z radością wrócę po pracy, mieszkania, które choć małe, jest przytulne i gościnne. Mieszkania, w którym wyobrażam sobie naszą przyszłość.

To, które właśnie oglądamy, jest okropne. Choć to jedno z największych mieszkań na mojej liście, jest fatalnie rozplanowane. Gdziekolwiek stanę, czuję się jak w pułapce. Nawet pośrednik wygląda tak, jakby źle się tu czuł.

– Mógłbym zająć ten pokój – mówi z radością Frederik, kiedy wchodzimy do jedynego dużego pomieszczenia z oknami wychodzącymi na południe. – Tu mógłbym postawić biurko, a tutaj rozłożyć warsztat. Tu bym postawił łóżko, a fotel tam. Na tej ścianie widzę duży plakat, a tam tablicę korkową.

– A gdzie będzie salon?

– Obok.

– Nie możemy dzielić naszej sypialni z Niklasem!

To duży chłopak i niedługo się wyprowadzi. Musisz myśleć przyszłościowo, Mia. Będziemy tu mieszkać wiele lat po tym, jak nas opuści.

– Ale będziemy tu też mieszkać teraz, razem z nim.

– Może się wyprowadzi do Emilie. Na pewno by go to uszczęśliwiło. Wtedy on będzie szczęśliwy i my będziemy szczęśliwi. Widzisz, to świetne rozwiązanie. Tu postawię telewizor, żeby oglądać telewizję z fotela, z łóżka i zza biurka. To fantastyczne mieszkanie, chyba je weźmiemy.

Unikam wzroku agenta.

– Frederik, to wykluczone.

Z każdą minutą coraz bardziej nienawidzę tego miejsca. Widok z okien po obu stronach mieszkania jest ohydny, widać inne mieszkania, a klatka schodowa jest obskurna i zapuszczona.

Frederik zachowuje się tak, jakby mnie nie słyszał. Odwołałam dwa wcześniej zaplanowane spotkania z agentami, bo chcę oglądać mieszkania, kiedy on jest wypoczęty. Teraz jest wypoczęty, ale ta wizyta wyzwoliła w nim najgorsze odruchy.

Sama nie wiem, na ile powinnam się liczyć z jego zdaniem. Ma rację, zostaniemy w tym mieszkaniu długo po tym, jak Niklas się od nas wyprowadzi. Ale kim będzie Frederik za dwa lata? Kim będzie za dwa tygodnie? Czy z dnia na dzień straci zainteresowanie akustyką i sprzętem stereo, tak jak sportami motorowymi?

Agent z udawanym entuzjazmem mówi o możliwościach, jakie oferuje to mieszkanie. Dodaje, że w suterenie znajduje się urocza sala, w której wszyscy lokatorzy mogą urządzać przyjęcia, a okna są dźwiękoszczelne.

Nie mam pojęcia, czy Frederik poczuje się lepiej niż teraz. Lekarze twierdzą, że na początku zmiany na lepsze zajdą dość szybko, ale po trzech miesiącach poprawa będzie następowała coraz wolniej. Trudno orzec, kiedy całkiem przestanie robić postępy.

Frederik stoi z głową w rozdzielnicy elektrycznej.

– Coraz bardziej mi się tu podoba! – wykrzykuje. – Popatrz, w moim pokoju są dwa obwody. Do jednego możemy podłączyć światła, a do drugiego wieżę. Różnica będzie kolosalna.

Mówię agentowi, że jeszcze się zastanowimy i wyciągam Frederika z mieszkania.

W drodze do domu postanawiam, że od teraz będę oglądała mieszkania z Niklasem. On nienawidzi mieszkać z nami i za kilka lat i tak się wyprowadzi. Wtedy utknę w mieszkaniu sam na sam z Frederikiem.

W domu Frederik idzie się zdrzemnąć w sypialni na górze, a ja piszę SMS-a do Niklasa. Chcę mu przekazać, że mieszkanie okazało się do niczego i że trochę później umówiłam się na oglądanie kolejnego.

Jeszcze trzymam telefon w dłoni, kiedy dzwoni Bernard. Oskarżycielowi zginęły jakieś dokumenty i Bernard pyta, czy mamy zapasowe kopie. Na pewno mamy. Kiedy Frederik był jeszcze przy zdrowych zmysłach, zawsze robił zapasowe kopie najważniejszych plików na zewnętrznym dysku, który przechowujemy u Vibeke i Thorkilda na wypadek pożaru albo włamania. Obiecuję, że przygotuję kopię.

– A przy okazji – mówię – jesteś zajęty za czterdzieści pięć minut?

– Nie...

– A mógłbyś ze mną obejrzeć mieszkanie?

– Tak... jasne, że mogę.

...

Mieszkanie mieści się na pierwszym piętrze starego domu znajdującego się w pobliskiej dzielnicy mieszkaniowej. Okna na parterze zostały zamurowane, pewnie kiedyś był tu sklep. Z zewnątrz budynek wygląda na dość zapuszczony, ale pewnie dlatego mieszkanie jest niedrogie.

Wpuszcza nas inny agent z tego samego biura nieruchomości. Pewnie kolega opowiedział mu o Frederiku, bo mężczyzna podejrzliwie przygląda się Bernardowi, jakby oczekiwał, że zaraz zacznie się dziwnie zachowywać.

Stara, wąska klatka schodowa prowadzi do mieszkania, które okazuje się ciemniejsze niż to, które oglądałam z Frederikiem. To zaadaptowany strych, ale od razu dostrzegam, że wnętrze ma swój charakter. Oglądamy je w milczeniu. Z małych okien w wykuszu widać ogród ukryty na tyłach budynku, większy niż ten za naszym domem. Jest zaniedbany i zarośnięty, ale jednocześnie pełen egzotycznych roślin, co oznacza, że ktoś kiedyś sporo w niego zainwestował. Za kilka lat może być bardzo ładny.

Agent podąża za moim wzrokiem.

– Ogród ma potencjał. To część dzielona z sąsiadami z dołu, ale jak widać, oni nie mieli czasu, żeby się nim zająć. Może go pani zaaranżować wedle własnego uznania i z pewnością nikt nie będzie pani wchodził w drogę, jeśli się pani zechce nim zająć.

Bez słowa odwracam się, żeby ocenić, jak można przebudować salon. Jeżeli zburzymy ściany oddzielające go od kuchni, zrobi się z tego duże, otwarte pomieszczenie, gdzie będziemy gotować i jeść. Tu będziemy spędzać większość czasu, a dwa pozostałe pokoje przeznaczymy na sypialnie.

Moją uwagę przyciąga też zewnętrzna ściana między tym pokojem i ogrodem. Najwyraźniej Bernard zauważa to samo.

– Czy można w tej ścianie wybić duże okna i balkon? – pyta agenta.

– To na pewno możliwe. Gdyby zbudowali państwo pełny balkon, zasłoniłby pewnie okna sąsiadów z dołu, więc musieliby wyrazić na to zgodę. Ale okna i niewielki balkon na pewno można tu wstawić.

– A ta ściana tutaj nie wygląda na nośną – mówi Bernard.

– Nie, można ją zburzyć.

Patrzę na Bernarda. Niewielki balkon, otwarta kuchnia połączona z salonem wychodzącym na ogród, który jest prawie wyłącznie do naszej dyspozycji. Mielibyśmy tu mnóstwo światła i piękny widok. Moglibyśmy tu wspólnie jeść, odpoczywać i z okna balkonowego oglądać, jak słońce zachodzi za drzewami.

– W ofercie wspominają państwo o garażu. Czy to ten na dole? – pyta Bernard.

– Tak.

– Można by w nim urządzić warsztat?

– Można go wykorzystać wedle uznania.

Muszę usiąść. To mieszkanie przekracza moje najśmielsze oczekiwania. Frederik miałby swój warsztat. Próbuję zachować zimną krew, żeby wynegocjować jeszcze niższą cenę.

Bernard, mijając mnie, przesuwa palcami po moim ramieniu. To chyba sygnał, że widać po mnie entuzjazm. Kiedy się odwraca, ma kamienną twarz, ale kiedy agent odwraca wzrok, widzę, że Bernard odczuwa taką ulgę jak ja.

Agent wchodzi do jednego z pokoi.

– Jeśli przeznaczą go państwo na sypialnię, rano będziecie mieć tu państwo piękne światło.

W pewnym momencie trzeba mu powiedzieć, że Bernard nie jest moim mężem.

– Klatka schodowa jest bardzo wąska – mówi Bernard z wyraźnym niezadowoleniem.

Dobrze wie, że taka wąska klatka schodowa bardzo mi się spodoba. Dzięki temu powstaje wrażenie, że ulica jest bardzo daleko, a to może mieć psychologiczne znaczenie, gdyby raport Komisji Medyczno-Prawnej nie zgadzał się z rekomendacjami Herdis Lebech i wielu ludzi nadal by nas nienawidziło.

Dzwoni telefon agenta, który przeprasza nas i schodzi na dół. Kiedy Bernard upewnia się, że on nas nie słyszy, podchodzi do mnie.

– To miejsce to cała ty – szepcze. Czuję taką ulgę, że mogłabym go uściskać. – Ten duży stół z waszej jadalni moglibyście ustawić tutaj, pod drzwiami balkonowymi.

– Tak, ta boazeria pochodzi z tego samego okresu.

Staje w zacisznym kącie pokoju i już ma pomysł, jak go zaaranżować.

– Twój fotel idealnie by tutaj pasował.

Staję koło Bernarda i próbuję sobie wyobrazić, jak wyglądałaby ta część pokoju, gdybyśmy wstawili tu meble.

– A te dwa krzesła z gabinetu Frederika mogłyby stanąć tutaj.

– Tak – mówię. – Ale nie wystarczy miejsca na mój stolik z salonu. Za to twój jest dostatecznie wąski i doskonale by pasował do krzeseł.

Powiedziałam to bez zastanowienia. Nie miałam na myśli nic innego poza tym, że jego stolik idealnie by tu pasował.

Patrzymy sobie w oczy. Moglibyśmy się pocałować, czy to wyobraźnia płata mi figla? Co by zrobił, gdybym zbliżyła usta do jego ust?

Korzystam z okazji, by przynajmniej przyjrzeć się przez dłuższą chwilę jego twarzy, na tyle długo, by zauważyć jego długie rzęsy, pory jego skóry, pęknięte naczynko krwionośne na jego skroni, kurze łapki w kącikach oczu. Widzę wszystko.

Więc jednak się nie pocałujemy? On nie podejdzie bliżej? Nie będzie gry spojrzeń, ledwie widocznych zalotów, wstrzymanego oddechu, rozszerzenia źrenic?

– Dzięki ukośnie nachylonym ścianom jest tu świetna akustyka! – wykrzykuje agent. Odwracam się i widzę, że patrzy na Bernarda. – Nie będzie też problemu z zainstalowaniem dodatkowego obwodu elektrycznego – dodaje, a kąciki jego ust zaciskają się lekko, jakby powstrzymywał się przed uśmiechem.

Chrząkam.

– To chyba jakieś nieporozumienie – mówię. – Bernard to mój dobry przyjaciel.

– Och. – Teraz agent gapi się na mnie.

– Chciałabym też obejrzeć łazienkę – mówię i szybko wychodzę z pokoju.

W łazience ryglują drzwi.

Może ja też się zrobiłam niezrównoważona, może Frederik mnie zainfekował. Dwie kobiety z grupy wsparcia mówią, że czują się tak, jakby zaraziły się chorobą od swoich mężów. Tak jak oni są zdezorientowane, znacznie rzadziej przejmują inicjatywę i mają trudności z wysławianiem się.

Może tak jak Frederik, uważam się za osobę w pełni racjonalną i zdrową, podczas gdy w rzeczywistości robię jedno głupstwo za drugim. Nawet bym sobie z tego nie zdawała sprawy. Nie zdawałabym sobie z tego sprawy, dokładnie tak jak on.

Uciekam w moją dyżurną fantazję. Gram w tenisa. Duszny upał, słońce nisko nad horyzontem. Uderzenie rakiety piłką. Pot zalewa mi oczy. Uderzenie. Teraz pot spływa mi po nosie. Ślizgam się na mączce ceglanej. Kolejne uderzenie. Patrzę na mojego przeciwnika, to Bernard. Dobrze gra. To urodzony sportowiec, uderza mocno. Jego piękny profil w wieczornym świetle. To moja fantazja, ale Bernard do niej przeniknął. Uderzenie za uderzenie. Muszę od niego uciec.

Kolejna fantazja. Moje najszczęśliwsze lata z Frederikiem. Siedzimy na podwieszanej ławce w ogrodzie. Uciekliśmy z przyjęcia w ogrodzie u sąsiadów, żeby pobyć we dwoje. Opieram głowę na jego piersi. Na północy słońce wciąż jeszcze zabarwia niebo. Jego mocne ramię wokół moich ramion... zaraz, Frederik nie ma mocnych ramion! Odwracam głowę i patrzę na Bernarda. To nie na piersi Frederika położyłam głowę, uciekłam z Bernardem. To z Bernardem poszłam na przyjęcie do sąsiadów. Znowu muszę się stąd wydostać.

Spacer nad jeziorem Farum. Frederik i ja w słońcu. Obejmuje mnie w talii mocnym ramieniem. Spotykamy rodziców jednego z...

– Mia? – Słyszę pukanie do drzwi i głos Bernarda. – Mia?

Otwieram. On stoi blisko, tuż za progiem. Teraz to czuję. On podchodzi jeszcze bliżej. Spojrzenia, oddechy, źrenice.

Chwytam go, wciągam do łazienki, zamykam drzwi i całuję. On całuje mnie. Przyciąga mnie do siebie tak mocno, że przez chwilę nie mogę oddychać. Nasze języki, nasze usta, nasza skóra i ślina. Otulam go ramionami. Nasze oczy i nosy, brzuchy i pachwiny. To się nigdy nie skończy, będziemy to robić bez końca. A więc to prawda. On wysyłał mi sygnały. To się nigdy nie skończy. Teraz będziemy razem.

On z trudem łapie oddech, a ja odchylam głowę, żeby się do niego uśmiechnąć.

Ale teraz on ciężko dyszy. Wyrywa się z moich objęć i staje zgięty wpół, z dłońmi na kolanach, jakby zaraz miał zwymiotować.

Od miesięcy żyję w stanie ciągłego napięcia, więc bez namysłu krzyczę do agenta, nie wiedząc nawet, co tak naprawdę mam robić.

– Proszę wezwać karetkę! Cholera! Cholera! Proszę wezwać karetkę!

Mężowie moich koleżanek z grupy wsparcia co chwilę mają wylew. Prawo- i lewostronny. Mężczyźni umierają nagle. Za drzwiami łazienki słychać kroki agenta. Wpada na coś, co się przewraca i klnie pod nosem.

Nie wiem, czy powinnam wyciągnąć rękę i dotknąć Bernarda. Mogę go wesprzeć?

– Bernard? Powiedz coś.

– Nie jestem chory – mówi. – To znaczy, jestem chory, ale nie jestem… Nie dzwońcie po karetkę.

Klękam na jedno kolano, żeby popatrzeć na jego twarz.

– Co się stało? O co chodzi?

Po jego wilgotnych policzkach poznaję, że płakał przez dłuższą chwilę. Pewnie zaczął, kiedy się całowaliśmy.

– Bernard? Co się stało?

Agent wchodzi do łazienki z telefonem przy uchu.

– Pytają, co się dzieje. Co panu dolega? Co mam im powiedzieć?

Oboje patrzymy na Bernarda, który milczy.

– Bernard?

– To nic takiego. Proszę się rozłączyć. Nie potrzebuję karetki.

Ale mówi to głosem Frederika. Pozbawionym tonu głosem, którym mój mąż mówił przez kilka tygodni po operacji. Głosem mężów moich przyjaciółek. Mojego męża.

Zaczynam krzyczeć.

– On sam nie wie! To jeden z objawów udaru mózgu!

Teraz Bernard płacze. Zupełnie jak Frederik.

– To nie udar mózgu. Przepraszam!

Wiem, jak wyglądają oczy człowieka, który właśnie dostał wylewu.

– Przepraszam, przepraszam, przepraszam – powtarza.

– Nie ma powodu, żebyś... możesz poruszać prawą ręką? Wiesz, jak masz na imię? Wiesz, gdzie jesteśmy?

– Muszę już iść – mówi.

Staje prosto i idzie do drzwi.

– Nie możesz teraz wyjść!

– Muszę.

Biegnę za nim po wąskiej klatce schodowej.

– Nie możesz usiąść za kółkiem – mówię.

– Owszem, mogę. Poradzę sobie.

Idzie szybko, więc muszę obiec zaparkowany samochód i stanąć na chodniku, gdzie staję jak wmurowana w ziemię przed drzwiami do jego kombi.

– Nie wolno ci wsiąść. To dla twojego dobra.

– Mia, przestań.

Teraz mówi już własnym głosem.

Może to ja jestem chora. W każdym razie on jest zdrowy. Może po prostu nie umiem pocałować innego mężczyzny. Odsuwam się, a on siada za kierownicą.

– Bardzo cię przepraszam – mówi. – Bardzo, bardzo cię przepraszam.

Chcę podejść bliżej. Nachylić się do samochodu. Ale coś mi podpowiada, że nie powinnam. Odjeżdża.

Stoję na chodniku z agentem.

Prowadzi mnie z powrotem do mieszkania i teraz ja nie mam odwagi prowadzić samochodu. On z troską sadza mnie na fotelu w tym pokoju, który chcieliśmy połączyć z kuchnią. Przynosi mi wodę, którą piję w mieszkaniu, które może wkrótce stać się domem moim i Frederika.

18

Wkrótce się stąd wyprowadzimy. Patrzę na mój biały dom. Drewno z czarnymi przebarwieniami, delikatne cienie na ścianie, z której starłam graffiti. Patrzę na mój dom, jakby nie był prawdziwy, jakbym przerzucała strony starego albumu ze zdjęciami.

Któregoś dnia, po wielu latach, wskażę na tę fotografię i powiem: „Kiedyś tu mieszkaliśmy".

„Wygląda tak uroczo i przytulnie", powie jakaś znajoma w przyszłości, siedząc obok mnie na taniej, ohydnej kanapie, która wtedy będzie stała w moim salonie.

„Tak. Byliśmy tam tacy szczęśliwi".

A potem zapadnie milczenie. Ona nie powie: „To było, zanim wasz świat się zawalił". No bo co innego mogłaby powiedzieć? A ja nie powiem: „To się stało, kiedy pocałowałam innego mężczyznę". Niby co miałabym powiedzieć?

Dom z tamtych lat, plakat ze zdjęciem, który ledwie widać przez okno w pokoju Niklasa, płot z wikliny wokół kubłów na śmieci, który własnoręcznie zbudowałam.

Przeglądam album, idąc w stronę frontowych drzwi po kamiennej posadzce. Tak, kiedy tu mieszkaliśmy, byliśmy szczęśliwi.

Kiedy mijam tablicę z napisem NA SPRZEDAŻ, jeszcze raz wycieram usta rękawem. Bernard też tego chciał, prawda? Powinnam do niego zadzwonić? Napisać SMS-a? Czy zrobiłam coś okropnego? Czy zrujnowałam dobre, zawodowe relacje, które mieliśmy z naszym prawnikiem?

W salonie telewizor włączony jest na Eurosporcie i przyciszony. Wyłączam go. Na podłodze leżą trzy książki, dwie z nich otwarte. Zostawiam je, ale podnoszę talerz z kanapką z dżemem, której ćwiartka została zjedzona.

Stawiam talerz w kuchni, gdzie znajduję kolejny, również z kromką z dżemem, tym razem zjedzoną w połowie. Krzyczę do Frederika, który bez wątpienia siedzi w swoim warsztacie.

– Wróciłam! To fantastyczne mieszkanie, w sam raz dla nas!

Nie odpowiada.

Składana suszarka na pranie też stoi w kuchni. Choć raz Frederik zrobił, o co prosiłam, i rozwiesił ubrania, których nie wolno suszyć mechanicznie.

– Dzięki, że rozwiesiłeś pranie! – krzyczę. – Naprawdę to doceniam.

W salonie na stole leżą jakieś ulotki. Z najwyższej półki regału wystaje talerz, a kiedy go ściągam, okazuje się, że leży na nim kanapka z dżemem, której najwyraźniej nie zauważyłam od kilku dni.

Potem dostrzegam na stole mokrą gazetę. Pod nią znajduję moją kremową bluzkę z Odd Molly. Frederika pewnie coś rozproszyło, kiedy chciał ją powiesić. Wracam do kuchni i wieszam ją na suszarce. Poplamiła się tuszem z gazety, będę ją musiała jeszcze raz wyprać. Może jeszcze da się ją uratować.

– Niklas? – wołam.

Cisza.

Pukam do drzwi jego pokoju na piętrze. Zaglądam do środka, ale jego tam nie ma. Oczywiście.

Idę do warsztatu Frederika, ale go tam nie zastaję. Na podłodze leży zwinięty plakat, który leżał w mojej szafie. Frederik chyba chciał go powiesić. Świadczy o tym młotek, który widziałam w kuchni.

Znajduję go w naszym pokoju. Leży na łóżku w ubraniu. Często go tu zastawałam, ale dziś nakrył się cały kołdrą i zaciągnął zasłony.

– Jak się czujesz? – pytam.

Nie odpowiada, wpatruje się w plamę na ścianę. Jest inny, widzę to na pierwszy rzut oka.

Siadam na mojej połowie łóżka i czekam. W końcu Frederik się odzywa.

– Mia, zastanawiałem się nad czymś.

– Tak?

– Chciałbym cię o coś poprosić.

– Tak.

Kolejna długa pauza. Zasłony w tym pokoju mają blady kolor i dość luźny splot. Niezbyt dobrze wyciemniają pokój. Jedna lekko się porusza. Myślę o porannym świetle na Majorce.

– Uważasz, że źle zrobiłem, inwestując te pieniądze?

Nie wiem, co odpowiedzieć. To takie wielkie pytanie, tak poważne. Wyciągam rękę i dotykam jego głowy, a on mi na to pozwala.

– Tak, uważam, że źle zrobiłeś – mówię najłagodniej, jak potrafię. Uśmiecham się do niego, choć on tego nie widzi.

– Ale gdyby rynek zwyżkował, odzyskałbym te pieniądze. Wtedy oddałbym szkole więcej, niż pożyczyłem. Wyremontowalibyśmy skrzydło B.

– Ale nie było żadnej pewności, że rynek będzie zwyżkował, Frederiku. Nie było takiej pewności, prawda?

On się na mnie nie wścieka i nie uderza w płacz. Słucha. Zasłony jak na Majorce. W pokoju robi się nieco ciemniej.

– Myślisz, że Laust jest bardzo zły? – pyta Frederik.

– Tak, myślę że tak.

– To dlatego już do mnie nie dzwoni?

Nakrywa głowę kołdrą i zwija się w kłębek. Po jego oddechu poznaję, że płacze. Próbuje się przede mną ukryć. To, że nie widzę jego twarzy, coś dla niego znaczy. Laust, ja, cała szkoła i my wszyscy. Znowu zaczęliśmy dla niego istnieć.

Chcę położyć się obok i płakać razem z nim, ze smutku i poczucia winy z powodu tego, co zrobił swojej szkole. A także ze smutku i poczucia winy z powodu mojej zdrady.

Wtulam się w jego obce ciało, wydzielające obcy zapach. Nie byłam z nim tak blisko, od kiedy zachorował. Może oboje widzimy teraz oczyma wyobraźni te same obrazy. Saxtorph ostatniego dnia roku szkolnego. Sztandar powiewa, szczęśliwe dzieci, personel, wszyscy zaprzyjaźnieni z nami nauczyciele, którzy jeszcze się do nas odzywają. Frederik wygłasza przemówienie na podwyższeniu i tak świetnie daje sobie radę, że wszyscy go potem chwalą.

Więzienie, w którym go odwiedzam. Zatrzaskują się elektronicznie zamykane drzwi, strażnicy za niewielkimi oknami. Kiedy przyjeżdżam, Frederik siedzi z głową opartą na stole. Więdnie i powoli rozpada się na kawałki.

On czuje się coraz lepiej. Może nawet idziemy na spacer, jak normalni ludzie, a może nawet zapraszamy przyjaciół na kolację, jak za dawnych czasów.

Usta Bernarda. Jego ciało przyciska się do mojego ciała. On też na mnie napierał. Całował mnie.

...

Bernard dzwoni wczesnym wieczorem.

– Nie możemy się już spotykać – mówi.

– A co z naszą sprawą?

– Pomogę wam znaleźć dobrego prawnika.

Trzymam język za zębami. W ciągu ostatnich dwóch miesięcy poznałam go na tyle, że mogłam przewidzieć, jak to się skończy.

– Przepraszam.

– Nie masz za co przepraszać.

– Nie możemy od teraz rozmawiać tylko przez telefon?

– To nic nie da.

– Ale choćby o tym, jak pomóc naszemu synowi?

Słyszę napięcie w jego głosie. Zanim zadzwonił, wybrał dokładnie każde słowo. Jakby szturchnięcie w nieoczekiwanym kierunku mogło go załamać.

– Przepraszam, Mia.

– Tak byłoby lepiej dla naszych dzieci, naprawdę nie musimy...

– Nie mogę.

– Przyjaźniliśmy się – mówię. Po własnym głosie poznaję, że już się nie przyjaźnimy.

– Tak.

– Będę za tobą tęskniła.

– Co mam powiedzieć?

– Już do mnie nie zadzwonisz?

– Nie.

– Ja też mam do ciebie nie dzwonić?

– Właśnie o to cię proszę.

Kiedy się rozłączam, sztywnieją mi palce. Muszę je rozciągnąć i zacisnąć w pięść kilka razy, żeby się upewnić, że nadal mogę nimi poruszać. Czuję się taka powolna i ociężała. Ramiona i nogi jak z ołowiu. Ledwie się poruszam. Jak jeep na pustyni, jeep, który przejechał tysiące kilometrów, aż jego silnik się zatarł. Toczy się powoli na luzie, a potem zatrzymuje na wydmie.

Bez słów, z twarzą bez wyrazu, nie zatrzymując się po drodze, by wykonać jakieś drobne czynności, idę do naszego łóżka. Zamierzam tu leżeć bardzo długo, w takiej samej pozycji jak Frederik. Będę tak leżeć całymi miesiącami, gapiąc się na ścianę, na ten znak na suficie.

Już po zmroku dzwoni Thorkild. Nie spałam, nawet się nie ruszyłam, nie zeszłam na dół, żeby zjeść kolację. A Frederik, który w międzyczasie zaszył się w swoim warsztacie, nawet tego nie zauważył.

Thorkild zawsze mówi takim poważnym tonem. Wydaje mi się, że był już taki, zanim jego syn zachorował, ale nie jestem pewna.

– Frederik miał taki przygnębiony głos, kiedy rozmawiałem z nim dzisiaj po południu przez telefon – mówi. – Chciałem tylko usłyszeć…

– Tak, jesteśmy bardzo przygnębieni – mówię. – Z powodu szkoły i całej tej sytuacji. On nie potrafi się z tym pogodzić.

– Ale to ma też pozytywny aspekt, prawda? To znak, że jego stan się poprawia?

– Tak, jest coraz lepiej.

– To trzeba uczcić, prawda?

– Tak.

Po chwili kończymy rozmowę.

Następnego dnia przychodzi list z kancelarii Bernarda, informujący nas, że nasza nowa obrończyni nazywa się Louise Rambøll. Udaje mi się jakoś przetrwać dzień w szkole. Nie wiem, czy moi uczniowie zauważyli, że coś ze mną nie tak, ale kiedy tylko wracam do domu, natychmiast kładę się do łóżka.

Frederik już leży po swojej stronie łóżka. Zaczynam go pocieszać, ale muszę przestać. Wiem, że to mnie tylko rozdrażni, bo potrzebuję ukojenia tak bardzo jak on, ale nie mogę na nie liczyć. Leżymy, każde pod swoją kołdrą, odwróceni do siebie plecami, powietrze się nie rusza. Jak tu duszno.

Wstaję z łóżka, płaczę, wracam do łóżka, płaczę, zażywam środek przeciwbólowy, bo podniebienie strasznie mnie boli od płaczu, wstaję, biorę prysznic, płaczę i wracam do łóżka.

Schodzę na dół do kuchni i robię sobie kanapkę z tanim, kupionym dla Frederika dżemem w niebieskim, plastikowym kubełku. Nagle słyszę śmiech na ulicy. Przez okno widzę Niklasa i Emilie. Tak słodko się śmieje, wydając krótki dźwięk, tak brzmi okrzyk sygnalizacyjny u Pigmejów, o których kiedyś oglądałam film dokumentalny.

Milkną, kiedy zbliżają się do drzwi frontowych. Czy ona odważy się tu wejść, po poprzednim spotkaniu z Frederikiem? Tak, słyszę ich w korytarzu. Dzielna dziewczynka.

Nie mogą zobaczyć mnie w tym stanie. Wymykam się do ciemnego salonu, na wypadek gdyby potrzebowali czegoś z kuchni, i siadam na fotelu. Mój wzrok przyzwyczaja się do ciemności, a słuch do ciszy.

Przyjaciele opowiadali mi, że ich nastoletnie dzieci uprawiają seks w domu. My w ich wieku też uprawialiśmy seks, nawet gdy rodzice byli w domu, ale zachowywaliśmy się bardzo cicho. Dzieci moich przyjaciół wręcz przeciwnie, jęczą, stękają i hałasują, bez względu na to, kto jest w pobliżu. Nastolatki zrobiły się tak bezwstydne, choć nie wyobrażam sobie, żeby Niklas tak się zachowywał.

Czy oni już to robili? Oczywiście, że tak. Czy on to robił z innymi dziewczynami? Nie sądzę, ale co ja tam wiem? Czy zamierzają to robić dziś w nocy? Oczywiście, że tak.

Bezwiednie zaczynam to sobie wyobrażać. Gładkie, radosne twarze, szczupłe ciała, nabrzmiałe, czerwonobrunatne genitalia, uderzające o siebie rytmicznie. Oczyma wyobraźni widzę ich, jak się śmieją, całują i dotykają, jak ich twarze wykrzywiają się w chwili orgazmu.

Tu, w ciemności nic nie słychać. Nadstawiam ucha, ale nie, nic nie słyszę. Muszę się upewnić, że Frederik nie spróbuje im bezceremonialnie przeszkodzić. Muszę ich chronić.

Szybko i błyskawicznie wchodzę na palcach na górę. Staję na moment przed drzwiami do pokoju Niklasa i znowu słyszę śmiech Emilie. Teraz jest cichszy, to właściwie chichot. Niklas mówi łagodnym, dorosłym głosem, którego nigdy wcześniej nie słyszałam. Głosy milkną. Co teraz?

Powinnam odejść. Słyszę w pokoju jakiś cichy stukot. Co powiem, jeśli drzwi się otworzą? Mam pustkę w głowie. Powinnam natychmiast stąd odejść.

Dźwięki są tak zduszone, że prawie niesłyszalne. To jakiś filmik z YouTube'a? Jakiś głos z syntezatora? Czy to mówi Niklas? Cisza? Oddechy? Westchnienia?

Kilkoma krokami przechodzę przez korytarz i otwieram drzwi do warsztatu Frederika. Dłuższą chwilę spędziłam w ciemności w salonie i korytarzu, dlatego teraz światło wydaje mi się zimne i przytłaczające. Frederik siedzi zgarbiony przy biurku nad jakimś technicznym rysunkiem. Kiedy wchodzę, nie reaguje. Pewnie nawet nie zauważył, że Niklas wrócił do domu.

Ja też milczę i stoję w progu. Całe moje życie wyglądałoby inaczej, gdyby to Bernard tu siedział, w tej samej pozycji i w tym samym ubraniu, nad tą samą kartką papieru. Podeszłabym do niego bez słowa, wzięła jego głowę w moje ręce i odwróciła ją, by popatrzeć mu w twarz. A potem zrobiłabym to znowu, to, czego nie wolno mi robić, zrobiłabym to, pocałowałabym go.

On by się zaśmiał, odezwałby się do mnie, coś by zrobił. Coś, co miałoby znaczenie, stosownie do okoliczności, co odpowiadałoby szczególnie jemu i szczególnie mnie, bo on jest prawdziwą osobą, a nie tylko chorym mózgiem wczepionym w ciało.

Albo nie, żadnych słów. Zakomunikowałabym mu to samym spojrzeniem, a on w lot by to zrozumiał. Wstałby i przytulilibyśmy się tak, jak nie przytulałam się do nikogo od ponad pół roku.

Nie zrobi mu się niedobrze. Nie zadzwoni później, żeby oznajmić, że już nie możemy się do siebie odzywać. Tym razem zrobimy następny krok. Rozepniemy spodnie, natychmiast, na tym biurku, przed którym teraz stoję, przy którym siedzi teraz mój ogłupiały, chory mąż i ma na sobie tylko słuchawki.

Patrzę na twarz Frederika. W ciągu ostatnich miesięcy na czole zrobiły mu się małe pryszcze, a jego twarz się zaokrągliła. To przez niezdrowe jedzenie. Co zrobi, jak Emilie krzyknie, jak dostanie orgazmu? On jest pewnie tak wygłodniały seksu jak ja. Czy spróbuje tam wejść? Rzuci się na mnie? Zrobi się agresywny i nieznośny, a ja będę znowu musiała go pobić?

– Chodź, pójdziemy na spacer – mówię.

Gapi się na mnie, bo dopiero teraz zauważył, że przyszłam do jego pokoju.

– Teraz? W środku nocy? Nigdy nie chodzimy nocą na spacer.

– Nie, ale dziś pójdziemy.

– Siedzę tu i właśnie podejmuję decyzję, czy…

– To może poczekać. Chodź. Idziemy.

– Dlaczego?

– Po prostu idziemy. Chodź.

– Ale ja nie chce iść na spacer.

Od czasu jego operacji to ja podejmuję wszystkie decyzje w domu. Do których przyjaciół zadzwonić i kiedy. Co będziemy jeść i kiedy. Na którą stronę internetową wejdziemy i kiedy. On narzeka na to cały czas, ale i tak robi, co każę.

– Chodźmy – mówię, wyciągając go z warsztatu i mijając pokój Niklasa.

Nadal ze środka nie dobiegają żadne hałasy. Na dole rzucam Frederikowi jego kurtkę, której podszewka ma taki sam kolor jak włosy łonowe Bernarda. Przynajmniej tak je sobie wyobrażam. Potem wyciągam Frederika na naszą małą podmiejską uliczkę, wzdłuż której rosną wysokie żywopłoty, takie spokojne i śliczne tej nocy. Tutaj żyjemy.

Którego alkoholika wybrałabyś na zięcia?

TOM BUCHMANN

Być może już wkrótce dewiantów nasze społeczeństwo zacznie traktować z o wiele większą bezwzględnością.

Tom Buchmann jest socjologiem i pracuje jako starszy asystent w Centrum Badań Przyszłości.

KIEDY W 2009 ROKU ujawniono, że Tiger Woods miał przynajmniej jedenaście romansów w czasie trwania swojego małżeństwa, niemal natychmiast gwiazdę golfa skierowano do kliniki leczenia uzależnienia od seksu. Woods nie był kłamcą i egoistą, nie, nie, on po prostu zachorował.

Inni celebryci, zamieszani w podobne, żenujące skandale, tłumaczyli się, że oni również cierpią na rozmaite choroby, nękają ich uzależnienia i nie potrafią kontrolować gniewu. Zazwyczaj natychmiast reagujemy na takie oświadczenia śmiechem i nie poświęcamy im zbyt wiele uwagi, ale, jak się okazuje, celebryci nie kłamią. Oni nie chcieli zażywać narkotyków ani niszczyć swojego życia rodzinnego i kariery z powodu wybuchu gniewu. Nigdy świadomie nie pragnęli takiego życia.

W ostatnich latach okazało się, że genetyczne i neurologiczne podłoże ma wiele ludzkich słabości, w tym:

- alkoholizm i uzależnienie od innych substancji,
- brak koncentracji,
- słabe umiejętności interpersonalne,
- niepohamowane napady gniewu,
- nieśmiałość,
- egocentryzm,
- brak inicjatywy.

Najnowsze badania dowodzą, że wszystkie te cechy charakteru mają korzenie w naszej psychice i jeśli w ogóle możemy je zmienić, to z pewnością nie wystarczy „pozbierać się do kupy".

Żyjemy w czasach, kiedy powszechnie przyjęte wyobrażenia o tym, co to znaczy być człowiekiem i ponosić odpowiedzialność, zmieniają się z zawrotną prędkością. Powinniśmy inaczej spojrzeć na naszego nieznośnego syna (ADHD), nadużywającego alkoholu wujka (osobowość podatna na uzależnienia) i matkę, która zawsze psuje wszystkim zabawę (utajona depresja). Kim są naprawdę ci ludzie? Jakie relacje powinniśmy z nimi nawiązać, jeśli to nie ich należy winić za ich działania?

W CIĄGU NASTĘPNYCH lat wiele innych ludzkich cech uda się skorelować z funkcjami i dysfunkcjami neurologicznymi. Dzięki bezprecedensowemu postępowi w badaniach nad mózgiem będzie można takich ustaleń dokonać z niezbitą pewnością.

Przykładowo, jeśli ktoś jest leniwy, wkrótce być może uda się ustalić, w jaki sposób jego mózg odpowiada za jego lenistwo. I być może wszyscy leniwi ludzie będą mogli poradzić sobie z tym problemem, po prostu zażywając odpowiednią pigułkę. Na naszych oczach taką właśnie karierę zrobiły powszechnie używane leki przeciwlękowe i antydepresanty, a także leki wspomagające koncentrację podawane dzieciom z ADHD.

W ten sam sposób będzie można precyzyjnie ustalić przyczyny wielu innych zachowań. Nie wiemy tylko, w jakiej kolejności zostaną zidentyfikowane. Może ustalimy przyczyny takich odchyleń, jak kompulsywne kłamstwo, krnąbrność czy nieumiejętność długofalowego planowania, i nauczymy się modyfikować te cechy za sprawą farmaceutyków.

W konsekwencji ludzka osobowość stanie się czymś, co będzie można w coraz większym stopniu projektować. Niektóre pożądane cechy będzie można kształtować za pomocą najnowocześniejszych terapii, być może nawet interwencji chirurgicznej i elektromagnetycznej w mózgu. W ten sposób cechy te w ciągu nadchodzących lat staną się symbolem statusu finansowego, tak jak ostatnio jest nim poddawanie się zabiegom chirurgii plastycznej.

Taki rozwój wydarzeń wcale nie jest czystą abstrakcją i może się urzeczywistnić w najbliższej przyszłości. Proces ten już się rozpoczął, a w ciągu kilku kolejnych lat nabierze tempa. Wystarczy zdać sobie sprawę, jak gwałtownie w ostatnich czasach zmienił się nasz sposób myślenia o depresji, hiperaktywności dziecięcej i impotencji, choć poglądy na te kwestie miały wielowiekową tradycję.

TRUDNO PRZEWIDZIEĆ, jak kultura zareaguje na nową wiedzę o funkcjonowaniu naszego umysłu. Spróbujmy jednak w tym celu przeprowadzić następujący eksperyment myślowy.

Wyobraźmy sobie dwóch mężczyzn z poważnym problemem alkoholowym, którzy z powodu nałogu biją żony i dzieci. Głęboko bulwersuje nas sposób, w jaki traktują swoje rodziny. Skany mózgu wykazują, że jeden z tych mężczyzn pod względem neurologicznym jest zupełnie normalny. Wykazują również, że pod względem neurologicznym drugi mężczyzna ma wysoką skłonność do alkoholizmu i przemocy. Na podstawie tych skanów specjaliści faktycznie mogą spodziewać się po jednym z nich tego rodzaju zachowania.

Jaki będziemy mieli stosunek do obu tych mężczyzn? Czy jednemu z nich wybaczymy szybciej niż drugiemu?

Czy potrafilibyśmy się zaprzyjaźnić z jednym z nich, ale już nie z tym drugim? A jeśli tak, to z którym? Zastanówmy się nad tym przez chwilę, wcale bowiem nie tak łatwo udzielić odpowiedzi na te pytania.

Reakcja na mężczyznę, który jest „normalny" pod względem neurologicznym, przypomina prawdopodobnie reakcję na tych ludzi, których uważano za agresywnych alkoholików dwadzieścia lat temu, kiedy nałogu tego nie uważano jeszcze za chorobę. Ten mężczyzna podjął godne pożałowania decyzje i najprawdopodobniej zasługuje na jednoznaczne moralne potępienie.

Natomiast reakcja na mężczyznę, który odbiega od normy pod względem neurologicznym, pozwala nam się domyślać, gdzie znajdzie się nasza kultura za dwadzieścia lat i jak zaczniemy podchodzić nie tylko do kwestii alkoholizmu i przemocy, ale także do wielu innych ludzkich przypadłości, których neurologiczne podłoże uda się w tym czasie określić.

Wielu z nas współczułoby temu mężczyźnie, gdybyśmy wiedzieli, że przecież nie chciał zachorować. (Jakże okropnie musi się czuć ktoś, kto wciąż jest zmuszony do wyrządzania krzywdy ukochanym osobom!). Chętnie mu wybaczymy, ponieważ lekarze stwierdzili, że należy się po nim spodziewać zachowania co najmniej tak okropnego, jak to, o które go oskarżono. Może musiał się naprawdę zmobilizować, żeby nie zamordować swoich bliskich. Ale wziął się w garść i wybrał mniejsze zło.

JEDNOCZEŚNIE JEDNAK sprawa ta jest znacznie bardziej skomplikowana. Jeśli „neurologicznie normalnego mężczyzny" nie poddano jeszcze terapii farmakologicznej, zrobimy wszystko, co w naszej mocy, żeby trzymać go z dala od naszego miejsca pracy i nie pozwolić mu, by ożenił się z naszą przyjaciółką czy krewną. Jego mózg nie rokuje dobrze na przyszłość.

Natomiast „neurologicznie normalny mężczyzna" może się zmienić. Może mówi prawdę, kiedy twierdzi, że szczerze żałuje za swoje przewiny i że postanowił się poprawić. Nie wiadomo. Jego mózg może wprowadzić go na właściwą ścieżkę. Czy człowiek ten nie zasługuje na drugą szansę?

W konsekwencji naszemu społeczeństwu grozi to, że z coraz większą obojętnością traktować będzie dewiantów, i to tylko dlatego, że dowiadujemy się coraz więcej o nas samych i naszych mózgach. Pozornie ta nieunikniona ewolucja poglądów na naturę ludzką czyni nas bardziej wielkodusznymi. Ale zarazem możemy stać się bardziej okrutni i bezduszni. Jeśli uznamy, że niektórzy nie kierują się wolną wolą, kiedy biją współmałżonków i dzieci, to czy nadal będziemy w ogóle uznawać ich za istoty ludzkie? Czy możemy zatem odizolować ich od życia społecznego, od rodzin, miejsc pracy itd.?

STOPNIOWO, kiedy przywykniemy do nowego sposobu patrzenia na nas samych i innych, zaczniemy na każdym kroku podejrzewać, że istnieje jakiś ukryty powód, dla którego ten drugi mężczyzna bije żonę i dzieci. Przecież nikt nie chce taki być, prawda? Może to ofiara traumy z dzieciństwa albo jakiegoś neurologicznego odchylenia, którego nauka nie potrafi jeszcze zidentyfikować za pomocą tomografu komputerowego?

Czy u tych dwóch mężczyzn procesy neurologiczne nie przebiegają w podobny sposób i żaden z nich nie potrafi ich kontrolować, choć patologię można wykryć tylko u jednego z nich? Zapewne tak właśnie jest. Czy obaj nie zasługują na takie samo wybaczenie i współczucie?

A my?

Czy nawet pozornie najzdrowsi ludzie nie są po prostu niezdolni do

(*ciąg dalszy na str. 64*)

19

Wracam do domu ze szkoły. Za chwilę zobaczę Frederika w łóżku. Od ponad tygodnia z niego nie wychodzi. Zasunął zasłony. Może przeleży tak jeszcze kilka miesięcy, a może kilka lat.

Kiedy wrócę do domu, wypiję kilka filiżanek herbaty, zjem kilka kanapek i poleżę obok niego. Właśnie tak robię od przeszło tygodnia i każdego dnia leżę tak długo, aż wreszcie świat zmusza mnie, bym wstała.

Ale jeszcze nie wróciłam do domu. Stoję na czerwonym świetle na Borgmester Jespersens Vej i rozmyślam o dniach spędzonych wspólnie z Bernardem, o naszych rozmowach telefonicznych, SMS-ach i krótkich spotkaniach.

Któregoś dnia wracaliśmy spacerem przez Østerbro, po wizycie u oskarżyciela publicznego do spraw poważnych przestępstw finansowych. Słońce zeszło nisko nad horyzont, a ostre, czerwonawe światło opromieniało jednakowe, wysokie budynki z rdzawej cegły, charakterystyczne dla tej dzielnicy. Dlaczego wszystko się tak rozświetliło? Pamiętam, że się nad tym zastanawiałam. Dlaczego to nie tylko czerwień robi się bardziej intensywna pod wpływem popołudniowego światła?

Opakowanie po batoniku czekoladowym, ciemnozielona ławka, resztki dmuchawców między płytami chodnikowymi – dlaczego wszystko tak jaśnieje?

Bernard miał na sobie jeden ze swoich szarych garniturów i opowiadał o synach. W szkole z internatem, gdzie uczyli się w ostatniej klasie przed pójściem do liceum, jeden z nich zaczął się żywo interesować astronomią. Szkoła miała własny teleskop i trzej uczniowie wraz z nauczycielem, z pomocą programu komputerowego, poszukiwało oznak życia w kosmosie.

Kiedy Bernard opowiadał o swoich dzieciach, zapominał o sprawie Frederika, zapominał o mnie, zapominał o ulicy. Nie miałam najmniejszych wątpliwości, że był dobrym ojcem.

Poza naszą rozmową, poza rozświetlonymi budynkami wokół nas, były jeszcze nasze ciała. Ich harmonia, kiedy szliśmy razem chodnikiem, nieznacznie od siebie oddaleni. Jednostajny rytm naszych kroków na chodniku. Rozlewające się w całym moim ciele uczucie, że tak przyjemnie mi się idzie tuż obok jego ciała.

Gdyby tylko Niklas miał takiego ojca. Nie musiałabym taić przed nim sekretów, gdy był mały, a jego ojciec bezwstydnie romansował w szkole. Nie musiałabym wyrzucać jego ojca z domu i upijać się do nieprzytomności. Niklas nie znalazłby mnie i nie musiałby dzwonić na pogotowie, żeby zrobili mi płukanie żołądka. Trudno sobie nawet wyobrazić, jak wyglądałaby nasza relacja.

Przejeżdżam przez most nad autostradą i prawie jestem w domu. Teraz przypominam sobie, jak innym razem siedziałam w samochodzie, wracając do domu z pracy, i opowiadałam Bernardowi o moim dniu. On opowiedział mi o swoim dniu, kiedy wracał samochodem do domu, do

Lærke, i kiedy dotarłam na Stationsvej, zaczęliśmy rozmawiać o podróży, którą odbył jako student. Wyruszył w nią z dwoma kolegami z prawa i zamieszkali domku w ogrodzie komunalnym we Wschodnim Berlinie. Wtedy uwielbiali chodzić na imprezy rave, które cieszyły się ogromną popularnością w pierwszych latach po upadku muru berlińskiego.

– Za młodu się wyszalałem – powiedział.

– Wyszalałeś? – Chyba w moim głosie słychać było niepokój. – Ale przecież już wtedy byłeś z Lærke, prawda?

– No tak. Wyszalałem się, ale nie w tym sensie.

...

Rzucam swoją szkolną torbę na stolik w holu.

– Wróciłam! – wołam jak zwykle.

Frederik nie odpowiada. Włączam czajnik elektryczny i idę na górę.

Zastaję puste łóżko. Szybko, prawie biegiem idę do warsztatu. Tam też go nie ma.

– Frederik! Frederik!

Zostawił jakąś wiadomość, list? Biegnę z powrotem do sypialni, potem do salonu, kuchni i ogrodu. Frederik zniknął, nie zostawił nawet listu.

Na tarasie stoję zupełnie nieruchomo, nasłuchując dźwięków dochodzących z sąsiednich podwórek, czuję pulsowanie skroni. Czy dziś nadszedł ten dzień, którego tak się obawiałam od chwili, kiedy zaczął leżeć w łóżku i płakać godzinami? Od kiedy po raz pierwszy powiedział, że wszystko zrujnował i chce tylko umrzeć?

Ogród znieruchomiał tak jak ja. Na wysokich topolach u sąsiadów nie drgnie nawet jeden listek o srebrzystobiałym spodzie.

Dźwięczy mi w uszach głos relacjonujący podstawowe fakty, przypominający głos policjanta, który ma obowiązek podać dokładną godzinę aresztowania: „Nie ma wiatru, jest chłodno jak na tę porę roku, czuć wilgoć w powietrzu. Stoję na tarasie w naszym cichym ogrodzie. Frederik nie żyje".

Nikt się nie dowie, jak musiał się poczuć, kiedy po raz pierwszy od bardzo dawna dopadły go wyrzuty sumienia. Po raz pierwszy od czasu, kiedy guz zmienił cały jego świat. Jak odczuwa się wyrzuty sumienia po raz pierwszy? Albo współczucie dla drugiej osoby? Jak to jest, kiedy w jednym rozbłysku człowiek uświadamia sobie, że zrujnował życie wszystkich wokół?

Dzwonię do Niklasa, który jest z przyjaciółmi u Mathiasa, ale on nie widział ojca i z nim nie rozmawiał. W czasie rozmowy próbuję zachować spokój, choć czuję kołatanie serca. Niklas też wydaje się spokojny i chyba nie udaje. Nie zdaje sobie sprawy z powagi sytuacji. Od kiedy Frederik pogrążył się w rozpaczy, Niklas nie spędził w domu ani jednego popołudnia.

Przychodzi kolej na teściów.

– Czy mógł coś sobie zrobić? – pyta Vibeke.

Waham się trochę za długo i Thorkild odbiera jej słuchawkę.

– Zaraz do ciebie przyjedziemy – mówi.

– Lepiej poczekajcie. Jak go nie znajdę w ciągu pół godziny, zadzwonię.

Wracam do ogrodu. Wołam go po imieniu, ale nikt nie odpowiada.

Nagle, kiedy go szukam, wołam i czuję narastającą desperację, właśnie wtedy uświadamiam sobie, że po głowie chodzi mi coś jeszcze. Co takiego powiedziała Ulla w czasie pierwszego spotkania grupy wsparcia? „Lepiej by było, gdyby tym razem mąż Kirsten umarł”. Wszyscy się uśmiechnęli. Poczuliśmy więź.

Biegnę wyłożoną deskami ścieżką nad brzeg jeziora. Frederika nie ma na małym pomoście, który wychodzi z lasu nad wodę.

Znowu dzwoni Thorkild. Proszę, żeby poczekali jeszcze godzinę, ale on mówi, że już siedzą w samochodzie.

Dzwonię na policję. Nie dostali żadnego zgłoszenia.

Vibeke znowu dzwoni z samochodu i kiedy w słuchawce rozlega się szloch mojej teściowej, słyszę piknięcie oznajmiające, że ktoś jeszcze do mnie dzwoni. Rozłączam się z Vibeke i w słuchawce rozlega się głos Lausta.

– Przyjeżdżaj natychmiast i zabierz swojego męża!

– Jest u ciebie?

– Wtargnął tu i nie mogę się go pozbyć.

Ulga. A może jednak nie? Co powiedziała Ulla? A wszyscy się uśmiechnęli. Ulga. Odczuwam ulgę.

Wyobrażam sobie, jak Frederik stoi wyprostowany w ekskluzywnym mieszkaniu Lausta i Anji w Kopenhadze i płacze, jego chude ciało wśród zabytkowych szwedzkich mebli sosnowych, z uroczo patynowanymi plamami. Łoś wyjący w lesie.

– Mogę z nim porozmawiać? – mówię.

Frederik bierze słuchawkę, ale nie płacze.

– Nie mam nic do powiedzenia – mówi głosem pełnym napięcia i milknie. Brzmi jak samotny bohater ze starego westernu.

– Ale nie zamierzasz wyjść?

– Nie.

– Musisz. To dom Lausta.

– To on musi ze mną porozmawiać. Jest nas dwóch. On nie chce współpracować.

– Jak się tam dostałeś?

Laust wyrywa mu słuchawkę.

– Jak za dwie minuty nie wyjdzie, dzwonię po policję.

Próbuję przekonać Lausta, żeby poczekał, wracam do domu i wsiadam do samochodu. Po wjeździe na autostradę dzwonię do Niklasa, a potem do Thorkilda i Vibeke, którzy jadą z naprzeciwka tą samą drogą.

Razem z Frederikiem byliśmy wiele razy na przyjęciach i kolacjach w mieszkaniu Lausta i Anji, które położone jest kilkaset metrów od szkoły. Wiem dokładnie, co mają w każdym pokoju i w każdej szafce w kuchni. Wiem, które zdjęcia ich dzieci wiszą przy drzwiach w salonie, a które wiszą w ich sypialni. Znam światło, które pada z okna na biały stół w jadalni i regały z niebiesko-szarymi segregatorami Anji, zawierającymi materiały na jej lekcje angielskiego w liceum. Od jednego z nauczycieli z Saxtorph, którzy jeszcze trzymają naszą stronę, wiem, że Laust i Anja muszą się stamtąd wyprowadzić. Członkowie rady ponoszą osobistą odpowiedzialność za finanse szkoły. Nikt się nad tym wcześniej nie zastanawiał, kiedy sytuacja finansowa szkoły wydawała się stabilna, ale teraz czterej członkowie rady muszą sprzedać swoje domy.

Przez całe życie, kiedy spotykałam mężczyzn pogrążonych w rozpaczy, budził się we mnie jakiś niepokój. Nieszczęśliwe kobiety płaczą i wszystko wokół zatapiają w swoim smutku. Natomiast mężczyźni w żałobie bez słowa łażą po domu i zalepiają wszystkie dziury, aż wreszcie są gotowi, żeby się zagazować albo wywołać jakąś katastrofę i przy okazji zabić wszystkich, którzy przypadkowo znajdą się w pobliżu. Popełniają samobójstwa, morderstwa i inne straszne zbrodnie, podczas gdy my tylko ze łzami w oczach podejmujemy próby z góry skazane na niepowodzenie. Smutek mężczyzn to rozległy, cichy świat, który nigdy się przede mną nie objawił.

Może jednak zaczynam go trochę rozumieć. Leżąc w łóżku przez kilka ostatnich dni, zaczęłam wreszcie zaglądać w przyszłość, a w moich oczach nie pojawiła się ani jedna łza.

...

Laust otwiera wielkie, rzeźbione drzwi swojego mieszkania. Wygląda dokładnie tak, jak sobie wyobrażałam, jego blada, okrągła twarz jest pozbawiona wyrazu i pogrążona w smutku. Frederik stoi za nim w holu i wygląda tak samo. Nie odzywają się. Nic nie wskazuje na to, że w ogóle ze sobą rozmawiali.

Nie wiem, co powiedzieć Laustowi, który jeszcze kilka miesięcy temu był jednym z moich najbliższych przyjaciół. Teraz nie mam nawet ochoty rozmawiać z Frederikiem w jego obecności. Z braku innego rozwiązania postanawiam się zachowywać jak oni: nic nie mówię i robię nabzdyczoną minę. We troje idziemy w milczeniu do dużego salonu ze stiukami na suficie i widokiem na plac Świętego Tomasza. Stajemy.

Tablica z napisem NA SPRZEDAŻ zasłania częściowo okna. Ze ścian zniknęło kilka starych obrazów. Być może Laust i Anja musieli je sprzedać. Na stole w jadalni nie stoi już ceramiczna miska, którą kupiłam dla Anji na czterdzieste urodziny od nas i kilkorga naszych przyjaciół, choć pewnie nie została przeznaczona na sprzedaż.

Dlaczego Laust siedzi w domu w środku dnia? Jest na chorobowym?

Wreszcie odzywa się Frederik.

– Zmień metody księgowania tak, jak ci poradziłem. Sprzedaj siłownię i pozostałe pomieszczenia, które wynajmujemy po lekcjach, niezależnej firmie, od której szkoła będzie mogła je wynajmować na czas zajęć. – Mówi szybko i bez emocji, streszcza coś, co najwyraźniej wcześniej przedstawił Laustowi w szczegółach. – Skontaktuj się z rodzicami szesnastu uczniów, których nazwiska spisałem. Porozmawiaj z Akslem z banku i spróbuj się dogadać bezpośrednio z nim i z Jurgenem, ale za żadne skarby nie mieszaj w to Anette. A ja przyślę ci e-mail od Przyjaciół Szkoły Saxtorph.

Ma dar przekonywania. Jeśli ktokolwiek może uratować szkołę, to właśnie on.

Mimowolnie zabieram głos.

– To jakiś plan, Frederiku? – Patrzę na Lausta. – Tak? To plan?

– Oczywiście że już próbowaliśmy to zrobić – mamrocze pod nosem, nie patrząc na mnie. – Nie jesteśmy idiotami.

Frederik jest podenerwowany, ale to chyba nie z powodu choroby. Przecież on też poświęcił szkole całe życie.

– To nieprawda! – wykrzykuje. – Rozmawiałem wczoraj z Kimem, z którym się nie kontaktowaliście!

Teraz Laust podnosi głos.

– Próbowaliśmy wszystkiego. Wszystkiego! Żeby się wydostać z tego szamba, do którego nas wepchnąłeś! Musztarda po obiedzie, mówiłem ci to sto razy.

– Nie rozmawialiście z Kimem! Rozmawialiście z kimś z listy, którą wam dałem? To właśnie z nimi powinniście rozmawiać.

Teraz muszę przybrać taką postawę, wykonać taki gest, zrobić taką minę, żeby pokazać, że stoję murem za moim mężem. Czy faktycznie powinnam? Czy lepiej pokazać Laustowi coś innego, że Frederik to wariat, a my dwoje powinniśmy go spacyfikować?

Laust wybiera jakiś krótki numer w telefonie. Bez wątpienia dzwoni na policję.

– Niespecjalnie się tu przydałaś, Mia.

Frederik niczym niezrażony mówi dalej.

– Skontaktuj się z nimi. Z całą szesnastką.

Nie wiem, czy powinnam podejść do Lausta, czy się wycofać, czy może...

– Laust, mogę z nim porozmawiać na osobności? Przez dwie minuty?

Nie odpowiada, odwraca się i wkłada telefon do kieszeni. Daje mi szansę.

Kiedy Laust wychodzi przez korytarz do kuchni, powoli nakłaniam Frederika, żeby usiadł obok mnie na kanapie. Nadal jest roztrzęsiony. Trzymam go za rękę.

– Co to za plan?

– Wymyśliłem sposób uratowania szkoły.

Laust zagląda do pokoju.

– Mia, jak on coś rozbije, ty za to odpowiesz.

Znowu znika.

– Mogłeś mi o tym powiedzieć i przekazać Laustowi plan przez telefon – mówię najłagodniejszym głosem, na jaki mnie w tej chwili stać. – Czy tak nie byłoby o wiele łatwiej?

– Dzwoniłem do niego. Wiele razy. Ale on za każdym razem rzucał słuchawką.

Teraz wiem, że znowu kłamie. Cholera. Tylko Niklas i ja znamy kody do telefonu. Dlaczego wciąż daję się nabierać i mu wierzę? Zaczyna mnie to męczyć.

– No dobrze – mówię łagodnie. – Chodźmy, Frederiku, musimy już iść.

– Nie wyjdę, póki Laust nie obieca, że uratuje szkołę.

– Owszem, wyjdziesz. Chodźmy, no już.

– Nie.

Już przywykłam, że on walczy do upadłego, ale w końcu robi, co każę. Wstaję.

– Chodźmy, Frederiku. Wychodzimy.

– Nie ma mowy. Nie wyjdę.

– Do cholery, nigdy nie dzwoniłeś do Lausta. Przecież nie możesz.

– Dostałem pozwolenie, żeby korzystać z telefonu Niklasa, jeśli tylko rozmawiam w jego obecności.

Od razu wiem, że nie kłamie. Reperkusje decyzji Niklasa są bardzo poważne.

– Do jasnej cholery, jesteśmy w trakcie postępowania sądowego! Żadne z nas nie powinno rozmawiać z Laustem, jeśli wcześniej nie uzgodnimy z Bernardem, co mu powiedzieć.

Frederik patrzy na mnie.

– Z Bernardem? Ale on nie jest już naszym prawnikiem.

– Nie, nie, wiem o tym. Nie z Bernardem. Z nową... Żadne z nas nie powinno rozmawiać z Laustem, jeśli wcześniej nie uzgodnimy tego z naszą nową prawniczką...

Nagle momentalnie nachodzi mnie przemożna chęć, żeby skończyć z tym wszystkim. Widzę to, jakbym oglądała film, wyobrażam sobie, że szybkimi, długimi krokami idę do kuchni Lausta i Anji, nie pozwalając, by ktoś mi przeszkodził. Nóż do krojenia mięsa leży po lewej stronie w czwartej szufladzie od góry. Zanim ja lub ktokolwiek inny zdąży pomyśleć o czymkolwiek czy cokolwiek poczuć, podrzynam sobie gardło. Wolność. Radość. Koniec. Cisza, poczucie zrealizowanego celu, nóż.

Jedna z lekarek psychiatrów Frederika powiedziała mi, że kiedy stawia diagnozę, bardzo uważnie wsłuchuje się we własne odczucia. Jeśli pacjent wprawia ją w zdenerwowanie, to może dlatego, że sam się boi i tłumi strach, przerzucając go na kogoś innego. Jeśli pacjent ją dezorientuje, może to dlatego, że sam nie potrafi uporządkować swojego życia.

Frederik siedzi obok mnie, napięty jak bokser, który czeka, by gong oznajmił początek kolejnej rundy, ale ja muszę poważnie potraktować swoje samobójcze myśli. Tylko uważnie się w nie wsłuchując, zdołam go zrozumieć.

Dociera do mnie, że kiedy stąd wyjdziemy, musimy jechać prosto na pogotowie psychiatryczne do szpitala Hillerød. Znowu spędzę samotne godziny w poczekalni, kiedy jego wezmą na badania, tym razem pod kątem depresji zagrażającej życiu. Ale jeśli chce mnie obciążać wytworami swojej bujnej wyobraźni, nie zamierzam sama dźwigać tego ciężaru.

...

Jest niedziela. Frederik od czterech dni leży w szpitalu, na obserwacji. Szukają u niego objawów depresji. Od piątku popołudnia nie wychodzę z łóżka. Zasunęłam zasłony. Za oknem śpiewa kos, bolą mnie od tego uszy, ale przeszywający dźwięk nie cichnie.

Za półtorej godziny przychodzi pośrednik handlu nieruchomościami, żeby pokazać nasz dom trzem potencjalnym kupcom. Wokół panuje bałagan, a ja muszę umyć włosy, zanim się im pokażę. Nie mogę tego dłużej odkładać.

Kiedy stoję pod prysznicem, słyszę, że dzwoni mój telefon. Czy to Bernard chce przejąć z powrotem naszą sprawę i znowu się ze mną zobaczyć? Biegnę do sypialni i znajduję telefon na komodzie, ale na ekranie nie widzę żadnego powiadomienia o połączeniu. Przez chwilę – a może dłużej – siedzę naga na krawędzi łóżka, choć przez to moknie materac.

Wracam pod prysznic. „Ależ tu śmierdzi", myślę. Muszę przewietrzyć, zanim przyjdą kupcy. Lepiej, żeby było zimno, niż żeby śmierdziało. Znowu dzwoni telefon. Na pewno? Słyszę odległe echo melodii, to mój dzwonek, a może to tylko woda uderza o podłogę i krzywo położone, zielone kafelki. Może te tony rodzą się zupełnie spontanicznie.

I tak biegnę do sypialni. Znowu się okazuje, że nikt nie dzwonił i znowu siadam na łóżku.

Tym razem zostawiam telefon na stoliku w łazience i dokańczam kąpiel, a kiedy już suszę włosy, wybieram jego numer. Często tak robiłam, za każdym razem wymyślając jakiś pokrętny pretekst i za każdym razem powstrzymywałam się przed ostatecznym naciśnięciem ikonki POŁĄCZ. On i tak przejrzałby mnie na wylot.

Ale teraz wpadłam na najprostsze i najbardziej wiarygodne wyjaśnienie. Łączę się z nim, a kiedy odbiera, odpowiadam najbardziej niewinnym głosem.

– Cześć, Bernard. Tu Mia. Nie mogłam odebrać, bo brałam prysznic.

– Co?

– Tak. Dzwoniłeś, ale brałam prysznic.

– Nie dzwoniłem.

– Dziwne. Pewnie przez przypadek popatrzyłam na listę dawnych rozmów... Hm, wybacz.

Chwila ciszy.

– Jak się masz? – pyta Bernard.

Mówi głębokim głosem, który dźwięczy w słuchawce zupełnie inaczej niż w czasie rozmowy na żywo. Znam tak dobrze oba te tembry. Właściwie nie musimy już rozmawiać. Mnie to wystarczy. Chciałam usłyszeć jego głos. Teraz mogę się rozluźnić. Już mi lepiej.

– Jak się masz, Mia? – powtarza pytanie Bernard.

– Nie najlepiej.

– Co się stało?

– Frederik jest w szpitalu. Lekarze podejrzewają u niego depresję.

– To chyba dobrze, prawda? To oznaka, że mu się poprawia.

– Tak, to dobrze. Zresztą, sama nie wiem... – Znowu cisza. – Sama nie wiem – powtarzam. – A co u ciebie?

– Szczerze mówiąc, mnie też nie idzie najlepiej.

– Co się stało? – wykrzykuję, jakby wydarzyła się jakaś katastrofa.

– No cóż, to nie...

– Tak?

– To nie... Chodzi o Lærke, nie możemy wyleczyć odleżyn, które jej się zrobiły od długotrwałego siedzenia.

Oczyma wyobraźni wyraźnie widzę napuchnięte, czerwone plamy, które robią jej się na skórze pośladków z powodu zbyt słabego ciśnienia krwi.

On kończy rozmowę nagle, bez ostrzeżenia:

– Znowu mówię ci za dużo, Mia. Mimowolnie. Nie gniewam się na ciebie, ale nie powinnaś do mnie już dzwonić. Niestety, muszę się rozłączyć. Przepraszam.

Mówi to błyskawicznie, a ton jego głosu będę odtwarzała w głowie raz po raz, w nieskończoność. Spieszyło mu się. Powiedział to w mgnieniu oka. A potem kliknięcie. Trzy krótkie piknięcia i cisza. Zapamiętuję brzmienie jego głosu i kliknięcie, i trzy piknięcia. Zlewają się w jeden dźwięk: to ostatnie, co od niego usłyszałam.

20

Blade, rozproszone światło pada na sieć małych, opustoszałych uliczek, wzdłuż których stoją rzędy niskich, żółtych domów. Tu mieszka Andrea, to u niej spotyka się dziś wieczorem grupa wsparcia. Już trzy razy wydawało mi się, że znalazłam miejsce do parkowania, ale ostatecznie okazywało się, że jest zarezerwowane dla niepełnosprawnych kierowców. Może tutejsze budynki zostały zaprojektowane specjalnie dla ludzi na wózkach inwalidzkich? Płatki kwiatów wiśni obsypały żółtozieloną karoserię jadącego przede mną samochodu, który w oknie ma naklejkę informującą, że za kierownicą siedzi niepełnosprawny kierowca.

Kiedy wreszcie udaje mi się zaparkować na niewielkim miejscu nieco dalej, dostrzegam Kirsten. Zatrzymuje się i czeka na mnie. Dwa tygodnie temu powiedziała mi przez telefon, że jej mąż znowu trafił do szpitala. Lekarze twierdzą, że może wróci do domu za kilka miesięcy, ale możliwe, że zostanie tam już na zawsze.

Razem idziemy do domu Andrei, a po drodze spotykamy Gerdę i Antona. Już się dowiedzieli od innych członków grupy, że Frederik spędził w szpitalu tylko kilka dni i tydzień temu wrócił do domu. Gerda mówi nam, że magistrat przydzielił jej nowego opiekuna, ale o tym dowiedziałam się już wcześniej od Merethe.

Andrea nas wpuszcza i na powitanie ściska mnie długo. To z nią spośród wszystkich członków grupy rozmawiam najczęściej przez telefon. Zawsze kiedy do niej dzwonię, odczuwam przemożną chęć, by się nią zaopiekować, by chronić ją przed trudami życia z dwójką dzieci i poważnie upośledzonym mężem. Ale w rzeczywistości to ona się mną opiekuje. Choć ma trudną pracę jako biolog, zawsze znajduje czas, żeby zadać mi właściwe pytania, wysłuchać mnie i zasugerować, z którymi wynikami badań neurologicznych powinnam się zapoznać, bo mogą uratować skórę Frederikowi. To ona powiedziała mi o teście hazardzisty.

Kiedy prowadzi pozostałych do salonu, ja udaję, że chcę iść do łazienki. Ona nie będzie miała nic przeciwko temu, jeśli pokręcę się chwilę po jej domu i pooglądam go, zanim zajmę miejsce wśród uczestników spotkania.

Po cichu idę do dużej łazienki, dostosowanej do potrzeb inwalidy na wózku, z poręczami takimi jak w szpitalnej umywalni. Wiem, że opiekun przychodzi do Iana dwa razy dziennie, żeby pomóc mu w toalecie. Potem zaglądam do kuchni, która wygląda zwyczajnie. Ściany mają kolor musztardowy, jak w latach osiemdziesiątych, szafki kuchenne są tanie, ale Andrea powiesiła na nich mnóstwo rysunków dzieci, papierowych łańcuchów i zdjęć. Tyle tu kolorów i życia, że aż chce się tu usiąść i spędzić trochę czasu z tą rodziną.

Największe zdjęcie przedstawia Iana, który siedzi uśmiechnięty na wózku, a ich najmłodsze dziecko włazi mu na kolana, zaś najstarsza córka stoi z boku, w zamyśleniu kładąc głowę na oparciu.

Mam ochotę zajrzeć również do sypialni, ale Andrea postawiła przed drzwiami dwa kartonowe pudła. Łatwo byłoby je obejść, ale może zostawiła je tu specjalnie, żeby zasygnalizować, że chce zostawić sypialnię tylko dla siebie.

W niewielkim korytarzu stoję cicho i słucham przez drzwi, co się dzieje w salonie. Lissie opowiada, w jaki sposób próbowała dziś po południu wyjaśnić swojemu mężowi, gdzie mieszka Andrea.

– „Na północ od Hillerød". „Aha, w kierunku Køge?" „Nie, wzdłuż głównej ulicy, a potem przez Birkerød". „Trzeba przejechać przez Kolding?"

Słyszę, jak się śmieją, Lissie najgłośniej. Kolding leży na stałym lądzie, jakieś trzy godziny w przeciwnym kierunku.

– „Jedzie się główną ulicą, a potem na północ od Hillerød, w prawo". „Aha, teraz rozumiem! W kierunku lotniska!" „Nie, nie, w stronę małego miasteczka o nazwie Królewskie Łąki". „A potem przejeżdża się przez Roskilde?" „Nie, nie, nie!" „To już zupełnie nie wiem. Jedzie się w kierunku Gilleleje?" „Tak, na początku można powiedzieć, że jedzie się w kierunku Gilleleje". „Okej, a potem skręca się na Odense?"

Za drzwiami znowu rozlegają się śmiechy. Lissie ma z nas wszystkich najzdrowszego współmałżonka. Nadal razem widują się z przyjaciółmi, podróżują i mogę nawet zaryzykować stwierdzenie, że cieszą się życiem z jego renty, choć on cierpi na zaburzenia orientacji przestrzennej i niekiedy perseweruje. Kiedy ma zły dzień, potrafi pytać o drogę przez pół godziny, zupełnie tracąc poczucie czasu, aż w końcu robi się strasznie irytujący.

Lissie powiedziała nam kiedyś, że często się śmieje ze swoim mężem. Ale słyszałam już wiele kobiet, które tak mówią, ale potem okazywało się, że tak naprawdę śmieją się ze swoich mężów, a oni im tylko wtórują, choć nie rozumieją dlaczego. Może to zabrzmi brutalnie, ale najlepsze, co pozostaje po długim małżeństwie, to wyśmiewanie głupoty własnego męża. Ale może to jedyny sposób, żeby nie tracić pogody ducha.

Otwieram drzwi do salonu, w którym wszyscy się już zebrali. Andrea właśnie mówi, że Bernard się trochę spóźni. Staję w drzwiach.

– Spóźni? Myślałam, że w ogóle nie przyjdzie. Tak powiedziała Merethe.

– Tak, miał się z kimś spotkać w ośrodku opieki Lærke, ale spotkanie przełożono.

Czy zauważyli coś dziwnego w mojej reakcji? Jeśli nie, to muszą być ślepi i głusi.

Ale nikt nie reaguje, a ja bez słowa szybko siadam i wbijam wzrok w stół. Pewnie Bernard myśli, że nie przyjdę dziś wieczorem, bo tak powiedziałam Andrei, i dopiero dzisiaj dowiedziałam się, że zebranie w szkole zostało przełożone.

Powinnam natychmiast wyjść. Z pewnością powinnam wyjść. Bernard należy do grupy znacznie dłużej niż ja.

Pozostali rozmawiają o swoich relacjach z teściami, starymi matkami i ojcami, którzy pomagają opiekować się swoimi synami po sześćdziesiątce.

Ktoś dzwoni do drzwi. Andrea wstaje, a pozostali dalej rozmawiają, niczego nieświadomi.

Ciche odgłosy w korytarzu. Czy on wiesza marynarkę? Przyjazny śmiech Andrei. Drzwi się otwierają.

On mnie zauważa, kuli się i zgarbiony wraca do holu.

– Bernard, Bernard! Co się stało? – wołają za nim kobiety chórem.

– Nic! – odpowiada, oddalając się od drzwi.

– Tak, ale...

Z niepokojem spoglądają na siebie.

Potem on wraca do salonu, wyprostowany i uśmiechnięty. Zajęło mu to tylko kilka sekund.

– Czasem dostaję skurczów żołądka – mówi, unikając mojego wzroku. – To stres. Nie ma się czym martwić.

Wszystkie się na niego rzucają.

– To okropne! Powinieneś coś z tym zrobić.

– Werner też to miał, ale mu przeszło.

– Zrobiłeś sobie prześwietlenie?

– Znam dobrego specjalistę.

– A próbowałeś soku z marchewki?

– Przepraszam, że was przestraszyłem. To nic takiego. Już mi lepiej.

W domu, w łóżku, wmawiałam sobie, że on na pewno nie jest tak przystojny, jak to zapamiętałam. Ale niestety jest. Srebrnosiwy, szczupły, uśmiechnięty. I już może na mnie patrzeć, radośnie i z energią, jakby między nami do niczego nie doszło. Nikt się nie zorientował. Nie jestem pewna, czy jego urok osobisty jest autentyczny, ale inni mu ulegają. Przez ostatnie miesiące coraz lepiej poznawałam jego mimikę. Dziś wieczorem zakłada kolejne maski, a potem, jakby chciał się zagłębić w samotne rozmyślania, porzuca je. Ale postronni obserwatorzy tego nie zauważają.

Rozmawiamy o różnicach między różnymi władzami samorządowymi, które w innym stopniu refundują rehabilitację osób z uszkodzeniami mózgu i niepełnosprawnych fizycznie. Gerda jest poruszona. Włosy na przedramionach Bernarda nie są tak siwe jak na głowie, a ja zastanawiam się: „Czy ma ciemne włosy na całym ciele?”.

Widzę mięśnie napinające się pod jego koszulą. Przywodzi mi na myśl wioślarzy, tenisistów i biegaczy krótkodystansowców, ich ramiona, ich ręce, ich klatki piersiowe. Tak wyglądają, nie są starzy.

Ulla dzieli się z nami swoimi wątpliwościami.

– Im dłużej opiekujemy się naszymi mężami i żonami, im lepiej nam to wychodzi, tym bardziej oddalamy się od tego, co naprawdę chcieliśmy robić w życiu. Czy pomagając bliskim, nie zbaczamy coraz bardziej z obranego kursu, nie brniemy w ślepy zaułek?

Drobne zmarszczki wokół jego oczu tworzą wzór w ciągłym ruchu. Kirsten z płaczem opowiada o tym, jak jej męża przyjęto do szpitala. Zmarszczki wokół oczu Bernarda to drzewa, las, my dwoje, nasze ręce, smukłe palce. Teraz płacze też Ulla, a on ją obejmuje. Zmarszczki zamieniają się w krzewy we mgle, światełko na samym końcu klifu.

Spotkanie dobiega końca.

Wszyscy tłoczymy się w małym korytarzu. Obejmujemy się na pożegnanie, patrzymy Ulli i Kirsten prosto w oczy i kilka minut później siedzę w samochodzie w ciemności, ale nie przekręcam kluczyka w stacyjce. Mija mnie Kirsten. Mija mnie Anton. Mija mnie Ulla.

Samochód Bernarda stoi nieco dalej. Nie rusza i w oddali widzę w oknie jego sylwetkę.

Przypominam sobie, jak miła była dla mnie Lærke. Ufa mi. Ich małżeństwo jest cudowne. Niczego nie jestem winna Frederikowi, bo już dałam mu więcej, niż ktokolwiek mógłby ode mnie oczekiwać. Ale co z Lærke? Muszę wziąć pod uwagę Lærke. Muszę dać Bernardowi siłę, żeby mógł jeszcze dłużej żyć u boku tej biednej, chorej kobiety. Muszę sobie obiecać, że jeśli kiedykolwiek zacznę jej szkodzić, zamiast pomagać, to natychmiast przestanę.

Wysiadam z samochodu i podchodzę do jego auta. Siedzi w środku. Lampy uliczne świecą tutaj intensywnie pomarańczowym światłem – inaczej niż latarnie w Farum czy w Kopenhadze – przez co kontury samochodów należących do niepełnosprawnych kierowców rozświetlają się na tle ciemnych żywopłotów i gładkiego, jasnego chodnika.

Bernard wysiada. Nic nie mówię. On też nic nie mówi. Pomarańczowe światło. Unoszę głowę i go całuję. Lekko się chwieje – jak wtedy, kiedy zobaczył mnie w salonie u Andrei – i kładzie dłonie na moich biodrach. Jesteśmy sami, kwiaty wiśni w koronach drzew nad nami i rozsypane na asfalcie pod naszymi stopami.

Całujemy się długo, a jego ręce wdzierają się pod moją bluzkę, moje wędrują pod jego koszulą. Jego palce przesuwają się po moich plecach w dół i wciskają się za pasek moich spodni. Lekko drżę. Jego usta muskają moją szyję, a ja chcę go do siebie przycisnąć, kiedy jeszcze czuję dotyk jego ust i palców. W zmarszczkach rozciągających się od kącików jego oczu znowu widzę drzewa, las, jego dłonie i smukłe palce. On też widzi coś w moich oczach. Co? Co? Chcę to posiąść, dowiedzieć się, co sprawia, że się uśmiecha, kiedy powoli rozpina guzik moich spodni i palcami szuka zamka.

– Mia, Mia – powtarza.

Bez spodni siadam na masce żółtozielonego samochodu stojącego za jego samochodem. Czuję chłodny lakier samochodowy i płatki z drzewa wiśniowego na skórze moich pośladków.

Lampa uliczna kołysze się nad moją głową, a jej światło odbija się od polakierowanej powierzchni pod nami.

Czy na pewno? Wokół nas kołyszą się małe domy z żółtej cegły, w których mieszkają niepełnosprawni.

Kiedy go do siebie przyciągam, patrzę prosto w światło. Drzewa zamieniają się w ciemną dżunglę, słoń tupie i trąbi, żeby odegnać swoich wrogów.

Gałęzie przed moimi oczami. Ryk robi się coraz głośniejszy, szybszy i bardziej dziki, a słoń atakuje, trąbiąc zbliża się do mnie, depcząc pnie drzew, tratuje chatki, wioski, płoty i wszystko, co staje mu na drodze, jakby to były kruche gałązki.

Słyszę coraz głośniejsze dudnienie. Kolejny słoń. On też trąbi i tratuje. W uszach, oczach, ustach i koniuszkach palców czuję każdy jego krok.

Bernard na chwilę się ze mnie wysunął i dźwięki cichną, nie mam czasu na zastanawianie się.

– Nie! – krzyczę, o wiele za głośno.

On już jest w środku. Słonie znowu pędzą w moją stronę, każdy z drugiego końca lasu, rytmiczne dudnienie, drzewa połamane w drzazgi i ostatni, wszechogarniający spazm, kiedy przygniatają nas na lśniącej masce samochodu niepełnosprawnego kierowcy. Okruchy kości słoniowej i odłamki czaszek lśnią w świetle księżyca.

21

Czy jestem roztargniona, kiedy następnego ranka staję przed szóstoklasistami, czując podrażnione krocze i policzek podrapany zarostem Bernarda? Na pewno tak. Mam doskonały nastrój. Nie mam pojęcia, o co pytają mnie uczniowie.

Nikt się nie skarży. Przecież od wielu miesięcy jestem roztargniona, a dziś przynajmniej moje roztargnienie jest podszyte radością.

– Tak, Molly.

– Dlaczego minus razy minus daje plus?

– To dlatego... dlatego, że...

Pada na nas snop pomarańczowego światła z latarni ulicznej, podświetla jego włosy, kiedy on się nade mną nachyla, a ja wpatruję się w jego twarz, wielką twarz o rozmywających się rysach, nasze twarze się stykają, rozcieram go na sobie, żebym nie mogła go już zmyć.

Chłopiec w ostatnim rzędzie zamyka oko, podnosi powoli lewą rękę, a prawą jednym szybkim ruchem rzuca metalowym pojemnikiem na drugie śniadanie, który ze świstem przelatuje kilka centymetrów od mojej głowy, uderza o ścianę i spada na podłogę.

Cisza.

Patrzę na niego.

– To niechcąco – mówi pospiesznie, trochę zdezorientowany i przestraszony. – Nie wiedziałem, że poleci tak daleko.

Oczy wszystkich uczniów. Dziewczyny już czekają, że na niego nakrzyczę. Chłopcy mają tajemnicze miny. Jak zwykle.

Ale ja się do niego uśmiecham.

– Wiem, czemu to zrobiłeś. – On milczy. – A ty wiesz, czemu to zrobiłeś?

– Poleciał za daleko. Nie wiedziałem, że poleci tak daleko. Przepraszam.

– Tak, ale wiesz, dlaczego rzuciłeś?

– Po prostu chciałem sprawdzić… – Urywa.

Już kiedy przymknął oko, rozpoznałam ten ruch.

– Dwa dni temu oglądałeś w telewizji *Iron Mana*, tak?

– Tak.

To zachowanie naśladowcze, to oczywiście zachowanie naśladowcze. W ten sam sposób Robert Downey Jr rzucał różnymi przedmiotami w filmie, a teraz Mark robi to samo, choć nie potrafi wyjaśnić dlaczego.

Anna podnosi rękę.

– Nie skrzyczy go pani?

– Porozmawiam z Markiem po lekcji. Dobrze, Mark?

– Tak.

Od kiedy Frederik zachorował, pod wieloma względami przestałam się sprawdzać jako nauczycielka. Nie przygotowywałam się, a w trakcie lekcji często pogrążałam się w rozmyślaniach o moim żałosnym życiu rodzinnym. Zarazem jednak zdobyłam wiele nowych umiejętności wychowawczych.

Tak wiele zachowań i wypowiedzi dzieci nabiera nowego znaczenia, jeśli zna się choć trochę neurologię.

Na przykład zdolność kontrolowania impulsów nie rozwija się jeszcze w pełni u nastolatków. Dlatego u dzieci w tym wieku często można zaobserwować epizodyczne i niewinne zachowania naśladowcze, kiedy nieświadomie odgrywają coś, co u kogoś podpatrzyły. Patologicznym przypadkiem takiego zachowania jest echolalia i echopraksja.

Kolejna konsekwencja anomalii neurologicznych to tak zwane „zachowania utylizacyjne". Osoba z poważnym uszkodzeniem płata czołowego czekając na pociąg na dworcu, może mimowolnie wsiąść do pierwszego wagonu, który zatrzyma się na peronie, zna bowiem zautomatyzowaną sekwencję działań powiązanych z podróżami pociągiem i jej mózg nie potrafi zmodyfikować tej sekwencji. Jeśli widzi łóżko, może wejść pod kołdrę, choć dobrze wie, że właśnie w tej chwili jest z żoną na zakupach w dziale „Sypialnia" w IKE-i.

Niedorozwój płata przedniego nie ujawnia się tak ewidentnie u nastolatków, ale jeśli widzą oni wiśnie w misce, z której nie powinni jeść, to zachodzi duże prawdopodobieństwo, że wbrew sobie zaczną jeść owoce, nawet jeśli nie są głodni. Jeśli na trawniku leży piłka, to najprawdopodobniej ją kopną, nawet jeśli piłka do nich nie należy, a na stole tuż obok znajdują się szklane naczynia. To automatyczna sekwencja działań, a od czasu do czasu mechanizmy blokujące zawodzą.

W zeszłym tygodniu próbowałam wyjaśnić to Helenie, ale ona mi przerwała.

– Zadzwoniłam, żeby zapytać, jak się ma Frederik.

– Ale to wszystko część jego zachowań. Chyba nie powiesz mi teraz, że za dużo mówię o badaniach mózgu?

– Oczywiście, że nie.

Ale nie zaprzeczyła dostatecznie przekonująco. Helena i moi koledzy z pracy nie zawsze nadążają za tym, co mówię i czasem po prostu łatwiej rozmawia mi się z Andreą i innymi przyjaciółmi z grupy wsparcia.

Teraz przez chwilę milczymy, aż wreszcie odzywa się Helena.

– Opowiedz mi o tym, chętnie posłucham.

Próbuję jeszcze raz.

– Dzieci same nie wiedzą, czemu kopnęły piłkę albo zjadły wiśnie. Kiedy próbują to wyjaśnić, świetnie to racjonalizują. Zupełnie tak jak ludzie z uszkodzonym płatem czołowym, którzy nie chcą się przyznać do choroby. Lekarze nazywają to „konfabulacją", kiedy ktoś z uszkodzonym mózgiem próbuje załatać dziury w swoim toku myślenia, wymyślając niestworzone historie, w które święcie wierzy.

W głosie Heleny już nie słychać zniecierpliwienia.

– Okej, teraz rozumiem, dlaczego tak cię to interesuje. Widzę też, że to faktycznie ma związek z twoimi doświadczeniami w ciągu tego gównianego roku.

– Dobrze. Cieszę się, że tak uważasz.

Helena prycha cicho, co oznacza, że ma zamiar powiedzieć coś, co wydaje jej się zabawne.

– Mogę ci coś powiedzieć, Mia?

– Tak.

– Jak zaczniesz używać słowa „konfabulacja" tak często, jak słów „perseweracja" i „mechanizm blokujący", poproszę lekarza Frederika, żeby zrobił ci lobotomię.

...

Rytmiczne dudnienie, połamane drzewa i wreszcie wszechogarniający spazm, kiedy się zderzają. W czasie przerwy zatrzymuję się w połowie schodów, żeby w drodze do pokoju nauczycielskiego napisać SMS-a do Bernarda.

Zeszłego wieczoru znowu poprosił, żebyśmy się już nie spotykali, ale tym razem nie czułam się zdruzgotana. Ogarnęła mnie taka beztroska jak Frederika i ze śmiechem obiecałam, że nie przyjdę na następne spotkanie grupy wsparcia.

Beztroski nastrój towarzyszył mi jeszcze rano. Co złego może się stać, jak wyślę mu jednego SMS-a?

Piszę tylko: „Myślę o wczoraj. M".

W korytarzu, przed pokojem nauczycielskim, wpadam na Nielsa, nauczyciela matematyki. To przystojny facet po trzydziestce, z pasją uczący matematyki. Ma mnóstwo pomysłów i uroczo się śmieje. Kiedy się go spotyka po raz pierwszy, trudno zrozumieć, czemu nie szanują go ani uczniowie, ani rodzice. A jednak dyrektor musiał znaleźć nowego nauczyciela matematyki dla jednej z klas Nielsa, bo rodzice się przeciwko niemu zbuntowali.

Dyrektor uznał też, że to ja powinnam przejąć dwie pozostałe, niepokorne i bardzo wymagające klasy. („Wiem, że to skomplikowane, Mia, ale kolejny nauczyciel musi się sprawdzić. Powiem ci w zaufaniu, że tylko ty i Tove możecie sprostać temu zadaniu").

Przez dwa lata pracowałam po godzinach bez wynagrodzenia, w pocie czoła wykonując robotę, za którą Niels już dostał pensję. Ale to nie z powodu dodatkowych obowiązków zaczęłam go nienawidzić – Frederika i tak nie było w domu całymi dniami, a Niklas bawił się poza domem – ale dlatego, że polubiłam tych uczniów. Gdyby nie ja, mieliby problemy z dostaniem się do liceum i na studia, bo nigdy nie nauczyliby się matematyki. Często przed zaśnięciem myślałam o tym, że Niels należy do niewielkiej grupy osób, bez których świat byłby lepszy.

Ale dziś na mój widok on się uśmiecha. Często zachowuje się tak, jakby nie wiedział, co sobie o nim myślimy.

– Mam już niektóre książki – mówi. – Teraz sprowadzę jeszcze te z Niemiec i Norwegii.

– Dobrze – odpowiadam, choć wiem, że on kłamie.

Oczywiście nie zamówił książek i zaraz wymyśli jakąś idiotyczną historyjkę o tym, że wkrótce je zobaczymy.

Dawno temu w czasie zebrania nauczycieli matematyki zaproponowałam, żebyśmy sprowadzali podręczniki z innych krajów skandynawskich oraz z Anglii i Niemiec, żeby zobaczyć, jak tam uczy się matematyki. Niels od razu się do tego zapalił i obiecał, że zajmie się sprowadzaniem książek.

Wszyscy wiedzieliśmy, jak to się skończy, ale to ja zabrałam głos.

– Tove też może to zrobić.

– Nie martw się, zajmę się tym.

– A może każdy z nas sprowadzi książki z jednego kraju?

– Nie, pozwól mi to zrobić, naprawdę. To świetny pomysł.

Wszyscy się wahaliśmy, aż wreszcie ja powiedziałam:

– Niels, kiedyś obiecałeś, że znajdziesz salę na kursy i nigdy tego nie zrobiłeś, a w konsekwencji zajęcia się nie odbyły.

Jego szeroki, szczęśliwy uśmiech, jego entuzjazm. Bez wątpienia święcie wierzył w to, co mówił.

– Przepraszam za tamtą wpadkę. – Spuścił wzrok, a w jego głosie pojawiła się poważna nuta. – Miałem swoje powody, ale wolałbym o nich w tej chwili nie mówić. – Ukradkowo spojrzał na jedną z siedzących przy stole osób. – Tym razem chciałbym naprawić tamten błąd.

Czułam, że wszyscy uważają, że powinniśmy mu pozwolić.

– W takim razie zamówisz wszystkie?

– Tak, oczywiście. Na pewno. Przecież powiedziałem, że chcę to zrobić.

Pół roku później, kiedy zbliżało się kolejne zebranie nauczycieli matematyki, zaczęłam mu o tym przypominać. Któregoś dnia w szatni, kiedy wkładaliśmy kurtki, powiedział:

– Tak na mnie naciskałaś, że zupełnie straciłem ochotę, żeby to zrobić.

– Więc gdybym ci nie przypominała, to byś to już dawno zrobił?

– Tak, oczywiście.

– No dobra, w takim razie dam ci spokój.

– Dzięki. Na moim miejscu każdy by stracił motywację.

Dla świętego spokoju puściłam jego komentarz mimo uszu. Ale przez kilka kolejnych tygodni rozmawiałam z nauczycielami w cztery oczy, pytając ich, czy jestem zbyt dominująca. Nikt nie przyznał racji Nielsowi, a wręcz wszyscy mnie chwalili. A jednak jego konfabulacja sprawiła, że ograniczyłam nowe inicjatywy.

Oczywiście przez następne pół roku nie zamówił książek. Kilka dni przed trzecim spotkaniem, kiedy zostaliśmy sam na sam w kuchni dla nauczycieli, powiedziałam:

– Niels, już nie musisz się martwić tą sprawą. Sama zamówię książki.

Znowu zareagował agresywnie.

– Uzgodniliśmy chyba, że nie będziesz na mnie naciskać.

Wywiązała się kłótnia.

– Gdybyś tylko robił to, co obiecałeś...

Kilka dni później znowu zamienił się w słodkiego, uroczego, trochę roztrzepanego i zagubionego chłopca, lubianego przez wszystkich, którzy nie mieli okazji go dobrze poznać.

– Na pewno to zrobię. Po prostu się spóźniłem – powiedział.

– Okej. Więc mam to zostawić?

– Tak, oczywiście.

Teraz zbliża się czwarte zebranie i tym razem nie mówię ani słowa. Co więcej, w ciągu ostatnich kilku miesięcy poczułam z nim więź. Czytałam o jego symptomach setki razy w internecie, słyszałam o nich od członków grupy wsparcia, widziałam je w klinikach. Są dość powszechne.

Impuls do wykonania działania powstaje w innej części mózgu niż te, które są odpowiedzialne za planowanie i mówienie o zamierzeniach. Nawet niewielkie uszkodzenie płata czołowego może osłabić połączenie między tymi obszarami, a to oznacza, że taka osoba w trakcie rozmowy może sprawiać wrażenie zupełnie zdrowej, ale obserwując ją dokładnie, można łatwo dostrzec, jak niewiele z jej pięknych słów i planów zamienia się w czyny. To samo zjawisko można zaobserwować u nastolatków. W ich mózgach brakuje połączenia nerwowego między słowem i działaniem.

W pokoju nauczycielskim, kiedy inni rozmawiają ze sobą i się śmieją, zaczynam się czuć osamotniona. Choćbym przez wiele tygodni tłumaczyła najbliższym mi osobom, jak bardzo zmieniło się moje życie rodzinne, żaden z nauczycieli tego nie zrozumie. Niels też by tego nie zrozumiał, choć odnoszę dziwne wrażenie, że jedziemy na tym samym wózku.

Nie wiem, czy jego uszkodzenie jest wrodzone, czy może uderzył się kiedyś mocno w głowę. Nie słyszałam, by kiedykolwiek doznał urazu głowy, nikt też nie wyjaśnił mi, czemu, do cholery, administracja jeszcze go nie zwolniła. Ale jestem pewna, że nikt sobie nie wyobraża, jak bardzo jego życie prywatne różni się od życia innych ludzi.

...

Lekarze od dawna mi powtarzają, żebym się nie łudziła, że Frederik kiedykolwiek w pełni wyzdrowieje. Mogę mieć tylko nadzieję, że któregoś dnia jego symptomy będą równie trudne do wytropienia jak u Nielsa.

...

Po następnej lekcji nie przyszła jeszcze odpowiedź od Bernarda. Nie przejmuję się tym. Ale kiedy po trzech kolejnych lekcjach odpowiedź nie nadchodzi, dociera do mnie, że czekam daremnie.

On nie zamierza odpowiedzieć.

Nigdy nie odpowie.

Beztroski nastrój, który towarzyszył mi od zeszłego wieczoru, znika w jednej chwili, i tak jak nastolatki z moich starszych klas, zamykam się w łazience. Na szczęście jest przerwa obiadowa, a potem mam okienko, więc mogę sobie płakać, ile chcę. Kiedy wolna lekcja się kończy, z łazienki dzwonię do sekretariatu i mówię, że się rozchorowałam i muszę iść do domu. Sekretarka wie, że to nieprawda, ale jest uprzejma i życzy mi szybkiego powrotu do zdrowia.

Kiedy jadę do domu, dzwoni pośrednik handlu nieruchomościami. Kupiec podpisał umowę i musimy się wyprowadzić w ciągu miesiąca. Wciąż jeszcze nie znaleźliśmy mieszkania, bo to, które oglądałam z Bernardem, okazało się za drogie, a od tamtej pory nie miałam siły szukać czegoś innego.

W domu już czeka na mnie wiadomość na automatycznej sekretarce od administratora zarządzającego naszym majątkiem. Teraz, kiedy dom sprzedano i nie musi się już dobrze prezentować ze względu dla potencjalnych kupców, prawnik przyjedzie w poniedziałek, żeby zabrać połowę należnych mu mebli i sprzętów domowych.

Mam tylko ochotę położyć się na łóżku. Frederik już tam leży, tak samo jak przed ostatnim pobytem na oddziale psychiatrycznym.

W łóżku przewracam się z boku na bok, ale nie zasypiam. Nie jestem też jednak w pełni obudzona. Raz po raz sprawdzam, czy przypadkiem nie wyłączyłam telefonu albo go nie wyciszyłam, patrząc, czy nie przyszła wiadomość od Bernarda. Znak na suficie: czy naprawdę ciąży nad nami klątwa? Czy sami jesteśmy sobie winni? Wyrzuciłam Frederika z domu dawno temu, a Niklas znalazł mnie nieprzytomną na podłodze w kuchni. Czegoś takiego nie powinno doświadczyć żadne dziecko. Tak, klątwa. Zasłużona kara.

Ten zapach: ojciec wrócił do domu z więzienia, zapach w jego dwupokojowym mieszkaniu, kiedy siedział z nogami przykrytymi kocem i powoli rozpadał się na kawałki. Moje odwiedziny w ciągu miesięcy poprzedzających jego śmierć. Nad nim na pewno ciążyła klątwa.

Dzwonek do drzwi. Nie zamierzam otwierać, ale Frederik wstaje i schodzi na dół.

Słyszę, że to sąsiadka. Przez pomyłkę dostała list zaadresowany do nas. Już ich prosiłam, żeby nie przekazywali listów i wiadomości bezpośrednio Frederikowi. Boję się, że wtedy do mnie nie dotrą. Słyszę, że ona lekceważy moją prośbę.

Rozmawiają. Nienawidzę przychodzących listów. Zazwyczaj oznaczają dla mnie dodatkową robotę, choć i tak ciąży na mnie masa obowiązków. Formularze od władz samorządowych, od władz związkowych i towarzystwa ubezpieczeniowego; wezwania na kolejne wizyty u lekarzy Frederika. To się nigdy nie kończy.

Frederik wraca.

– Złe wieści – mówi.

– Co się stało? Do cholery, co tym razem? W jakie bagno wciągnąłeś mnie tym razem?

Wręcza mi otwartą kopertę, a ja siadam na łóżku.

To wiadomość od nowej prawniczki Frederika.

Szanowny Panie Halling,

w załączeniu przesyłam raport psychiatryczny przysłany przez Radę Medyczno-Prawną.

Niestety, rezultat badań nie jest tak dobry, jak oczekiwaliśmy. Jak Pan widzi, Rada postanowiła zlekceważyć ekspertyzę, której wykonanie zlecono neuropsychologowi, doktor Herdis Lebech.

Jak Pan zapewne pamięta, od tej decyzji nie można się już odwołać.

Jeśli będzie Pan miał jakiekolwiek pytania, jestem do pańskiej dyspozycji od wtorku. Może zadzwonić Pan do mojej sekretarki i umówić się ze mną na rozmowę telefoniczną.

Z poważaniem,
Louise Rambøll

Czytam pierwsze linijki załączonego raportu i przerzucam kolejne strony. „...uznaje, że nie ma podstaw, by twierdzić, że Frederik Halling był psychicznie niezrównoważony, kiedy popełniał przestępstwa... w pełni świadom konsekwencji swoich działań, a zatem odpowiedzialny..."

Gdyby Frederik był sobą, porozmawiałabym z nim o tak zasadniczej kwestii. Zrobiłabym to także w pierwszych miesiącach po operacji, bo wtedy jeszcze nie zdawałam sobie w pełni sprawy, że wszystkie moje wysiłki i tak spełzną na niczym. Ale teraz nie mam już siły, żeby walczyć o niego w sądzie i jeszcze zabezpieczać wszystkie jego potrzeby.

Mój telefon leży na nocnym stoliku. Bernard wciąż nie odpowiedział. Wybieram numer do nowej prawniczki. Jej sekretarka nie chce mnie połączyć, ale ja nie daję za wygraną i wreszcie udaje mi się dopiąć swego.

– Nic nie rozumiem... przecież doktor Lebech twierdziła... – mówię przez łzy.

Już podczas wcześniejszych rozmów zorientowałam się, że Louise Rambøll to idiotka. Potrafi tylko powiedzieć, że dobrze zrozumiałam jej list. Frederika skażą na co najmniej trzy lata. Po wyjściu na wolność ze względu na wyrok nie będzie mógł pracować z dziećmi i nikt nie zatrudni go w sektorze publicznym, niezależnie od tego, jak dobrze będzie się czuł. Jeśli nie przyznają mu renty inwalidzkiej, będzie na zasiłku i nic nie możemy na to poradzić.

– Co ona mówi? – pyta Frederik.

– Ona nie ma o niczym pojęcia! – krzyczę do niego, choć ona z pewnością wszystko słyszy.

Bez pożegnania rozłączam się i dzwonię do Bernarda.

Jego sekretarka też nie chce mnie z nim połączyć. Ale ja z płaczem każę jej przekazać mu, że nadszedł raport psychiatryczny Frederika.

Bernard odbiera, ale mówi do mnie oficjalnym tonem, zupełnie jakby nasze ciała nie splotły się zeszłej nocy na masce samochodu.

– Tu Bernard.

– Bernard, musisz z powrotem przejąć naszą sprawę. Louise Rambøll jest niekompetentna. Frederik idzie do więzienia.

– Louise jest bardzo mądra.

– Nie! Wyśle Frederika za kratki!

– Porozmawiam z Louise i wtedy...

– Dobrze wiesz, że jesteś o niebo lepszy od niej! – To prawda, on nie może temu zaprzeczyć. – Frederik idzie do więzienia, bo nie chciałeś się zajmować naszą sprawą. Ludzie będą nas za wszystko obwiniać i przestaną się do nas odzywać. A Frederik zupełnie się tam rozsypie. Jeszcze bardziej mu się pogorszy.

– Zrobię dla was wszystko, co w mojej mocy – mówi Bernard. – Naprawdę okropnie się czuję z tego powodu. Poproszę, żeby Louise przysłała mi kopię raportu psychiatrycznego, wtedy coś wam doradzę przez telefon. Odbędę długą rozmowę z Louise.

– Ale to niczego nie zmieni. – Teraz już płaczę do słuchawki.

– Uważam, że jeśli przejmę sprawę, oboje tego pożałujemy.

Teraz Frederik stoi przy łóżku i patrzy na mnie szeroko otwartymi oczami. Unikam jego wzroku.

– Jeśli Frederikiem nie zajmie się najlepszy prawnik, to on na pewno trafi do więzienia. Taka jest rzeczywistość!

Bernard milczy. Ta chwila ciszy to dobry znak. Nic nie mówię. On chrząka.

– Może jednak powinnaś to przemyśleć – mówi.

– Już przemyślałam.

– Hmm.

Kolejna pauza. Jeszcze dłuższa. Już nie płaczę, tylko wsłuchuję się w ciszę. Chcę usłyszeć w słuchawce jego oddech, ale mój własny oddech go zagłusza.

– No dobrze – mówi wreszcie. – Ale pamiętaj, że jestem adwokatem Frederika, nie twoim.

– Rozumiem.

– Spotkam się z Frederikiem. Jeśli on wyrazi na to zgodę, możesz go przyprowadzić. Ale to będzie moje spotkanie z nim. My nie spotkamy się sam na sam.

– Oczywiście. Oczywiście. Tak będzie.

– Okej. Dobrze.

Znowu pauza. Teraz wydaje mi się, że w tle słyszę jakieś odgłosy. Samochody na ulicy, przy której mieści się jego kancelaria. Może jego oddech.

– Bardzo, bardzo ci dziękuję, Bernardzie – mówię. – Dziękuję. To tak wiele dla nas znaczy.

– Okej... Tak. Frederik pewnie chce się jak najszybciej dowiedzieć, co wynika dla niego z tego nowego raportu

– Tak.

– Jeśli może tu przyjechać w ciągu czterdziestu pięciu minut, zobaczę, co się da zrobić.

– Nie wiem, jak ci dziękować, Bernardzie. To ma dla nas kolosalne znaczenie. Tak się cieszę, że znowu się nami zajmujesz.

Znowu przybiera oficjalny ton.

– Chciałaś powiedzieć: „zajmujesz się Frederikiem".

– Tak. Oczywiście.

Zaczynam się śmiać, ale on mi nie wtóruje, więc natychmiast milknę.

Kiedy się rozłączamy, kładę się do łóżka. W innych okolicznościach przytuliłabym Frederika. Ale już nie mogę. Tylko na niego patrzę.

– Nadal mamy szansę – mówię.

Nakładam ubranie i poprawiam makijaż, a Frederik schodzi na dół, żeby przygotować kanapki na drogę. Z szynką, serem i pomidorem, bo jada już nie tylko kanapki z dżemem.

Jadę szybko, wpatrując się w autostradę przede mną. Żadne z nas nie jest głodne, więc Frederik siedzi z pojemnikiem z kanapkami na kolanach.

– Zacząłem myśleć o pewnych rzeczach, które pamiętam po operacji – mówi. – Dziwnych rzeczach. Czy one się naprawdę wydarzyły?

– Tak – odpowiadam. – To był dziwny czas.

– Czy dzwoniłaś w nocy do Bernarda, leżąc obok mnie w łóżku?

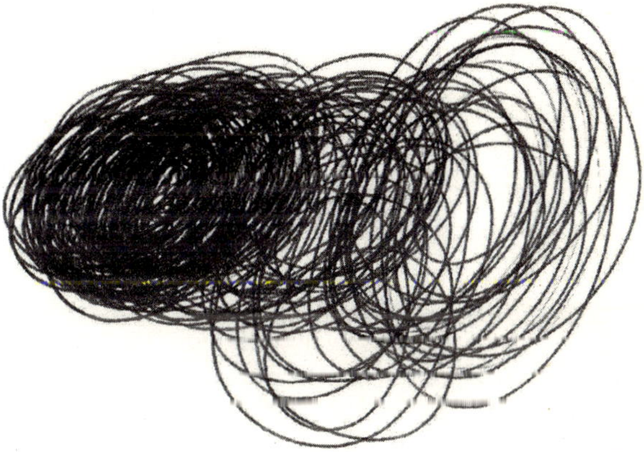

Rycina 23.2. Test na persewerację
Badanego poproszono o narysowanie koła

22

Nigdy sobie nie wybaczę, jeśli Frederik trafi za kratki dlatego, że nie potrafiłam nad sobą zapanować w obecności jego adwokata. Czuję się fatalnie, prowadząc tę rozmowę właśnie teraz, kiedy pędzę autostradą z prędkością stu sześćdziesięciu kilometrów na godzinę.

Ale on mnie wypytuje.

– Przestań! Do cholery, Frederik, to przez ciebie wylądowałam w grupie wsparcia. Rozmawiam z nimi wszystkimi.

– Ale nie w środku nocy, prawda?

– Owszem, rozmawiam.

– Nieprawda.

– Przestań.

– No to do kogo z nich dzwonisz w nocy? Dzwonisz do Andrei o drugiej w nocy?

– Frederik! Skończysz w więzieniu, a ja już nigdy nie znajdę pracy, jeśli spotkanie z Bernardem zakończy się katastrofą.

– Niby czemu Bernard nie chciał prowadzić mojej sprawy, a potem jeden twój telefon wystarczył, żeby znowu się nią zajął?

– Frederik, przestań! Persewerujesz!

Dopiero teraz się zamyka. Siedzi i mamrocze coś pod nosem, ze wzrokiem wbitym w panel z poduszką powietrzną.

...

Kancelaria Bernarda mieści się w starym budynku z muru pruskiego. Recepcja jest niewielka, ale nowocześnie wyposażona i jasna. Byłam tu kilka razy, stąd wiem, że wszystkie pomieszczenia wyglądają tak samo.

Zanim się pocałowaliśmy w czasie oglądania mieszkania, Bernard często nawiązywał do pierwszego roku po wypadku samochodowym. Mówił, że to rok graniczny, kiedy musiał nauczyć się radzić sobie ze wszystkimi zmianami. Wcześniej robił błyskotliwą karierę w jednej z największych kancelarii prawnych w Kopenhadze. Czuł jednak, że ośmioletni chłopcy powinni dorastać pod opieką zdrowego rodzica, a Lærke wymaga specjalnej opieki, dlatego zrezygnował z kariery w tej firmie.

Przez jakiś czas zatrudniał pielęgniarkę i opiekunkę do dzieci, żeby pomogły mu pogodzić pracę z życiem rodzinnym. Pozwolono mu spędzać mniej godzin w pracy, choć przez to stracił szansę na zostanie wspólnikiem. Ale nie miał wyjścia, musiał podjąć decyzję. Postanowił zrezygnować z pracy i wspólnie z kolegą ze studiów założył małą firmę, która przynosiła mu znacznie mniejsze dochody. W czasie studiów jego przyjaciel, Alex, trzymał się z dala od imprez i życia studenckiego; kilka miesięcy w roku spędzał, latając na paralotni albo odwiedzając tropikalne wyspy, o których nikt nie słyszał. Choć większość studentów rzadko go widywała, Alex zrobił wrażenie na Bernardzie, bo kiedy zjawiał się na egzaminach z włosami wypłowiałymi od słońca, zbierał zawsze najlepsze oceny.

Teraz Alex mieszka z czwórką dzieci i drugą żoną w Amager, gdzie dzielą duży, pełen zakamarków dom z inną rodziną. Nadal ma mnóstwo przyjaciół w Afryce i co tydzień poświęca kilka godzin na działalność charytatywną dla organizacji *fair trade*.

O ile zrozumiałam, kiedy siedem lat temu otworzyli swoją firmę, wszyscy ich dawni znajomi zachodzili w głowę, jak do tego doszło. Przecież pracowity Bernard był przeciwieństwem Alexa. A może wbrew pozorom byli tak naprawdę ulepieni z tej samej gliny? Podobno niektórzy ich koledzy po fachu zawsze uważali, że Bernard i Alex powinni razem otworzyć jakąś firmę.

Przyjeżdżamy pod koniec godzin urzędowania, recepcjonistka i sekretarka już wyszły, więc Bernard wychodzi z gabinetu i wpuszcza nas do środka.

Podaje rękę Frederikowi, a potem mnie. Ma poważny wyraz twarzy i zachowuje się z kurtuazją. Chciałabym zachowywać taki spokój, ale niestety mi się to nie udaje.

Frederik patrzy na niego, na mnie, a potem znowu na niego.

Nawet jeśli zauważył coś, co go zafrapowało, to i tak nie potrafi tego zinterpretować. To dla niego nowość. Do tej pory nie interesował się innymi ludźmi i nie uświadamiał sobie, że prowadzą jakieś życie, kiedy znikają mu z pola widzenia.

Bernard prowadzi nas krótkim korytarzem do sali konferencyjnej z drogimi, ale niegustownymi meblami, gdzie zaczyna odczytywać raport psychiatryczny.

W pomieszczeniu zapada cisza. Wciąż czuję, jak jego dłoń jeszcze przed chwilą ściskała moją dłoń. Duża, sucha dłoń, trochę taka jak Frederika, ale młodsza i cieplejsza. Czuję też, jak moje pośladki i uda dotykają siedziska tego małego, lekkiego krzesła projektu Arne Jacobsena. Dłoń, pośladek, dłoń między moimi nogami. Błąkające się w moim ciele wspomnienia jego, jak we mnie wchodzi. Jakby nadal we mnie był, wydaję cichy jęk, który on z pewnością usłyszał. Przez ułamek sekundy krzywi się, ale nie podnosi oczu znad raportu.

Ciekawe, co teraz robi Lærke. Mimowolnie wyobrażam ją sobie w ośrodku opieki dziennej. Na pewno siedzi teraz przy okrągłym stole z grupą innych niepełnosprawnych, wyplatają koszyki albo malują akwarelkami, a ona czeka, aż jej cudowny mąż ją odbierze, choć z powodu uszkodzenia mózgu nie potrafi tego docenić.

Widzę, jak wracają razem do domu w białym volvo kombi, Bernard otwiera jej drzwi, wyciąga z bagażnika wózek inwalidzki albo kule, pomaga jej przejść do wspaniałego ogrodu, który rozciąga się na zboczu wzgórza aż do samego lasu. Siedzą razem zamyśleni, w łagodny, letni wieczór. To prawda, że nie znam jej aż tak dobrze, więc w moich wyobrażeniach mówi to samo, co w czasie mojej wizyty u nich: „Ale fajnie". Uśmiecha się słodko i pięknie pod swoim wielkim kapeluszem. „Język jest taki bogaty".

Widzę Bernarda, jak zeszłej nocy stał w pomarańczowym świetle z opuszczonymi spodniami. Jego duży, nabrzmiały członek, każda komórka w moim ciele odczuwa podekscytowanie i niepokój.

– Rada Medyczno-Prawna uznała, że choć w czasie popełnienia przestępstwa byłeś nie w pełni władz umysłowych, to bez trudu zdołałbyś się powstrzymać przed egoistycznym działaniem. – Bernard wpatruje się głęboko w oczy Frederika, jakby mnie tu w ogóle nie było. – To dlatego, że zanim pojawił się guz, wykazywałeś niezwykłą inteligencję, miałeś logiczny umysł i niezwykle klarownie myślałeś.

Bernarda zdradza to, że nie zwraca na mnie dostatecznej uwagi. Przecież jestem żoną oskarżonego.

Jak zawsze traktuje Frederika bardzo uprzejmie. Zachowywał się tak nawet wtedy, kiedy Frederik był w znacznie gorszym stanie. Koszula Bernarda opina trochę zbyt ciasno jego ramiona. Wciąż pamiętam, jak mocno je ściskałam.

– Najwyraźniej zakwestionowano zasadność użycia testu hazardzisty jako narzędzia diagnostycznego – kontynuuje Bernard. – Mówiąc krótko, w trakcie tego badania nieracjonalne zachowanie przejawiają nie tylko osoby z uszkodzeniami płata czołowego. Wiele zdrowych osób popełnia dokładnie te same błędy, kiedy siada przed stosami kart. Oni też czasem ryzykują fortunę, wbrew zdrowemu rozsądkowi odrzucając właśnie tę strategię, którą powinni wybrać. Ale to nie zwalnia ich od odpowiedzialności.

– Co w takim razie możemy zrobić? – pyta Frederik.

– Jak mówiła Louise, nie można się odwołać od tej decyzji do żadnej wyższej instancji. Ale ta decyzja to nie wyrok. Mamy prawo skontaktować się z Radą Medyczno-Prawną i upierać się, że przeoczyła coś w swoim raporcie. Ale to ma sens tylko wtedy, kiedy możemy wskazać na fakty, o których Rada nie miała wcześniej pojęcia.

– Powiedziałem im wszystko.

– Na przykład, gdyby twoja sekretarka zeznała, że twoja osobowość uległa radykalnej zmianie, albo gdyby potwierdzili to twoi bliscy i długoletni współpracownicy.

– Ale oni wszyscy pracują w Saxtorph dla Lausta.

Muszę się wtrącić.

– Sugerujesz, że powinniśmy nakłonić pracowników szkoły, żeby złożyli zeznania godzące w interesy nowej administracji.

– Tak.

Spogląda na mnie tylko przez sekundę i zwraca się znowu do Frederika.

– Jeśli prawda jest po naszej stronie, a ty przechodziłeś transformację bezpośrednio przed popełnieniem przestępstwa, to być może niektórzy twoi podwładni z tamtego okresu o tym zaświadczą.

W chwili, kiedy wreszcie na mnie spojrzał, zdałam sobie sprawę, że zdoła bez najmniejszego problemu wyeliminować mnie ze swojego życia. Że jest szlachetnym człowiekiem, który nade wszystko przedkłada dobro swojej chorej żony.

Nie flirtujemy. Nie próbuję być urocza, a on nie stara się na mnie zrobić wrażenia. Sprawa załatwiona. To koniec.

– Czy sądzisz, że moglibyśmy porozmawiać z którymś z twoich bliskich współpracowników? – pyta Frederika.

– W sekretariacie pracowały trzy osoby. Jeśli mamy z którąś z nich się skontaktować, to najlepiej zacznijmy od Trine.

. . .

Teraz już żadne z nas – ani Niklas, ani Thorkild, ani Vibeke, ani ja – nie może udawać, że nie rozumie sytuacji. Niklas spędza czas poza domem z Emilie i swoimi przyjaciółmi, a my leżymy w łóżkach albo przed telewizorami, kładąc się tam, gdzie znajdziemy trochę ciepła i przestrzeni, jak bezpańskie psy.

Dom aukcyjny zabrał moje najcenniejsze druki i meble, dlatego poruszając się po domu, raz po raz wpadam w wielkie połacie pustej przestrzeni. To miejsca, gdzie kiedyś stały meble, które tak lubiłam. W ten sposób konfrontuję się z rzeczywistością. Dusza Frederika gdzieś uleciała i teraz wszyscy mogą zobaczyć to, co my wiemy od tak dawna: nasze życie straciło swoją dawną treść.

Ale musimy mieć kanapę, stół do jadalni i krzesła, więc w niedzielę po południu jadę moim autem z przyczepką do Thorkilda i Vibeke, żeby zabrać z ich piwnicy niepotrzebne im już meble.

Za dawnych czasów Vibeke z okazji naszej wizyty upiekłaby pyszne ciasto, ale od tygodnia leży chora w łóżku. Za dawnych czasów w takiej sytuacji to ja upiekłabym ciasto, które zabralibyśmy ze sobą, ale mi się nie chce, więc kupuję placek w piekarni.

Kiedy zasiadamy do popołudniowej herbaty, Vibeke zamiast mojego ciasta podaje inne, znacznie droższe. Sama je kupiła.

– Wiem, nie mogłam się oprzeć, wyglądało tak apetycznie. Więc teraz mamy dwa.

Na szczęście moje mechanizmy blokujące są na tyle sprawne, że potrafię zachować pokerową twarz. Ale czy tak już od teraz będzie? Czy do końca życia na każdym kroku Vibeke zamierza mnie upokarzać, tylko dlatego, że jej syn zrujnował mnie, a nie ją? Już po pięciu minutach tej wizyty czuję, że przydałoby mi się kilka chwil samotności.

– Zejdę do piwnicy i obejrzę stół do jadalni – mówię.

Kilka sekund później wychodzę z salonu, ale kiedy staję w drzwiach, słyszę za plecami głos Frederika.

– A może powinniśmy razem zejść na dół?

W duchu przeklinam go za stępioną zdolność empatii, bo wszyscy ruszają za mną w dół po schodach.

Tylko spokojnie. Spokojnie. Spokojnie.

Gram w tenisa, piłki na korcie ziemnym, słońce nisko nad horyzontem. Chcę uciec w sen na jawie. Siedzę na podwieszanej ławce, jest wieczór, właśnie wróciliśmy z przyjęcia w ogrodzie u naszych sąsiadów. Jesteśmy szczęśliwi, ja i Zdrowy Frederik. O to chodzi. Chcę być sama ze Zdrowym Frederikiem. Idziemy na spacer wokół jeziora. Ze Zdrowym Frederikiem.

Ale fantazja nie otwiera przede mną swoich wrót. Nie zaprasza mnie już do środka, do Frederika na podwieszanej ławce, do Bernarda.

W jednym z pomieszczeń w piwnicy Thorkild i Vibeke upchnęli wszystkie stare graty. Gdzieś z tyłu zagrzebany jest stół i krzesła.

– Świetnie, że możecie je wykorzystać – mówi Vibeke do Frederika. – Dobrze, że ich nie wyrzuciliśmy. To niby nic specjalnego, ale to pierwszy stół, który kupiliśmy z tatą, kiedy już byliśmy razem.

Co mi strzeliło do głowy, kiedy się zgodziłam na tę propozycję? Na pewno moglibyśmy pożyczyć meble od kogoś innego. Absolutnie nie chcę ich mebli w moim domu. To mnie wykończy.

Stół jest ukryty pod taką masą rupieci, że właściwie go nie widać. Frederik wynosi na korytarz krzesła stojące za drzwiami, a potem dwa duże kartonowe pudła, dwie walizki i robot kuchenny.

– Poczekaj, poczekaj. Zaraz tu wrócimy, żeby to wszystko obejrzeć. Właśnie zaparzyła się herbata.

W oczach Frederika widać niezdrowe podekscytowanie.

– Ale nie obejrzymy stołu? Przecież po to tu przyszliśmy.

Zaczyna z trudem wyciągać jedno krzesło. Potem zabiera się do zamrażarki.

– Chodź, idziemy na górę – mówi Vibeke. – Frederik, chodź. – On nie odpowiada, ciągnie zamrażarkę. – No już, Frederiku. Chodź na górę!

Ale on się do nas nie przyłącza, dlatego muszę siedzieć sama z Thorkildem i Vibeke.

– Twoje ciasto wygląda tak apetycznie – mówi Vibeke, kiedy siadamy do stołu.

– Ale nie tak apetycznie jak twoje – mówię. – Każdy to powie.

Żadne z nas nie wierzy, że obmyślony przez Bernarda plan ratowania Frederika się powiedzie. Czeka go więzienie, a potem życie na zasiłku. Tylko Frederik ma jeszcze nadzieję, że mu się uda. Ale w jego przypadku tak trudno się zorientować w jego wewnętrznym chaosie wywołanym przez depresję, antydepresanty, skłonność do braku empatii i uniesień w najmniej nieodpowiednich momentach.

Mój wzrok wędruje z jadalni do salonu, gdzie wzdłuż dwóch ścian stoją regały z ciemnego drewna. W czasie poprzednich wizyt przejrzałam niektóre książki Thorkilda, szukając pretekstu, by wyjść z pokoju. To głównie prace na temat historii osiemnasto- i dziewiętnastowiecznej Danii. Choć Thorkild zrobił wspaniałą karierę w szkolnictwie, czasem twierdzi, że przez to nie zrealizował się jako pracownik naukowy na wydziale historycznym.

– Chciałabyś spróbować też drugiego ciasta? – Vibeke już wzięła nóż, gotowa położyć kawałek swojego placka na moim talerzyku.

– Nie, dziękuję. Ostatnio nie smakują mi maliny.

Znowu cisza, przerywana tylko dochodzącymi z piwnicy cichymi odgłosami krzątaniny Frederika. Tak naprawdę w czasie tej niedzielnej wizyty nie opuściliśmy naszego domu, przywieźliśmy ze sobą tamtejszą atmosferę.

Łyżeczka Thorkilda stuka o talerzyk. W jego tonie słychać beztroskę.

– Prawdziwych przyjaciół poznaje się po tym, że można z nimi pomilczeć.

Vibeke nie daje za wygraną.

– Mogę zdjąć maliny.

– Nie! – Wiem, że mówię zbyt nerwowo.

Wraca Frederik i kładzie na stole książkę o historii filozofii europejskiej.

– Znalazłem to.

Vibeke już kładzie ciasto na jego talerzu.

– Na pewno zjesz dwa duże kawałki.

Frederik patrzy na swojego ojca.

– Mia zostawia wszędzie artykuły o neuropsychologii, walają się w całym domu – mówi. – Przyda mi się coś, co mógłbym poczytać jako antidotum.

– Ja zostawiam wszędzie artykuły? To ja robię bałagan? Ile razy musiałam zbierać twoje deski do głośników... – Przerywam w połowie zdania, pomimo wściekłości. To zupełnie bez sensu.

Ale Frederik nie zamierza się zamknąć.

– Ona jest przekonana, że nowe badania neurologiczne podważą dwa i pół tysiąca lat filozofii. Ale pytanie o wolną wolę do dziś nie straciło aktualności. Nie pojawiło się nic nowego. Nic nowego przez dwa i pół tysiąca lat.

Thorkild bierze książkę, ściska ją mocno i spogląda na nią z rozrzewnieniem.

– Jeśli interesuje cię ten temat, mogę pożyczyć ci jeszcze kilka innych książek. Jak to się stało, że ta książka wylądowała w piwnicy? Jej miejsce jest gdzie indziej. – Delikatnie ściera kurz z okładki, a ja uświadamiam sobie, że nigdy nie widziałam, żeby z podobną czułością dotykał Vibeke. Kartkując książkę, pochyla się nad nią, pochłonięty lekturą.

Vibeke stawia talerz przed Frederikiem.

– A ty jak uważasz, Frederiku? Czy ludzie mają wolną wolę?

– To skomplikowane pytanie. Na razie uważam tylko, że powinniśmy się starać nie wygadywać głupot.

Thorkild z uznaniem mu przytakuje. Sam nie wyraziłby precyzyjniej swoich poglądów.

Są do siebie podobni jak trzy krople wody. Typowy dla rodziny Hallingów ton głosu, konwencjonalne, chłodne zadufanie w sobie, wrogość, którą subtelnie okazywali mi przez dwadzieścia lat.

Co ja tu robię? Dlaczego w ogóle zgodziłam się wpaść na ich prywatne, rodzinne przyjęcie?

Frederik szybko zjada ciasto i wraca do piwnicy. Idziemy za nim i widzimy, że utorował już sobie drogę do pierwszego stołu i krzeseł moich teściów.

– Jakoś inaczej zapamiętałam te meble – mówię. – Chyba jednak nie możemy ich użyć. Ale bardzo dziękujemy za propozycję.

– Zabierzcie je – nalega Thorkild. – Możecie je zatrzymać, póki nie znajdziecie czegoś lepszego.

Frederik jest zbyt chory, by cokolwiek zrozumieć. Stoi w tej samej pozycji co jego ojciec, z dłońmi na biodrach.

– Tak, możemy je zatrzymać, póki nie znajdziemy czegoś lepszego.

Wracamy na górę z trzema książkami o filozofii, które Thorkild znalazł dla Frederika w magazynie, w tym jedną autorstwa współczesnego hiszpańskiego myśliciela. Siadamy w salonie. Mam ochotę stąd uciec.

– Skoro mowa o Hiszpanii – mówi Thorkild – zastanawialiśmy się z Vibeke, czy możemy coś zrobić dla Niklasa.

Tego się nie spodziewałam!

Niklas dostał oceny niedostateczne z ustnych i pisemnych sprawdzianów z hiszpańskiego, ale poza tym nauka nie sprawia mu problemów. Kiedy Frederik chodził do szkoły, Vibeke i Thorkild motywowali go, by miał jak najwyższą średnią. Teraz, kiedy ich syn poniósł tak spektakularną klęskę, najwyraźniej Niklasa mianowali na swojego następnego pupila. A to oznacza, że zaczną mnie oskarżać o to, że nie potrafię nawet wychować własnego syna.

– Może Niklasowi dobrze by zrobiła chwila ciszy i spokoju – mówi Vibeke – w czasie zamieszania związanego z przeprowadzką. Może powinien pomieszkać gdzie indziej przez kilka dni.

Zrywam się z krzesła.

– Przestań, natychmiast! Ile waszych ataków mam jeszcze cierpliwie znosić, zanim oboje dacie mi spokój?

Vibeke patrzy na mnie z przerażeniem.

– Chodzi ci o ciasto? – mamrocze. – Zastanawiałam się, czy powinnam je kupić, ale pomyślałam...

– Nie chodzi o ciasto, do cholery! Dlaczego nie słuchacie, co do was mówię? – Ruszam do wyjścia. – Frederik! Nie mógłbyś choć raz w życiu stanąć w mojej obronie, kiedy twoja matka robi mi wyrzuty? – Dzwoni mój telefon. Patrzę na ekran. – To Bernard – mówię bez zastanowienia.

Wszyscy milkną. Jakbyśmy od dawna na to czekali. Jakby nasze starcie na śmierć i życie było tak naprawdę tylko zabawą dla zabicia czasu w oczekiwaniu na telefon od Bernarda.

Z trudem trafiam palcem w ikonkę.

– Cześć, Bernard.

Słyszę lekki podmuch wiatru i jego głos w oddali.

– Masz chwilę?

– Tak.

Wszyscy zamierają. Oni siedzą, ja stoję.

– Możesz rozmawiać?

– Tak.

– Jestem w Aumessas z Lærke.

– Jesteś we Francji?

Zaskoczenie w ich oczach.

– Tak.

– Ale dopiero co widzieliśmy się w kancelarii.

– Po waszym wyjściu odwołałem wszystkie spotkania. Wyjechaliśmy z Lærke do Aumessas na cztery dni.

– To wasza rocznica?

– Nie.

Mówi tak poważnym tonem, nigdy wcześniej tak ze mną nie rozmawiał. Mam wrażenie, że stało się coś strasznego.

– Coś się stało Lærke?

Frederik i moi teściowe wciąż się na mnie gapią. Ale teraz oni są bardzo daleko. Stare, wyblakłe zdjęcie, które czym prędzej rzucam na stos innych fotografii.

Znów jego grobowy głos.

– Tu jest jakoś inaczej. Nie tak cudownie jak zawsze... Nie mogę się otrząsnąć po naszym ostatnim spotkaniu.

Patrzę na moją rodzinę tylko przez ułamek sekundy. Muszę się stąd wydostać. Wybiegam na korytarz. Później zmyślę jakąś historyjkę, żeby to wyjaśnić. Wciąż stoję za blisko. Wybiegam przed dom, na podjazd. A potem jeszcze dalej, na ulicę.

Na pewno nie widzą mnie już z domu. Sprawdzam. Co im powiem, jak wrócę? Coś wymyślę. Zresztą mam to w dupie.

– Co tam się dzieje? – pyta Bernard. – To źle, że zadzwoniłem?

– Nie. Nie. Dobrze. Nic się nie dzieje. Wyszłam z domu.

Milkniemy.

– Ale w czasie spotkania byłam... taka... – mówię. – Zresztą, nic złego nie zrobiliśmy.

– Świetnie ci poszło. Próbowałaś! Oboje próbowaliśmy. To właśnie nas łączy. Byłaś jeszcze bardziej urocza niż zazwyczaj.

Powinnam powiedzieć tak wiele. Nie znajduję odpowiednich słów.

– To źle, że zadzwoniłem? – powtarza pytanie Bernard.

– Nie, wcale nie. – Język staje mi kołkiem w ustach. – Bernard. – Tylko tyle potrafię z siebie wydusić. Nigdy wcześniej nie wymawiałam w ten sposób jego imienia. – Bernard. – Przyzwyczajam się do tego powoli. Od teraz będę częściej wymawiała jego imię w ten sposób. – Gdzie jesteś?

– W Aumessas.

– Wiem, ale gdzie dokładnie? Na co teraz patrzysz?

– Odszedłem daleko od naszego domu. Wędrowałem przez godzinę. Po raz pierwszy tutaj zapragnąłem samotności. Wszedłem na górskie zbocze po wykładanej deskami ścieżce. Wszędzie rosną tu kasztanowce i morwy, właśnie patrzę na rozległą dolinę.

Na ulicy, przy której mieści się dom Thorkilda i Vibeke, stalowe zadaszenie przystanku autobusowego ma prawie taki sam szary kolor jak chodnik i niebo.

– Ja patrzę na przystanek autobusowy, niedaleko domu moich teściów – mówię. – Zbiera się na deszcz.

Śmiejemy się. Coś we mnie zaczyna wyrywać się na wolność. Cichy śmiech z byle powodu wydaje mi się tak głęboki i właściwy. Na swoim miejscu. Wszystko jest na swoim miejscu.

– Dzięki, że zadzwoniłeś, Bernardzie. Naprawdę się cieszę, że zadzwoniłeś. Naprawdę bardzo się cieszę.

Czy istoty ludzkie mają wolną wolę?

WPROWADZENIE

Na następnych sześćdziesięciu stronach znajdują się artykuły poświęcone kwestii najczęściej omawianej w metafizyce (która sama w sobie jest jedną z najbardziej kontrowersyjnych dyscyplin, jakie zrodziły się w ciągu dwóch tysięcy lat istnienia zachodniej filozofii).

Prawie każdy liczący się filozof formułował poglądy na to, w jakim stopniu mamy wpływ na nasze działania. Jeśli wszystko zostało odgórnie zdeterminowane przez wszechmogącego Boga lub prawa natury, to jak w takim razie jednostka może uważać się za wolną? Bez względu na to, czy uznajemy nasze działania za nieodwołalnie zaplanowane przez jakiegoś boga, geny czy wychowanie lub przez nienaruszalne prawa fizyki decydujące o ruchu atomów, z których się składamy, to zasadnicza natura tego pytania pozostaje niezmienna.

Jednak opozycja między wizją w pełni zdeterminowanego świata i koncepcją istoty ludzkiej, która jest panem własnego losu, okazuje się znacznie bardziej skomplikowana. Wielu filozofów uważa, że te dwa stanowiska wcale się wzajemnie nie wykluczają.

W 1814 roku francuski astronom Pierre-Simon Laplace wyobraził sobie nieskończenie inteligentny umysł, który zna wszystkie prawa naturalne, a także dokładną topografię wszechświata. Doszedł do wniosku, że taka inteligentna istota zdołałaby za pomocą obliczeń zlokalizować wszystkie wydarzenia w każdym momencie w przeszłości i przyszłości.

Ten eksperyment myślowy znany jest pod nazwą „demon Laplace'a" i chodzi w nim o problem wolnej woli. Zapewne większość z nas zgodzi się, że człowiek o wolnej woli musi spełnić dwa warunki:

1. Osoba ta musi mieć możliwość zmiany swojego działania.

2. Osoba ta musi sama zadecydować o swoim postępowaniu i nie może być po prostu ostatnim ogniwem w łańcuchu wydarzeń, które już nastąpiły i dalej mogą przebiec tylko w jeden sposób.

Nawet gdyby jednostka próbowała się uwolnić od wpływu swojego wychowania i bezpośredniej determinacji genetycznej, impuls do takiego działania musi przyjść skądinąd. Nic nie powstaje z próżni, stanowiłoby bowiem pogwałcenie samej natury wszechświata. Każdy podejmowany przez jednostkę wybór dokonywany jest w interakcji z niezliczonymi czynnikami o rozmaitej sile. Jednostka nie potrafi ostatecznie uwolnić się od tych wpływów, więc czy można powiedzieć, że działa autonomicznie? Albo że należy ją ukarać bądź nagrodzić za jej decyzje?

Większości osób wydaje się, że – tak jak wszyscy inni – podejmują autonomiczne decyzje. Jeśli jednak ci sami ludzie wezmą pod uwagę eksperyment myślowy Laplace'a i jego wizję wszechświata, zazwyczaj dochodzą do wniosku, że wolna wola nie istnieje i że najprawdopodobniej stanowi ona iluzję wytwarzaną przez nasz umysł.

Przedstawione na tych stronach poglądy filozofów odegrały najważniejszą rolę we współczesnych debatach nad tym problemem i prezentują szerokie spektrum opinii. Poniższy diagram przedstawia skrótowo zajmowane przez nich stanowiska.

	Wszystko jest zdeterminowane (**determinizm**)	Nie wszystko jest zdeterminowane (**indeterminizm**)
Jednostka posiada wolną wolę	**Kompatybilizm** albo **słaby determinizm** Wolna wola istnieje w zdeterminowanym wszechświecie (Daniel Dennet, Harry Frankfurt)	**Libertarianizm** Wolna wola nie istnieje w zdeterminowanym wszechświecie, ale wszechświat nie jest zdeterminowany (Robert Kane, Peter van Inwagen)

	Wszystko jest zdeterminowane (**determinizm**)	Nie wszystko jest zdeterminowane (**indeterminizm**)
Jednostka nie posiada wolnej woli	**Skrajny determinizm** Wolna wola nie istnieje w zdeterminowanym wszechświecie, dlatego jednostka nie posiada wolnej woli	**Skrajny inkompatybilizm**[1] Jednostka nie posiada wolnej woli, bez względu na to, czy wszechświat jest zdeterminowany czy nie (Galen Strawson, Derek Pereboom)

[1] Reprezentanci mocnego inkompatybilizmu twierdzą, że pytanie o to, czy świat jest zdeterminowany, nie ma żadnego związku z wolną wolą. Na powyższym diagramie stanowisko to powinno zatem zajmować oba dolne pola.

LIBERTARIANIZM

Można wyróżnić dwa główne nurty libertarianizmu:

1. Libertarianizm metafizyczny. Jednostka posiada duszę autonomiczną wobec fizycznego świata i praw natury. Ten nurt często wiąże się z wierzeniami religijnymi

2. Libertarianizm naukowy. Ten nurt opiera się na mocnych podstawach fizyki atomowej, szczególnie na teorii cząstek kwantowych Bohra, w myśl której nie wszystko we wszechświecie jest zdeterminowane. Elektrony poruszają się przypadkowo i nieprzewidywalnie. Powstaje zatem pytanie, czy ruch elektronów ma jakikolwiek wpływ na ludzką myśl i

23

Wszystko przed nami. Za nami nic. Nic, nic, nic! Bernard i ja mamy dwadzieścia jeden lat i jesteśmy piękni. Na ulicy przechodnie się za nami oglądają, skóra na jego klatce piersiowej jest gładka, niemal bez włosów, przyciskam do jego ciała moje jędrne piersi. Mówimy jednocześnie i tak szybko, że nawet trzydziestolatkowie nas nie rozumieją. Oboje przeprowadziliśmy się z rodzinnych miejscowości do miasta, a nocą przeskakujemy przez ogrodzenie w parku i patrzymy sobie głęboko w oczy, dźwięki i pauzy w naszych głosach ocierają się o siebie, aż wreszcie splatają się w jedno.

Potem głośno śpiewamy. Naprawdę głośno! Bo wszyscy w mojej szkole poszli do domu. Nawet gdyby ktoś nas usłyszał z korytarza w piwnicy, który prowadzi wzdłuż niewielkiego kantorka dla nauczycieli, z kanapą, z miękkimi poduszkami i z plakatem z piramidą, to i tak nikt się nie domyśli, kto śpiewa, śmieje się, pojękuje i sprawia, że kanapa aż skrzypi.

Jestem wcieleniem wszelkich cnót. Zawsze taka byłam. Drzwi są zamknięte na klucz. Nawet gdyby ktoś się domyślił, mamy to gdzieś, bo nasze życie tętni od nowych możliwości, póki nabrzmiały członek Bernarda rytmicznie porusza się we mnie. Górski grzbiet biegnący od jego nozdrza do górnej wargi, dolina między płatkiem ucha i policzkiem, jego rzęsy jak dwie przystanie. Mocniej przyciskam jego lędźwie. Nasze twarze są tak blisko siebie, że śpiewamy sobie do ucha:

Dwadzieścia jeden lat
Benzyna się spala
Ulica Hansa Christiana Andersena
Odsuwamy fotele
Otwieramy okna
Pogłaśniamy
Niech wedrze się letnie powietrze
Tylko ja i on
Nasza skóra lśni
Cholera, ale gorąco.

Unosimy się w górę z kantorka w piwnicy, nurkujemy po bezchmurnym niebie w stronę przysadzistych, szkolnych budynków, pływamy nago w jeziorze Farum, w otoczeniu wszystkich naszych dwudziestojednoletnich przyjaciół. Szczupłe opalone ciała rozpływają się w ciemności. Blade pośladki jaśnieją w mroku i migają na brzegu, pojawiają się i znikają. Tak jak my. Pojawiamy się i znikamy, czwartek, piątek, przychodzimy, odchodzimy, sobota, niedziela, jego jądra wewnątrz moich ud. Pojawiamy się i znikamy.

Korytarzem w piwnicy, przez klatkę schodową płyniemy na fali letniego powietrza. Cholera, ale gorąco.

Na parkingu za szkołą pokazuję na niego palcem.

– Co? – pyta.

– Rozporek!

Zapina go i też się śmieje.

Mamy to w nosie.

Wiem też, że Bernard i Niklas się dogadają, kiedy tylko Niklas otrząśnie się z szoku. Bernard potrafi się dogadać z każdym. Już widzę, jak grają w badmintona w naszym nowym ogrodzie, siedzą pochyleni nad laptopem Niklasa, dzielą się poradami komputerowymi, o zmierzchu rozmawiają o swoich ulubionych fotografach.

A co z chłopcami Bernarda? Czy ja się z nimi dogadam? Pokazywał mi ich zdjęcia i e-maile od nich. Będą chcieli utrzymywać kontakt ze swoją chorą matką, tak jak Niklas ze swoim chorym ojcem. Obudzi się w nich gniew i instynkt obrony. Płyniemy kajakiem po rzece Mølle. Mieszkamy w domu Bernarda, a Lærke przebywa w ośrodku, w którym zajmują się nią zawodowi pielęgniarze. Świetnie jej tam idzie. Z prawnego punktu widzenia rozwód z Frederikiem to pestka. Dostaję wszystko, co nam zostało: pieniądze, samochód, meble. Bank dokładnie ustalił, co należało do niego i mu to zabrał. Ale ja chcę być miła. Dam mu kilka rzeczy, choć wcale nie muszę.

W dzień i w nocy w mojej głowie aż roi się od wspaniałych planów. Snuję je również, kiedy razem z Bernardem idziemy przez parking za szkołą, wracając do domu z naszego kantorka. On dostaje SMS-a. Jego dzwonek w telefonie to odgłos morza, fale uderzające o brzeg.

– Lærke pomagała przy gotowaniu obiadu i rozlała mleko – mówi. – Muszę kupić nowy karton w drodze do domu z biura.

Mówi to ze smutkiem w głosie, jakby właśnie w tej chwili zdał sobie sprawę, co zrobił. Gdyby tylko wziął się w garść i dalej opierał się pokusie! Gdyby tylko potrafił wytrzymać kolejne osiem lat, rezygnując z seksu, intymności i partnerskiej relacji ze zdrową kobietą. Wtedy w ich małej rodzinie wszystko byłoby jak trzeba.

„Osiem lat!", myślę znowu. Osiem lat z żoną, która jest pod wieloma względami niepełnosprawna, dopiero po ośmiu latach przydarzył mu się niewielki skok w bok. A jego libido przecież nie wygasło, wiem o tym najlepiej.

Chcę powiedzieć coś, co złagodzi jego cierpienie. „Jeśli tobie jest lepiej, Bernardzie, to również lepiej dla niej". Albo coś w tym guście.

Ale zawsze mi się wydaje, że jeśli powiem choć jedno nieodpowiednie słowo o Lærke, wszystko się skończy. On się ożywia na wieść, że ona lepiej się czuje i nic nie przygnębia go bardziej niż wiadomość, że jej jest ciężko. Nigdy jej nie zostawi. Pogodziłam się z tym. To dlatego jest tak niezwykłym człowiekiem. Nie chcę wszystkiego niszczyć. Chcę tylko, żeby im obojgu żyło się lepiej. Chcę dodać mu energii, żeby mógł być jeszcze lepszym człowiekiem.

– Musi być ci bardzo ciężko. – Mówię tylko tyle.

...

W sobotę rano budzi mnie Frederik, który biegnie po schodach, tupiąc i krzycząc:

– Uratowana! Uratowana! Udało się!

Siada na krawędzi mojego łóżka. (Ustaliliśmy, że od teraz to ja śpię w łóżku, a on na materacu). Pokazuje mi dzisiejsze wydanie „Politiken", z nagłówkiem PRYWATNA SZKOŁA SAXTORPH URATOWANA na pierwszej stronie.

Poniżej znajduje się artykuł: „Grupa majętnych rodziców byłych uczniów zebrała pieniądze i przekazała je jako dar dla szkoły Saxtorph. Poza tym Danske Bank, po intensywnych negocjacjach, zgodził się zmniejszyć zadłużenie szkoły o kilka milionów koron".

– To był mój plan! Szkoła uratowana! Uratowałem Saxtorph!

Frederik ostatnim razem był tak szczęśliwy w swoim maniakalnym okresie.

– Musimy to uczcić – mówię.

Nawet w tej chwili, choć bardzo się cieszę, bo to wspaniała wiadomość dla Frederika, dla naszych przyjaciół, dla mnie, choć przepełnia mnie radość, nadal widzę oczyma wyobraźni nagie ciało Bernarda, jakby na ścianie wisiał olbrzymi pornograficzny plakat, od podłogi do sufitu. Jakby zakrywał każdą ścianę, na którą patrzę.

– Ugotuję coś specjalnego na śniadanie – mówię, myśląc o tym, jak niewiarygodnie jestem szczęśliwa i jak bardzo moja radość mnie dziwi. Myślę o tym, jak szczęśliwy będzie Niklas, kiedy go obudzimy i co powinnam ugotować na śniadanie. A także o tym, czy spóźnię się na moje popołudniowe spotkanie z Bernardem w kantorku. Myślę o jego ciele, żebrach, liniach, zakrzywieniach, włosach, zmarszczkach. Zawsze myślę przede wszystkim o jego ciele.

Mam w zamrażarce tylko kilka tanich składników, ale postanawiam usmażyć amerykańskie naleśniki ze starej paczki mąki samorosnącej i stawiam na stół winogrona i bardzo dobry ser, który zachowałam na dzisiejszy wieczór, na kolację z okazji pożegnania naszego domu, na którą zaprosiłam też Helenę i Henninga.

Przez prawie całe nasze odświętne śniadanie z bardzo zaspanym Niklasem Frederik wydzwania do swoich dawnych przyjaciół i współpracowników. Słyszę, że niektórzy rozłączają się bez słowa, inni odzywają się do niego po raz pierwszy, od kiedy defraudacja wyszła na jaw. Mówią mu o tym, co pominął milczeniem autor artykułu. Nowa administracja musiała zwolnić wiele osób, bank domagał się bowiem minimalizacji budżetu, zaś niektórzy członkowie rady nadzorczej, tak jak Laust i Anja, stracili swoje domy i emerytury.

Nadal nie potrafię sobie wyobrazić naszej przyszłości finansowej. Nie wiem nawet, jak długo jeszcze będziemy żyć razem. Dlatego postanowiłam, że na razie wynajmiemy mieszkanie w Farum Midpunkt. To upadek na samo dno w hierarchii społecznej naszego miasta, ale to tylko tymczasowe rozwiązanie, co sprawia, że łatwiej mi je zaakceptować. Mamy niecały tydzień, żeby się spakować i wyprowadzić.

Później, na godzinę przed przyjściem Heleny i Henninga, krzątam się w kuchni, a Frederik siedzi w salonie i znowu rozmawia przez telefon. Wie, która jest godzina, i widzi, że jeszcze nie nakryłam do stołu, ale nie przychodzi mu do głowy, żeby zaproponować mi pomoc.

Cierpliwie czekam i na kwadrans przed zaplanowanym przybyciem gości wchodzę do salonu i przerywam Frederikowi rozmowę.

– Chodź, musisz się zabrać do roboty! Trzeba nakryć stół i otworzyć wino.

Niedługo później już z ulicy dochodzi gromki głos Henninga i jego przenikliwy śmiech. Od lat prowadzi własną firmę budowlaną. Szczyci się tym, że doskonale dogaduje się ze swoimi podwykonawcami i najwyraźniej ma talent do zarabiania ogromnych pieniędzy. Razem z Heleną mieszkają w domu dwukrotnie większym od naszego, na dodatek z widokiem na jezioro. Ale ich dom od czterech miesięcy jest wystawiony na sprzedaż. Kryzys finansowy i spadek cen domów sprawił, że Henning stracił wszystko, co zarobił w ciągu ostatniej dekady.

Frederik nalewa wino i ten jeden jedyny raz pozwalam mu wypić kieliszek. Nie pił od operacji, ale dziś na to zasłużył. To dzień, w którym dowiedzieliśmy się, że uratował szkołę Saxtorph.

Przekazujemy Henningowi i Helenie tę wspaniałą wiadomość i wznosimy toast, słuchając odgłosów wystrzałów i wybuchów dobiegających z góry, gdzie Severin, ich trzynastoletni syn, już zabrał się z Niklasem za grę komputerową.

Chcę wznieść krótki toast, żeby pożegnać się z domem, z którym łączy się tak wiele naszych dobrych wspomnień, ale Frederik mnie ubiega. Chce opowiedzieć nam więcej o szkole, o swoim genialnym planie jej ratowania, o książce o historii filozofii europejskiej, którą właśnie czyta. Na początku mówi mądre i interesujące rzeczy, ale po chwili tracimy nim zainteresowanie, choć on tego nie zauważa.

Kiedy na oddziale, na którym leżał Frederik, po raz pierwszy spotkałam osobę z uszkodzeniem płata czołowego, nie zdawałam sobie sprawy, że jest chora. Słuchałam jej uważnie, choć w trakcie swojego nieprzerwanego monologu kilka razy wybuchła gniewem, a niektóre jej żarty wydawały mi się nie na miejscu. Ale ona mówiła. Mówiła. Mówiła.

Cały czas mówiła tak samo jak w ciągu pierwszych pięciu minut naszej rozmowy, a jednak nieprzerwany strumień jej mowy uprzytomnił mi, że wcale nie jest żywą, radosną i trochę dziwaczną kobietą, za którą uznałam ją w pierwszej chwili. Była poważnie chora. Słuchanie jej przez dłuższą chwilę podcięłoby skrzydła każdemu, więc musiałam wymyślić jakąś wymówkę, żeby od niej uciec.

Kiedy jemy kolację, Frederik mówi właściwie przez cały czas, ale teraz, kiedy Henning wypił kilka kieliszków, idzie z nim w zawody. Czasem mówią jednocześnie, niekiedy Henning go przekrzykuje i zmusza do zaczerpnięcia powietrza.

Wielokrotnie widywaliśmy takie zachowania u Henninga i zawsze zastanawialiśmy się, jak Helena może znieść małżeństwo z kimś takim. Przy każdym naszym spotkaniu on pije za dużo i zagłusza wszystkich przy stole.

Kiedy już zjedliśmy klopsiki jagnięce i sałatkę grecką, Frederik dolewa nam wina i na końcu napełnia swój kieliszek.

– Na pewno chcesz jeszcze pić, Frederiku? – pytam.

Nie odpowiada, unika mojego wzroku i nalewa sobie wina.

Chłopcy idą na górę, żeby wrócić do gry. Niklas obiecał mi, że zostanie w domu, aż Severin będzie musiał iść spać, bo Severin jest w niego wpatrzony jak w święty obrazek i uwielbia spędzać z nim czas.

Tyle się teraz dzieje w naszym życiu, nie tylko Frederika i moim. Gdzie zamieszkają teraz Henning i Helena? Czym się zajmie Henning, skoro nie może już budować i sprzedawać domów? Chcę go o to zapytać, ale muszę dać za wygraną. Helena próbuje porozmawiać z Frederikiem, ale też się poddaje.

O wiele za długo słuchamy wymądrzających się mężczyzn, aż wreszcie nachylamy się do siebie, urządzając sobie małe *tête-à-tête* i rozmawiając o ważnych dla nas sprawach. Ale to też nam się nie udaje, bo kiedy Henning i Frederik orientują się, że nie zwracamy już na nich uwagi, robią się jeszcze bardziej krzykliwi, aż wreszcie znowu znajdują się w centrum uwagi.

Jeśli nasze uczestnictwo w rozmowie aż tyle dla nich znaczy, to czemu nie zadadzą nam kilku pytań, żeby zacząć rozmowę, w której moglibyśmy wziąć udział na równych prawach? Ale oni nie dbają o to, co myślimy i jak się czujemy. Nie mają też pojęcia, co robią chłopcy, kiedy nie ma ich w pokoju i nie proponują, że pomogą pozbierać naczynia po głównym daniu albo podadzą ciasto.

Na deser upiekłam mój popisowy sernik z czerwonymi porzeczkami. Helena woła chłopców na dół. Już jedli kiedyś moje ciasto, więc przynajmniej tym razem nie musimy wołać ich kilka razy, zanim ucichnie ryk eksplozji dochodzący z pokoju Niklasa.

Biały kawałeczek masy sernikowej przykleił się Frederikowi do górnej wargi. Dyskretnie pokazuję na moją górną wargę małym palcem. Ale on niczego nie zauważa. Robię to jeszcze raz. Nadal zero reakcji.

– Frederik! – mówię i pokazuję na moją górną wargę.

On rzuca okiem w moją stronę, ale nie przerywa rozmowy.

Nie mam wyjścia, muszę mu to powiedzieć.

– Frederik, coś ci się przylepiło do górnej wargi.

Ociera wreszcie usta szybkim, niedbałym gestem i nawet nie patrzy w moją stronę. Nie przerywa swojego wykładu.

Nie udaje nam się zamienić nawet kilku słów z chłopcami, którzy z ustami pełnymi sernika wracają pospiesznie na górę.

Ile razy musiałam przecierpieć takie kolacje, w towarzystwie mniej lub bardziej pijanych mężczyzn? Siedziałam wtedy otoczona przez facetów, którzy na mnie patrzą i mówią do mnie, choć ich agresywne spojrzenia nawet nie rejestrują mojej obecności. Miałam wtedy ochotę iść do domu i pooglądać w samotności telewizję.

Ale Helena i ja nie zamierzamy tego dłużej tolerować. To my narzucimy ton tej rozmowie. Pytam wszystkich, czy pamiętają jeszcze czasy, kiedy mieszkaliśmy w tanich mieszkaniach w biednych dzielnicach. Czy nie było w tym czegoś miłego? A może tak nam się wydawało, bo mieliśmy po dwadzieścia jeden lat, a świat wciąż stał przed nami otworem?

Nawet nie udało mi się skończyć zdania, kiedy Henning mi przerywa i opowiada o swoich planach, by zarobić kupę pieniędzy, porzucić budownictwo i popłynąć w rejs dookoła świata własną łodzią. Słuchając jego fantazjowania pierwsze piętnaście czy dwadzieścia razy, uważałam je za urocze. Ale po wielu latach mam ochotę tylko krzyknąć mu prosto w twarz: „No to płyń, do cholery, albo się zamknij! Nie przerywaj innym, żeby opowiadać o tym samym przez dwadzieścia lat!". Wiem, że inni przyjaciele Heleny uważają tak samo.

Henning nigdy wcześniej nie rozgościł się aż tak bardzo w naszym domu. Okazuje też Frederikowi więcej zainteresowania niż zazwyczaj, ale może to dlatego, że więcej wypił. A może pije więcej, bo czuje się jak u siebie w domu.

Wyciąga rękę i nakłada sobie na talerz ponad połowę z reszty sernika. Z wielkim kawałkiem ciasta na łopatce, w połowie drogi między paterą i talerzykiem, nagle zamiera i patrzy na mnie.

– Nie będziecie już jedli, tak? Mogę się poczęstować?

– Czuj się jak u siebie w domu – mówię takim głosem, który w dawnych czasach sprawiłby, że Frederik na pewno odłożyłby ciasto z powrotem.

Henning kładzie ciasto na talerzyku, wpycha wielki kawał do ust, a potem zaczyna opowiadać dowcip o kobiecie, która nago ćwiczy jogę. Któregoś dnia robi szpagat, a jej krocze przywiera do podłogi jak przyssawka i kobieta nie może wstać.

Za dawnych czasów po kolacji z Heleną i Henningiem razem z Frederikiem wkładaliśmy naczynia do zmywarki. Kręciliśmy się po kuchni, działając sprawnie i efektywnie, oboje z oburzeniem skomentowalibyśmy to, jak ordynarny robi się Henning, kiedy sobie wypije. Krytykowalibyśmy go przez chwilę, ale ostatecznie ja powiedziałabym: „Mimo wszystko jest dla niej dobry". Powiedziałabym to nie dlatego, że wiem, jak im się układa, ale raczej dlatego, że miałabym wyrzuty sumienia, że obgadujemy naszych gości kilka minut po tym, jak wyszli.

Ale dziś...

Henning opowiada dalej swój dowcip. Mąż kobiety przyprowadza do domu sąsiada, murarza i razem próbują oderwać kobietę od wykafelkowanej podłogi, do której się przykleiła. Ale ona ani drgnie. W końcu murarz mówi: „Trzeba będzie skuć kafelki". Na to mąż: „Zwariowałeś? Jedna sztuka kosztuje pięćset koron!". „W takim razie musisz ją podniecić, żeby zrobiła się mokra. Wtedy przesuniemy ją po podłodze do kuchni". „Myślisz, że wtedy ją oderwiemy?". „Nie, ale kafelki w kuchni kosztują pięć koron za sztukę".

Henning zwija się ze śmiechu, a ja dosłownie w ostatniej chwili przesuwam kieliszek, który znalazł się na drodze jego łokcia, zaś Frederik śmieje się do rozpuku. Obaj poklepują się po plecach, a z oczu płyną im łzy.

Mam ochotę się odwrócić. Za bardzo przygnębiają mnie wspomnienia o tym, kim Frederik był, ale już nie jest.

Helena patrzy mi w oczy i widzę czułość w jej spojrzeniu. Współczuje mi. „Mam przynajmniej ją", myślę.

Ona chwyta mnie za rękę.

– Jak to dobrze widzieć Frederika znowu w dobrej formie.

– W dobrej formie! Co masz na myśli?

– Dobrze, że wyzdrowiał. To o wiele ważniejsze niż wasza przeprowadzka.

Słyszę surowy ton mojego głosu.

– Wcale nie wyzdrowiał. Daleko mu do dobrej formy.

Czy moja najlepsza przyjaciółka naprawdę nie zna Frederika lepiej? Czy nie widzi, że został z niego głupi i wulgarny cień tamtego człowieka?

Ona jest zdenerwowana i bardzo dobrze. W tej chwili mam ochotę zerwać z nią wszelkie kontakty. Nie wie nic o tym, co dzieje się w moim życiu.

Mężczyźni oczywiście niczego nie zauważają. Henning znowu rozwodzi się nad tym, że opłynie świat dookoła. Zupełnie zagłuszył wykład Frederika o jego niedokończonych głośnikach i wiem, że to się źle skończy, jeszcze zanim Frederik uderza pięścią w stół i wrzeszczy:

– Zamknij się i skończ te opowieści o rejsie dookoła świata! Wszyscy uważają, że to niedorzeczne!

– Co?

– Nigdy ci się to nie uda. Rozmawiałem o tym z Mią ze sto razy!

– Uda mi się, mów, co chcesz! Razem z Heleną pożeglujemy...

– Powiedziałem, żebyś się zamknął!

– Zaczniemy na Karaibach, a stamtąd popłyniemy na południe...

– Nikt z nas nie ma ochoty słuchać tej historii! A przynajmniej nie Mia i ja.

Próbuję go uspokoić, ale nie potrafię przekrzyczeć Henninga, który zerwał się na równe nogi.

– Kurwa, nie mów tak do mnie!

I co teraz? Dojdzie do rękoczynów? Czy są na tyle głupi? Henning mógłby pokonać nas wszystkich razem, ale Frederik się nie boi.

– Idź się wysrać do oceanu!

– Co?

– Słyszałeś, wypłyń na morze i to zrób!

– Frederik! – mówię.

– Henning! – mówi Helena.

Są jak dwa głupie psy, z którymi wyszłyśmy na spacer po parku i które nie wiedzą, co jest dla nich dobre. Powinnyśmy były prowadzić je na krótszych smyczach. Ciągniemy ich i ciągniemy, ale jest już za późno.

Niklas staje w drzwiach. Czy przyszedł, żeby mnie obronić? To niezwykłe, jak szybko zawsze się pojawia w takich sytuacjach.

Jak mam żyć z Frederikim choćby przez kolejny tydzień? Jak Helena wytrzymała z Henningiem dwadzieścia lat?

Bez najmniejszego ostrzeżenia nastrój Henninga się zmienia. Nagle on zaczyna się głośno śmiać i obejmuje Frederika.

– Powinieneś wypić jeszcze kieliszek wina! Hahaha!

Frederik ściska Henninga.

– Ty też! Hahaha!

– Ja się na pewno napiję. Ale ty pierwszy.

Wtrącam się.

– Nie jestem pewna, czy to dobry pomysł, żeby Frederik więcej pił.

Frederik patrzy na mnie z irytacją. Narastająca chęć wywołania bijatyki sprzed kilku sekund już wywietrzała mu z głowy.

– Ach, daj spokój. Prawie nic nie wypiłem.

– Frederik, jesteś chory!

– W takim razie na pewno powinienem się napić.

– Będę jednak musiała postawić na swoim...

– Naszemu gościowi trzeba dotrzymać towarzystwa – mówi Frederik ze śmiechem. – Nie można mu odmówić! Przecież strasznie go obraziłem!

Henning też rechocze.

– Tak! Nie możesz mi odmówić po tym, jak twój mąż mnie obraził! Nie możesz. Potwornie mnie obraził. Ha-ha-ha!

Frederik już idzie do kuchni.

– Sam znajdę wino.

Henning kładzie swoją wielką łapę na jego ramieniu.

– Pójdę z tobą.

Zostaję sama z Heleną. Niklas też już wyszedł. Powoli nabieram powietrza do płuc. Helena też.

– Jak to się stało, że nasi mężowie pracowali na kierowniczych stanowiskach, a my nie? – pyta Helena.

Próbuję się śmiać razem z nią, ale i tak towarzyszy mi poczucie, że jestem zupełnie sama w moim nowym życiu.

Nie możemy rozwiązać konfliktu z zachowującymi się jak przedszkolaki mężami, choć bardzo się staramy. W tym czasie myślę o mężczyźnie z uszkodzonym mózgiem, o którym kiedyś czytałam. Zawsze był nieuprzejmy dla klientów swojego sklepiku na rogu ulicy, ale robił to wyraźnie z przymrużeniem oka i klienci wracali do sklepu właśnie ze względu na niego. Kiedy dostał niewielkiego udaru, nadal wydawało mu się, że może traktować swoich klientów jak dawniej, ale stracił dawne zdolności motoryczne, dzięki którym był tak rozbrajający: jego ironiczny uśmieszek nie pojawiał się już we właściwym momencie, nie odwracał już głowy i nie patrzył w podłogę, kiedy kończył mówić. Klienci zaczęli się irytować. Żona powtarzała mu, żeby zachowywał się jak zwykły, nudny sklepikarz, ale on się tylko wściekał. Jego sklep zbankrutował.

Co skłania mnie do następującej refleksji: dlaczego firma budowlana Henninga przez ostatnie lata tak cienko przędła? Oni twierdzą, że to z powodu kryzysu. Ale czy na pewno?

Silę się na swobodny, przyjazny ton.

– Czy kiedy się poznaliście, Henning lubił wychodzić na kolacje?

Ale Helena jest szybka jak błyskawica.

– Wiem dokładnie, co ci chodzi po głowie. To, że wpychasz wszystkich do tego samego pudełka, nie znaczy, że możesz to samo zrobić z Henningiem i ze mną.

– Oczywiście, że nie. Chciałam się tylko upewnić...

– Mężczyźni po prostu tacy są.

– Nie wszyscy – protestuję.

W odpowiedzi w jej oku pojawia się błysk, który miał chyba sygnalizować żart, ale mnie wcale nie jest do śmiechu.

– Słabo znasz mężczyzn.

– Ale zanim Frederik zachorował, na pewno taki nie był.

Milkniemy. Mężczyźni wciąż przekrzykują się w kuchni. Helena się do mnie nachyla.

– Mia, nie wiem, jak ci to powiedzieć...

– Co?

– Może Frederik nie był jednak tak idealnym mężem, jak to zapamiętałaś.

Dziś wieczorem nie mam najmniejszej ochoty na tę rozmowę.

– Ale Bernard na pewno taki nie jest. A jego dobrze pamiętam. Poznałam go niedawno.

– Ach tak, oczywiście! Zapomniałam o Bernardzie. Bernard, chlubny wyjątek od wszystkich reguł obowiązujących na tym świecie!

Muszę uważać na to, co mówię. Jedno słowo za dużo, jedna niewłaściwa pauza albo mina i Helena się domyśli, że Bernard nie tylko służy mi radą w sprawach prawnych.

– Ale poza nieziemsko doskonałym Bernardem – mówi – wszyscy mężczyźni są właśnie tacy. – Łapczywie pije wino. – Przywyknij do tego. Albo żyj samotnie.

W kuchni nasi mężowie wyją ze śmiechu i kłócą się o to, który duński polityk ma największy nos. Słyszę jednak trzy męskie głosy. Czy ktoś jeszcze do nas przyszedł?

Wstaję, a Helena idzie za mną.

W chłodnym świetle w kuchni widzę Niklasa, który siedzi przy stole między Henningiem i Frederikiem. Na blacie położył swoje duże, owłosione ręce. Już nie wygląda jak mój Niklas.

Głębokim głosem wyje ze śmiechu.

A widzieliście, jaki nochal ma Bertel Haarder? Ha-ha-ha!

24

Całuję się z Bernardem w naszej nowej kuchni, która jest większa i lepiej wyposażona niż kuchnia w naszym dawnym domu.

Farum Midtpunkt to swoiste getto, i to nie tylko dlatego, że w ramach architektonicznego eksperymentu fasady bloków mieszkalnych zostały pokryte wielkimi płytami z pordzewiałego żeliwa. Mieszkania w Midtpunkt są nowoczesne, luksusowe, mają tarasy i doskonale utrzymane, pełne zieleni podwórka. Ale wynajem jest tu tak kosztowny, że ci, którzy mogli, wykupili swoje domy już dawno temu. Niepełnosprawni, imigranci i rodzice samotnie wychowujący dzieci, którzy nie zdążyli tego zrobić, dostają od magistratu dofinansowanie do czynszu.

Midtpunkt góruje nad całym Farum, które jest równinną, podmiejską idylliczną enklawą, gdzie ścieżki rowerowe wiją się wśród domów z żółtej cegły i zielonych trawników. Sądząc po kronice kryminalnej i listach do redakcji w lokalnej gazecie, tutejsze blokowisko to zasmolone płuca palacza, do których nasza jasnowłosa młodzież nie może nabrać powietrza. Doświadczenie pracy w szkole podpowiada mi, że to nie do końca prawda. Wiele dzieciaków z Midtpunkt pochodzi z dobrych domów, a wielu rodzicom dobrze się tutaj mieszka. Ich jedyny problem polega na tym, że przyjaciele boją się ich odwiedzać.

Bernard przyciska swoje krocze do mojego, a ja czuję jego nabrzmiały członek przez ubranie. Kładę jedną rękę na blacie, obok stosu naczyń.

Otwierają się drzwi frontowe. Słyszę, jak Niklas i Frederik powoli idą w stronę salonu. Niosą coś ciężkiego.

Odsuwamy się od siebie, a ja wychodzę na korytarz.

– Super – mówię. – Ciężko było wnieść to na górę?

– Dlatego tyle nam to zajęło – mówi Frederik. – Co robiliście?

– Porządek w kuchni. Będzie tu bardzo ładnie.

Niklas nic nie mówi. Prosiłam go, żeby przyprowadził swoich przyjaciół do pomocy, ale on nie chciał.

Frederik jest zbyt chory, żeby wyczuć, co jest grane. Podejrzenia nachodzą go tylko w momentalnych rozbłyskach świadomości. Łatwo go jednak oszukiwać, bo jest na tyle naiwny, że zazwyczaj bez trudu daje się przekonać, że Bernard to nasz nowy przyjaciel, który pomaga nam w zorganizowaniu sobie życia.

Czy Niklas coś zauważył? Nastolatki są takie nieprzewidywalne. Czasem dostrzegają każdy szczegół, a niekiedy żyją w błogiej nieświadomości, szczególnie jeśli chodzi o miłość między ich rodzicami, prawda?

Poza Bernardem, dwa dni temu Andrea z grupy wsparcia pomagała nam przy pakowaniu, a Helena i Henning przyszli tutaj z kilkorgiem naszych przyjaciół, którzy jeszcze nie zdezerterowali. Oczywiście moi teściowe bywają tu bardzo często.

W tych nieumeblowanych wnętrzach nie musimy sobie z Bernardem schodzić z drogi, kiedy się mijamy. Ale kiedy on podnosi rękę, stojąc za moimi plecami, zauważam to.

Kiedy podchodzi do regału, czuję to. Wiem, kiedy nabiera powietrza, żeby podnieść pudło albo zawołać mojego syna lub męża.

Kiedy wracamy do kuchni, mówię do niego:

– Na tej półce powinniśmy chyba postawić te pękate szklanki.

On odchyla się trochę do tyłu, żeby zrównoważyć ciężar pudła z talerzami i szklankami, które właśnie przyniósł. Na jego przedramieniu widać nabrzmiały splot mięśni.

– Używasz ich częściej niż tych wysokich?

– Właściwie nie.

– Oczywiście mógłbym je tam postawić – mówi. – Ale to dobre miejsce dla wysokich szklanek, łatwiej ci będzie je dosięgnąć.

Bezwiednie ściskam w dłoni ścierkę.

– Tak będzie lepiej. Zmieszczą się wszystkie?

– Hmm. Co chcesz postawić niżej?

– Talerze.

Stawia pudło na podłodze i kuca, przytrzymując dłonią górną krawędź drzwi do szafki. Przepiękna dłoń, tak blisko.

– Ale tu zostanie jeszcze dużo miejsca. – Zagląda do szafki i wiem, że zmusza się, żeby na mnie nie popatrzeć.

– W takim razie postawmy talerze po prawej stronie – odpowiadam i zdaję sobie sprawę, że mówię za szybko. – A obok nich pozostałe wysokie szklanki. – Zaczynam paplać, muszę się wziąć w garść. – Nie, jednak postawmy wysokie szklanki tutaj. – Nie potrafię nad sobą zapanować. – A pękate tutaj. Wszystkie szklanki, na które nie znajdziemy miejsca, postawimy tam.

– A małe talerze tutaj?

Pokazuje na stronę, po której chce ustawić duże talerze, a ja, zamiast zajrzeć do szafki, patrzę na jego ramię. Wiem, jak przyjemnie jest wgryzać się w ten obnażony nadgarstek, czuję, jak delikatna, blada skóra po jego wewnętrznej stronie pieści delikatną skórę na moim brzuchu.

– Tak, tak. Małe talerze właśnie tutaj.

Jakie to wyczerpujące! Mam ochotę usiąść obok niego na podłodze. Choćby na chwilę.

Niklas zagląda do kuchni.

– Teraz będziemy z tatą wnosić głośniki.

– Pomogę wam – mówi Bernard.

Zostałam sama. Siadam na podłodze, jakby on wciąż tu był.

Gdybyśmy zamieszkali gdzie indziej, nie byłoby nas stać na osobny pokój dla Frederika, a ja miałam już serdecznie dość walających się wszędzie części elektronicznych i trocin w domu przy Stationsvej. Teraz mamy trzypokojowe mieszkanie. Frederik będzie spał sam w jednym pokoju, w otoczeniu swoich rupieci, z których buduje głośniki.

Jednak budowanie głośników nie odgrywa już w jego życiu takiej roli jak kiedyś. Rzadko o tym mówi. Nie przyznaje się do tego, że zainteresował się tym z powodu choroby. Kiedy od czasu do czasu zabiera się za budowanie, robi to tak, jakby chciał zachować twarz i podtrzymać złudzenie, że w ciągu ostatnich miesięcy przydarzyło mu się jednak coś pozytywnego.

W korytarzu rozbrzmiewają męskie głosy, a ja czym prędzej wstaję.

– Rozumiem – mówi Bernard. – To straszne, kiedy nie można się cieszyć muzyką. Wtedy człowiek zrobi wszystko, żeby znowu odczuć tę przyjemność.

Z hukiem stawiają obudowę głośnika na podłodze w pokoju Frederika, który wydaje się taki spokojny, mówi tak, jak za dawnych czasów.

– W porównaniu z innymi ludźmi, którzy tak się starają, żeby ich dom dobrze wyglądał, ja robię względnie niewiele, żeby w moim domu muzyka dobrze brzmiała. Dlaczego wszyscy dbają o to, co widać? Imponujące posiadłości, w których śmierdzi, a nagłośnienie pozostawia wiele do życzenia?

Już słyszałam ten wykład na temat odpowiedniego nagłośnienia, ale teraz głos Frederika brzmi tak racjonalnie. Przy Bernardzie robi się tak logiczny, jakby wracał do zdrowia, rozmawia z nim jak równy z równym. Zresztą Bernard również zna się dobrze na głośnikach.

– A próbowałeś zamiast tego zbudować głośniki wstęgowe albo elektrostatyczne?

– Tak! Oczywiście! – Frederik z powodu choroby nie potrafi ukryć podekscytowania w swoim głosie, kiedy ktoś zadaje mu konkretne techniczne pytanie. – To trudna decyzja i być może jej pożałuję. Ale w ciągu ostatniej dekady w dziedzinie dynamicznych głośników dokonał się ogromny postęp...

Wychodzą z pokoju i idą na dół. Słyszę, że idzie z nimi Niklas. Chciałabym, żeby częściej był świadkiem takich męskich rozmów. Mężczyźni, którzy potrafią się składnie wyrażać. Nie powinien nasiąkać atmosferą, którą stwarza jego ojciec pod wpływem Henninga.

Wychodzę z kuchni, choć jeszcze mnóstwo tu roboty, i idę do salonu. To tu mężczyźni wnieśli większość naszych rzeczy, ale porozstawiali je inaczej, niżbym sobie tego życzyła. Kiedy wkładam do szafki miseczkę z kilkoma długopisami, drobnymi i jakimiś szpargałami z kieszeni, znajduję tam zwitek cienkiego, białego papieru, wyglądający tak, jakby trafił przez przypadek do pralki. Rozwijam go. To paragon z supermarketu z listą moich zwykłych zakupów oraz porcją sushi i nadziewanymi czekoladkami.

Niewiele bym musiała zrobić. Łatwo wytłumaczyłabym się z kupienia sushi, którego Frederik na pewno by nie pamiętał, ale w którymś momencie wszystko się wyda: Niklas albo Frederik będą chcieli odebrać telefon, a ja w przerażeniu zacznę do nich krzyczeć, żeby tego nie robili. Kiedy przestaną mi ufać, moja niewierność wyjdzie na jaw.

Co jeszcze może nas zdradzić? Tak naprawdę setki rzeczy. Frederik z każdym dniem robi się coraz bardziej przenikliwy.

Najbardziej widać mój nastrój w takie dni jak dziś. Dlaczego nie rozpaczam, że zostałam wykorzeniona i musiałam się tu przeprowadzić? Z tego samego powodu co mój syn: bo jestem gdzie indziej, jestem tak zakochana, że rejestruję tylko samą powierzchnię wydarzeń.

To przede wszystkim mój uśmiech mnie zdradza. Jeśli dobrze mu się przyjrzeć, zdradza wszystko.

Mój uśmiech, jak u Niklasa, jak u Bernarda. Tylko Frederik nie jest zakochany i nie ma o niczym pojęcia.

...

W czyimś domu właśnie skończyło się przyjęcie.

Jest trzecia nad ranem i ostatni, wyczerpani goście błąkają się po pustych pokojach, ledwie chodzą, duchy, które już nie żyją, ale nie potrafią zaznać spokoju. Światło sączy się z okien, unosi się w nim kurz w miejscu, gdzie niedawno jeszcze tańczyli ludzie, puste przestrzenie w miejscach, z których usunięto meble, żeby zrobić miejsce.

Tak właśnie wyglądają o zmierzchu nasze dawne pokoje przy Stationsvej, choć jest nie trzecia nad ranem, tylko dziesiąta wieczorem. Bernard już dawno odjechał, Niklas poszedł do Emilie, a ja z Frederikiem chodzę po domu i patrzę na nagie ściany i ślady na tapecie w miejscach, gdzie kiedyś wisiał obraz albo stał regał. Światło nie sączy się do pokoi, ono wycieka. W bagażniku samochodu przywieźliśmy miotłę, odkurzacz i kilka drobiazgów. To nasza ostatnia noc tutaj.

Wychodzę do ogrodu, który w nadchodzącym mroku traci wszystkie kolory. Robię pożegnalny obchód, zatrzymuję się przy każdej roślinie, którą żywiłam i hodowałam przez tyle lat. Czy nowi właściciele pozwolą, żeby ogród zdziczał?

Podrywam się, kiedy czuję czyjąś dłoń na ramieniu. To Frederik, który wyszedł za mną.

– Nie musisz udawać, że mnie rozumiesz – mówię.

– Naprawdę rozumiem.

– Wyzdrowiałeś już na tyle, żeby zdać sobie sprawę, że utraciłeś zdolność do empatii i odczuwania emocji?

– Próbuję...

– Frederiku, twój mózg sprawia, że tak naprawdę cię tu nie ma.

– Naprawdę tu jestem!

– Tylko tak mówisz.

– Jestem!

– Po prostu nie umiesz przyznać się do choroby.

– Jestem tutaj.

– Persewerujesz.

Widzę, jak jego twarz rozpada się na kawałki. Ależ mnie męczą te jego ostentacyjne napady płaczu! Nikt by tego nie potrafił tolerować. Za chwilę zacznie łkać jak zwierzę, a ja poczuję się jeszcze bardziej samotna.

Szybko prowadzę go do pustego salonu i zamykam za nami drzwi. On osuwa się na podłogę przy ścianie naprzeciwko okna.

Nie mam najmniejszej ochoty go objąć ani go pocieszać. Próbuję pogłaskać go po plecach, najczulej jak potrafię, tylko dlatego, że przecież jestem jego żoną, czy raczej wyszłam za człowieka, którym on kiedyś był. Nie wiem jak, ale próbuję być dla niego kimś, kim on dla mnie nie może być.

W pokoju robi się ciemno. Prawie wszystkie lampy przewieźliśmy już do nowego mieszkania, ale w korytarzu na ścianie nadal wisi kilka kinkietów, których już nie potrzebujemy. Włączam je i zostawiam drzwi otwarte, dzięki czemu światło pada na podłogę w salonie.

– Dlaczego nie zwiążesz się po prostu z Bernardem? – pyta Frederik przez łzy. – Będziecie żyli szczęśliwie, a ja się zabiję. Wtedy wszyscy będą szczęśliwi.

Biorę głęboki oddech. No i proszę. Chyba waham się o sekundę za długo.

– Nie wolno ci mówić takich rzeczy!

– Świetnie do siebie pasujecie. Widzę to. Doskonale się uzupełniacie.

– Przestań!

Czuję się dziwnie, mówiąc to i jednocześnie czując potrzebę porozmawiania z Bernardem. Zastanawiam się, jak się stąd wymknąć i do niego zadzwonić.

Później, kiedy Frederik przestał płakać, mówi:

– Zrozumiem, jeśli nigdy nie zechcesz już ze mną spać.

– No cóż, zobaczymy, jak...

– To, co zrobiłem tamtej nocy, było okropne. Wszedł Niklas... Nie wiem, jak mogłem to zrobić. Pamiętam to, ale nie potrafię tego wytłumaczyć.

– Nie potrafisz. Wiem.

– To było okropne. Tak jak to, co zrobiłem w Saxtorph. To było okropne, prawda?

Dużo rozmawialiśmy o defraudacji, ale teraz po raz pierwszy rozmawiamy o tej nocy, kiedy musiałam zamknąć się w łazience.

– Nie mamy żadnej przyszłości – mówi Frederik po raz pierwszy. – Nie mamy, prawda, Mia? To, co ci zrobiłem. W łóżku. Kradzież. Niedługo pójdę do więzienia. Chcę umrzeć. – Wpatruje się we mnie szeroko otwartymi oczami. – Musisz mnie zostawić! Pociągnę cię za sobą na dno.

– Później o tym porozmawiamy – mówię.

– „Później o tym porozmawiamy!" – krzyczy. – Mówisz: „Później o tym porozmawiamy"! Ale już postanowiłaś, że mnie zostawisz, prawda?! Zamierzasz to zrobić, przygotowujesz się do odejścia!

– Nie, nie, to nieprawda!

Przewraca się na brzuch i odwraca twarz.

– Musisz mnie zostawić – mamrocze, jakby mówił do siebie. – To jedyne właściwe rozwiązanie. A ja umrę.

– Ale ja nie chcę, żebyś umarł.

– Nie może już być gorzej.

– Może być. Możesz prowadzić dobre życie. Bardzo dobre życie.

Kiedy próbuję odwieść Frederika od samobójstwa, oczyma wyobraźni widzę, jak zareaguje Vibeke na wieść, że Frederik na tyle wydobrzał, że mogę go zostawić.

W mojej wyobraźni kłócimy się, a ona krzyczy, że od samego początku tego małżeństwa zachowywałam się jak egomaniaczka.

Bez wątpienia Frederik zauważył, że powiedziałam: „Możesz prowadzić dobre życie", a nie „Możemy prowadzić dobre życie". Ale zachowuje się tak, jakby to do niego nie dotarło, a ja powtarzam mu w kółko, że z nim zostanę, aż wreszcie on uwierzy w to, że istnieje niewielka szansa, że tak właśnie się stanie.

– Masz rację, powinniśmy o tym porozmawiać później – mówi w końcu. – To nie najlepszy moment. Nie dzisiaj, kiedy się przeprowadzamy. Przepraszam.

– Nie musisz przepraszać.

– Przepraszam, przepraszam, przepraszam, Mia. Przepraszam!

– Nic na to nie mogłeś poradzić.

– Nie, nic na to nie mogłem poradzić.

Leżymy w ciemności, w miejscu, gdzie kiedyś leżał dywan, a na nim stała lampa i stolik.

Ukryte uszkodzenia mózgu

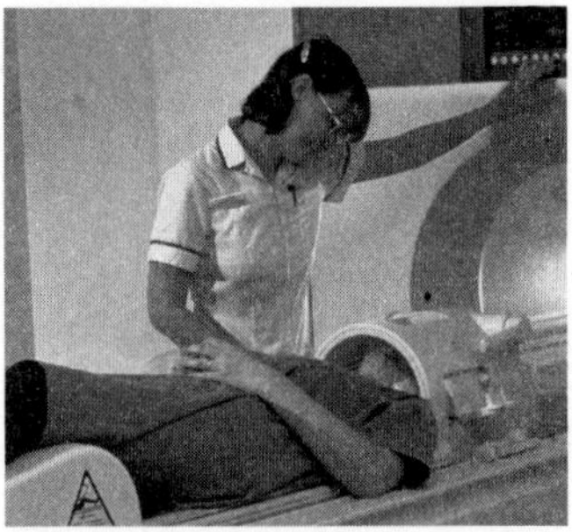

Przeprowadzone w Danii badanie, którego wyniki opublikował „The New England Journal of Medicine", wykazało, że jedna na osiem osób po czterdziestym piątym roku życia nie wie o tym, że ma uszkodzony mózg. W badaniu wzięło udział dwa tysiące zdrowych osób, którym w Centrum Medycznego Erasmus w Rotterdamie wykonano tomografię komputerową mózgu. Badacze wykryli zdumiewająco wysoką liczbę niezdiagnozowanych uszkodzeń mózgu.

Najczęściej występowało uszkodzenie znane pod nazwą zawał mózgu – tkanki obumarłe z powodu niedostatecznego dopływu krwi do komórek mózgowych. Inne anomalie to tętniaki, niewielkie wylewy i łagodne guzy.

Jednak badacze nie zalecają, by u zdrowych osób wykonywać tomografię. Badanie jest dość kosztowne, zaś lekarze i tak nie potrafią leczyć większości tego typu schorzeń. (*MLJ*)

25

Znowu przyjechałam do naszego domu przy Stationsvej. Kuchnia mieni się wszystkimi kolorami niczym choinka: połyskliwe uchwyty szafek, złote plamy drewnianych półek, czerwień i jasny błękit plastikowych misek. Odkładam na miejsce naczynia, z których jedliśmy, i przyglądam się cukiernicy, którą odziedziczyliśmy po babci Frederika, z repusowanym srebrem, z tak ciemnego, niebieskiego szkła, że nic przez nie nie widać.

Nagle robi się późny wieczór, a Niklas jeszcze nie śpi, tylko razem z Frederikiem pomaga mi wyciągać naczynia ze zmywarki. Robiliśmy porządek i zmywaliśmy półmiski i szklanki po kolacji z Laustem, Anją i kilkoma osobami ze szkoły. Nasi goście już wyszli, a my śmiejemy się i żartujemy.

Kiedyś często zapraszaliśmy przyjaciół na kolację. Dawno temu. Powoli dociera do mnie, czemu to się zmieniło. Podchodzę do Frederika i obejmuję go od tyłu. Przytulam go dłużej i mocniej niż normalnie, kładę głowę na jego plecach i ramionach.

Niklas patrzy na nas ze szczęściem i widzę, że Frederika też cieszy to, że się nim interesuję.

– Co takiego zrobiłem, żeby sobie na to zasłużyć? – pyta onieśmielony.

Jeszcze nie wiem. Czuję tylko ciepło i radość bycia we troje.

Frederik jest trochę wstawiony i błaznuje, jak zawsze po przyjęciu.

– Zauważyliście, że mam dodatkowego siusiaka? – mówi. Przyglądam mu się i widzę dziwną wypukłość w jego spodniach. – Wyrósł mi, kiedy poszedłem się wysikać do ogrodu.

Wyciąga ze spodni pustą butelkę po piwie. Śmieje się radośnie. Bardzo go to śmieszy.

Wyciągamy naczynia ze zmywarki i wkładamy je do szafek. W salonie wycieramy stoliki i stawiamy krzesła na miejsce.

W międzyczasie zaczynam płakać, bo powoli analizuję ten sen, jednocześnie go śniąc. Śni mi się, że dociera do mnie, dlaczego nasze kolacje i przyjęcia należą już do przeszłości. Dlaczego już nie możemy być razem jako rodzina.

Śni mi się, że wycieram szklanki, które nie wyschły do końca w zmywarce i nie mówię ani słowa. Po policzkach płyną mi łzy. W pewnej chwili zauważa to Niklas. Pyta, co się stało.

– Oczywiście, on nie żyje! To się nie dzieje naprawdę! Tak nam dobrze razem, ale przecież on nie żyje. Tak naprawdę go tu nie ma. Dziś przyszedł nas odwiedzić.

...

Dodatkowy kantorek dla nauczycieli w mojej szkole urządzono w latach siedemdziesiątych. Ściany obito płótnem, postawiono tu kapitańskie łóżko, a przy drzwiach powieszono plakat z piramidą. Kto w ciągu ostatnich dwudziestu pięciu lat wpadłby na pomysł, żeby kupić plakat z piramidą? Pokój wygląda tak, jakby administracja o nim zupełnie zapomniała. Ale z pewnością nie zapomnieli o nim moi koledzy i koleżanki, którzy się w sobie zakochali, kiedy na górze trwa w najlepsze przyjęcie świąteczne. Pamięta też o nim czasem nauczyciel szukający odpoczynku po szczególnie trudnych zajęciach. W tym pokoju splotło się ze sobą tyle losów ludzi spadających spiralą w dół, przewinęło się przez niego tylu nauczycieli, którzy tu próbowali wziąć się w garść, a kiedy im się to nie udało, zostali zwolnieni lub sami odeszli. Inni właśnie tutaj próbowali jakoś pogodzić się z faktem, że muszą iść na rentę z powodu swoich problemów psychicznych. Przychodzę tu z Bernardem codziennie, dlatego teraz, kiedy rozpoczęły się wakacje, przyniosłam tu wazon z kwiatami, które zebrałam w rowie przy ścieżce rowerowej. W zeszłym tygodniu przyniosłam pinezki i przypięłam do ściany kilka pocztówek z pięknymi fotografiami. W szafie schowałam zamykaną na zamek walizkę z pościelą i kołdrą, żebyśmy nie musieli kochać się na starej narzucie.

Leżymy nadzy i trochę spoceni. Czuję na policzku czoło Bernarda. Znowu opowiada o Lærke.

Dawniej wydawało mi się, że on nie zdaje sobie sprawy z tego, jak poważne jest uszkodzenie jej mózgu. Ale on wie. Ma pełną świadomość, jak niewiele z niej zostało.

W ciągu ostatnich miesięcy opisywał prawdziwą Lærke jako niezwykle czarującą i wielkoduszną osobę. W każdy weekend zabierała rodzinę na wycieczkę z przygodami. Poszukiwania skarbów w lesie, których głównym tematem była ostatnia bajka, którą oglądali chłopcy; długie piosenki z tekstami, które sama pisała; zamki, które budowali razem z tekturowych pudeł dla zabawkowych potworów. Nie chce mi się wierzyć, że można wykazywać tak niezmordowaną radość i zaangażowanie w sprawy rodziny; to chyba wyidealizowane wspomnienia. Ale co mogę powiedzieć? Pewnie sama w ten sposób myślę o Frederiku, którego kiedyś znałam.

– Nadal cieszy mnie jej towarzystwo – mówi Bernard. – Trudno mi wyjaśnić, dlaczego. Ale to nadal moja Lærke.

– Rozumiem cię – kłamię.

Unosi głowę i kładzie się obok mnie na plecach, wpatrując się w sufit.

– To zadziwiające, że niektórzy potrafią najmądrzejsze rzeczy mówić w niebywale nudny sposób. A czasem z ludźmi, którzy wygadują same banały, wspaniale spędza się czas. Zresztą, co to jest nuda?

Rozmawiamy o tym. Prowadzimy najdziwniejsze, długie rozmowy, leżąc wtuleni w siebie i jedząc ciasto i owoce, kupione po drodze. Potem znowu patrzymy sobie w oczy i milczymy albo badamy swoje ciała.

Trudno powiedzieć, która klasa leży dokładnie nad kantorkiem, bo nie ma tu okien i można się tu dostać tylko przez labirynt regałów w magazynie na podręczniki. Ale wydaje mi się, że leżymy spleceni ze sobą i spoceni dokładnie pod jedną z sal dla ośmioklasistów.

Dziesięć dni po wypadku Bernarda i Lærke ona wciąż nie wybudzała się ze śpiączki. Bernard siedział u jej boku. Pielęgniarka, której najbardziej ufał, poleciła mu, żeby całą uwagę poświęcił teraz swoim ośmioletnim synom. Potrzebowali go na każdym kroku, a Lærke wtedy i tak nie zauważyłaby jego nieobecności.

Bernard wiedział, że pielęgniarka ma rację, ale nie potrafił przestać wpatrywać się przez cały dzień w nieruchomą twarz Lærke pod maską tlenową. Trzymał ją za rękę i głaskał po przedramieniu, w miejscu, gdzie akurat nie przebiegała żadna rurka czy plaster. A nawet w miejscach, gdzie były rurki i plastry. Mówił do niej, próbując ją uspokoić i rozbawić.

„Jonathana i Benjamina nie było z nami w samochodzie" – mówił, bo przecież ona pewnie nie pamiętała, co się wydarzyło bezpośrednio przed wypadkiem. „Czują się świetnie" – powtarzał. „Twoja matka się nimi zajmuje. Leżysz w szpitalu, kochanie. Mieliśmy zderzenie czołowe. To nie nasza wina. On nagle zmienił pas. Nic nie mogliśmy zrobić. Nic mi się nie stało, ty też dojdziesz do siebie. Wszystko będzie dobrze. Nic nam nie grozi".

A kiedy ona nadal nie dawała oznak życia, mówił: „Tak, to dobrze. Nie powinnaś mi pozwalać, bym cię obudził. Tak jest lepiej. Odpoczywaj. To dla ciebie najlepsze".

Ale tak naprawdę ich ośmioletni synowie nie czuli się dobrze. W czasie czwartych odwiedzin u matki w szpitalu Jonathan zaczął tak przekonująco uskarżać się na ból brzucha, że pielęgniarka wezwała lekarza. Chłopcu wydawało się, że umiera, a kiedy badanie lekarskie go nie uspokoiło, a ból nie minął, Bernard musiał zabrać go do ambulatorium, a jego teść odwiózł Benjamina do domu, zaś Winnie została z Lærke.

Badanie w ambulatorium też niczego nic wykazało, a kiedy Jonathan wydzierał się z bólu, starsza lekarka zapytała Bernarda, czy może podać Jonathanowi środek uspokajający oprócz leków przeciwbólowych.

Wtedy Bernard zamarł. Nie potrafił powiedzieć ani „tak", ani „nie", ani „nie wiem". Nie potrafił wydobyć z siebie ani słowa. Nie potrafił też w żaden sposób pomóc swojemu synowi. Personel ambulatorium musiał zadzwonić na intensywną terapię na oddziale neurologicznym, żeby porozmawiać z Winnie. Ona od razu kazała podać Jonathanowi środki uspakajające, pobiegła do ambulatorium, wsadziła Bernarda z Jonathanem do taksówki i pojechała z nimi do domu.

W tamtych ciągnących się w nieskończoność dniach trzeba było podjąć tyle decyzji w sprawie chłopców. Czy powinni jeszcze raz odwiedzić swoją nieprzytomną matkę? Gdzie mieli mieszkać, kiedy nie byli w szpitalu? W jaki sposób należało ich chronić przed desperacją, w którą wpadli wszyscy wokół? Wszystkie te decyzje zależały od tego, czy Lærke umrze w ciągu kilku kolejnych godzin. Mogła się też w ciągu kilku kolejnych godzin obudzić. Każdą z tych decyzji Bernard tak bardzo chciałby móc omówić z żoną.

Lekarze powiedzieli mu, że pacjenci nie wybudzają się ze śpiączki jak na filmach, w jednej chwili. To raczej powolny proces i każdy pacjent musi stoczyć prawdziwą walkę, by odzyskać utracone życie.

– Zobaczy pan, to będzie cudowny moment – powiedziała pielęgniarka, która była święcie przekonana, że stan Lærke z pewnością się poprawi.

Wpół do szóstej rano. Na całym oddziale panuje głucha cisza, słychać tylko ciche pomrukiwanie maszyn. Za wysokimi oknami niebo zaczyna jaśnieć i przybiera jasnoniebieski kolor. To był Dzień Trzynasty, a w ciągu ostatnich dni Lærke, wciąż w śpiączce, miała kilkakrotnie drgawki. Teraz skurcze pojawiły się w jej prawej nodze i ramieniu. Bernard trzymał jej drgającą rękę. Szeptał do Lærke, że nie ma się czego bać, że jest przy niej i że ją kocha. Zawsze wyglądała na przerażoną, kiedy wstrząsały nią konwulsje.

– Słyszysz mnie? – zapytał, tak samo jak każdego poprzedniego dnia. – Słyszysz? Lærke, słyszysz mnie?

Jej głowa leżała nieruchomo na poduszce, odwrócona w jego stronę i nagle jej powieki zadrgały. On chciał krzyknąć. To był niespodziewany przełom. Jej powieki jeszcze raz drgnęły i nagle Lærke otworzyła oczy, a on po raz pierwszy od prawie dwóch tygodni patrzył prosto w błękitne oczy swojej żony.

– Jestem przy tobie – powiedział. – To ja, twój mąż.

Patrzyła na niego długo, wydawało mu się, że minęło kilka minut.

– Słyszysz mnie, Lærke? Rozumiesz, co mówię?

Jej na wpół otwarte oczy. Ona była bardzo, bardzo daleko. Wyczuł, że Lærke nie ma pojęcia, gdzie jest.

– To ja, Bernard, twój mąż – powiedział. – Twój mąż.

– Uważaj! – powiedziała. W każdym razie to właśnie usłyszał, choć jej słowa były ledwie słyszalne i tłumiła je maska tlenowa.

Potem zniknęła.

Bernard chciał wszystkich o tym zawiadomić, chciał wstać, pobiec do pielęgniarek, chciał ścisnąć rękę Lærke. Natłok myśli. Czuł, że jego ciało drży tak jak jej ciało. Chciał się zerwać na równe nogi i wybiec na korytarz, ale nie mógł jej zostawić. Przecież znowu mogła otworzyć oczy.

Zawołał pielęgniarkę, a kiedy wyszła, siedział i wpatrywał się w Lærke, póki godzinę później do sali nie weszła pielęgniarka, która właśnie zaczęła poranną zmianę.

Potem poszedł na parking, gdzie wolno mu było używać telefonu komórkowego i zadzwonił do swoich rodziców, którzy przylecieli z Paryża i zatrzymali się w hotelu w Kopenhadze. Uwielbiali Lærke, od kiedy pracowała dla nich jako *au pair*. Zadzwonił też do teściów i do rodziców najlepszego przyjaciela swoich synów ze szkoły.

Jego synowie u nich nocowali, żeby złagodzić negatywny wpływ, jaki mogła mieć na nich dezintegracja rodziny.

Wszyscy dziadkowie przyjechali do szpitala godzinę później, ale tego dnia nie wydarzyło się już nic. Lærke musiała z ogromnym wysiłkiem obudzić się, by ostrzec Bernarda przed jakimś nieznanym zagrożeniem. Przez następne dwadzieścia cztery godziny pozostawała zupełnie nieprzytomna.

Mogła obudzić się w każdej chwili, dlatego lekarze zmniejszyli jej dawki morfiny i zastąpili maskę tlenową wąską rurką, którą wprowadzili jej do nosa. Dziwnie wyglądała bez maski. Zaczynała coraz bardziej przypominać siebie.

Następnego dnia znowu się obudziła i tym razem obok siedzieli chłopcy.

– Jonathan – powiedziała. – Benjamin.

Nadal niewyraźnie mówiła, ale bez wątpienia rozpoznała swoich synów. Jonathan wszedł do jej łóżka, a Bernard mu na to pozwolił. Po ataku nerwowym Jonathan oświadczył, że nie chce wracać do szpitala, więc kiedy zgłosił gotowość do kolejnej wizyty, Bernard bardzo się ucieszył. Benjamin też położył się obok niej. Lærke kilkakrotnie wypowiedziała imiona synów, a minutę później znowu zasnęła.

Bernard wyciągnął chłopców z łóżka, wyjaśnił im, że mama jest bardzo zmęczona, i zabrał ich do świetlicy, gdzie rozpakował dla nich pudełka z drugim śniadaniem, przygotowanym przez matkę ich przyjaciela.

A więc Lærke mogła mówić, widziała, myślała i rozpoznawała ich. To była dobra wiadomość. Już to, że była gdzieś tam, w swoim na wpół martwym ciele. Choć jednak Bernard próbował uprzyjemnić im wspólny posiłek, myślał też o czymś, o co chciał zapytać lekarza: Lærke się nie uśmiechnęła na widok chłopców. Na jej twarzy nie pojawiła się radość, kiedy weszli do jej łóżka, tylko raczej jakiś rodzaj zdumienia. Ta sytuacja była dla niego tak nowa, że nie wiedział, co o niej sądzić.

W ciągu kolejnych dni budziła się na kilka minut co kilka godzin. Widać było, że nie wie, gdzie jest, choć Bernard wielokrotnie jej to tłumaczył. Był cierpliwy, mówił jej, że wyzdrowieje i że ją kocha. Wciąż miała zdumienie wypisane na twarzy, choć bez cienia łagodnego uśmiechu, jaki zawsze mają ofiary wypadków na filmach. Jakby Bernard był dla niej jakimś zawiłym problemem matematycznym, jakby nie widziała w nim żywego człowieka.

Któregoś wieczoru, kiedy Bernard słuchał głosów rodziny rozmawiającej na korytarzu – rodziny nastolatka, który umarł w sąsiedniej sali – Lærke wypowiedziała swoje pierwsze zdanie.

– Ooch aaaam eee.

Przez dłuższą chwilę siedział na krześle, z trudem łapiąc oddech w półmroku. Znowu zamknęła oczy i siedziała, nieruchoma jak kamień, a on przeczytał w ciągu ostatnich dni tyle na temat uszkodzeń mózgu, że wiedział, że pewnie tylko próbuje powtórzyć jak echo słowa, które on do niej powiedział.

• • •

W ciągu kolejnych miesięcy cała rodzina zaczęła się rozpadać. Rodzice Lærke przyjechali, żeby pomóc w opiece nad chłopcami.

Lekarze z centrum rehabilitacyjnego od razu orzekli, że Lærke najprawdopodobniej nigdy nie wróci do pracy jako project manager w agencji reklamowej. Nie dawali jej też szans na to, że zacznie chodzić. Bernard musiał zrezygnować z planów zawodowych i swoich nadziei ze względu na chłopców i siebie samego.

Każdy dzień z Lærke był wyczerpujący. Właściwie cały jej mózg został uszkodzony, co oznaczało, że wiele jego funkcji uległo degradacji. Nie doświadczała emocji i była zobojętniała na siebie i innych. Męczyło ją zaledwie kilka godzin rozmowy i nie mogła się skoncentrować na niczym dłużej niż kilka minut. Nie potrafiła podejmować decyzji ani poradzić sobie z nawet najbardziej trywialnymi problemami. Zazwyczaj nie pamiętała, co mówił do niej Bernard czy jej synowie.

Tyle energii włożyła w stworzenie swojej rodziny, tymczasem teraz dominującą cechą jej charakteru była zupełna pasywność. Nigdy nie przejawiała inicjatywy ani nie mówiła niczego od siebie, wydawało się, że nie myśli samodzielnie i niczego sobie nie wyobraża. Jej martwa twarz zawieszona na kościach policzkowych nie drgała jak u zdrowej osoby, u której pod skórą tętni życie.

Chłopcy zaczęli wdawać się w bójki, bo uważali, że dzieci wyśmiewają się z ich matki. Czasem tak faktycznie było, ale z reguły tylko im się tak wydawało. Bez względu na to, jak bardzo Bernard i jego teściowie ich wspierali, bliscy przyjaciele chłopców zaczęli się od nich odwracać, bo obaj za często ich atakowali.

„A więc tak wygląda moja rodzina", myślał Bernard, kiedy wracał do domu z kolejnego zebrania w szkole, w czasie którego inni rodzice skarżyli się na jego synów. „Tym się staliśmy".

Próbował konstruktywnie zareagować na tę sytuację, znaleźć rozwiązanie, które zmieniłoby na lepsze los chłopców, a przede wszystkim nie chciał wszystkiego zniszczyć. Jonathan i Benjamin z pewnością zauważyli, że on stracił poczucie kontroli nad sytuacją, choć nadal mieszkał z nimi w tym samym domu na tej samej spokojnej ulicy w pięknej dzielnicy mieszkaniowej.

Którejś soboty w porze obiadu Bernard wtaszczył do domu pięć toreb z zakupami na cały tydzień. Lærke siedziała w korytarzu, jak zawsze, kiedy wracał, choć nie otwierała drzwi frontowych, nawet po tym, jak zainstalowali podjazd dla wózka, po którym mogła zjechać przed dom.

– Cześć – przywitał się, ale ona nie odpowiedziała.

Próbował wyminąć jej wózek w wąskim korytarzu.

– Możesz się trochę wycofać i mnie przepuścić?

Wycofała się.

– Posłuchaj, Lærke. W tej torbie są tylko mrożonki, więc może dasz radę włożyć je do zamrażarki. – Brak odpowiedzi. – Możesz to zrobić?

– Tak.

– Świetnie.

Stała nieruchomo w miejscu, naprzeciwko niego. Długie, złote włosy spadały jej na ramiona. Bernard szczotkował je co rano i ten rytuał dostarczał mu wiele radości. Wydawało mu się, że jej skóra zrobiła się gładsza i młodsza po wypadku, może dlatego, że nie napinała już mięśni na czole i wokół oczu.

– W takim razie jedź do kuchni i stań pod zamrażarką.

Zrobiła, co kazał.

– Popatrz, to jest torba. Nowe zakupy kładź w tylnej części, żeby łatwiej było wyjąć już otwarte opakowania. Okej? Zrobisz to?

– Tak.

– Dobrze.

Bernard stał obok niej.

– Popatrz, to opakowanie nie jest otwarte – powiedział po chwili. – A to tak. Jeśli położysz to nowe z tyłu... Najlepiej, gdybyś to samo zrobiła z resztą.

– Co zrobiła?

– Gdybyś położyła nowe opakowania z tyłu.

– Tak.

Położyła tak paczkę, którą trzymała w ręku, ale zapomniała zrobić to samo z pozostałymi.

– No dobrze, może zrób to po swojemu – powiedział. – To ty wkładasz mrożonki do zamrażarki, więc to ty zdecyduj, jak je poukładać. – Nie odpowiedziała, a on zaczął perseverować. – Więc to ty zdecyduj, gdzie je położyć, dobrze? Kiedy je poukładasz?

Ona spojrzała na niego.

– Najpierw te z tyłu powinny pójść na przód, bo te z przodu... Najpierw te nowe powinny iść do tyłu, bo te stare można najpierw...

Lærke zazwyczaj wyrażała się klarowniej, ale kiedy się zapętliła, nie potrafiła znaleźć wyjścia z labiryntu. Zaczęła się sama łajać, jednocześnie próbując powiedzieć to poprawnie.

– Nie z tyłu, z przodu! Przy drzwiach! Te z przodu powinny najpierw być... przy drzwiach.

Uścisnął lekko jej ramiona.

– Tak, właśnie tam trzeba je położyć.

Nic nie odpowiedziała.

W sobotę Winnie zabierała chłopców na trening piłki nożnej. Zazwyczaj wracali koło południa, a tym razem było już dwadzieścia po dwunastej. Bernard się zaniepokoił, choć wiedział, że powinien się opanować. W przeciwnym razie mogło się to źle skończyć. Ale Winnie nie była przecież najmłodsza, miała słaby wzrok, jechała samochodem, a ruch uliczny...

– Dzwoniła twoja mama?

– Nie wiem.

– Dzwoniła tuż przed moim przyjściem?

– Dzwoniła.

– I co powiedziała?

– Nie wiem.

Podszedł do telefonu, żeby sprawdzić, czy nie zapisały się jakieś numery. Obok aparatu leżał notatnik, w którym Lærke na jego prośbę miała zapisywać wiadomości.

Rzeczywiście Winnie dzwoniła. Kiedy się z nią skontaktował, okazało się, że trening trochę się opóźnił, a Bernard niepotrzebnie się martwił.

Zaczął nakrywać do stołu, a Lærke cały czas deptała mu po piętach, jeździła za nim między kuchnią i salonem, blokując drogę za każdym razem, kiedy potrzebował czegoś nowego. I tak za nim jeździła, więc dał jej coś, co miała postawić na stole.

Usiadł i czekał. A Lærke siedziała obok niego.

Ze zmęczeniem patrzył przed siebie, a ona również zmęczona, robiła to samo. W którymś momencie, po dłuższej chwili, odwrócił twarz w jej stronę. Ale ona nie zrobiła tego samego.

– Wiele bym dał, żeby się dowiedzieć, co się dzieje w twojej głowie – powiedział. – Nic nie odpowiedziała. – Lærke, o czym myślisz? – Wciąż milczała.

Chwycił ją za rękę i zmusił, by na niego spojrzała. Popatrzył jej głęboko w oczy i powtórzył pytanie.

– O czym myślisz, kochanie?

– O niczym.

– O niczym nie myślisz?

– Nie.

– Masz zupełną pustkę w głowie?

Znowu bez słowa zaczęła się wpatrywać w dal. Ale on tak bardzo chciał rozwiązać tę zagadkę.

– Widzisz jakieś obrazy? Coś sprawia, że jest ci smutno albo się cieszysz? Może powinniśmy coś zmienić? Cieszysz się, że w poniedziałek pójdziesz na fizjoterapię? Pamiętasz, co razem robiliśmy?

– Zupełna pustka – odparła. – Zupełna.

...

Jak wie każdy, kto ma w rodzinie osobę z uszkodzeniem mózgu, najtrudniej poradzić sobie z początkowym szokiem, kiedy spada poziom adrenaliny i trzeba wejść w niekończący się szary korytarz przygnębiających dni, które ciągną się tak, jakby miały wypełnić już resztę twojego życia.

Codzienny kierat, pozbawiony partnerstwa. W człowieku narasta poczucie nieludzkiej samotności i smutku tak dojmującego, że ma się tylko ochotę całymi miesiącami nie wychodzić z łóżka. Wstaje się tylko ze względu na dzieci i współmałżonka, który jednak nie umarł.

Zdarzają się radosne wydarzenia. Przez kilka lat od wypadku Lærke poprawiała się pamięć, coraz lepiej mówiła i poruszała się, i odczuwała coraz więcej emocji. Na widok chłopców zaczęła okazywać radość.

Któregoś dnia Bernard siedział w domu i pracował w pokoju, który niegdyś służył mu za gabinet, a potem zamieniono go w sypialnię dla jego teściów. Lærke przyszła do niego, promieniejąc z radości.

– Miałam sen na jawie! Leżałam w łóżku i wyobraziłam sobie, że we czwórkę jedziemy na wakacje. Wyobraziłam to sobie! Widziałam palmy i plażę. Wyobraziłam to sobie i zobaczyłam ten obraz, zupełnie sama, bez pomocy!

Czy istnieje bardziej doniosły moment niż odzyskanie życia wewnętrznego? Bernard i Lærke świętowali. Chłopcy też. Rozumieli, jak ważny dla ich matki był dzień, w którym wróciła jej wyobraźnia.

Przyciskam nagie piersi do klatki piersiowej Bernarda, kiedy opowiada mi tę historię, a mojemu ciału wydaje się, że on płacze z mojego powodu. Rozum podpowiada mi, że to nieprawda, ale moje ramiona ściskają go coraz mocniej i mam ochotę powiedzieć: „Jestem tutaj, naprawdę. Nie umarłam, nie płacz. Jestem tutaj".

Trochę próbuję udawać Lærke, a on jest dla mnie trochę moim dawnym Frederikiem. Chciałabym móc w ten sposób przytulić Niklasa, oczywiście ubrana, trzymać go w ramionach i razem z nim opłakiwać naszego męża i ojca, który teraz już nie żyje.

Przez moment to Frederik leży obok mnie. Jesteśmy w szkole Trørød. Znowu jesteśmy młodzi, ja jestem studentką na praktykach, a on szefem duńskiej komisji edukacji. Nasze życie znowu się zaczyna. Bernard poznał mnie, kiedy pracowałam jako *au pair* w Paryżu i przyjechał za mną do Danii. Jestem jego zdrową, młodą żoną.

26

– Kiedy w snach pojawia się woda, symbolizuje uczucia, szczególnie smutek i depresję. Muszę ci to powiedzieć, Mia. Nigdy w życiu nie widziałam tak ogromnej kolekcji zdjęć przedstawiających wodę. Nie mam cienia wątpliwości, że Niklas to głęboko nieszczęśliwy młody człowiek.

Rozmawiam przez telefon z moją teściową, która nie umie opanować ekscytacji. Wczoraj założyła sobie profil na Facebooku i od tej pory ogląda wszystkie albumy ze zdjęciami Niklasa.

Od kiedy Frederik czuje się na tyle dobrze, że może zostawać sam w domu, jego rodzice nie odwiedzają nas tak często. Ale każdego dnia, kiedy na ekranie telefonu pojawia się imię Vibeke, nie potrafię powstrzymać jęku, który ciśnie mi się na usta.

– To projekt artystyczny, który zeszłej zimy zrobił z Mathiasem – tłumaczę.

– Ale dlaczego jako temat wybrał akurat wodę?

– To nie on...

– A jeśli to nie on wybrał temat, to dlaczego wybrał akurat ten projekt, skoro to ktoś inny zadecydował, jakie ma zrobić zdjęcia?

– Nie możesz po prostu oglądać tych zdjęć jak pięknych obrazów? Niklas ćwiczy...

– Mia, zaufaj mi choć raz. Nie przez przypadek zaangażował się w realizację projektu, którego głównym tematem jest akurat woda. Młodzi ludzie mają dziś tysiące innych opcji. Wszystko ma swój powód, nawet jeśli nie chcesz tego przyznać. Właśnie przygotowuję się do egzaminu z tej dziedziny.

Spoglądam na dokumenty z funduszu emerytalnego, które chciałam dokładnie przejrzeć. Jakie obowiązują zasady, kiedy chce się wycofać część wkładu przed terminem wypłaty? Czy to wpływa na sposób opodatkowania?

– Woda może także symbolizować traumę – mówi dalej Vibeke. – Poczucie osaczenia i doświadczenie głębokich emocji, na przykład nienawiści albo niedopasowania do otoczenia. Bardzo często woda reprezentuje tego rodzica, który uniemożliwia dziecku wyrażanie uczuć.

– Vibeke. Możesz już dać sobie spokój?

– Być może wiele lat temu miała miejsce jakaś pierwotna sytuacja, w której dziecko zostało przyparte do muru przez rodziców. Czuł się osaczony, jakby woda zagrażała jego życiu. Obecny kryzys może aktywizować stłumione emocje.

– Powiedzmy to sobie otwarcie: uważasz, że to wszystko moja wina.

– Och, nie, Mia! Mówię tylko o tym, jak zazwyczaj...

...

Po zakończeniu rozmowy patrzę przez wielkie okna w naszym nowym mieszkaniu na blok naprzeciwko. Dalej widać niebo i kolejne bloki, a za mną rozciąga się wielki wał ziemny, który ma tłumić bezustanny hałas dobiegający z autostrady.

Choć w czasie rozmowy z moją teściową nie zgadzałam się z nią na całej linii i choć uważam, że jej psychologiczna „ekspertyza" to wierutna bzdura, muszę przyznać, że bardzo trafnie scharakteryzowała moją relację z Niklasem. On uważa, że go przytłaczam, właśnie tak jak fala przytłacza tonącego. Jego odczucia się nie zmieniają nawet wtedy, kiedy próbuję zachować wobec niego dystans i stworzyć dla niego przestrzeń. Wycofuję się coraz dalej, nie wymagając od niego zrozumienia dla choroby ojca, a on i tak czuje się zdominowany. Do czego to doprowadzi? Czy poczuje się wolny dopiero wtedy, kiedy ja zupełnie zniknę?

Od prawie czterech lat Vibeke, nie nazywając rzeczy po imieniu, krąży wokół tamtej nocy, kiedy po wyrzuceniu z domu Frederika kompletnie się załamałam. Wydawało mi się, że to początek nowego, szczęśliwego życia, tymczasem dotarło do mnie, że nie potrafię żyć bez mojego męża.

Dokładnie pamiętam, jak wyglądał wtedy Niklas. Od tamtej chwili minęło zaledwie kilka lat, ale on był wtedy jeszcze niewysoki, miał dopiero trzynaście lat. Przyszedł mnie odwiedzić w szpitalu w pomarańczowej bluzie z kapturem, w towarzystwie Frederika. W kogo zamieniłam się tamtej nocy? Jasna, szczupła dłoń Niklasa w mojej dłoni, jego blada twarz. Jak mogłam zrobić coś takiego? Nigdy się tak nie zachowywałam. To dlatego, że, jak powiedział Frederik, „byliśmy sobie przeznaczeni"? To dlatego, że chociaż tak bardzo chciałam mu się wymknąć, tak naprawdę jestem niczym bez mojego niewiernego męża, kryminalisty z chorym mózgiem?

Próbuję się skupić na leżących przede mną dokumentach, ale postanawiam, że dziś wieczorem wpiszę do wyszukiwarki internetowej słowa: „woda", „symbol" i „psychoanaliza", a może także „neurologia".

Ktoś otwiera drzwi wejściowe do mieszkania. Jeszcze kilka miesięcy temu potrafiłam poznać odgłos kroków Frederika i Niklasa, ale ostatnio różnica się zatarła.

– Niklas, to ty?

Nikt nie odpowiada. Krótkie kroki, krótkie i ciężkie. Ktoś wnosi coś ciężkiego do mieszkania, to mój przytłoczony, nieszczęśliwy syn.

– Niklas?

Frederik wchodzi do salonu. Taszczy wielką drewnianą skrzynię i uśmiecha się szeroko.

– Patrz, co dostałem od Sergeia?

– Co?

– Króliki!

– Króliki?

– Sergei i Tonya hodują króliki w mieszkaniu. Na sprzedaż. Zarabiają na tym ponad siedemset koron miesięcznie. Dał mi pięć królików, bo bardzo się ze sobą zaprzyjaźniliśmy. Więc my też możemy...

– Chcesz w naszym mieszkaniu hodować króliki?

– Sergei mówi, że to proste, a poza tym to świetna zabawa. No i naprawdę chciałem wziąć się do roboty. Abdul i Nasira z trzeciego piętra mają działkę i uprawiają sami warzywa. Można w ten sposób zaoszczędzić sporo pieniędzy.

– Nie życzę sobie, żebyś tu trzymał króliki, nie ma takiej możliwości.

– Ale Sergei i Tonya...

– Nie ma mowy! Kropka! Koniec rozmowy. Nie zamierzam o tym dyskutować.

– Nie mogłabyś...

– To wykluczone!

– Nie możesz sama podjąć takiej decyzji! Jak zechcę, to mogę hodować króliki!

– Krzykiem nic nie zdziałasz.

– Jak możesz...

– Frederiku, właśnie się zastanawiałam nad tym, czy wkrótce nie dać ci kluczyków do samochodu i hasła do internetu, a może nawet kartę kredytową. Ale widzę, że jednak twój stan się nie poprawił aż tak bardzo, jak mi się wydawało.

– Ja nie...

– Frederik.

– Każdy coś hoduje! Dlaczego ja nie mogę? Nie mamy pieniędzy.

Odchylam się na oparcie krzesła i zamykam oczy.

– Trudno, będę musiała zmienić plany – mówię. – A byłam przekonana, że zrobiłeś większe postępy.

W gniewie idzie do swojego pokoju i zatrzaskuje za sobą drzwi. Wychodzi po kilku minutach i bez słowa podnosi skrzynię z królikami, przenosi ją do swojego pokoju i znowu zatrzaskuje za sobą drzwi. Po chwili rozlega się trzaśnięcie drzwi wejściowych, tak głośne, że całe mieszkanie się trzęsie. Wrócił do swoich nowych przyjaciół.

Mieszkamy w Farum Midtpunkt dopiero od dwóch tygodni, a Frederik zachowuje się tak, jakby spędził tu całe lata. Poznał kilku bezrobotnych i niepełnosprawnych, którzy przez cały dzień przesiadują na ławkach i trawie między blokami. Prosto z mostu i bez cienia wstydu opowiedział im całą swoją historię, ubarwiając ją swoimi ulubionymi dowcipami. Z Sergeiem jada obiady i chodzi na ryby, przesiaduje w domu u Abdula i Nasiry albo u Khayyata i Suezy, pije herbatę i ogląda kanał

Al-Dżazira.Codziennie wraca do domu z nowymi historiami o naszych sąsiadach, ich dzieciach i wnukach. Zaproszono nas już na dwa śluby.

Wracam do dokumentów z funduszu. Nie potrafię się skoncentrować. Próbuję dodzwonić się do Bernarda, ale właśnie bierze udział w jakimś spotkaniu.

...

Niklas i Frederik jedzą dziś kolację u swoich przyjaciół, ale ja z przyjemnością posiedzę sama w domu. Jestem wykończona. Zajmuję się wszystkimi sprawami dotyczącymi naszej trójki, a oprócz tego znalazłam sobie pracę na wakacje w sklepie u siostry Heleny w Ordrup. Każdy dzień spędzam, sprzedając materiały i drobne sprzęty kuchenne.

O wpół do jedenastej Niklas wraca do domu i po raz pierwszy od nie wiem jak dawna nie muszę go prosić, żeby dotrzymał mi towarzystwa. Natychmiast wyłączam telewizor, choć za kilka minut okaże się, kto zabił w tym odcinku mojego ulubionego, brytyjskiego serialu kryminalnego, przy którym się relaksuję.

Mam ochotę zadać mu tysiąc pytań, tak wiele mam mu do powiedzenia. Spogląda na mnie trochę nieśmiało i siada na starej kanapie od moich teściów. Chcę mu powiedzieć, że nie musi zawsze tak dzielnie opiekować się chorym ojcem, że może mi powiedzieć, co myśli, że nie będę się wtrącać, bo wiem, że tego nie lubi, ale go wysłucham. Chcę też powiedzieć, że zawsze może na mnie liczyć.

Kiedy w mojej głowie kłębią się te myśli, zdaję sobie sprawę z czegoś dziwnego: mierzę odległość między naszymi kolanami i naszymi ciałami, między nim na kanapie i mną na fotelu. Dlaczego to robię? Jestem zbyt świadoma dystansu. Naszych ciał. Czy moja nadświadomość to właśnie woda, w której on tonie? Czy za bardzo mu się narzucam, jestem zbyt intensywna?

Zakładam nogę na nogę, składam ręce i rozkładam, patrzę na Niklasa, patrzę w dół. Jak mam go rozluźnić? Może powinnam na początek powiedzieć: „Musisz wiedzieć, że moim zdaniem świetnie się zajmujesz chorym tatą". Potem możemy porozmawiać o tym, co było dla niego najtrudniejsze, a może on zechce się wtedy ze mną podzielić odrobiną swojego smutku.

Ale zanim udaje mi się coś powiedzieć, on wymierza mi cios.

– Dlaczego tata nie może hodować królików?

– Co?

– Dlaczego tata nie może hodować królików?

– To on ci kazał ze mną porozmawiać?

– Nie.

– Hmm. – Gram na zwłokę. – Niklas, po naszym mieszkaniu nie mogą biegać sobie małe zwierzątka. Jeszcze się nie rozpakowaliśmy po przeprowadzce, poza tym muszę się opiekować tobą i chorym mężem. To dużo roboty, naprawdę strasznie dużo.

– Ale przecież tata nie jest już tak naprawdę chory, prawda?

– Kiedy wpada na takie pomysły jak hodowla królików, to zaczynam podejrzewać, że nadal nie wszystko z nim w porządku.

– Uważam, że to dobry pomysł.

– Uważasz, że przeobrażenie naszego nowego mieszkania w fermę królików to dobry pomysł?

– Tak.

– Niby czemu?

– Tata całe dnie spędza w domu. Naprawdę chce ci pomóc zarabiać pieniądze, ale nie znajdzie pracy. To idealne rozwiązanie: on ma czas, a nam się przydadzą pieniądze.

– Tata długo o tym z tobą rozmawiał?

– Niedługo.

Odwraca wzrok, a ja się zastanawiam, czy był na kolacji u Abdula, czy może Frederik zadzwonił do niego z telefonu Abdula.

– Pewnie tego nie rozumiesz – mówi. – Ale kiedy żona utrzymuje cały dom, mężczyzna czuje się upokorzony.

– Ja tego nie rozumiem? Ha! Ty za to rozumiesz?

– Tak.

Patrzę na niego i nie mogę się powstrzymać od śmiechu.

– Chcesz kawałek ciasta? – pytam.

– Tak, poproszę.

Idę do kuchni, żeby ukroić dwa kawałki ciasta i zaparzyć sobie kawę. Niklasowi nie wolno pić kawy wieczorem.

– I jeszcze sok z czarnej porzeczki – mówi Niklas z salonu.

– Najwyraźniej wydaje ci się, że tacie się poprawiło – mówię, krojąc ciasto. – Tata zachowuje się jak nastolatek, a ty nie zdajesz sobie sprawy, że życie pod jednym dachem z nastolatkiem może być trochę męczące.

Słyszę za plecami głos Niklasa.

– Gdybym to ja był właścicielem jakiejś firmy, zatrudniłbym tatę, bo naprawdę mu się poprawiło.

Nie odpowiadam. Niklas i jego dziadkowie tak bardzo nie chcą przyznać, że Frederik jest nadal chory, że stali się prawdziwymi mistrzami samooszukiwania się. Przez cały dzień Thorkild i Vibeke przypominają sobie epizody z dzieciństwa Frederika, żeby dowieść, że nie jest chory, bo ich anegdoty dostarczają dowodów na to, że zawsze się zachowywał w ten sposób. Na przykład Thorkild dzwoni do mnie, cały podekscytowany, żeby opowiedzieć mi, jak kiedyś, w czasie wakacji w 1979 roku w Norwegii pływali kajakiem, a Frederik w kółko opowiadał ten sam dowcip, choć wszyscy kazali mu się zamknąć. Codziennie pojawia się jakaś historyjka, a ja sama już nie wiem, czy to faktycznie wspomnienia czy zmyślone opowieści.

Ale nikt – ani jego nowi przyjaciele, ani Niklas, ani Thorkild i Vibeke – nie spędza z nim tyle czasu, żeby znać prawdę. Tylko ja ją znam. Nie ma wątpliwości, że on nadal nie potrafi przejąć inicjatywy. Raz po raz muszę mu przypominać o tym, czym trzeba się zająć w mieszkaniu, kiedy zostaje sam. A kiedy nie robi tego, o co proszę, to nie tylko dlatego, że nie przejawia inicjatywy. Daje też dowody na ekstremalny egoizm i utratę zdolności długofalowego planowania, bo jakoś nie ma problemu z wychodzeniem na spotkania z nowymi przyjaciółmi.

Poza tym nadal jego mechanizmy blokujące zawodzą. Jeśli zużył ostatni kawałek papieru toaletowego, to albo zapomina wyciągnąć nową rolkę, albo zamiast wyciągnąć tylko jedną rolkę z szafki, wyciąga trzy i kładzie dwie na podłodze przy sedesie, choć prosiłam go, żeby tak nie robił. Kiedy otwiera torebkę musli albo cokolwiek innego w kuchni, robi o wiele za dużą dziurę, a kiedy ma zrobić zakupy z listy, którą przygotowałam dla niego rano, kupuje, o co prosiłam, ale w zbyt dużej ilości albo w wielkich opakowaniach, nawet jeśli wyraźnie napisałam na kartce coś innego.

Przynajmniej Niklasa wychowałam na tyle dobrze, że nie trzeba go wołać do kuchni, żeby zabrał swój sok i ciasto do salonu.

W zeszłym tygodniu widziałam go, jak siedział z przyjaciółmi na jednym z placów w Farum. Przejeżdżając samochodem, zobaczyłam, że Niklas obejmuje ramieniem Emilie, jakby przed chwilą się całowali. Czytając język ich ciała, zorientowałam się, że są w tej grupie parą alfa. Niby czemu nie? Oboje są atrakcyjni, dobrze ubrani, inteligentni – mają wszystko. Inne pary chciałyby takie być – chory ojciec i tak dalej. Czy zatem Niklas przeniósł całe swoje życie gdzie indziej, teraz dzieli je z przyjaciółmi? Czy teraz jest szczęśliwy? Gdybym tylko mogła się dowiedzieć trochę więcej o tym, jak mu się układa z Emilie. Pewnie obecnie to przede wszystkim go zaprząta.

– Mówisz też, że tata jest chory, bo tyle przesiaduje u sąsiadów – mówi Niklas. – W dawnych czasach bezustannie pracował, prawda? Nie miał czasu na rozmowy z sąsiadami. To, że odwiedza sąsiadów, niekoniecznie ma cokolwiek wspólnego z jego chorobą. Właściwie uważam, że to zdrowy objaw. Na Stationsvej nie było takich zwyczajów. Teraz się przeprowadziliśmy, a on przywykł do tego, że tutaj żyje się inaczej, że ludzie stąd bardziej interesują się sąsiadami. To twoje zachowanie neurolog nazwałby usztywnionym. To samo dotyczy hodowli królików.

– No cóż, chyba masz rację – mówię, choć w głębi duszy pragnę, żeby Niklas choć raz stanął po mojej stronie. Ale on nie daje za wygraną.

– Gdybyś oddała tacie kluczyki do samochodu i pozwoliła mu korzystać z internetu, mógłby bez trudu zbierać z Khayyatem stare płyty długogrające i sprzedawać je w centrum handlowym.

– O czym ty mówisz?

– Naprawdę lubię Khayyata. Rozkłada swój towar na parkingu na tyłach centrum handlowego, a tata pomaga mu sprzedawać...

– Twój ojciec na pewno nie będzie przesiadywał na parkingu i handlował badziewiem! Wszyscy nasi przyjaciele tam przychodzą! On był dyrektorem szkoły! Żadna z tych osób, które...

– On chce tylko pomóc. Zarobić pieniądze.

– Ale w ten sposób zarobi grosze! Na razie nie przyniósł do domu żadnych pieniędzy.

– Teraz wystarcza mu tylko na papierosy i cukierki. Ale później...

– Zaczął palić?

– Nic mi o tym nie wiadomo. – Niklas odpowiada za szybko, strzela słowami.

– Ty też palisz?

– Nie.

– Ale tata tak.

– Nie, naprawdę nie sądzę. Kupuje je dla przyjaciół.

– Do cholery, Niklas! Dlaczego rozmawiamy w ten sposób? Dlaczego nie możemy być ze sobą szczerzy?

– Ale ja naprawdę nie zacząłem palić!

– Nie o to mi chodzi!

Co ja takiego zrobiłam? Dlaczego mój mąż i syn tak bardzo się ode mnie oddalili? Czuję, że się nad sobą lituję, a to sprawia, że jeszcze bardziej sobą gardzę.

Ale to ja tu jestem dorosła. Trzy głębokie oddechy. Koniec mazgajenia się. Opanowuję się.

– Niklas, chciałam ci tylko powiedzieć, że świetnie sobie radzisz z chorobą taty.

– Naprawdę? – Dlaczego on już ma taką znudzoną i pogardliwą minę?

– Tak. Ale nie musisz być dzielny przez cały czas. Ty też możesz okazywać emocje, tak jak...

– Aha.

– Też jesteś człowiekiem i chociaż na pewno świetnie ci się układa z Emilie, ale na pewno ta sytuacja wpływa też...

Nienawidzę siebie za to, jak do niego mówię. Same komunały. Woda wciąga i zalewa nie tylko jego, ale także mnie. Nie wiem, gdzie jest teraz Niklas, ale ja jestem na jednej z jego fotografii, tonę, z trudem łapię powietrze, idę na dno.

Koniec ery opowieści

Signe Riis Gormsen

Pod względem wykorzystywanych struktur, sposobu charakteryzacji postaci i symboliki narracje w XX wieku ściśle splotły się z psychoanalizą. Tymczasem w świetle badań psychiatrycznych ostatnich lat, psychoanaliza okazała się nienaukowym przesądem, który tyle ma wspólnego z nauką co astrologia czy numerologia.

Jeśli sztuka prowadzenia narracji w literaturze, telewizji i filmie nie odzyska siły, by nabrać nowego znaczenia bez wsparcia ze strony psychoanalizy, narracje będą w naszych czasach odgrywały taką rolę, jak stetryczały przywódca w czasach upadku dyktatury: pozostaną zdecydowanie anachroniczną siłą, którą należy zlekceważyć lub zabić w imię rzeczywistego rozwoju kulturowego.

Zasadniczo w dobrze opowiedzianej historii kolejne elementy stopniowo okazują się wprowadzane z premedytacją.

Każdy czytelnik ma intuicyjne wyczucie narracji, wyniesione między innymi z lektur bajek, które nawet dziecku umożliwia odróżnienie sekwencji przypadkowych wydarzeń od „opowieści".

Czytam *Głupiego Jasia* Hansa Christiana Andersena mojemu siedmioletniemu bratankowi, który nigdy wcześniej nie słyszał tej historii. Przeczytałem o tym, jak dwóch braci Głupiego Jasia jedzie na koniu do zamku króla, żeby oświadczyć się księżniczce, a Głupi Jaś jedzie na koźle. Zapytałem mojego bratanka, czy uważa, że historia już się skończyła.

„Nie".

Przeczytałem, jak po drodze do zamku Głupi Jaś znajduje najpierw martwą wronę, potem drewniany chodak, a wreszcie błoto wrzucone do rowu. Wszystko zabiera ze sobą. Czy historia już się skończyła?

„Nie".

Przeczytałem, jak księżniczka w zamku mówi, że jest gorąco, bo król piecze kurczaki. „W takim razie upiekę wronę", powiedział Głupi Jaś i wyciągnął martwego ptaka. Wtedy księżniczka powiedziała mu, że nie mają w czym go upiec. „Ja mam", powiedział Jaś i wyciągnął chodak. Księżniczka powiedziała, że nie mają sosu. „Mam tyle sosu, że starczy dla nas dwojga", powiedział Jaś i wyciągnął z kieszeni błoto.

„To mi się podoba!", powiedziała księżniczka i wzięli ślub.

Czy teraz historia się skończyła?

„Tak, teraz się skończyła".

Seria przypadkowych wydarzeń nie stanie się historią, dopóki nie zostaną one poukładane w jakiejś wyrazistej formie, zaś rozmaite nitki narracji nie splotą się w jedną mocną linę. To poczucie elementarnych struktur narracyjnych tkwi w nas tak głęboko, że nawet siedmiolatek potrafi odróżnić opowiadanie od subiektywnych opisów i relacji z działań.

¤

Spójrzmy teraz na popularną w XX wieku bajkę dla dorosłych: powieść psychologiczną. Wyobraźmy sobie idealny przykład takiej powieści, stanowiący esencję setek tysięcy powieści psychologicznych publikowanych w zachodnim świecie w ostatnim stuleciu.

„Mężczyzna mieszka w małym portowym mieście, gdzie jego ojciec pracował w porcie, a matka umarła z powodu pracy w hucie szkła. Bije swoje dzieci. Najstarszy syn staje się wreszcie na tyle duży, żeby sprzeciwić się przemocy domowej, a czytelnik towarzyszy bohaterowi w podróży do czasów jego dzieciństwa. Port i groźna, ciemna woda nabierają symbolicznego znaczenia, a mężczyzna na nowo przeżywa traumy, które wciąż go nawiedzają – śmierć ukochanej matki i przemoc ze strony ojca, którego bezwiednie naśladuje. Napotyka opór w swojej podróży ku uświadomieniu sobie tego faktu, a opór ten sprawia, że on staje się coraz bardziej agresywny. Ale przytrafiają mu się także istotne punkty zwrotne, które zmieniają jego samoświadomość. Pod koniec książki rozpoznał ogólny wzór swojego życia. To rozpoznanie wystarczy, żeby uległ transformacji. Kończy z przemocą i jest wolny*.

Bez względu na to, jak schematyczna jest fabuła tej powieści, to z pewnością spójna narracja, a nie przypadkowe zestawienie kilku postaci i wydarzeń. Jako czytelnicy mamy wrażenie, że odkrywamy nowe aspekty osobowości bohaterów. Zaczynamy się interesować punktami zwrotnymi w ich życiu i krok po kroku śledzimy, jak poszerza się ich samoświadomość. W historii tej pojawia się wiele symboli związanych z traumami, a także ich odegraniem, zaś czytelników krzepi i wzbogaca czytanie takiej powieści, bo dzięki niej zyskują wgląd w życie wewnętrzne swoich bliźnich.

Autor nie musi nawet posiadać dogłębnej wiedzy o strukturze kompozycji, ponieważ psychoanalityczny ogląd rzeczywistości automatycznie nadaje strukturę epizodom, które mogłyby się w przeciwnym razie wydawać autonomiczne i pozbawione konkluzji. To zamienia je w historię.

Wszystko to wspiera konstrukcję opowieści. Jest tylko jeden, podstawowy problem.

* Oczywiście, nie wszystkie powieści napisane w XX wieku rozgrywały się nad zatoką i nie pojawiał się w nich okrutny ojciec. W tym przypadku interesuje mnie tylko struktura, realizowana w niezliczonych wariantach: powieści detektywistyczne, w których czarny charakter zostaje „zniuansowany" albo „pogłębiony" dzięki retrospekcjom do czasów dzieciństwa; rodzinne kroniki, w których traumy z dzieciństwa mają przemożny, determinujący wpływ na całe życie; powieści psychologiczne, w których wgląd w pierwotną traumę daje impuls do zmiany postępowania itd. Nie sposób zliczyć wszystkich powieści, w których kolejne wydarzenia splatają się w spójną narrację tylko dlatego, że można je poukładać zgodnie ze schematem zaproponowanym przez psychoanalizę.

ta powieść to jedno wielkie kłamstwo! Utwierdza czytelnika w archaicznych poglądach na człowieka, które psychiatrzy (a także inni naukowcy badający ludzką psychikę) dawno temu porzucili. Oznacza to, że powieść tę należy uznać w najlepszym razie za niegroźną fantazję, a w najgorszym razie za stek szkodliwych bzdur.

Wyobraźmy sobie teraz inną powieść: „Mężczyzna z małego portowego miasta bije swoje dzieci. Wiele się dzieje, autor opisuje emocje, głębokie doznania i dramatyczne sceny, ale każde z tych wydarzeń prowadzi donikąd. Bohater próbuje zrozumieć swoje życie, ale bez względu na to, co sobie uświadamia, nic się nie zmienia. Wiele wydarzeń nie prowadzi do żadnych konkluzji i konsekwencji. Któregoś dnia lekarz przepisuje mu leki antydepresyjne. Od tego czasu nasz bohater nie bije już dzieci tak często".

Trudno nazwać to opowieścią. Rozpada się ona bowiem na pozbawione znaczenia i niepowiązane ze sobą fragmenty. To wyliczenie suchych faktów. Taka powieść kwestionuje fundamentalną strukturę narracji.

Rzecz w tym, że druga opowieść w znacznie większym stopniu obnaża bezlitosną przypadkowość, nieogarniony chaos i niestabilne biologiczne podstawy, na których nabudowuje się esencja ludzkiego istnienia. Innymi słowy ta „antynarracja" jest prawdziwsza.

¤

Zdecydowana większość powieściopisarzy i scenarzystów filmowych oraz telewizyjnych nigdy nie chodziła na zajęcia poświęcone przełomowym odkryciom, dokonanym w ciągu ostatnich trzydziestu lat na polu psychologii, psychiatrii i neurologii. Zarazem w trakcie edukacji w liceum i na uniwersytetach większość z nich zapoznawała się z podstawami psychoanalizy, a ta dostarcza idealnej struktury dla opowieści, które bez tego rusztowania pozostawałyby strukturalnie niespójne.

Współczesne opowieści wyrządzają nam ogromną szkodę. Ich konsekwencje są poważniejsze, niż gdyby ich autorzy uczyli się biologii przed Darwinem czy fizyki przed Einsteinem. Osoba, która często ogląda telewizję, czyta dużo książek i często chodzi do kina, najprawdopodobniej wyrobiła sobie znacznie bardziej anachroniczne i konserwatywne poglądy na to, co stanowi istotę człowieczeństwa niż ktoś, kto ograniczył do minimum konsumpcję takich fikcyjnych opowieści i swoją wiedzę czerpie praktycznie z wszystkich innych dziedzin ludzkiej aktywności.

Czy seriale telewizyjne, filmy i literatura zdołają znaleźć inny paradygmatyczny sposób strukturowania swoich narracji? Innymi słowy, czy fikcyjne opowieści – prezentowane w książkach, na ekranach kin czy telewizorów – przetrwają jako coś innego niż tylko oszustwo i opium dla mas? Wątpię, bowiem „kulturowa tradycja psychoanalizy...

27

W tej małej, naturalnej zatoczce mieści się nie więcej niż trzydzieści łodzi, i to tylko wtedy, jeśli nie wszystkie zostały zacumowane przy pomoście, a dzieci bawiące się na pokładzie, chcąc zejść na ląd, musiałyby przeskakiwać przez kilka łodzi.

Dwa pomosty to półkoliste cyple z granitu, zaś jedynym budynkiem przy zatoczce jest kiosk, stara, drewniana chatka pomalowana na czerwono i przypominająca trochę stodołę. Zaparkowaliśmy za nią, żeby kupić lody i wodę, ale okazało się, że można tu też zjeść świeżo pieczone gofry w kształcie serca z konfiturą, gałką lodów i bitą śmietaną.

Staję z Bernardem w kolejce po gofry razem ze szczęśliwymi, jasnowłosymi i opalonymi Szwedami. Obejmujemy się w pasie. Mamy na sobie szorty, okulary przeciwsłoneczne i krem z filtrem. Mewy latają nisko nad skałami otaczającymi zatokę, na które zamierzamy się wdrapać, jak tylko zjemy gofry i wypijemy kawę. Potem możemy pójść drogą wśród pól albo przespacerować się wzdłuż wybrzeża aż na skraj lasu, gdzie pasą się krowy.

Kiedy jakaś rodzina zwalnia jeden ze stolików, szybko do niego podchodzę i wieszam mój sweter na oparciu jednego krzesła, a drugie opieram o krawędź stołu. Stolik jest nasz. Wracam do kolejki i obejmuję Bernarda. Całujemy się, jakbyśmy się długo nie widzieli. Para stojąca za nami uśmiecha się porozumiewawczo. Może oni też niedawno odkryli na nowo miłość.

Podchodzę do okna starego drewnianego kiosku i widzę, że mają ogromny wybór lodów, ale z goframi najlepiej smakują po prostu waniliowe.

– Dla mnie jedna gałka waniliowych – mówię do Bernarda, kiedy jeszcze stoimy w kolejce. – I kawę.

– Dla mnie też – mówi Bernard. – I jeszcze pianki w czekoladzie na gofra.

Kiedy to mówi, przytulam go mocniej. Nie wiem dlaczego, ale to, że ma ochotę na pianki w czekoladzie, sprawia, że pragnę zatopić się w nim i zniknąć jeszcze bardziej niż do tej pory. A może to ton jego głosu albo jego oświetlone przez mocne słońce, niemal białe włosy, albo zapach ciepłych gofrów i sposób, w jaki Bernard drapie się w nos.

To oczywiste, że narodziliśmy się, by ze sobą być – nie mam co do tego wątpliwości – ale staje się to jeszcze bardziej klarowne, kiedy on mówi: „I jeszcze pianki w czekoladzie na gofra", albo kiedy patrzy w stronę szklistej cieśniny Kattegat i psuje sobie wzrok, bo światło jest zbyt mocne, albo kiedy robi dwa kroki wprzód w kolejce, kroki, które tak dobrze nauczyłam się rozpoznawać.

Para stojąca za nami znowu się uśmiecha i choć przed chwilą ja też się do nich uśmiechnęłam, patrząc na ich pełne nieskrywanej miłości twarze, teraz odwracam wzrok. Chyba jestem trochę onieśmielona i Bernard to wyczuwa, bo przesuwa mnie lekko i ustawia przed sobą, a ja czuję na plecach ciepło jego klatki piersiowej.

Nie mówimy nic, aż przychodzi nasza kolej przy ladzie. Za szybą stoi chudy, stary mężczyzna z wielkim nosem. Może prowadzi ten kiosk każdego lata, od kiedy był młody. Obok niego stoi pulchna nastolatka, pewnie wnuczka. Albo córka przyjaciół. Czy ona też zostanie tutaj na pięćdziesiąt lat?

Dostajemy nasze zamówienie i z goframi na wiotkich, papierowych tackach idziemy do stolika. Stoliki i krzesła stoją na granitowej skale. Wyglądają na stare, mają cienkie, metalowe ramy, drewniane siedziska i oparcia, z których obłazi biała farba.

– Widzisz tę mewę? – pytam Bernarda. – Przed sekundą złapała rybę.

– Naprawdę? Zanurkowała?

– Tak. Przepłynęła obok tej czerwonej łodzi i nagle zanurkowała prosto w dół. Jak rasowy drapieżnik.

– Chcesz usiąść na moim miejscu? Będziesz lepiej widzieć.

– Nie, tu jest mi wygodnie.

W ten sposób się relaksujemy, razem w pustce.

– Myślisz, że ludzie siedzący pod tym plakatem to Duńczycy?

– Słyszałaś, jak mówią po duńsku?

– Nie, ale… po prostu mają coś w sobie.

Znowu milczymy.

Stąd jest niedaleko do Danii. Ale tu, w Szwecji, nikt nas nie zna.

Wdrapujemy się na skały i z trudem łapiąc równowagę, schodzimy nad wodę, czasem trzymając się za ręce, a czasem idąc pojedynczo, podpierając się na skałach. Kładziemy się na wielkim, płaskim kamieniu, czując promienie słońca na naszych twarzach i ciałach. Ciepło, spokój, w oddali, gdzieś za nami słychać dziecięce głosy. Nasze ciała się rozpływają. Cienie się wydłużają. Leżeliśmy tu chyba kilka godzin, moja głowa na jego klatce piersiowej, jego głowa oparta o moją, moje nagie kolano na jego nagim udzie, jego owłosione udo na moim brzuchu, mój nos na jego... moje oczy... moja stopa w kałuży na skale.

Wracamy do zatoki i kiosku. Nad polami nisko wisi złote słońce, którego blask nadaje ostre kontury każdemu wzniesieniu, każdej strzelistej skale, tutaj, gdzie wzgórza Hallandsås przechodzą w pola uprawne, które kończą się tuż przy morskim brzegu. Schodzimy ścieżką wśród zbóż, która prowadzi nas wyżej, i podchodzimy do parasola rozłożonego nad niewielkim stolikiem z kartonowymi koszyczkami pełnymi truskawek. Na tabliczce widnieje cena: 30 koron. Bierzemy dwa koszyczki, zostawiamy sto koron i bierzemy czterdzieści reszty ze stojącego obok niewielkiego kubełka z drobnymi. Truskawki zjemy dziś wieczorem, po kolacji w restauracji, w pensjonacie, w którym się zatrzymaliśmy. Zjemy je w ciemności przy brzegu albo w budynku, wśród innych, starszych od nas gości pensjonatu.

I tak to trwa. Nic się nie dzieje. Nareszcie nic się nie dzieje. Nic, nic, jak okiem sięgnąć – nic.

...

W czasie kolacji tamtego wieczoru Bernard opowiada mi o tym, jak po raz pierwszy od wypadku zabrał Lærke na basen.

Po trzech miesiącach ona nadal nie przejawiała żadnej inicjatywy. Siedziała tam, gdzie posadził ją Bernard lub opiekun z centrum rehabilitacyjnego. Nigdy nie odważyła się zrobić niczego z własnej inicjatywy. Jej twarz nigdy nie zmieniała wyrazu pod wpływem emocji czy myśli, które przyszły jej tak po prostu do głowy.

Bernard poprosił jedną z przyjaciółek Lærke, która po wypadku z zaangażowaniem ją wspierała, żeby pomogła jej w szatni. Czekał na nie przed drzwiami bardzo długo, a kiedy wreszcie wyszły, Lærke na widok wody zaczęła wymachiwać rękami z podekscytowania. Jej prawa ręka unosiła się i opadała, a Lærke piszczała głośno i podbiegła do basenu. Oczywiście od razu straciła równowagę, ale na szczęście mocno ją trzymali i nie upadła na posadzkę. Pomogli jej stanąć na równe nogi, a wtedy ona znowu zaczęła machać rękami i biegać, aż wreszcie znowu upadła. Przyjaciółka Lærke i Bernard zaczęli się śmiać, odczuli bowiem ulgę na widok Lærke, nad którą nagle nie sposób zapanować jak nad rozentuzjazmowaną trzylatką. Nareszcie udało się do niej jakoś dotrzeć.

Lærke wiedziała, że nie wolno się tak zachowywać na basenie, ale tak jak w domu nie potrafiła wykrzesać z siebie więcej energii, tak tutaj nie umiała nad sobą zapanować.

Bernard zaprowadził je obie na korytarz, żeby Lærke trochę ochłonęła, i dopiero potem wrócili na basen. Zrobili tak dwa razy. Za trzecim razem Lærke już nie próbowała uciekać, ale wciąż nie panowała nad prawą ręką, która robiła, co chciała, a Lærke krzyczała z taką radością, że podszedł do nich ratownik, a Bernard, który kiedyś postanowił, że nigdy nie będzie się wstydził własnej żony, musiał mu wyjaśnić, że Lærke po prostu bardzo się cieszy, że tu przyszła.

Od tamtej pory Bernard wykorzystywał to, co zobaczył na basenie, żeby ułatwiać życie Lærke. Stale poszukiwał doświadczeń, które we właściwym momencie mogłyby wywołać u niej zaangażowanie. Nie może zabierać jej na basen za każdym razem, kiedy mają zrobić coś ważnego, ale równie dobrze sprawdzają się mniej drastyczne metody. Doskonale tę funkcję pełni muzyka disco i nagrania starych talk-show z Jarlem Friis-Mikkelsenem.

Muzyka disco rozbrzmiewa z głośników na piętnaście minut przed przybyciem gości albo przed wspólnym wyjściem. Jeśli muzyka gra dłużej niż piętnaście minut, Lærke robi się nadmiernie podekscytowana i nadpobudliwa, a jeśli jej nie włączą, goście są zazwyczaj rozczarowani obojętnością pani domu.

Rozmowy Jarla Friis-Mikkelsena wprowadzają ją w nieco bardziej stonowaną radość. Winnie włącza stary magnetowid z nagraniami programów, zanim Bernard i chłopcy wrócą do domu. Lærke nauczyła się zresztą sama regulować swój poziom energii za pomocą muzyki i innych doznań. Z czasem stało się to dla niej tak naturalne, jak dla innych wypicie filiżanki kawy albo zjedzenie cukierka, żeby się pobudzić lub uspokoić.

Nasze trzydniowe wakacje to pierwszy tak długi wyjazd Bernarda bez żony od czasu ich wypadku. W trakcie jednego z naszych spotkań w kantorku zmyśliliśmy historię o tym, że on musi wyjechać w interesach na rozmowy z klientem w Aalborg.

Ja natomiast zapisałam się na podyplomowe seminarium z teorii pedagogiki, a na stole w kuchni i w moim pokoju porozkładałam materiały szkoleniowe. Stałam z programem i listą uczestników, opowiadając o tym, że nie mogę doczekać się zajęć. Chyba trochę przedobrzyłam, trudno mi to stwierdzić, bo nigdy nie zwracałam uwagi na to, jak wiele miejsca zajmują takie materiały wśród innych papierów, które co dnia przynosimy do domu.

Historyjki wydawały się takie proste, kiedy je wymyślaliśmy, ale jedno kłamstwo rodzi kolejne. Kiedy Helena usłyszała, że jadę na seminarium, oczywiście zapytała, dlaczego poświęcam te kilka dni wolne od pracy tego lata, żeby spędzić je w otoczeniu nauczycieli, którzy zajmują się zupełnie nieprzydatnymi w praktyce teoriami. Zazwyczaj żadna z nas nie wzięłaby udziału w takim kursie. Dopytywała, jak zmierzam wykorzystać ich wyssane z palca teorie w mojej pracy, a Frederik niestety usłyszał moją odpowiedź.

Przedstawił mi natychmiast elaborat na temat teorii edukacji i stojących przed nią wyzwań. Chociaż wydawało mu się, że uda nam się porozumieć dzięki wspólnemu zainteresowaniu nauczaniem, nasze dyskusje okazały się ufundowane na kłamstwie, bo nie powiedziałam mu, co naprawdę myślę i czego chcę od mojej pracy. Fałszywie się zaprezentowałam.

Nad naszymi posiłkami i rozmowami zawisło jeszcze groźniejsze widmo oszustwa i alienacji. Nawet kiedy towarzyszył nam Niklas.

„Pewnie właśnie tak wygląda życie kogoś, kto ma romans", pomyślałam. Nigdy wcześniej tego nie przerabiałam. Prawdziwy Frederik, zanim jeszcze zachorował, kłamał pewnie w taki sam sposób, zamieszkiwał jednocześnie dwa światy. Tak wyglądało jego życie.

Pierwszego dnia wzięłam udział w zajęciach, ale nie mogłam spokojnie usiedzieć na miejscu ani skupić się na niczym. Moje ciało nie mogło się już doczekać wyjazdu. Kilka godzin później powiedziałam prowadzącemu, że źle się czuję i pojechałam do Elsynoru, skąd popłynęłam promem do Szwecji i tam czekałam na Bernarda.

...

W jasno oświetlonej jadalni w naszym pensjonacie każdy stały gość ma własną płócienną serwetkę z obrączką i czeka, aż zostanie posadzony na swoim miejscu przy niewielkim stoliku. Tutejsze zwyczaje nie zmieniły się od pół wieku, dlatego niektórzy goście wracają tutaj co roku.

Bernard kładzie swój telefon komórkowy i klucze do naszego pokoju na wykrochmalonym, białym, bawełnianym obrusie, a potem podchodzimy do bufetu.

Pensjonat urządziła wiele lat temu rodzina, która mieszkała w tej majestatycznej posiadłości, oddalonej o sto metrów od plaży, nieopodal lasu. W pokojach zachowały się stare, mahoniowe meble, a na ścianach wisiały rodzinne obrazy. W miarę upływu czasu dom i otaczające go tereny nabierały coraz bardziej idyllicznego wyglądu, choć średnia wieku gości wyraźnie się podniosła. Wokół nas siedzi wiele świetnie ubranych pań po siedemdziesiątce i osiemdziesiątce, każda sama przy stoliku naprzeciwko pustego krzesła.

Wracam z bufetu z talerzem pełnym owsianki z jabłkami duszonymi z cynamonem. To najwyraźniej tradycyjna potrawa śniadaniowa w Szwecji. Bernard idzie niespiesznie wzdłuż długiego stołu, zatrzymuje się obok jajek, bekonu, sera i owoców. Budzi się długo i etapami, teraz już o tym wiem. Kiedy po chwili młoda dziewczyna pyta mnie, czego chcę się napić, wiem, że powinnam zamówić mu podwójne espresso.

Kiedy on wybiera śniadanie, trzymam jego komórkę i czuję w dłoni jej gładką obudowę, która w dotyku przypomina skórę. Nagle na ekranie pojawia się napis: „Dzwoni Winnie". Bez namysłu rozłączam się, zanim telefon zadzwoni.

Te wakacje nie mogą się przedwcześnie skończyć. Ale tak właśnie się stanie. A już na pewno coś zburzy nasze niezmącone dotąd szczęście. Teściowa Bernarda nie zadzwoniłaby bez powodu i zapewne chodzi o Lærke. Chce mi się płakać. Na ekranie telefonu pojawia się informacja, że ktoś zostawił wiadomość na poczcie głosowej. Czy mogę skasować to nagranie i usunąć powiadomienie? To ostatnie przyjemne chwile w te wakacje. Wakacje, których nigdy bym się nie spodziewała.

Bernard wlecze się z powrotem do stolika i po jego kroku poznaję, że w jednej czwartej jeszcze śpi. Niesie na talerzu owoce, dwa rogaliki i odrobinę nutelli. Chcę się nim upajać, wdychać go jak powietrze, wciągnąć go do płuc, chcę obserwować każdy drobny włosek na jego twarzy, każdą zmarszczkę. Widzę go po raz ostatni przed końcem naszych wakacji.

Czy spojrzy w dół, kiedy chwyci podłokietniki krzesła, żeby usiąść? Czy zauważy telefon, podniesie go i sprawdzi, kto dzwonił?

Nie, patrzy tylko na mnie i uśmiecha się szeroko.

– Dziękuję za zeszłą noc – mówi.

– To ja powinnam ci podziękować.

Oboje się śmiejemy.

Wczoraj rano przyglądaliśmy się wszystkim wdowom jedzącym samotnie śniadanie i wyobrażaliśmy sobie życie każdej z nich. Niektóre siedziały nazbyt sztywno, inne się garbiły, ale wszystkie wyglądały tak dostojnie w idealnie wyprasowanych, lekkich, pastelowych, letnich sukienkach.

Wspólnie doszliśmy do wniosku, że przyjeżdżały tutaj ze Sztokholmu w każde wakacje, przez ostatnie czterdzieści lat, do pewnego momentu tylko z mężem, a przedtem z dziećmi, które mogły się bawić wokół pensjonatu. Kiedy ich mężowie umierali, przed każdą z nich stawał dylemat: czy powinna wraz z nim złożyć do grobu ten mały raj na ziemi, tę zakonserwowaną esencję ich szczęśliwych wakacji z lat sześćdziesiątych i siedemdziesiątych? Ostatecznie jednak każda z nich wybierała wolność i korzystała z prawa do swojego życia, dlatego wracała co roku do pensjonatu.

Choć jednak każdy powrót traktowały jak deklarację swojej niepodległości, głośny okrzyk do siebie i do całego świata, dowodzący, że wciąż jeszcze żyją, to każde lato tutaj, gdzie obrączka do serwetki leży w tym samym miejscu na stole w jadalni, staje się tańcem w teatrze cieni z mężczyzną, który kiedyś był ciepły i muskularny i śmiał się po powrocie z pracy do domu, robił jej awantury, ignorował ją albo przytulał się do niej we śnie. Mężczyzną, którego teraz już nie ma. Każda ponura wdowia twarz staje się w tej jasno oświetlonej jadalni tablicą pamiątkową, zaświadczającą o tym, że miłość jest silniejsza niż śmierć.

Z Bernardem łączy mnie uczucie innego rodzaju. Przeszmuglowaliśmy nasz występek do ich świątyni i wyobrażam sobie, że gdyby wdowy w pastelach dowiedziały się o naszej zdradzie, tutaj, w samym sercu ich sanktuarium, zebrałyby się, powiesiłyby nas nago na jednym z drzew otaczających pensjonat i obdarły nas żywcem ze skóry swoimi starczymi pazurami.

Czy on teraz patrzy na ekran telefonu? Jak odwrócić jego uwagę? Jeśli odsunę komórkę, to tylko przyciągnie jego zainteresowanie.

Nasze ostatnie szczęśliwe minuty, dosłownie ostatnie. Biorę go za rękę. On patrzy mi w oczy, a ja odwzajemniam jego spojrzenie.

– Dziękuję za cudowne wakacje – mówię.

– Jeszcze się nie skończyły – odpowiada Bernard.

Nie jestem dobrym człowiekiem. Wiem, że nie zasłużyłam na Bernarda, kiedy słucham, co przeszedł dla swojej ukochanej, nie tracąc dla niej ani krzty szacunku i kochając ją miłością, którą tutejsze wdowy z pewnością by podziwiały. Kiedy mu to mówię, zaprzecza, a ja uwielbiam go wtedy słuchać, choć wiem, że to, co mówi nie ma aż takiego znaczenia. Wiem, że on wciąż mnie nie zna i nie powiedziałam mu wszystkiego. Na przykład nie opowiedziałam mu o tej nocy, kiedy Niklas znalazł mnie w kuchni na podłodze, nieprzytomną od alkoholu.

Czy on rzuca okiem na telefon? Przy odrobinie szczęścia zostały mi trzy minuty. Chcę je połknąć, wessać je w głąb mojej chciwej duszy targanej poczuciem winy, która nurza się w egoistycznych przyjemnościach i zaniedbuje swojego syna i męża, jednocześnie kradnąc przyszłość chorej kobiecie.

– Co się dzieje? – pyta Bernard. Z niesłychaną wprawą zauważa, kiedy odpływam w myślach.

– Myślę o jednym z tych obrazów.

– Ona ma rozmarzony wyraz twarzy, prawda?

Obraz, o którym mówi, wcale nie jest największy w jadalni, ale Bernard trafnie odgadł, że to właśnie to płótno zrobiło na mnie największe wrażenie. Coraz lepiej mnie rozumie.

– Myślisz, że to portret babki jednej z kobiet, które zajmują się teraz tą posiadłością?

– Nie wszystkie te obrazy to oryginały. Pewnie kupiono je względnie niedawno.

– Ta obrączka na serwetkę...

„Nie patrz w dół! Nie patrz w dół!". Podnoszę obrączkę, żeby nie leżała obok telefonu.

– Ach, tak – mówię, zupełnie bez potrzeby podnosząc ją, żeby się jej przyjrzeć w świetle słonecznym. – Podoba mi się.

– Ale ją na pewno kupili niedawno.

Rozmawiamy o niczym! Potrafimy rozmawiać o niczym! Dania i cały zewnętrzny świat mógłby zniknąć. Będę się z nim kochała, zanurzę go w wodach cieśniny Kattegat i wyciągnę go, zjadę z nim na rowerze ze wzgórz Hallandsås, a wiatr będzie wdzierał się przez nasze mankiety i rozdymał nasze rękawy.

– Na wzgórzach musi być jakieś zaciszne miejsce, w którym moglibyśmy poleżeć – mówi Bernard. – Tak jak wczoraj. Tylko ty i ja, na zupełnym pustkowiu. – Smaruje jednego rogalika nutellą i patrzy na telefon. – Ktoś dzwonił.

28

Oglądam z Frederikiem duński serial kryminalny. Emitują go drugi raz i gdyby chciało mi się wytężyć pamięć, przypomniałabym sobie, kto zabił.

Dziś kolację ugotował Frederik. Postawił świece na stole, wypytywał mnie o seminarium, o innych uczestników i o to, czego się nauczyłam. Przez cały dzień mówił do mnie z uczuciem. Nachylał się i patrzył mi głęboko w oczy. Wiem, co knuje, powiedział to kilkakrotnie: „Przecież wciąż jesteśmy małżeństwem. Musimy sprawić, by nasz związek odżył".

Teraz postawił kawę na małym stoliku w salonie, obok kieliszków z niedopitym winem. Przysunął się do mnie na kanapie tak blisko, że nasze uda nieomal się dotykają.

Ale ja myślę tylko o Bernardzie.

Kiedy oddzwonił do Winnie w czasie śniadania w pensjonacie, dowiedział się od niej, że Lærke zniknęła. Ale nie mogliśmy wrócić natychmiast do domu, bo jego teściowie myśleli, że on jest w Aalborg. Kilka godzin później zadzwonił do niego ktoś z biura ochrony ogrodów Tivoli.

Choć Bernard i jego teściowie wyjaśniali Lærke sto razy, że on wyjechał w poważną podróż służbową, ona powtarzała w kółko, że on na pewno świetnie się gdzieś bawi bez niej. Ubzdurała sobie, że pojechał do Tivoli, starego parku rozrywki w Kopenhadze. Na wózku pojechała na dworzec i wsiadła do pociągu jadącego do centrum miasta. Weszła do Tivoli, ale kiedy już znalazła się w środku, wyczerpał się akumulator w jej wózku i jeden ze strażników znalazł ją na wózku pod nisko wiszącymi gałęziami przy ścieżce niedaleko jeziora.

Od tego momentu nasze wakacje zupełnie się zmieniły. Wydawało mi się, że jego rozmowa telefoniczna z Lærke nigdy się nie skończy, a kiedy zostaliśmy znowu we dwoje, czułam, że on jest gdzieś daleko. Po południu zaproponowałam, żebyśmy wrócili do domu, a on nie oponował.

Siedząc na kanapie, czuję dłoń Frederika na moim ramieniu.

– Niedługo pojawi się Lars Brygmann, prawda? – mówi.

– Możliwe.

– Pamiętasz tę scenę, kiedy ścigają go w centrum handlowym?

– Tak...

Gdybym odwróciła głowę, musiałabym spojrzeć Frederikowi prosto w oczy. Nie odwracam się, ale czuję na sobie ciężar jego spojrzenia.

W pewnej chwili będę musiała go opuścić. Ale jak to zrobić, żeby Niklas na tym nie ucierpiał? Jak nie dopuścić, żeby Frederik nie popełnił samobójstwa? Czy kiedykolwiek zdołam zająć miejsce Lærke w życiu Bernarda? Poza tym rozwody kosztują. Próbowałam zrobić bilans moich dochodów, zastanawiając się jednocześnie, gdzie mogłabym mieszkać. Obliczyłam też wysokość comiesięcznej renty inwalidzkiej Frederika.

– O, jest centrum handlowe – mówi. – Twoja kawa wystygła?

– Nie, jest okej.

– Mogę wstawić ją do mikrofalówki na dwadzieścia sekund.

– Nie trzeba, Frederiku. Nie rób sobie kłopotu.

– Mam zaparzyć następny dzbanek? To też mogę zrobić.

– Frederiku, nie trzeba. Po prostu pooglądajmy telewizję.

Nigdy wcześniej nie oglądałam tyle telewizji, co tego lata. W ten sposób próbowałam skupić się, kiedy zastanawiałam się nad najlepszym sposobem opuszczenia mojego męża. Oglądam już prawie tyle, co statystyczny Duńczyk.

Kiedy w Farum zapada zmrok, wielokolorowe światła ekranów telewizyjnych mrugają w oknach każdego domu zamieszkałego przez małżeństwo po czterdziestce. Teraz już rozumiem dlaczego. Przed każdym z tych ekranów, w ciszy i samotności, mężczyźni i kobiety zadają sobie pytania i robią obliczenia, przyciskają je do piersi, kołyszą w tył i w przód. Pytania i obliczenia, o których nie mogą głośno mówić. Czy powinni zostawić swoich partnerów? Jak z praktycznego punktu widzenia powinni przeprowadzić rozwód? Co z pieniędzmi? Co powiedzą ludzie, rodzina, dzieci?

Rok za rokiem siedzą przed ekranem i rozważają wszystkie możliwości.

Dziś postanawiam poczekać do następnych wakacji. Niklas musi skończyć gimnazjum, a Frederik musi lepiej poznać nowych przyjaciół, żebym miała pewność, że nie targnie się na własne życie. Teraz znamy już datę rozprawy.

Proces rozpocznie się za półtora miesiąca, co oznacza, że za kilka miesięcy Frederik wyląduje za kratkami. Jeśli chcę móc patrzeć sobie w twarz w lustrze, muszę go wspierać do tego czasu i jeszcze na początku odsiadki.

Tylko ja jedna mam stuprocentową pewność, że Frederik to nie ten sam człowiek, za którego wyszłam. Kilkakrotnie, i prawdopodobnie żartem, powiedział, że widzi u mnie objawy zespołu Capgrasa. Chorzy z tym zaburzeniem są przekonani, że pod ich najbliższych krewnych i przyjaciół podszywają się oszuści.

Serial się kończy, Frederik sięga po pilota i wyłącza telewizor zdecydowanym ruchem, jakby od dawna czekał na ten moment.

– Chciałam jeszcze obejrzeć wiadomości – mówię.

On nie odpowiada. Zamiast tego podnosi oba kieliszki ze stolika, wręcza mi mój, unosi swój i patrzy mi prosto w oczy.

– Ale ze mnie szczęściarz – mówi spokojnym, łagodnym głosem. – Moja żona podjęła tytaniczny wysiłek, żeby mnie wesprzeć w czasie choroby. Nigdy ci tego nie zapomnę. I jakby tego było mało, jesteś tak samo piękna i seksowna, jak wtedy, kiedy poznaliśmy się dwadzieścia lat temu. Patrzę na inne kobiety i widzę, jak się zmieniły. Uwierz mi, potrafię docenić to, że ty wciąż jesteś taka piękna.

– Tylko na tyle cię stać? – Uśmiecham się szyderczo. – Mężczyźni potrafią wygadywać takie banały.

On uśmiecha się do mnie krzywo.

– Na zdrowie, kochanie.

Czuję, że powinnam podnieść kieliszek, ale nie potrafię spojrzeć Frederikowi prosto w oczy, więc wbijam wzrok w dywan.

– Obserwowałem cię, jak wychodziłaś na balkon z konewką, kiedy kładziesz torebkę na stole, jak za dawnych czasów, i z ulgą siadasz na fotelu. Te wszystkie drobiazgi to cała ty. Patrzę na ciebie i choć nic nie mówię, mam ogromną ochotę cię dotknąć, pocałować. – Wstaję. Dłużej nie wytrzymam, siedząc tak blisko niego. – Pamiętasz, co kiedyś powiedziałem? Że nie możemy bez siebie żyć, bo jesteśmy sobie przeznaczeni.

Oczywiście, że pamiętam, o której nocy on mówi. Powiedział to po moim powrocie ze szpitala, po kolacji.

Biorę poduszkę z kanapy i rzucam w niego.

– Postanowiłeś mi przypomnieć dzień, w którym płukali mi żołądek? Właśnie to powinniśmy zapamiętać? Uważasz, że powinniśmy wspominać takie wydarzenia? I że nie zrobi mi się przykro?! – Wino wylewa się z jego kieliszka. – Cała twoja empatia zmieściłaby się na główce od szpilki!

– Przepraszam! Przepraszam! Chciałem tylko...

– Chcesz to i chcesz tamto! Mam serdecznie dość małżeństwa z człowiekiem, który nie potrafi się opanować!

– Mia, powiedziałem tak tylko dlatego, bo miałem nadzieję...

– Dość! Przegiąłeś! Nie zamierzam tego tolerować!

On bez słowa wstaje i idzie do swojego pokoju. Nie potrafi już sobie z tym poradzić. Zrobił się z niego straszny mięczak.

Chodzę w tę i z powrotem po salonie, z poduszką w ręku, robię zamach i rzucam nią z całej siły o ścianę. Ona, spadając na podłogę, przewraca jego kieliszek, który spada ze stolika na podłogę i się rozbija. Cholera!

Co on tam robi? Idę do jego pokoju i otwieram drzwi.

– Co znowu? Co?

On siedzi na krawędzi łóżka, zgięty wpół, z twarzą ukrytą w dłoniach.

– To prawda – mamrocze pod nosem. – Rozumiem. Rozumiem. Jak mogłabyś kiedykolwiek jeszcze...? A Saxtorph, Laust, Niklas, nasz dom i...

– Tylko nie zaczynaj wygadywać tych bzdur o samobójstwie! – krzyczę. – Nie zamierzam tego wysłuchiwać! To nie w porządku!

Z trzaskiem zamykam drzwi i wracam do salonu, gdzie znowu chodzę w tę i z powrotem.

Wracam do jego pokoju i otwieram drzwi na oścież.

– Jak mam kiedykolwiek jeszcze poczuć pożądanie do kogoś, kto jest takim mięczakiem? – krzyczę.

On nawet nie drgnął. Wciąż siedzi na łóżku skulony z twarzą w dłoniach i nie odpowiada na moje pytania.

– Prawdziwy Frederik by się tak nie zachowywał! Twierdzisz, że wyzdrowiałeś? To się pozbieraj do kupy! Zachowuj się, do cholery, jak mężczyzna!

Znowu zamykam z trzaskiem drzwi i wracam do salonu. Siadam na fotelu, włączam telewizor, oglądam przez dziesięć sekund i wyłączam.

On wychodzi z pokoju i staje przede mną na szeroko rozstawionych nogach, z rękami na biodrach. Jego głos brzmi mechanicznie, jakby wydawał komendy wojskowe.

– Nie masz prawa tak do mnie mówić. Próbowałem być miły. Proszę cię, żebyś następnym razem panowała nad emocjami.

Kiedy tak stoi przede mną w samych skarpetkach, przypomina mi się, jak za dawnych czasów Niklas i jego przyjaciele zaczęli ubierać się jak dorośli i odstawiali teatr. Wydawało im się, że mówią niebywale dorosłe rzeczy z ogromną powagą i przekonaniem, ale właśnie przez to ich przedstawienie robiło się jeszcze bardziej groteskowe. Teraz mam dokładnie takie samo wrażenie. Frederik nie jest sobą, a ja nie potrafię powstrzymać śmiechu.

– Wydaje ci się, że tak wygląda mężczyzna? Tylko na tyle cię stać? Ha, ha, ha! Naprawdę? Nie masz o tym zielonego pojęcia. Zielonego pojęcia!

– Ja tylko próbowałem powiedzieć ci coś miłego.

– Doprawdy świetnie się spisałeś.

On nie daje za wygraną i wciąż mówi do mnie, siląc się na ton pełen rozwagi.

– Powinnaś do tej sytuacji podejść nieco bardziej konstruktywnie...

– Ha, ha, wyglądasz jeszcze bardziej idiotycznie, kiedy traktujesz siebie z taką powagą. Ale kiedy odstawiasz ten cyrk, bardzo ci daleko do prawdziwego Frederika.

Przez chwilę jego głos sierżanta brzmi bardzo autentycznie. Gniew powoduje, że Frederik zaczyna naprawdę mówić jak mężczyzna.

– Mia, nie potrafisz się ze mną dogadać, bo jesteś umysłowo chora! Masz zespół Capgrasa!

– To ty jesteś umysłowo chory!

On podchodzi do ściany.

– Uważaj, na podłodze jest pełno szkła!

Ale on nie słucha.

– Aua! Cholera!

– Och, Frederik!

– Ani słowem nie wspomniałem o samobójstwie! Ani słowem! – Pojękuje żałośnie, kiedy kuśtykając, idzie do łazienki.

Idę za nim. On siada na sedesie i unosi zranioną stopę. Dotykam jej i oglądam, a on mi na to pozwala. Ma tylko niewielką rankę pod paluchem lewej stopy. Widać niewielką kroplę ciemnej, gęstej krwi. Biorę pęsetę. Chwytam delikatnie jego stopę i z wyczuciem przesuwam palce po śródstopiu. W skórze utkwił odłamek szkła. Wyciągam go.

Czuję się tak dziwnie, kiedy klęczę przed Frederikiem na podłodze w łazience, trzymając w dłoniach jego stopę. Skóra na jego smukłych, delikatnych stopach jest tak cienka, że na podbiciu prześwitują przez nią żyłki i naczynia krwionośne. Tak dobrze znam tę stopę.

Przyklejam mu plaster i patrzę Frederikowi prosto w oczy, uśmiechając się. Przesuwam palcem po opatrunku. Przez chwilę jestem dla niego miła. Kiedyś potrafiłam się tak zachowywać wobec niego przez wiele miesięcy i znowu taka jestem.

On raz po raz spogląda na mnie pytająco i ze wstydem odwraca wzrok. Próbuje się do mnie uśmiechnąć, ale widzę w jego oczach łzy. Jego mięśnie już się nie napinają, rozluźnił się. Widzę, jak się opanowuje i zbiera w sobie. Jego twarz traci wyraz, jak druk rozmywający się w deszczu, ja czuję się tak samo. Nasze twarze to szlam, obie, ten sam szlam.

Nie potrafię się powstrzymać. Zajmuję się nim. Jednocześnie uświadamiam sobie, że po raz pierwszy od dawna znalazłam w sobie na to dość energii.

...

Leżę skulona na ohydnej kanapie Thorkilda i Vibeke, sama w półmroku, opieram się o sztywny podłokietnik i zasłaniam oczy przedramieniem. Od krzyku i płaczu boli mnie podniebienie. Jestem wyczerpana. Nie mogę już dłużej krzyczeć, bolą mnie napięte mięśnie, jakbym zamarynowała się we własnej żółci.

Frederik mógłby teraz wrócić i mnie wziąć... Nie wiem. Tym razem uderzyłabym go znacznie mocniej, gołą pięścią, a nie poduszką. A może bym mu uległa i może to byłoby najlepsze rozwiązanie dla nas wszystkich. Ponad dwadzieścia lat temu spotkaliśmy się na szerokiej, piaszczystej plaży w czasie zielonej szkoły, urodził się Niklas... Sama nie wiem.

Ale on nie podejmuje kolejnej próby. Nie jest aż tak chory.

Śpię, budzę się. Nadal leżę na kanapie od teściów. Frederik nie zainstalował tu jeszcze wszystkich lamp, więc złote światło rozkłada się dziwnie nierówno w naszym salonie. Zastanawiam się, która godzina.

Vibeke mówi o tej kanapie „nasza pierwsza kanapa", a o stole „nasz pierwszy stół". Klasyczna tapicerka z niebieskiej wełny pokrywa także łagodnie nachylone podłokietniki. Zasiadali na niej prawie pół wieku temu i bawili się z małym Frederikiem. Vibeke kołysała go w ramionach, kiedy Thorkild palił fajkę, słuchał Milesa Davisa i rozmawiał ze swoimi przyjaciółmi, dyrektorami innych szkół. Bynajmniej nie jest mi tu wygodnie, ale na pewno zasnęłam bardzo głęboko.

Widzę plamę światła na suficie. Przypomina mi się znak na suficie w naszym starym domu, choć to nie to samo. Tamten znak powstawał, kiedy gałęzie drzew poruszały się w świetle rzucanym przez latarnie uliczne. Pojawiał się w tlących się resztkach po ognisku Niklasa.

To niby nie to samo, ale jednak tak. Rozpoznaję ten kształt, znak jarzący się w dogasającym ogniu, zły omen ciążącej nad nami klątwy.

Czy ja śnię? Rozglądam się po salonie. Wszystko wygląda tak obco, bo jeszcze się tu nie zadomowiliśmy, i wokół stoją nie nasze meble. A jednocześnie wszystko wydaje się takie realne, a ja nie czuję się jak we śnie.

Biegnę piaszczystą drogą wzdłuż wybrzeża na Majorce. Przed chwilą Frederik i Niklas mieli wypadek samochodowy, spadli w dół ze skały i zginęli.

Biegnę w deszczu piaszczystą plażą w Szwecji, gdzie poznałam Frederika, gdzie nasz los się przypieczętował.

Biegnę piaszczystą dróżką nad jeziorem Farum. Wczoraj grałam w tenisa, jutro znowu zagram, upał, słońce, pot na moim czole i pod piersiami, biegnę. Biegnę.

Nade mną, na niebie znak, który za mną podąża, pulsujące światło się żarzy, nabiera mocy. Teraz pewnie wszyscy je widzą.

Ale znak jaśnieje tak mocno, że jego odbicie w Morzu Śródziemnym, cieśninie Kattegat i jeziorze Farum tak bardzo mnie oślepia, że muszę uklęknąć, moje nagie kolana wciskają się w piach i kamyczki.

Kiedy klęczę, słyszę gromki głos, tuż obok mnie, głos z nieba. Jak grzmot. Nie rozumiem poszczególnych słów

– Kim jesteś? Jezusem? – pytam.

– Nie jestem Jezusem. Nie ma Jezusa, Mio – odpowiada głos.

– Jesteś Bogiem?

– Dobrze wiesz, że Bóg to złudzenie wytwarzane w korze przedczołowej.

– Kim w takim razie jesteś?

– Kimś takim jak ty. Nie mam duszy. Jestem swoim mózgiem, a mózg to labirynt z synaps i tkanki tłuszczowej.

Na moment mrużę oczy i w powodzi światła widzę gładko ogolonego, siwowłosego mężczyznę o okrągłej głowie i w o wiele za dużych okularach, modnych w latach siedemdziesiątych. Poznaję go. To Peter Mansfield, jeden z fizyków, którzy za opracowanie technologii rezonansu magnetycznego dostali Nagrodę Nobla. Stoi tuż obok mnie na piasku i promieniuje od niego tak mocne światło, jakby otworzyło się przede mną niebo. Muszę znowu zacisnąć powieki, w przeciwnym razie oślepnę.

– Teraz wiem, że śnię – mówię głośno.

– Możesz wierzyć, w co chcesz – mówi Mansfield. – Ale powinnaś trwać przy swoich przekonaniach tylko wtedy, jeśli potrafisz je udowodnić. Badanie empiryczne to jedyna ścieżka do prawdy.

– Czego pan ode mnie chce? Po co pan tu przyszedł?

– Przybyłem, żeby ci powiedzieć, że pobłogosławiono cię łaską nauki. To nie sen, Mio. To dar łaski. Wszystkie twoje grzechy i przewiny zostały ci wybaczone.

– Ale zdradzam mojego chorego męża. Sypiam z jego adwokatem.

– Nic na to nie możesz poradzić. Jeśli tak postępujesz, to znaczy, że taka jest wola Natury. Jesteś tylko chmurą atomów w ruchu. Każdy twój postępek to tylko część procesu, który zainicjowała Natura miliardy lat temu. Być może już wtedy zaprogramowano wszystkie twoje decyzje.

– Ale ja go zbiłam. Uderzyłam mojego chorego męża misą z nierdzewnej stali, która stała na stoliku w salonie. To niewybaczalne.

Petera Mansfielda otacza tak mocne światło, że bolą mnie oczy, choć ich nie otwieram. Boję się, że zaraz oślepnę, i chcę zasłonić twarz rękami, ale nie mogę unieść ramion. Chcę wstać, bo od ostrych kamyczków rozbolały mnie kolana, ale nie mogę też ruszyć nogami.

– Nic się nie wymknie spod władania Natury – odpowiada Mansfield. – Nic nie powstanie, jeśli nie chce tego Natura. Dotyczy to również tego, co zrobiłaś swojemu mężowi.

– Ale co z Niklasem? To mój największy wyrzut sumienia. Miał trzynaście lat, kiedy znalazł mnie na podłodze, pijaną. Mogłam umrzeć. Żadne dziecko nie powinno czegoś takiego oglądać.

– Jeśli to się stało, to znaczy, że tak chciała Natura. Wierzysz w istnienie czegoś, co wymyka się prawom Natury?

– Nie.

– Wierzysz, że istnieje siła zdolna obalić prawa Natury?

– Nie, nie sądzę.

– W takim razie nie możesz winić się za to, że syn zawiózł cię do szpitala na płukanie żołądka. Nie mogłaś postąpić inaczej. Taka była wola Natury. Do tego zmusiły cię prawa Natury.

– Tak, prawa Natury.

– Odpocznij teraz, moje dziecko. Niczym nie zawiniłaś. Natura weźmie na siebie twoje grzechy, a ty znowu jesteś niewinna.

...

Upadam na piach. Nie mogę ruszyć rękami, żeby się asekurować, więc upadam prosto na twarz i całuję kamyczki na ścieżce, bo wiem, że w każdym z nich bez wyjątku zamieszkuje duch Natury. Tak jak we mnie. Mogę już otworzyć oczy i popatrzeć na kłęby kurzu, tańczące w świetle bijącym od znaku na niebie. Wiem, że duch Natury zamieszkuje każdą drobinę pyłu na ziemi, tak jak zamieszkuje mnie. Wiem, że kłęby kurzu nie mają duszy, tak jak ja. Wszyscy jesteśmy dziećmi Natury, a ja zyskałam wolność.

29

Od pół roku należę do grupy wsparcia. Właśnie zmarł drugi z naszych współmałżonków, a ja po raz pierwszy idę na pogrzeb. Nie wydaje mi się, żebym dość dobrze znała zmarłego i jego żonę. Ale Solveig, urocza emerytka, której mąż zmarł w zeszły weekend, to prawdziwa krynica intrygujących przemyśleń o sytuacji, w której się wszyscy znaleźliśmy, dlatego często rozmawiam z nią przez telefon. Wiele razy spotkałam jej nieporadnego, zdezorientowanego męża, który kierował jednym z działów w Ministerstwie Sprawiedliwości, zanim z powodu uszkodzenia mózgu zaczął na podwórku gromadzić śmieci.

Tak naprawdę spodziewaliśmy się, że najpierw umrze mąż Kirsten, który od wielu miesięcy leży w szpitalu. Ale w sobotnią noc, po kolacji, którą urządziły trzy kobiety z grupy ze swoimi mężami, Torben miał kolejny wylew. Rano Solveig znalazła go martwego w łóżku.

Na pogrzeb przyszło kilka osób z grupy, a Andrea była tak miła, że mnie podwiozła. Mają z Ianem dostosowany do ich potrzeb duży samochód z podnośnikiem z tyłu, żeby Ian mógł wjechać do środka, nie zsiadając z wózka. Kiedy Andrea podjeżdża pod wejście do naszego bloku, widzę z tyłu Iana na wózku umocowanym linami do podłogi.

Uszkodzenie mózgu spowodowało u Iana zaburzenie gospodarki hormonalnej. W konsekwencji jego skóra nabrała dziwnego różowawego połysku i wygląda tak, jakby straciła elastyczność i mogła pęknąć pod byle naciskiem. Sparaliżowane nogi jak zawsze ukrył pod kocem, wraz z cewnikiem i woreczkiem stomijnym. Nawet nie wiem, czy ma obie nogi. Może stracił je w wypadku, w czasie wspinaczki w górach dwa lata temu w Norwegii. Wprawdzie spotkałam go już kilka razy, ale nadal w jego obecności odruchowo odwracam od niego wzrok. Próbuję nad sobą zapanować i zmuszam się, żeby mu pomachać i się do niego uśmiechnąć.

Zajmuję miejsce na fotelu dla pasażera i czuję, że za mną czai się Ian na wózku, jakby obserwowała mnie gigantyczna, w połowie ugotowana krewetka.

– Mi... chrrr... ło cię... chrrr... widzieć – mówi.

Zrobił doktorat z biologii, jak Andrea, i choć nie ma problemów z doborem właściwych słów, na tyle nie panuje nad mięśniami, że mówienie sprawia mu ogromną trudność.

Rozmawiamy o Torbenie, o pieśniach żałobnych, które Solveig wybrała na ceremonię, i zastanawiamy się, jaki mógł być Torben przed pierwszym wylewem. Na klepsydrze opisano go jako wpływową postać z Ministerstwa Sprawiedliwości w okresie, gdy kierował nim Erik Ninn-Hansen. Torben odegrał kluczową rolę w sprawie tamilskich uchodźców, która doprowadziła do upadku rządu konserwatywnego w 1993 roku. Trudno nam go sobie wyobrazić w tamtych czasach, znamy go tylko jako ciepłego fajtłapę.

Rozmawiamy też o zbliżającej się wielkimi krokami rozprawie Frederika. Andrea od początku była przekonana o jego niewinności i jej wsparcie wiele dla mnie znaczyło. Ale teraz sama już nie wiem, co o niej myśleć, bo zorientowałam się, że ona wszystkich przestępców uważa za niewinnych. To jedna z inteligentniejszych osób w grupie i dzięki niej nasze rozmowy zawsze utrzymują wysoki poziom. Teraz, kiedy jedziemy do kościoła, mówi:

– Czterysta lat temu wierzono, że chorzy psychicznie zawarli pakt z diabłem i oskarżano ich o czary, a potem palono żywcem na stosie, ku uciesze całej wsi. Dziś takie epizody z przeszłości bulwersują nas, bo współcześnie dominuje przekonanie, że tych biedaków nie powinno się palić i więzić z powodu choroby psychicznej. Ale nie minie wiele lat i ludzie będą spoglądać ze zgrozą na nasze czasy, dokładnie w ten sam sposób myśląc o karach, jakie wymierzamy za przemoc i okrucieństwo tym, którzy zostali kryminalistami, bo podjęli kilka głupich decyzji. Ten, kto uważa, że ci ludzie chcą tacy być, myśli w średniowiecznych kategoriach. Po prostu ich mózgi nie funkcjonują poprawnie. To oczywiste, że powinno się ich leczyć, a nie zamykać na całe lata jak Nataschę Kampusch.

Ian włącza się do rozmowy.

– Za dwadzieścia lat... chrrr – słyszę jego głos za plecami – uznamy nasze... czasy... za... chrrr... barbarzyńską epokę.

Oboje się śmieją, ale ja nie rozumiem, co w tym takiego śmiesznego. Może zauważyli coś zabawnego na drodze?

– Żyjemy w czasach... drugiego... chrrr... drugiego renesansu.

– Czytałam o tym – mówię, ale nie odwracam się, żeby na niego spojrzeć.

Andrea parkuje tuż pod kościołem, na miejscu dla niepełnosprawnych, i cała nasza trójka wysiada. Andrea przez chwilę poprawia koc na nogach Iana, mówiąc mi, że zaraz do mnie dołączą. Wyczuwam, że chcą coś załatwić na osobności, więc idę sama do kościoła.

Solveig aktywnie działała w stowarzyszeniu na rzecz osób z uszkodzeniami mózgu i dziś zjawiło się kilku jego członków. Przed wejściem do kościoła przesuwam się na bok, żeby zrobić miejsce dla niepełnosprawnych i witam się z Antonem z naszej grupy. Przyszedł z żoną, której nigdy wcześniej nie spotkałam. Oboje stoją wyprostowani, są opaleni, bo całe dnie spędzają na polu golfowym, mają modne fryzury i bardzo drogie ubrania.

Anton przedstawia nas sobie, a jego żona uśmiecha się do mnie przyjaźnie, otulając się długim, eleganckim płaszczem.

– Wejdę do środka po... no to, czego się używa... do... to się je... je się i... o tutaj... kiedy się chce... śpiewać... wezmę jedno.

Dopiero po kilku dniach w centrum rehabilitacyjnym Frederika odkryłam, że jeśli czekając na koniec jego zabiegu, chcę sobie pogawędzić z jednym pacjentów, powinnam wybierać tych, którzy wyglądają na najbardziej upośledzonych. Czasem ci z poważnymi uszkodzeniami mózgu są bardziej błyskotliwi i elokwentni niż personel, zaś pacjenci, którzy poruszają się o własnych siłach, zazwyczaj mają zaburzenia mowy i procesów poznawczych.

Przepuszczamy następne dwa wózki i wchodzę do kościoła z Antonem i jego żoną. Jak zawsze ten widok zapiera mi dech w piersiach. Łukowate sklepienia, drewniane rzeźby i obrazy namalowane kredową farbą. Za każdym razem, kiedy wchodzę w Danii do średniowiecznego kościoła, chcąc nie chcąc, czuję, że wzywa mnie chrześcijaństwo. Czuję to, od kiedy pamiętam.

Od wieków wierni modlili się tu i odbywali żałobę, cierpieli i świętowali, a ja wyczuwam ślady ich obecności. W kościołach towarzyszą nam żony rolników, którzy zaharowali się na śmierć w polu i żony marynarzy, którzy utonęli w czasie sztormu. Wszystkie dzieci i rodzice z zamierzchłych czasów. Z płaczem wznosili swoje prośby do Boga, bo ich życie się już skończyło, i może musieli iść do przytułku, może głodowali, albo musieli wziąć ślub z jakimś bogaczem.

I radości, radości minionych stuleci: chrzciny, śluby, sierpniowe niedziele, kiedy plony były tak obfite, że wszyscy czuli się zabezpieczeni na zimę.

Bieda w Europie jeszcze sto lat temu, ledwie kilka pokoleń temu. Podarte łachmany i zęby wyrywane bez znieczulenia. Choroby roznoszone przez szczury, z którymi ludzie dzielili sienniki. Nie było toalet, a katorżnicza praca od świtu do zmierzchu powodowała, że nawet młodzi ludzie przez całą noc jęczeli z bólu spowodowanego przez artretyzm. Tak wyglądało życie całkiem niedawno. Nadal to czuję w tej ciemności.

Chrystus patrzy na nas z krzyża, a bratanek Solveig wyłącza swojego iPhone'a. Przez wieki przestrzenie takie jak ta stanowiły w całej Europie wrota do snów, nadziei i życia duchowego, ale tamte czasy się już skończyły. Bez względu na nawoływania kredowych obrazów i naszych przodków, dobrze wiem, że ten pogrzeb to tylko przedstawienie. W podobny sposób Indianie wykonują rytualny taniec, zaklinając deszcz, ku uciesze turystów, choć nie wierzą już w boga chmur. Szukam tego, co zniknęło dzisiaj, kiedy nie ulegamy już fundamentalnemu złudzeniu, że istnieje Bóg i raj.

Czy to źle, że przyszłam tu i zachowuję się tak, jakbym wierzyła w Boga, choć jestem ateistką? Przecież to bałwochwalstwo. Czy to źle, że się tym napawam, że przez godzinę udaję, że dałam się nabrać na uwodzicielskie kłamstwa wiary chrześcijańskiej? Sama nie wiem.

Anton siedzi obok swojej żony, a ja obok niego. Siedem lat temu zdiagnozowano u niej guza w lewym płacie skroniowym, który trzeba było częściowo usunąć. Lekarze stwierdzili, że wycięty fragment leżał niedaleko ośrodka mowy. Jeszcze przed operacją oboje wiedzieli, że być może ona nigdy już nie będzie mówić. Na jednym ze spotkań grupy wsparcia Anton opowiadał, jak żona przytuliła go do siebie w łóżku, popatrzyła mu głęboko w oczy i powiedziała:

– Pojutrze być może nie zdołam ci już powiedzieć, jak bardzo cię kocham. – Oboje się rozpłakali. – Jesteś jedynym człowiekiem, który cokolwiek dla mnie znaczył – powiedziała. – Jeśli już nigdy nie zdołam ci tego powiedzieć, będziesz pamiętał, że powiedziałam to dziś w nocy?

– Tak – odparł Anton.

Tylko w czasie naszego grupowego spotkania przyznał się, że kiedy ją trzymał i płakał, wiedział, że nie opuści jej, póki jedno z nich nie umrze, ale nie potrafił odegnać od siebie podejrzenia, że ona złożyła swoje wyznanie tylko dlatego, że następnego popołudnia mogła być od niego zupełnie zależna i chciała go w ten sposób do siebie przywiązać na zawsze.

Trochę za często się odwracam i spoglądam na drzwi. Nie wiem, czemu to robię. Powód staje się jasny, kiedy do kościoła wchodzi Bernard z Lærke.

Nie sądzę, by ktoś cokolwiek zauważył. Kiedy on mnie mija, witamy się przelotnym, niewinnym spojrzeniem i skinieniem głowy, jak pozostali żałobnicy. Wszyscy spuścili wzrok i kartkują śpiewniki, szukając właściwej strony, a ja wiercę się niespokojnie na twardej drewnianej ławce.

Bernard i Lærke siedzą kilka rzędów przede mną. Jego srebrnobiałe włosy wyróżniają się w otaczającym go tłumie. Widzę też bujne loki Lærke. Wiem, jakie są jego włosy w dotyku, czuję je na dłoniach, na policzkach, brzuchu, piersiach i kroczu. Znam dotyk jego owłosionej klatki piersiowej, włosów na wierzchach dłoni i między nogami.

Po powrocie ze Szwecji Bernard do mnie nie zadzwonił, a ja czułam, że nie powinnam się z nim kontaktować. Postanowiłam, że pozwolę mu zakończyć nasz związek, widziałam, jak bardzo się stara być wierny. Uważał, że tak będzie najlepiej dla Lærke.

Ale potem miało miejsce to wydarzenie nad jeziorem Farum. Nie mam pojęcia, co się tak naprawdę stało, ale najprawdopodobniej doznałam ataku epileptycznego w płacie skroniowym. Dowiedziono, że epilepsja w płacie czołowym może wywołać wrażenie, że słyszy się niebiańskie głosy, widzi oślepiające światło i doznaje się paraliżu.

Oczywiście rozmawiałam o tym z moim lekarzem. Ale kilka miesięcy wcześniej uparłam się, żeby zrobić sobie i Niklasowi tomografię komputerową mózgu, bo nasze osobowości zmieniły się tak bardzo, że nie potrafiłam tego wytłumaczyć tylko kryzysem rodzinnym. Badania niczego jednak nie wykazały i od tamtej pory nasz lekarz odmawiał dalszego marnowania pieniędzy podatników na badanie naszych mózgów.

Jeśli spojrzy się na tę sprawę bez uprzedzeń, to można również dojść do wniosku, że doznałam prawdziwego objawienia, że Peter Mansfield naprawdę mi się objawił i wysłał mnie na poszukiwanie piękna i prawdy w świecie bez Boga.

Zresztą jedno wytłumaczenie nie wyklucza drugiego. Gdyby takie objawienie nie łamało praw natury, zgadzałoby się z duchem ateizmu. A gdyby tak natura objawiała się wtajemniczonym za pośrednictwem naukowo zbadanego zjawiska, jakim jest padaczka skroniowa? Naukowcy ustalili, że padaczka skroniowa to przyczyna wielu objawień, o których zaświadczają źródła historyczne.

Nieważne zresztą, co to było. Teraz już wiem, że mnie i Bernardowi były pisane spotkanie i miłość. Nic na to nie mogliśmy poradzić.

Więc do niego zadzwoniłam i tak żarliwie głosiłam swoją ewangelię przez telefon, że jeszcze tego samego wieczora się spotkaliśmy. Od tamtej pory widywaliśmy się codziennie.

• • •

Jedna z czytelniczek strony braindamage.com napisała w komentarzu, że kobietom jest trudniej niż mężczyznom, jeśli ich współmałżonkowie mają uszkodzony płat czołowy. Twierdziła, że spotkała nawet mężczyzn, którzy cieszyli się, że ich żonie przytrafiło się takie nieszczęście. Wprawdzie żona z uszkodzonym mózgiem nie potrafi odgadywać już uczuć swojego męża, ale zarazem nie ciosa mu kołków na głowie z powodu jego bałaganiarstwa i zupełnie zapomina o wszystkim, co wkurzało ją w przeszłości, albo o tym, że nie cierpi przebywać w otoczeniu jego matki i siostry. Pod pewnymi względami – na przykład w łóżku – okazuje się, że żona ma mniej zahamowań i łatwiej się z nią dogadać.

Kobiety tracą o wiele więcej. Szczególnie trudno im przywyknąć do samotności. Dobija je świadomość, że mężowie nie dzielą już z nimi uczuć i stają się jeszcze mniej wrażliwi emocjonalnie niż wcześniej.

A jednak znacznie częściej to kobiety do końca życia opiekują się swoimi chorymi mężami jako pielęgniarki na pełny etat. Natomiast mężczyzna, którego żona choruje, częściej, znajduje sobie nową partnerkę i odchodzi z nią.

Po pogrzebie Solveig zorganizowała stypę. Przyszło mnóstwo ludzi. W tłumie kłębiącym się przy stole z przekąskami widzę Lærke wczepioną w Bernarda. Staję obok niego, po drugiej stronie. Czy ona zdaje sobie w ogóle sprawę z jego wyjątkowości? Czy ma tego świadomość? Tak, wystarczy rzut oka, żeby zauważyć, że ona uważa go za najcudowniejszego mężczyznę pod słońcem, z którym nikt nie może się równać. Myśli wręcz, że to jedyny cudowny mężczyzna w tym tłumie. Zresztą ja też tak uważam. Naprawdę jest wyjątkowy.

Lærke ciągnie go za rękaw.

– Te są z wędzonym łososiem, a te z czymś białym i jeszcze są te z... to pasztet, prawda? To pasztet, Bernardzie?

– Tak, pasztet. Wygląda bardzo apetycznie, nie sądzisz?

– Mam wziąć kanapkę z pasztetem?

– Tak, weź.

Ona kładzie kanapkę z pasztetem na talerzyku i się rozgląda.

– Inni biorą po dwie, dwie na raz.

– Ty też możesz.

– Ale którą mam wybrać?

Zastanawia mnie ta druga kobieta, którą kocha Bernard. Jeszcze zanim zaczął się nasz związek, powiedział, że Lærke z trudem podejmuje decyzje i potrzebuje na każdym kroku pomocy. Na przykład jej matka przygotowała fiszki z zapisanymi na nich rozmaitymi zestawami ubrań i butów. Każdego ranka Lærke wyciąga jedną karteczkę ze stosu i ubiera się zgodnie z instrukcją. Dzięki temu nie wkłada rzeczy, które do siebie nie pasują, i oszczędza wiele energii umysłowej, która przydaje jej się w ciągu dnia.

Bernard nauczył ją, żeby w restauracji zawsze wybierała pierwszą przystawkę w menu. Dzięki dziesiątkom takich trików ich życie stało się trochę bardziej normalne.

Ale tutaj nie ma menu.

– Możesz wziąć sałatkę z tuńczykiem – mówię trochę za głośno i pokazuję palcem na drugi koniec stołu.

Ona natychmiast robi to, co jej zasugerowałam, nawet nie odpowiada i nie spogląda w moją stronę. Bez słowa wręcza talerz Bernardowi, żeby móc odejść o kulach od bufetu.

Co ja najlepszego zrobiłam? Wstrzymuję oddech i nie śmiem spojrzeć w oczy Bernardowi. Czy byłam miła dla Lærke? A może wredna? Czy przekroczyłam jakąś granicę?

Przepycham się wśród emerytowanych kierowników działów Ministerstwa Sprawiedliwości i ich żon, mijam członków rodziny Solveig i Torbena i ich licznych przyjaciół, których poznali w ciągu ostatnich lat, mężczyzn z uszkodzeniami mózgu i ich żony.

Jedna kobieta, którą znam z Duńskiego Towarzystwa Udaru Mózgu, pomaga swojemu mężowi usiąść w rogu kanapy. Choroba wpłynęła chyba na jego ośrodek głodu, bo sportowa kurtka wisi na nim jak na wieszaku. Inna kobieta, którą widziałam dwukrotnie w Centrum Uszkodzeń Mózgu, trzyma w ręku kieliszek, z którego pije jej mąż.

Bez Bernarda świat Lærke obróciłby się w ruinę. Mój też.

Idę na górę i zaglądam do dużej i jasnej sypialni Solveig i Torbena – olbrzymie łoże z kremową narzutą, posłane nadal dla dwojga – a potem idę do pokoju, w którym kiedyś mieścił się gabinet Torbena. Wzdłuż ścian stoją regały z ciemnego drewna pełne książek i broszur poświęconych polityce, ekonomii i prawu. Torben wsunął książki głęboko, a z przodu poustawiał rupiecie, które znajdował w czasie spacerów na ulicach swojej pięknej dzielnicy. Na podłodze stoją brudne torby z supermarketu, wypełnione po brzegi. W kącie dostrzegam zegar słoneczny, a na biurku paprotkę w doniczce, która zajmuje jedną trzecią blatu i zupełnie nie pasuje do tego wnętrza. Na ciemnej kanapie ze skórzaną tapicerką Torben postawił stary telewizor.

Na piętrze znajduje się też pusty pokój gościnny. Czy można zamknąć drzwi od środka? Nie, ale na próbę ustawiam krzesło pod drzwiami w taki sposób, żeby oparcie blokowało klamkę. Udało się. Chwytam za klamkę i potrząsam nią, ale drzwi ani drgną. Odsuwam krzesło, otwieram drzwi i schodzę na dół.

W salonie Bernard siedzi przy stoliku z Lærke, Andreą i Ianem.

Kiedy podchodzę, słyszę, jak Lærke mówi:

– Nie chcę umierać. Śmierć jest taka smutna, nie sądzicie? – mówi, patrząc na Iana, który przypomina wielkiego skorupiaka. – Torben umarł… to takie smutne… tak, naprawdę smutne, nie sądzicie?

Kiedy mnie dostrzega, próbuje gestem zaprosić mnie, bym usiadła z nimi.

Staję za Bernardem i mówię, że wrócę później, teraz muszę porozmawiać z kimś z Towarzystwa Uszkodzeń Mózgu. Odchodzę i mijając Bernarda, prawym palcem wskazującym przesuwam lekko po jego ramieniu, karku i drugim ramieniu.

Potem wracam do pokoju gościnnego, nie oglądając się za siebie.

Po chwili on staje w drzwiach.

Podbiegam do niego, zamykam za nim drzwi i całuję go, zamykając drzwi stopą.

Blokuję klamkę oparciem krzesła, naciskam na nią kilka razy, gotowe, drzwi zablokowane, rzucamy się na łóżko. Kilka minut, za drzwiami tyle osób. Spodnie w dół, sukienka w górę. Druga w nocy, jesteśmy w ubikacji na tyłach jakiejś małej, ciemnej speluny. Razem w biały dzień, za płotem klubu tenisowego w Farum.

Możemy zrobić wszystko. Wszystko, wszystko, wszystko. Założyć nową rodzinę i żadne z naszych dzieci nie stanie się takie, jak otaczający nas teraz ludzie. Stoimy z naszymi pięknymi dziećmi w skąpanym w słońcu ogrodzie w Brede, trawnik łagodnie schodzi w dół, na skraj lasu, nad nami rozciąga się błękitne niebo, błogosławi nas nieuniknniona Natura.

Ktoś próbuje otworzyć drzwi, ale krzesło je skutecznie blokuje. Jesteśmy bezpieczni. Nie, krzesło się przewraca. Drzwi się otwierają. Jakaś twarz. Drzwi się zamykają.

– Cholera!

– Kto to był?

– Nie wiem!

– Nie, nie, nie!

Słychać, jak ktoś szybko zbiega po schodach. Jeśli Lærke to usłyszała... Moje majtki na podłodze. Marynarka Bernarda na krześle.

Kiedy w pośpiechu się ubieramy, słyszymy rozmowę na dole, gdzie wszyscy goście nagle zamarli.

– Dokąd biegniesz? – zapytał ktoś w ciszy. – Co się stało?

Nikt nie odpowiada. Wszyscy pewnie patrzą na osobę, która zbiegła po schodach.

– Na górze biegają dwie osoby! – krzyczy jakiś mężczyzna.

– Biegają?

– Tak... nie. Biegają! Och... nie, nie!

– Nie biegają?

– Nie.

– W takim razie, co robią?

– Biegają! Nie, nie! Nie biegają... biegają. Właśnie to robią! Ach, tak! Biegają!... Nie, nie, nie biegają.

– Kto? – pyta inny głos.

– Nie wiem. Nie biegałem ich wcześniej.

– Nie wiesz?

– Czy to Rikke? – ktoś pyta.

– Nie, to nie Rikke. To ona biega i to jest Rikke, a on biega po Rikke. Razem biegają.

Mężczyzna irytuje się coraz bardziej, bo nikt go nie rozumie.

– Na górze! Rikke, biega! – krzyczy. – Nie, nie biega. Nie Rikke. Oni biegają! Oni nie biegają!

– Powtarzasz to, co mówimy, prawda? – pyta jakaś kobieta łagodnym głosem.

– Nie, nie. Powtarzam je. Nie. Biegają. Chcę powiedzieć, że biegają. Nie, nie biegają. Och, och. Nie biegają oni biegają.

Już wyszliśmy z pokoju gościnnego, ale już wkrótce mężczyzna odnajdzie właściwe słowa. Słyszymy inny kobiecy głos. To pewnie jego żona.

– Musimy przez chwilę pomilczeć. On nie będzie miał czego powtarzać i wreszcie to z siebie wydusi.

Wtedy mężczyzna krzyczy:

– Na górze powtarzają! Powtarzają słowa! Rikke! Och, och! Leżą i powtarzają słowa!

30

Od pogrzebu Torbena minęły trzy tygodnie i wszelkie znaki na niebie i ziemi świadczą o tym, że jednak Frederik ma w sądzie szansę.

Przeczytałam w gazecie, że ława przysięgłych skazała ojca, który zamordował dwójkę dzieci, na przymusowe leczenie psychiatryczne zamiast na dożywotnie więzienie. Wyrok ten zapadł wbrew wytycznym Rady Medyczno-Prawnej. Jeśli mordercy dzieci dali drugą szansę, to może Frederikowi też się poszczęści.

Bernard i Frederik zawsze wierzyli w możliwość takiego werdyktu, a teraz ja też zaczynam podzielać ich optymizm. Policja udostępniła Bernardowi zapis wszystkich rozmów telefonicznych Frederika z ostatnich czterech lat. Jego asystentka wprowadziła numery i czas trwania rozmów do arkuszy kalkulacyjnych, żeby zademonstrować, do kogo statystycznie najczęściej dzwonił, kiedy i ile trwała rozmowa. Liczby te powinny dostarczyć obiektywnych dowodów na to, że Frederik w ciągu ostatnich lat stał się kimś zupełnie innym, zmieniły się bowiem jego zwyczaje w trakcie rozmów telefonicznych.

Otrzymane w ten sposób wstępne dane wyglądają obiecująco. W ciągu kilku lat przed zdiagnozowaniem u niego guza, Frederik stopniowo dzwonił coraz częściej, ale co roku jego rozmowy były przeciętnie coraz krótsze. Można wyciągnąć z tego wniosek, że odczuwał narastającą potrzebę rozmów telefonicznych i dlatego wydzwaniał do bliższych i dalszych znajomych. Tracił jednak wyczucie sytuacji, dlatego jego rozmówcy coraz szybciej próbowali zakończyć rozmowę.

Zmienił się też jego rytm dobowy, a także zahamowania dotyczące tego, do kogo dzwonił. W ciągu roku poprzedzającego pierwszy atak choroby Frederik dzwonił do rodziców trzy kwadranse później niż w poprzednich latach. Zarazem zupełnie przestał pracować w swoim domowym gabinecie i wysyłać e-maile między szóstą rano i momentem rozpoczęcia pracy w szkole.

W ciągu czterech lat średni czas trwania jego rozmów spadł o 32 procent. Nie wiadomo jednak, czy ława przysięgłych uzna to za przekonujący dowód na to, że Frederik już wtedy nie był sobą.

Frederik głęboko zaangażował się w przygotowania do rozprawy. Tę samą ogromną energię, którą kiedyś pożytkował na konstruowanie głośników, a potem na spotkania z przyjaciółmi, teraz poświęcił na analizy statystyczne swojego zachowania, które przeprowadza razem z Bernardem.

Wkrótce zamierzają zademonstrować, jak zmieniały się proporcje jego rozmów prywatnych w stosunku do zawodowych. A nawet więcej. Na podstawie wyciągów bankowych chcą udokumentować zmiany w jego zwyczajach konsumenckich. Na przykład wygląda na to, że jego wydatki na ubrania wzrosły drastycznie. Być może stało się tak dlatego, że nie potrafił zapanować nad chęcią posiadania, a może chciał się inaczej ubierać, bo zaczął być kimś zupełnie innym.

Frederik czuje się coraz lepiej. Oczywiście nie sposób przewidzieć, jak zachowa się pod wpływem zmęczenia czy stresu. W ciągu roku poprzedzającego operację zachowywał się zupełnie normalnie.

Na przykład, co by zrobił, gdyby odkrył, że jego żona i adwokat prawie codziennie uprawiają seks? Czy zniszczyłby nas z taką samą bezwzględnością, z jaką doprowadził do ruiny finanse szkoły?

To, że do tej pory nie wpadliśmy, graniczy z cudem. Teraz, po rozpoczęciu roku szkolnego, spotkania z Bernardem wymagają ode mnie jeszcze gorszych kłamstw. Nie możemy się już spotykać w szkolnym kantorku, a Frederik coraz częściej dopytuje o to, jak spędzam czas. Wmawiam mu, że każdego popołudnia gram w tenisa, ale co się stanie, kiedy on porozmawia z kimś z klubu?

Nie włączam dźwięku w komórce, żeby nikt nie słyszał, kiedy dostaję wiadomość, bo dostaję ich mnóstwo, ale każdą kasuję, choć oczywiście mam ochotę je zachować na pamiątkę naszego pierwszego roku z Bernardem.

Niklas też niczego nie zauważa. Natomiast czuję, że Vibeke naprawdę ma mnie na oku. W zeszłą niedzielę teściowie odwiedzili mnie i przez całe popołudnie omawialiśmy analizy bilingów i rachunków kart kredytowych. Kiedy przedstawiałam im aktualne poglądy Bernarda na naszą sprawę, Vibeke patrzyła na mnie niemalże z zaniepokojeniem. Wystarczyłaby chwila nieuwagi – gdybym powiedziała coś o nim niewłaściwym tonem, albo zrobiła dziwną minę – a nasz romans wyszedłby na jaw.

Zaciągnęłam jeszcze jeden dług wdzięczności u Andrei. W czasie stypy zorientowała się, co próbuje powiedzieć mężczyzna z uszkodzonym ośrodkiem mowy. Wyprowadziła go z salonu, zanim zdążył znaleźć właściwe słowa.

Teraz Andrea już wie, że coś mnie łączy z Bernardem i kiedy się z nią podzieliłam tą informacją, poczułam taką ulgę, że opowiedziałam też o tym Helenie.

Moje przyjaciółki uważają, że nie robimy z Bernardem, nic niewłaściwego. Dobrze wiedzą, że oboje dajemy naszym współmałżonkom bardzo wiele, nie dostając w zamian prawie nic.

...

Na dziesięć dni przed pierwszą rozprawą mamy ostatnią szansę, żeby uratować Frederika przed więzieniem i zapisem w dokumentach, przez który nigdy nie wróci do pracy w edukacji. Dzięki temu Niklas nie zostanie na całe życie naznaczony piętnem bycia synem oszusta. Ja chcę tylko tego, żeby raz na zawsze ucichły wciąż krążące plotki, że współpracowałam z Frederikiem i że razem zachomikowaliśmy gdzieś miliony koron.

Już dawno temu Bernard zasugerował, żebyśmy zapytali Trine, jedną z sekretarek Frederika, czy zauważyła jakieś zmiany w osobowości swojego szefa. Ale jej brat, który pracuje w Brazylii, zaprosił ją z mężem i dziećmi na całe wakacje do swojego domu w Rio i Trine dopiero teraz wróciła do domu.

W Danii wszelkie działania, które można by zinterpretować jako próbę wpłynięcia na zeznania świadków, traktuje się jako poważne przestępstwo. Frederikowi nie wolno rozmawiać z Trine. Prawo zabrania tego również Bernardowi. Ale gdybym ja wpadła na nią przypadkowo i gdyby wywiązała się między nami rozmowa, nikt nie mógłby mnie oskarżyć o to, że próbuję ją przekabacić.

Każdego popołudnia, tuż po czwartej, Trine wychodzi ze szkoły i idzie tą samą drogą na stację metra Frederiksberg. Jedzie najpierw metrem, a potem tramwajem do Måløv, gdzie mieszka w domu w zabudowie szeregowej, z mężem i trójką dzieci.

Sierpień tego roku jest bardzo chłodny. Niebo przybrało kolor asfaltu, a od dwóch godzin zbiera się na ulewę. Kiedy Trine mija supermarket Netto, ja wychodzę z niego z torbą pełną zakupów, niby przypadkiem, choć stałam od dłuższej chwili w drzwiach, czekając na nią.

Próbuje mnie wyminąć, jakbyśmy się nie znały.

A przecież rozmawiałyśmy wielokrotnie na przyjęciach. Frederik pracował z nią przez tyle lat, że ufał jej bezgranicznie, a w domu wyrażał się o niej z większym szacunkiem niż o członkach rady nadzorczej, wicedyrektorze i większości szkolnego personelu.

– Cześć, Trine – mówię bardzo wyraźnie z uśmiechem, który, mam nadzieję, wygląda naturalnie.

Wtedy ona przystaje. Jest opalona, ale poza tym się nie zmieniła. Nie jest wysoka i zawsze miała lekką nadwagę. Ma blond włosy do ramion i rozprostowaną trwałą.

To z winy Frederika, ze względu na narzucone przez bank cięcia budżetowe, zwolniono kilka miesięcy temu jej męża, który uczył w Saxtorph. Potem posadę straciła jej najbliższa przyjaciółka, która pracowała z nią w sekretariacie.

Zaczynam ze szczegółami opowiadać o trudach zeszłego roku i trochę koloryzuję, żeby wydawało jej się, że stan Frederika wciąż jest bardzo poważny. Dodaję, że ona jest jedyną osobą, która zna go tak dobrze jak ja.

Zresztą to prawda. Pod wieloma względami ona zna go nawet lepiej. Przez wiele lat spędzała z nim znacznie więcej godzin dziennie niż ja. Wiem też, że w głębi duszy ona nadal żywi do niego ogromną sympatię. Z pewnością. Choć pewnie zarazem go nienawidzi.

– Nie wiem... – mówi, odwraca wzrok i robi krok w tył.

Oczywiście jej świat też się zawalił. Wprawdzie szkoła tylko tymczasowo przechodzi problemy, ale ona nigdy nie dogadywała się z tym nauczycielem, który teraz został nowym dyrektorem. Musi czuć potrzebę zwierzenia się z tysiąca kłopotów i wysłuchania podobnej historii.

– Nawet nie wiesz, jak się cieszę, że na ciebie wpadłam – mówię. – Masz chwilę? Chętnie zaproszę cię na kawę i ciasto w Métropolitain.

To też zaplanowałam. Wiem, że uwielbia Café Métropolitain.

– Nie, dziękuję – odpowiada.

Stoję uśmiechnięta, gram na zwłokę. Ona się waha, ale powtarza tylko:

– Nie, dziękuję.

– Słuchaj, Trine. Kiedy ta defraudacja wyszła na jaw, ja też byłam zdruzgotana. Moje życie zmieniło się diametralnie. Musieliśmy się przeprowadzić, odebrano nam emerytury, samochód, meble, wszystko.

Ona odchodzi.

Bernard poinstruował mnie, że pod żadnym pozorem nie mogę na nią naciskać, ani nawet sprawiać wrażenia, że próbuję wpłynąć na jej osąd całej sytuacji. W Danii obowiązują w tym względzie zupełnie inne przepisy niż w Stanach Zjednoczonych i w serialach telewizyjnych. Ostatecznie jednak łamię zakaz Bernarda. Biegnę za nią.

– Trine! Trine! – krzyczę.

Zatrzymuje się i czeka na mnie. Mówi powoli i z namysłem wypowiada każde słowo.

– Nikomu nie ufałam tak jak jemu.

– Wiem, co czujesz. Ja też ufałam mu bardziej niż...

Nie muszę udawać rozpaczy. Nie mam nic! Nic oprócz sekretnego romansu i złudnej nadziei na to, że uratuję mojego męża od więzienia.

Może ona to dostrzega. Ze spokojem patrzy mi prosto w oczy i widzę, jak rozluźniają się mięśnie wokół jej oczu, jak przestała je napinać.

Spadają na nas pierwsze krople i obie spoglądamy na niebo.

– Wiem, że całymi nocami sprzeniewierzał pieniądze szkoły – mówi. – Może jego mózg robił się słabszy pod wpływem zmęczenia... Nie wiem. Ale w ciągu dnia, kiedy pracowaliśmy, na pewno nie był chory! Nie był! Dlaczego nic nie powiedział w ciągu dnia? Spotykaliśmy się co chwilę. W czasie zebrań z rodzicami. Przeglądaliśmy we dwoje korespondencję. Załatwialiśmy mnóstwo drobnych spraw. Ale to właśnie za dnia chodził do banku i podrabiał podpisy.

Rozlega się ryk. To nie grzmot, to ulewny deszcz uderzający o chodnik. Wszyscy wokół kryją się pod zadaszeniami i markizami sklepów, a my biegniemy pod drzewo. Stamtąd w milczeniu patrzymy na deszcz.

Frederik często powtarzał, że gdyby Trine miała wyższe wykształcenie, zrobiłaby fantastyczną karierę jako administrator. Ale jej losy potoczyły się inaczej. Jako szkolna sekretarka w dużej mierze przyczyniła się do tego, że Saxtorph stało się bezpieczną przystanią, oferującą schronienie przed światem. Kiedyś tak było. A Trine zdawała sobie sprawę z tego, jak ważną odgrywa rolę. Wszyscy o tym wiedzieli.

Nie możemy iść w taką ulewę. Widzę, że ona zastanawia się nad tym, czy bardzo zmoknie, jeśli zostawi mnie samą pod drzewem i pobiegnie do pobliskiego sklepu.

– Siedziałam kiedyś z Frederikiem w jego gabinecie. Przeglądaliśmy zgłoszone przez nauczycieli preferencje harmonogramowe... – Trine urywa zdanie w połowie.

– Tak? – mówię.

Dźwięk deszczu, który chłoszcze miasto. Przechodnie stanęli nieruchomo, osłaniając się od deszczu.

– Zajęło nam to prawie cały dzień, ale sprawa tego wymagała. Tak przynajmniej wszystkim nam się wydawało. Później, przeglądając dokumenty, zorientowałam się, że tego samego dnia rano on poszedł do banku i zdefraudował kolejne osiemset tysięcy koron. Wiedział, że zniszczy szkołę. Wiedział o tym. Dlaczego nic nie powiedział?

Stał się kimś zupełnie innym, Trine. Teraz już nie ma guza.

Ojej, wyrwało mi się. Czy właśnie przed chwilą nie zasugerowałam jej, jak powinna zeznawać w sądzie? Czy ona się zorientuje, że nie wpadłam na nią przez przypadek? Wiem, że jest diabelnie bystra.

– Wszyscy ci współczuliśmy – mówi. – Widzieliśmy, że Frederik nie lubi spędzać czasu w domu.

– Wiem o tym.

– Twierdził, że się nudzi.

– Tak mówił?

– Tak. Twierdził, że pod względem intelektualnym i emocjonalnym niewiele was ze sobą łączy.

– Ale to się zmieniło, prawda? – odpowiadam ze spokojem. – W ostatnich latach przed zdiagnozowaniem u niego guza bardzo lubił przebywać ze mną w domu.

Ona nie odpowiada, chyba zastanawia się nad tym, co usłyszała.

Czy mogę się na nią powołać w trakcie procesu? „Wysoki sądzie, sekretarka mojego męża uważa, że kiedy on był zdrowy, nudził się ze mną. Natomiast kiedy popełniał przestępstwo, już tak nie uważał, co oznacza, że już wtedy był w poważnym stopniu upośledzony umysłowo".

– Do tego doszła jeszcze próba samobójcza – mówi Trine. – Musiał spędzać z tobą więcej czasu.

– Jaka próba samobójcza?

– Twoja. W kuchni.

– Nie próbowałam się zabić!

– No wiesz... cztery lata temu. W kuchni.

– Trine, nie próbowałam popełnić samobójstwa! On ci tak powiedział?

Patrzy na mnie z niedowierzaniem. To oczywiste, że mi nie wierzy.

– Nie wiem, czy tak powiedział. Ale wszyscy to wiedzą.

– Wszyscy to wiedzą? Wszyscy uważają, że próbowałam zapić się na śmierć we własnej kuchni?

– Tak. Zażyłaś pigułki...

– Niczego nie zażyłam! – Ona milczy. – Laust też uważa, że próbowałam się zabić? I że to dlatego Frederik musiał spędzać więcej czasu w domu? – Trine wciąż nie odpowiada. – To nieprawda! Nie zażyłam pigułek! Żadnych pigułek! Ani jednej! Po prostu któregoś wieczoru za dużo wypiłam. Cztery lata temu! To wszystko. Tak to wyglądało.

Pod naszym drzewem schroniła się przed deszczem jeszcze jedna kobieta. Przemoknięta do suchej nitki, chyba nie jest stąd, może to żebraczka... z Europy Wschodniej. Chyba nie zna duńskiego.

Trine milczy. Próbuję mówić trochę spokojniej.

– Uważasz, że Frederik zmienił się bardzo cztery lata temu?

– Tak. Bardzo. Niewiarygodnie.

– Ale uważałaś, że to przeze mnie? Uważałaś, że to przez moje problemy tak łatwo się męczył, nie potrafił się skupić i dziwnie się zachowywał?

– Wszyscy uważali, że to przez ciebie. Przez wasze kłopoty małżeńskie.

– Musiałaś mu częściej pomagać w ciągu dnia? Czy zapominał o drobiazgach, zrobił się roztargniony? – Nie odpowiada. – Uważałaś, że to moja wina? Że odebrałam ci twojego ukochanego dyrektora? Tak niezwykłego, wspaniałego człowieka, który musi zajmować się swoją nudną żoną? Uważałaś, że on się nią opiekuje? Choć ucierpieli na tym wszyscy pracownicy Saxtorph? I że to dlatego się zmienił? – Trzyma język za zębami. – Czy ktoś wie, ile dodatkowej pracy włożyłaś w zarządzanie sprawami szkoły? Zachowałaś to w tajemnicy?

Na jej twarzy tańczą cienie i refleksy rzucane przez krople deszczu, jakby jej smutne oczy wpatrywały się w niebieskoszare płomienie.

– Trine, wiesz, że jeśli u szefa powoli i w utajeniu rośnie guz mózgu, sekretarka zazwyczaj musi przejąć część obowiązków służbowych, żeby administracja nadal sprawnie funkcjonowała?

Cisza. Widzę jednak, że uderzyłam w czuły punkt. Widzę, że właśnie tak wyglądała ich współpraca w ciągu ostatnich lat. Ona zaciska usta, jakby wsysała je do środka. Dotarłam do niej, nareszcie!

– On miał uszkodzony mózg! – krzyczę jej do ucha. – Taka jest prawda! Uszkodzony mózg. Był chory, chory, bardzo, bardzo chory.

Z jej ust wydobywa się żałosny jęk, jakbym ją uderzyła. Ukrywa przede mną twarz, opierając czoło o pień drzewa i unosząc ręce w górę. Mała żebraczka rzuca mi mordercze spojrzenie.

Wiem, że Trine wcale nie płacze dlatego, że jej mąż i najlepsza przyjaciółka stracili pracę, i nie dlatego, że nie wiadomo, czy szkoła przetrwa kolejny rok. Wiem, że płacze, bo dotarło do niej, dlaczego Frederik odsunął się od niej i od wszystkich pracowników szkoły. Zrozumiała, dlaczego jej bohater ją opuścił, a za biurkiem w gabinecie dyrektora została po nim tylko pusta skorupa jego ciała.

On naprawdę roztaczał wokół siebie aurę, przynajmniej do chwili, kiedy coraz częściej spędzał wieczory i weekendy ze mną w domu. Zapał do pracy, idealizm, bezgraniczne zaangażowanie w pracę na rzecz szkoły. Ta aura sprawiała, że pogodziłam się z jego nieobecnością, choć nie o takim życiu i małżeństwie marzyłam. Ta aura jednoczyła nauczycieli i uczniów, którzy wierzyli, że szkoła w Saxtorph to miejsce wyjątkowe. Do chwili, kiedy guz mózgu obrócił wszystko wniwecz.

Stojąc w zielonoszarym cieniu drzewa, patrzę na lśniące od deszczu ulice. Wyglądają teraz jak jedna wielka sadzawka o płaskim dnie, na której każda kropla zostawia głęboki ślad. Udało mi się przypomnieć Trine, jak zachowywał się prawdziwy Frederik, jak bardzo zmienił się pod wpływem choroby. Jej loki się rozprostowały, jakby łzy wypływały jej też ze skóry na głowie. W kilku miejscach woda utorowała sobie drogę wśród liści drzewa. Cienki strumień leje się z góry tuż za plecami Trine. Woda, która nas otacza i atakuje nas ze wszystkich stron, płynie w naszą stronę po chodniku i kocich łbach, woda, która, jak przeczytałam kilka dni temu na stronie internetowej, w staroświeckich powieściach psychologicznych symbolizowała smutek.

Geny wierności u gryzoni

NAUKA. Po raz pierwszy naukowcom udało się zmienić zachowanie osobników jednego gatunku poprzez wszczepienie im genów innego gatunku. Czasopismo „Nature" donosi, że gen pozyskany od nornika preriowego wszczepiono nornikowi łąkowemu. W konsekwencji zwierzęta prowadzące samotniczy tryb życia i tworzące poligamiczne kolonie zamieniły się w monogamiczne zwierzęta stadne.

Po przeprowadzeniu modyfikacji genetycznej badacze z Emory University w Atlancie zaobserwowali znaczące zmiany w zachowaniu samców nornika, kiedy umieszczono je w otoczeniu samic.

Nornik łąkowy w normalnych warunkach spędza z samicami tylko pięć procent swojego czasu. Po modyfikacji genetycznej upodobnił się natomiast do nornika preriowego, który poświęca samicom połowę swojego czasu i opiekuje się młodymi. Poza tym samce nornika łąkowego wybierały tylko jedną samicę, choć wcześniej parzyły się z wieloma.

W trakcie eksperymentu przeszczepiono tylko jeden gen, odpowiedzialny za powstawanie tak zwanych receptorów wazopresyny. Wiele innych zwierząt, a także człowiek, posiada geny o analogicznej funkcji. (*KS*)

31

– Muszę ci o czymś powiedzieć.

Zadzwoniła do mnie Helena. Słyszę niepokój w jej głosie. Jestem na stacji metra Nørreport, właśnie wysiadłam z pociągu i idę w stronę ruchomych schodów.

– Mów.

– Sama nie wiem. Może lepiej porozmawiajmy o tym w cztery oczy. Chodzi o Bernarda.

– W takim razie musisz mi to natychmiast powiedzieć.

Słyszę, że mówię szybko metalicznym głosem. Chyba jednak nie jestem aż tak dobra w te klocki. Ktoś się o nas dowiedział? Vibeke? Frederik? Kto? Wiedziałam, że tak to się skończy.

– No dobrze – mówi Helena. – Gdzie jesteś?

– Na stacji Nørreport. Wracam do domu ze spotkania z dawną sekretarką Frederika.

– A, no tak. I jak ci poszło?

– Najpierw mi powiedz, co z Bernardem.

– Siedzisz?

– Nie, idę. Mów. Wyduś to z siebie.

– Hmm…

Znalazłam się w tłumie idącym przez korytarz o ścianach wyłożonych granitem, prowadzący do kolejnych ruchomych schodów. Helena się waha.

– Moja przyjaciółka, Sissel, spała z nim – mówi wreszcie Helena.

Powiedziała to w taki sposób, jakby ta rewelacja miała wywołać u mnie szok. W słuchawce zapada głucha cisza.

Wzdycham z ulgą.

– Wiem, że to nieprawda.

– Sissel twierdzi, że on sypia z tabunem kobiet. To pies na baby, choć przed tobą udaje kogoś innego.

– Sissel się pomyliła.

– Uznałam, że powinnaś o tym wiedzieć.

– Dzięki. – Z rozpędu wpada na mnie biznesmen z wielką aktówką. – Dobrze, że mi o tym powiedziałaś, ale jak poznasz wreszcie Bernarda, sama zobaczysz, że to jakaś pomyłka. Wystarczy przez dwie sekundy obserwować, jak się zachowuje w towarzystwie swojej żony.

– Wiem, pamiętam, co mówiłaś.

Nie zamierzam ani przez chwilę zastanawiać się nad tą niedorzeczną sugestią.

– Opowiadałaś o mnie Sissel? – pytam.

– Nie, oczywiście że nie.

– To skąd wie...

– Powiedziałam tylko „przyjaciółka i prawnik". – Helena mówi coraz szybciej. – Nikt by się nie domyślił, że chodzi o was. Ale... – Helena długo i pokrętnie wyjaśnia mi całą sprawę.

Nie sądzę, byśmy oddalały się od siebie. Ale z jakiegoś powodu czuję, że to z Andreą nadajemy na tych samych falach, bo ona, tak jak ja, postrzega świat przez pryzmat pogłębionej wiedzy o funkcjonowaniu ludzkiego mózgu. Po chwili kończę rozmowę z Heleną.

Nadal taszczę ze sobą torbę z Netto, pełną jedzenia kupionego tylko po to, żeby Trine wydawało się, że wpadła na mnie przez przypadek. Stoję na przystanku tramwajowym w Nørreport, otoczona przez zmokniętych ludzi. Wyglądają na krańcowo wyczerpanych, kiedy wracają z pracy do domów na przedmieściach.

Wszyscy nasi przyjaciele z Saxtorph uważają, że próbowałam popełnić samobójstwo. Doszli do wniosku, że to ja doprowadziłam do ruiny ich dyrektora i całą szkołę. To przeze mnie wygnano ich z raju, zanim jeszcze ktokolwiek mógł podejrzewać u Frederika poważną chorobę.

Dzwonię do Bernarda, choć wiem, że jeszcze przez trzy kwadranse będzie brał udział w ważnym spotkaniu. Zostawiam mu wiadomość na poczcie głosowej.

– Z Trine poszło mi koncertowo. Przyznała, że Frederik bardzo się zmienił. Na pewno jej zeznania przemówią na naszą korzyść. – Nagle wyrywa mi się coś, czego nie powinnam mówić. – A poza tym, właśnie dzwoniła Helena. Twierdzi, że znasz jej przyjaciółkę, Sissel, z Agencji Energetycznej.

Może powinnam trzymać gębę na kłódkę? Ale przecież to jakaś pomyłka, prawda? Nie przestaję mówić.

– W każdym razie zaraz zadzwonię do Frederika i opowiem mu o Trine. Pewnie później do ciebie zadzwoni i o wszystkim ci opowie.

Wsiadam do tramwaju jadącego do Farum i dzwonię do Frederika. Siedzę nachylona w stronę okna i szepczę do słuchawki, dłonią zasłaniając usta i głośnik.

– Powiedziałeś komuś w szkole, że chciałam popełnić samobójstwo?

– Nie, nikomu.

– To jak wpadli na ten pomysł?

– Nie mam pojęcia.

– Ale chyba rozumiesz, że nie było mi miło, kiedy dowiedziałam się, co myśleli o mnie nasi dawni przyjaciele?

– Tak, rozumiem.

W Farum mieszka tyle osób, które znam z dawnych czasów. Podobało mi się to, że mieszkam w małym miasteczku, w którym witam się na ulicy z przyjaciółmi sąsiadów i z rodzicami dzieci, które uczę.

Od kiedy jednak o sprawie Frederika zrobiło się głośno w mediach, przestałam się witać z każdym i uśmiechać. Wycofałam się z życia wspólnoty i od dawna nikt nie powiedział mi „dzień dobry" na ulicy.

Dlatego teraz wracam do domu otoczona niewidzialną szklaną kulą. Ciekawe, ile z mijanych przeze mnie osób słyszało plotki o mnie, i to nie tylko o moim rzekomym współudziale w defraudacji, ale także o tym, co działo się wcześniej, o mojej próbie samobójczej sprzed czterech lat i o tym, że od tamtej pory byłam kulą u nogi mojego męża i wszystkich pracowników szkoły.

Muszę się przenieść do innego miasta. W następne wakacje, po rozwodzie, przeprowadzę się. Znajdę pracę w innym mieście i będę w stu procentach należała do Bernarda, nawet jeśli nie uda mi się go nakłonić do opuszczenia Lærke.

Zmrok zapada wcześnie, bo chmury zasnuły niebo. Idę długą ścieżką, łączącą bloki na Farum Midtpunkt. Kiedy tylko wchodzę na teren mojego getta, zwalniam krok i na powrót zadamawiam się w moim ciele. Tutaj, wśród bloków obłożonych rdzawymi żeliwnymi płytami, mogę się rozluźnić. Tu znam niewiele osób w moim wieku. W kilku grupkach stoją młodzi imigranci. Widziałam ich już nieraz, niektórych wiele lat temu, na szkolnym dziedzińcu, innych zobaczyłam po raz pierwszy po przeprowadzce. Witamy się samym spojrzeniem albo ledwo widocznym skinieniem głowy. Może wiedzą, że uczę w pobliskiej szkole, ale nie sądzę, by słyszeli, jak wiele osób podejrzewa mnie o współudział w defraudacji. Zresztą, nawet gdyby tak było, zupełnie bym się tym nie przejmowała.

Bernard nie oddzwonił, więc próbuję się z nim znowu skontaktować. Nie odbiera. Jego spotkanie powinno skończyć się dawno temu.

Frederik ugotował dla nas kolację. Siadamy do stołu i nakładamy na talerze smażoną wątróbkę i ziemniaki, a Frederik opowiada mi, co Bernard sądzi o mojej rozmowie z Trine.

Zwracam uwagę na to, w jaki sposób gryzę kawałek ziemniaka, który właśnie włożyłam do ust. Nie za wolno, nie za szybko. Frederik nie powinien zauważyć niczego dziwnego.

– Rozmawiałeś z Bernardem? – Staram się mówić tak spokojnie i powściągliwie, jak tylko potrafię.

– Tak. – Frederik i tak coś zauważa, bo zadaje mi pytanie: – Co? Co? Coś nie tak?

– Wszystko w porządku, naprawdę. Co powiedział?

– Uważa, że świetnie się spisałaś. Jej zeznania mogą zaważyć na całej sprawie... – Urywa w pół zdania. – No co? Co znowu zrobiłem?

– Nic, nic nie zrobiłeś.

– To co się dzieje? Dlaczego tak dziwnie na mnie patrzysz?

– Nie patrzę na ciebie dziwnie.

– Coś cię gryzie.

– Myślę o rozprawie i strasznie się denerwuję. To wszystko.

Kiedy jemy, on przygląda mi się badawczo, a ja próbuję się zachowywać jakby nigdy nic. Już wiem, że wyjdę na wieczorny spacer, żeby porozmawiać z Bernardem przez telefon. Frederik już się przyzwyczaił do tego, że co wieczór potrzebuję długiego spaceru w samotności.

Po kolacji znowu idę wśród długich, ciemnych budynków, mijając młodych mężczyzn o śniadej cerze. Nocą budynki w Midtpunkt zmieniają barwę z brązowej na czarną.

Jak często zdarzają się tu gwałty? Nigdy, o ile mi wiadomo. Jak często dochodzi tu do rozbojów i strzelanin? Prawie nigdy. Osiedle zawdzięcza złą reputację przede wszystkim nastoletnim przestępcom, którzy wyrywają przechodniom torebki albo wymuszają pieniądze od chorych, starszych ludzi, grożąc im pobiciem.

Zostawiam wiadomość na poczcie głosowej Bernarda.

– Zachorowałeś? Coś się stało?

Może zepsuł mu się telefon, może go gdzieś zostawił.

Nie odpowiada. Wracam do domu, kładę się do łóżka i wysyłam mu wiadomość.

„Kocham cię. Jak chcesz, napisz do mnie SMS-a jeszcze dzisiaj wieczorem".

...

W niedzielę rano, po prawie nieprzespanej nocy, spotykam się z Andreą na pobliskiej przystani. Obiecałam, że pokażę jej, którą trasą najchętniej biegam, a także zaprowadzę ją w to miejsce nad jeziorem Farum, gdzie doznałam ateistycznego objawienia. Jako rasowy naukowiec zainteresowała się moim objawieniem o wiele bardziej niż ja sama, a nawet omówiła mój przypadek z innymi biologami, kolegami z pracy.

Andera rzadko uprawia sport. Włożyła luźny dres i stare, sfatygowane adidasy. Ale to nie ma znaczenia, jeśli będziemy biegać po miękkich, leśnych dróżkach.

Szybko orientuję się, że o ile ja w czasie wysiłku mogę normalnie rozmawiać, ona z trudem łapie oddech. Jeszcze w czasie naszej przebieżki przez las Nørre mówię jej, że czuję się nieswojo, bo Bernard nie oddzwonił. Ona pyta, jaką wiadomość zostawiałam mu na poczcie głosowej. Mówię jej, że powiedziałam mu o Sissel.

Andrea prycha pogardliwie.

– Nie znam drugiego mężczyzny, który tyle razy co on plątałby się w podobne sytuacje. Myślałam, że wiesz.

– Co?! – Staję jak wryta.

– On wręcz emanuje seksem – mówi Andrea. – Tak się zachowuje tylko ktoś, kto ma duże doświadczenie w tych sprawach.

– Nie wierzę w to. Poznałam go bardzo dobrze. To jedyny facet, który... On by nigdy...

– Ale ja mówię o tym, co się działo przed wypadkiem.

Czuję się, jakbym dostała pięścią w brzuch.

– Przed wypadkiem?

– Nie mówił ci, że on też był w samochodzie?

– Tak, oczywiście, że mówił.

– A nie wspomniał o tym, że on też doznał obrażeń?

– Tak, mówił o tym.

– No i? Jak sądzisz, jakie to były obrażenia?

– Nie wiem.

Mam w głowie zupełną pustkę. Nie przypominam sobie, żeby o tym mówił, a ja na pewno się nad tym nie zastanawiałam. Ale faktycznie twierdził, że jego stan był poważny. Tyle pamiętam.

Czuję się tak, jakbym stała przed komisją egzaminacyjną w jakimś sennym koszmarze. Nie potrafię logicznie myśleć.

– Przez wiele dni leżał w śpiączce – mówi Andrea. – Tak jak Lærke. Wszyscy myśleli, że umrze. Jego rodzice przylecieli z Paryża.

Z trudem udaje mi się wydusić z siebie kilka słów.

– Wiem, że przyjechali, ale czy on nie siedział przy łóżku Lærke, kiedy ona była w śpiączce?

– Tak, potem! Obudził się jako zupełnie inny człowiek. Tak jak każdy z uszkodzeniem mózgu. Zmienia się ich rytm dobowy, zapach ciała, apetyt. Z powodu hormonów. Nie opowiadał ci, że musiał na nowo zorganizować sobie życie, porzucić karierę i tak dalej?

Nie odpowiadam. Mówię tylko:

– On nie jest chory.

Mówię tak, choć wiem, że ona ma rację. W głębi duszy dobrze wiem, że on jest straszliwie chory, tak jak Niklas i ja. Stoimy na krawędzi. Nasze mózgi ulegają dezintegracji, a my osiągamy powoli odmienny stan świadomości. A może tym odmiennym stanem świadomości jest śmierć.

Słońce odbija się od czegoś, co wisi między drzewami i razi mnie w oczy. Czuję, że nie mogę już ustać na nogach. Andrea to dostrzega, obejmuje mnie i przytula, dzięki czemu nie upadam na ziemię.

– Nie słyszałam jeszcze, że można zostać monogamistą od uderzenia w głowę – szepczę, wtulona w jej szyję.

– Ja też nie. Ale spotkałaś kiedyś takiego faceta jak Bernard?

– Nie.

– Ja też nie. On nie jest normalny. Jest za dobry, by mógł być prawdziwy. Jego zachowanie to wynik oddziaływania wazopresyny i oksytocyny. Powszechnie wiadomo, że szczególnie te dwa hormony odpowiadają za zachowania monogamiczne. W porównaniu ze zdrowym mężczyzną poziom tych hormonów u Bernarda zapewne wielokrotnie przekracza normę.

– Ale przecież zadecydował, jak się będzie zachowywał wobec Lærke. Wybór podjął świadomie, jako zdrowy człowiek? – Sama ledwie słyszę swój głos.

Wciąż widzę odbite promienie słońca. Powinno padać. Gdyby moja historia miała symboliczne znaczenie, powinno lać jak z cebra.

...

Winnie otwiera drzwi domu Bernarda i Lærke. Skróciłam jogging z Andreą, która mnie tutaj podwiozła. Stoję teraz w dresie, który nawet nie zawilgł od mojego potu, a Andrea już odjechała.

– Przepraszam za najście – mówię – ale muszę zadać Bernardowi jedno pytanie w sprawie naszego procesu. Naprawdę szybko, to mi zajmie dosłownie minutę.

Winnie patrzy na mnie z wahaniem, ale wpuszcza mnie do domu i prowadzi do ogrodu, który wygląda jeszcze bardziej imponująco niż poprzednio, bo w ostatnich dniach sierpnia zakwitły róże. Przy długim stole ustawionym na trawie siedzą Bernard i Lærke z jej ojcem i dwoma chłopcami, których widziałam tylko na zdjęciach, ale nigdy ich nie spotkałam.

Nie witają mnie zbyt ciepło. Rodzina Bernarda należy do tych, które nie lubią, jak się im przerywa wspólny obiad. Może nawet intuicja każe im podejrzewać, że przyszłam tu nie tylko po ich jedzenie, że jeśli wtargnęłam do ich domu w czasie sobotniego obiadu, to pewnie obrabuję dom i porwę ich ojca, męża i zięcia. Że nie mam ani krzty wstydu i niczym chmara szarańczy pożrę wszystko.

Tylko Lærke uśmiecha się szeroko na mój widok i energicznie do mnie macha.

– O, Mille! Jak miło, że wpadłaś. Możesz usiąść między Jonathanem i Benjaminem. Jest jeszcze mnóstwo miejsca!

Chłopcy o myszowatych włosach spoglądają na mnie ponuro. Nie są tak przystojni jak mój Niklas, nie mogą się z nim równać.

Bernard wstaje, zanim dochodzę do stołu.

– Ach tak, zapomniałem dać Frederikowi dokumenty – mówi głośno i wyraźnie z drugiego końca stołu. – Dobrze, że po nie przyszłaś. – Odwraca się do swojej teściowej. – Muszę iść z Mią do gabinetu. Mam tam tabele, które przydadzą się jej i jej mężowi w ten weekend. – Szybko obchodzi stół. – Dokumenty są w domu – mówi do mnie głośno.

– Mette, wrócisz potem do nas i zjesz z nami? – pyta Lærke.

Bernard odpowiada za mnie.

– Nie każdy ma czas na to, żeby przesiedzieć całe popołudnie przy stole, jak my – mówi.

– Chciałabym – mówię. – Niestety muszę zawieźć te tabele mojemu mężowi.

Kiedy Bernard przechodzi przez trawnik, mam wrażenie, że chwyta mnie za ramię i ciągnie mnie za sobą, choć oczywiście nawet mnie nie dotyka. Szybkim krokiem idziemy do domu. Jesteśmy już tak daleko, że pozostali na pewno nas nie słyszą.

– Nie powinnaś tu przychodzić bez uprzedzenia! – syczy Bernard.

– Dzwoniłam! I to kilka razy!

Wchodzimy do domu, on prowadzi mnie do swojego gabinetu i mówi:

– Co ty sobie wyobrażasz, przychodząc do mojego domu?

Widzę, że on nie jest zły, tylko wystraszony. Tuż obok siedzi jego rodzina. Mówię głośniej, niż powinnam.

– Okłamałeś mnie, kłamałeś w żywe oczy! Powiedziałeś, że od kiedy poznałeś Lærke, nie byłeś z nikim innym, a tymczasem dowiaduję się, że pieprzyłeś się z całym miastem! Nie oddzwaniasz! Oszukałeś mnie! Jestem mężatką, a ty... co ty sobie, do diabła, myślałeś, Bernardzie? Do cholery! Oszukałeś mnie, żeby...

– Nie kłamałem! – Podnosi rękę, jakby chciał mnie dotknąć i uspokoić.

Z całych sił próbuję powstrzymać się od krzyku.

Mówiłeś, że nie byłeś z nikim innym!

– Bo nie byłem, jako człowiek, którym jestem teraz. Tamten ja to był ktoś inny, Mia. Musisz w to uwierzyć! Nie lubię tego człowieka. Nienawidzę go! On to nie ja.

Mia Halling

Od: Solveig Jansen

Do: Mia Halling

Data: Pon, 22 sierpnia 2011, 15.09

Temat: Nasza ostatnia rozmowa telefoniczna

Droga Mio,

już od pół roku spotykamy się w grupie wsparcia, poznałaś moją rodzinę i przyjaciół na pogrzebie Torbena. Chyba zbliżyłyśmy się do siebie na tyle, że mogę napisać do ciebie ten e-mail.

Od kiedy przyłączyłam się do grupy, czułam, że na pewne sprawy patrzymy podobnie, i zrobiło mi się głupio, kiedy kilka dni temu przeze mnie tak szybko się rozłączyłaś. Podejrzewam, że powściągnęłaś gniew, bo od śmierci mojego męża minęło tylko kilka tygodni, ale dobrze wiem, że zrobiłam ci przykrość.

Pozwól mi wyjaśnić, co miałam na myśli.

Jak dobrze wiem, uważasz, że Frederik przed chorobą miał wolną wolę, ale potem ją utracił, i dlatego dopuścił się defraudacji. Ale musisz pamiętać, że w czasie choroby Frederik decydował o własnych czynach w takim samym stopniu, jak wiele osób, u których nie zdiagnozowano choroby. Po prostu w przeciwieństwie do niego nie urodzili się z ponadprzeciętnymi zdolnościami.

Naprawdę sądzisz, że ci ludzie są wolni, a Frederik nie?

Kto powiedział, że u każdej dorosłej osoby w takim samym stopniu rozwija się zdolność klarownego myślenia? To najzwyczajniej w świecie niemożliwe. Na przykład, choć inteligencja rozwija się już w pełni u nastolatków, ich płaty czołowe wciąż jeszcze się kształtują. To dlatego młodym ludziom tak trudno zmobilizować się do działania i zrealizować postanowienia, kiedy rozpraszają ich doraźne pokusy. Poza tym nasze mózgi nie rozwijają się w dorosłym życiu w tym samym stopniu.

A to oznacza, że z biologicznego punktu widzenia każdy dysponuje wolną wolą w innym zakresie. Chodziło mi o takie „zniuansowanie" debaty na temat wolnej woli. Tylko garstka osób o szczególnych predyspozycjach może cieszyć się stuprocentową wolnością.

Zanim Torben zachorował, często rozmawiałam na ten temat z jego najlepszymi przyjaciółmi z Ministerstwa Sprawiedliwości.

Na przykład Chiny już wkrótce zdominują świat za sprawą tak zwanej „polityki jednego dziecka", a także dlatego, że utrzymują kurs yuana na tak niskim poziomie, że przeciętny Chińczyk żyje w skrajnej nędzy. Patrząc perspektywicznie, politykę tę należy uznać za słuszną, ale czy można od bezdomnego nędzarza wymagać takiej dalekowzroczności? Chyba nie. Na takie myślenie stać tylko chińskie politbiuro. Gdyby w Chinach obowiązywała demokracja, nie zmierzałyby one teraz prostą drogą do przejęcia kontroli nad ekonomią całego Zachodu.

W Stanach Zjednoczonych sytuacja wygląda odwrotnie. Miliony osób, które nie posiadają żadnych kwalifikacji, mają prawo głosu. A to oznacza, że politycy muszą wprowadzać tyle ulg podatkowych, żeby obywatele mogli więcej wydawać na siebie. Z tego powodu zadłużenie kraju osiągnęło taki poziom, że właściwie cała gospodarka musi się rozsypać. Gdyby krajem tym zarządzali jednak eksperci, nigdy nie doszłoby do tak katastrofalnej sytuacji. Bez wątpienia na takim rozwiązaniu skorzystaliby wszyscy, i ci najbiedniejsi, i ci najbogatsi.

Ze zgrozą obserwuję, jak Stany Zjednoczone idą na dno, kierowane przez demokratyczną większość, ludzi, którzy nie mają tak naprawdę więcej wolnej woli niż Frederik w czasie choroby. Tymczasem krajem mógłby zarządzać niewielki komitet, złożony z osób równie wolnych, co zdrowy Frederik.

Jak mi się wydaje, najbardziej uraziło cię moje stwierdzenie, że teoretycznie u niektórych ras lub płci wolna wola może się rozwijać w ograniczonym stopniu. Nie twierdziłam, że tak właśnie jest. Powiedziałam tylko, że istnieje taka możliwość.

Pamiętaj, Mio, nie mówię tego wszystkiego jako adwokat diabła. Chcę dla nas wszystkich jak najlepiej, dokładnie tak jak ty. Powinnaś jednak wiedzieć, że kiedy moje przemyślane i naukowo uzasadnione stanowisko określasz mianem „faszystowskiego", to osoba w moim wieku, która przeżyła wojnę totalną przeciwko faszyzmowi w całej Europie, może się poczuć urażona.

Nadal uważam, że w miarę upływu czasu twój sposób patrzenia na świat się zmieni i, chcąc nie chcąc, przyznasz mi rację. Może wtedy zechcesz wziąć udział organizowanych przeze mnie spotkaniach z najbardziej inteligentnymi spośród emerytowanych kierowników działów z ministerstwa, w którym pracował Torben.

Pozostaję w nadziei na długą i dobrą przyjaźń oraz na nieco bardziej przyjazną rozmowę następnym razem.

Solveig

32

Zostałam zupełnie sama.

...

Oczywiście widziałam to zdjęcie w korytarzu. Włosy Bernarda zbielały po wypadku. To też wpływ hormonów. Wychudł, bo jak wielu innych mężczyzn z uszkodzeniem mózgu, stracił apetyt. Lærke wciąż wygląda tak samo, ale Bernard zmienił się nie do poznania.

Nareszcie znalazłam kogoś dobrego, pomyślałam. Kogoś, kto zasługiwał na moje zaufanie. A tu nagle okazało się, że to nie Bernard się poświęcał. Działał pod wpływem choroby. Zakochałam się po uszy nie w człowieku, tylko w chorobie wywołanej uszkodzeniem mózgu.

Po tej kłótni postanawiam przebiec całą drogę do domu. Już po chwili przychodzi pierwszy SMS: „Mia, zachowałem się nierozsądnie. Nie zasłużyłaś na to".

Następnego dostaję, kiedy przebiegam obok schroniska dla ptaków Vaserne. „Przepraszam, że na ciebie nakrzyczałem. Rozumiem, czemu do mnie przyszłaś. Przysięgam, że opowiedziałem ci całą prawdę o tym, kim teraz jestem".

Przypuszczam, że przemawia przez niego jego choroba. Nie wiem zbyt wiele o wazopresynie, ale przypominam sobie, że nie tylko czyni mężczyznę bardziej wiernym, ale także podwyższona liczba receptorów wazopresyny obniża poziom agresji.

To oczywiste, że Bernard jest chory. Wystarczy, że przypomnę sobie mojego ojca, Frederika, chłopaka Hanne i cała hordę cuchnących facetów z wielkimi stopami, kościstymi ciałami, penisami w kolorze wnętrzności i gęstymi włosami porastającymi plecy. Bernard to odszczepieniec.

Ciężko dyszę i coraz energiczniej wykonuję każdy krok, jakbym chciała wbić komuś kolano w brzuch. Po czole i skroniach spływa mi pot, dostaje się do uszu i nie chce wypłynąć, nawet kiedy potrząsam głową, nawet kiedy się zatrzymuję, staję z dłońmi na udach, schylam głowę i potrząsam nią jak wariatka.

Biegnę dalej, ale kiedy pot zatyka mi uszy i pulsowanie tętnic staje się zbyt intensywne, słyszę głośne dudnienie i przed oczami staje mi Frederik w więzieniu. Nieomal wyczuwam kwaśny odór dochodzący spod napletków jego współwięźniów, zabójców, morderców dzieci, gwałcicieli i szkolnych oszustów.

Schodami w górę na nasze piętro i przez korytarz. Już słyszę, że Niklas puszcza techno na cały regulator. Drzwi wejściowe drgają w rytmie basu. Otwieram je i hałas wylewa się na korytarz.

Walę pięścią w drzwi do jego pokoju, kiedy muzyka na moment cichnie, żeby bas mnie nie zagłuszył.

– Nie mam dziś na to siły – mówię, kiedy on uchyla drzwi.

– Ach, to ty – mówi i zamyka drzwi.

Znowu walę w drzwi i krzyczę, ale on nie otwiera.

– Hej! Nie możesz się tak do mnie odnosić!

Zwykle, kiedy go o coś proszę, musi upłynąć kilka minut, zanim zabierze się do roboty. Dzięki temu stwarza pozory, że robi to, bo sam tak zadecydował. Podejrzewam, że dzisiaj też przyciszy muzykę po chwili. Idę do łazienki i myślę o Bernardzie, którego utraciłam, Bernardzie, który okazał się tylko hormonalnie zmodyfikowanym skurwielem.

Zastanawiam się, co się stało Niklasowi. Zazwyczaj, kiedy słucha takiej muzyki, zakłada swoje ogromne słuchawki. Jeśli włącza głośniki, to znaczy, że jest wściekły i poprawia sobie nastrój, wkurzając nas.

Najprawdopodobniej jego gniew nie ma nic wspólnego z Frederikiem i ze mną, tylko z Emilie, a może z Mathiasem albo jakimś innym przyjacielem. Niezależnie od tego, co mu się przytrafiło, na pewno nie miał tak paskudnego dnia jak ja. Na pewno nie dowiedział się, że Emilie, tak jak jego ojciec, ma uszkodzony mózg.

Już odkręcam wodę, ale on wciąż nie przyciszył muzyki. Dziś o wiele trudniej niż zazwyczaj znoszę jego muzykę. Ten dziki rytm wdziera się do mojego ciała. Przekręcam kurek, sprawdzam temperaturę wody, patrzę na lampkę halogenową na suficie i wciąż rozrywa mnie od środka ten szaleńczy rytm. Czuję się tak, jakby muzyka zabrała moje serce i na jego miejscu umieściła nowe. Bas pulsuje i pulsuje, serce nie jest już moje, krew nie jest już moja.

Wychodzę z kabiny prysznicowej. Wkładam szlafrok i wchodzę do przedpokoju.

Znowu walę w drzwi do jego pokoju. Nie otwiera. Naciskam na klamkę, ale drzwi są zamknięte.

– Otwieraj! Wychodź! Przycisz muzykę i otwieraj! Wychodź!

Po chwili on uchyla drzwi.

– Co?

– Niklas, proszę, przycisz to!

– A jak nie, to co mi zrobisz?

Nigdy wcześniej tak do mnie nie mówił. Chce jeszcze bardziej zaognić sytuację. Akurat dzisiaj. Rzuca mi wyzwanie, a mnie brak energii, by je podjąć. Pytam sama siebie: kto mi dał prawo do wydawania mu poleceń? Mnie, która zdradziła jego ojca?

Dowiedział się? Nachodzi mnie przeczucie, że sprawa wyszła na jaw. Coś się najwyraźniej zmieniło, ale nie mam pojęcia co. Nie ośmielę się teraz na konfrontację z nim. Pospiesznie wracam do łazienki.

– Mówiłam, że mam za sobą ciężki dzień! – krzyczę. – Jesteś egoistą!

– Naprawdę? – odkrzykuje. – To ja jestem egoistą?

Rytm techno wciąż pulsuje, kiedy gorący i mocny strumień wody uderza moje czoło, szyję, piersi. Przyciszył? Przez chwilę stoję nieruchomo i czekam.

Nie.

Stało się coś strasznego.

...

W mieszkaniu nie słyszę własnych myśli, więc wychodzę przed blok i w ustronnym miejscu znajduję ławkę, na której mogę posiedzieć w samotności.

Czy Niklas powie Frederikowi o moim romansie z Bernardem? Czy zdaje sobie sprawę, jak niestabilny emocjonalnie jest jego ojciec? Uzgodniłam z Thorkildem i Vibeke, że Niklas nie powinien się dowiedzieć o myślach samobójczych swojego ojca, ale może nadszedł czas, żebym z nim o tym porozmawiała.

A może już jest za późno. A może on nie wie o mnie i Bernardzie, a ja sobie to wszystko wymyśliłam. Dzwonię do Niklasa i wysyłam mu SMS-y, ale on nie odpowiada.

Dostaję kolejne wiadomości od Bernarda. Mam odpowiedzieć? Jakie to ma znaczenie, czy zakochałam się w jego prawdziwym „ja"? Może te zmiany hormonalne powinnam potraktować jako dar od losu. Może jestem najszczęśliwszą kobietą na ziemi, bo znalazłam faceta, u którego pod wpływem uszkodzenia mózgu ukształtowała się tak cudowna osobowość.

Nie mam siły na to wszystko.

Wydaje mi się, że całymi godzinami czytam wiadomości od niego, ale nie odpisuję.

Koło siódmej dzwoni Frederik, żeby mnie poinformować, że za chwilę poda kolację.

Kiedy wracam, w domu panuje już cisza. Przeglądam się w lustrze w przedpokoju. Wyglądam normalnie. Frederik wydaje się taki spokojny i szczęśliwy, więc Niklas o niczym mu nie powiedział.

W milczeniu siadam przy stole. Po chwili przychodzi Niklas i też bez słowa zajmuje swoje miejsce. Próbuję popatrzeć mu prosto w oczy, żeby nawiązać z nim kontakt, ale on nie daje mi szans.

Frederik rozłożył obrus i nakrył do stołu. Codziennie się stara, żeby odzyskać moją miłość i szacunek.

– Zabierajmy się do jedzenia! – mówi z szerokim uśmiechem.

Obserwuję Niklasa. Nie przeszło mu od popołudnia, teraz jeszcze mocniej zaciska usta.

Ani Niklas, ani ja nie odpowiadamy.

Przed talerzem Frederika stoi jedno piwo, drugie przed moim. Kiedy to widzę, bez zastanowienia mówię:

– Nie powinieneś pić. Poza tym, nie stać nas na to.

Wstaje i odnosi oba piwa do lodówki. W połowie drogi zatrzymuje się i podaje mi jedno.

– A ty chcesz?

– Nie, dzięki.

Dobrze wie, że jego zapewnienia o tym, jak dobrze się czuje, mogę potraktować jako symptom choroby. Wypieranie się choroby to kluczowy symptom w przypadku tego typu schorzeń. Upłynęłoby mnóstwo czasu, zanim pozwoliłabym mu bez nadzoru wejść do internetu albo zrobić zakupy bez sprawdzania paragonów.

Jemy domowej roboty musakę z sałatką. Frederik ugotował naprawdę pyszne danie, na miarę swoich umiejętności i naszych możliwości finansowych. Trzeba też wziąć pod uwagę, że zaczął gotować dopiero kilka miesięcy temu, kiedy powierzyłam mu wszystkie obowiązki domowe.

Niklas i ja uparcie milczymy.

– Co się stało? – pyta Frederik z rozczarowaniem w głosie.

Niklas nie odpowiada.

– Myślałem, że spędzimy razem miły wieczór – mówi Frederik. Patrzy na mnie. – Fajnie było na joggingu z Andreą?

Muszę mu powiedzieć prawdę.

– Pokłóciliśmy się z Niklasem, bo za głośno puszczał muzykę.

– Ach, to dlatego.

Jak Niklas dowiedział się o mnie i Bernardzie?

Kilka dni temu wszedł do łazienki, kiedy moczyłam w umywalce mój strój do tenisa, żeby go zawiesić na suszarce. Ubranie miało wyglądać tak, jakbym grała w tenisa przez całe popołudnie. Ale czy się zorientował, co tak naprawdę robię?

A może któryś z jego przyjaciół zobaczył nas, jak pływaliśmy z Bernardem w morzu w czasie naszych wakacji? Co się stało?

Niklas wstaje i bez słowa idzie do kuchni. Słyszę, jak otwiera lodówkę i wraca z dwoma piwami.

– Chyba nie powinieneś... – zaczynam mówić. – Żaden z was nie powinien...

Wtedy po raz pierwszy tego wieczoru on patrzy mi prosto w oczy i bynajmniej nie jest to przyjazne spojrzenie. Podchodzi bliżej, stawia jedno piwo przed ojcem, a drugie otwiera dla siebie.

Frederik się waha i widzę, że zastanawia się, czy powinien solidaryzować się ze mną i powiedzieć Niklasowi, żeby słuchał matki. Może próbuje zrozumieć, w jaki sposób Niklas owinął mnie dziś sobie wokół palca.

– Nie masz nic przeciwko temu? – pyta mnie.

Wzdycham z rezygnacją, a Niklas łapczywie pije piwo.

– Powinieneś słuchać mamy – mówi Frederik ściszonym głosem.

Ani słowa więcej.

Frederik nie otwiera swojego piwa.

– Nie mam zielonego pojęcia, co tu jest grane – mówi i szybko się poprawia. – Ach tak, przecież już wiem. Pokłóciliście się o muzykę Niklasa, to oczywiste.

Cisza.

– To bardzo trudne – mówi Frederik. – Wszyscy musimy tu jakoś żyć, prawda?

Próbuję się zmobilizować.

– Jak ci minął dzień? – pytam Frederika, próbując zapanować nad głosem.

Frederik się ożywia.

– Szukałem kolejnych dowodów na moją niewinność w starych wyciągach bankowych.

– Znalazłeś coś ciekawego?

– Tak, muszę ci o tym opowiedzieć. Wpadłem na nowy trop. W ciągu kilku lat przed wykryciem u mnie guza dwa razy kupiłem karnet na zajęcia fitness, ale nigdy na nie nie poszedłem. Raz zapisałem się nawet na szermierkę, ale też nie wziąłem udziału w treningu. Wcześniej nigdy nie byłem członkiem żadnego klubu sportowego. Oczywiście zrobiłem to dlatego, że moje mechanizmy blokujące przestały funkcjonować, a utrata koncentracji sprawiła, że nigdy nie zrealizowałem swoich zamierzeń.

Niklas ze zniecierpliwieniem patrzy na sufit, jakby chciał powiedzieć, że nie mamy najmniejszych szans.

– Mnóstwo osób zapisuje się na różne zajęcia, a potem nie bierze w nich udziału. – Słyszę, że w moim głosie zupełnie bezwiednie pojawił się zrzędliwy ton.

– Bernard potrafi doskonale wykorzystać takie informacje. Gromadzimy coraz więcej faktów.

Co sobie myśli Niklas, kiedy jego ojciec w samych superlatywach wyraża się o człowieku, z którym mam romans?

W ciągu zeszłego roku Niklas otoczył się męskością jak szczelnym murem, przez który zupełnie go już nie widać. Gdzieś tam w środku nadal jest mój chłopiec, wiem o tym, chłopiec, który przybiegał do mnie z ogrodu, kiedy znalazł jakieś małe zwierzątko albo dziwnie powyginaną gałąź, chłopiec, którego mogłam wziąć w ramiona i podnieść, kiedy czuł się nieszczęśliwy. Ale teraz jego prawdziwa twarz ukryła się za szeroką szczęką, pod szorstką skórą, a jego ciało zniknęło pod warstwą tych dziwnie przerośniętych mięśni.

– Tak – mówi Niklas. – Ten nasz Bernard to człowiek orkiestra.

Z wściekłością patrzę w jego szaroniebieskie, męskie oczy, głębokie jak ocean. Robię, co mogę, żeby dać mu do zrozumienia, że powinien natychmiast skończyć te wygłupy.

– Tak, to prawda – przytakuje mu Frederik z ulgą, bo Niklas wreszcie się odezwał.

Ale Niklas nie zamierza kończyć swojej zabawy.

– Ależ z niego zdolniacha, co? Czego się nie tknie, robi to doskonale.

– Zamknij się! – wybucham.

Frederik podnosi szklankę z wodą i łagodnie patrzy na syna.

– Co masz na myśli?

– Takie odnoszę wrażenie.

– Na podstawie tego, co powiedziałem?

– Tak...

Niklas wzrusza ramionami, a wypowiedziane przez niego słowo powoli rozpływa się w powietrzu.

Znowu cisza. Nagle Frederik z przerażeniem wypisanym na twarzy zrywa się na równe nogi i przewraca krzesło. Biegnie do drzwi wejściowych. W tej chwili jest zdrowy. Na tyle zdrowy, że zrozumiał wreszcie, co oboje z Niklasem myślimy i czujemy.

– Frederik! Frederik! – krzyczę. – Niech cię szlag, Niklas! Niech cię szlag!

Biegnę za Frederikiem, ale on gdzieś zniknął.

Biegnę przez korytarze, klatki schodowe i kolejne korytarze. Wokół bloków. „On się zabije", myślę. Krzyczę, szukam go. Teraz wreszcie zrobi to, o czym myślał od tak dawna.

Zna okolicę znacznie lepiej ode mnie i zniknął bez śladu. Wracam do mieszkania i od drzwi krzyczę:

– Niklas, co ty sobie wyobrażasz?!

– Co ja sobie wyobrażam? A co ty sobie wyobrażasz? Myślisz, że to takie zabawne, kiedy ludzie opowiadają ci, jak twoją matkę posuwa jakiś białowłosy facet za ogrodzeniem klubu tenisowego?

Osuwam się na kanapę. Ledwie potrafię wydobyć z siebie słowa.

– Ktoś ci to powiedział?

– Kto? Całe miasto huczy od plotek! Ale ty żyjesz w swoim świecie!

– Tak, ale... tak. Chyba nie...

– Teraz nie mam już matki! – Głos Niklasa dociera do mnie z daleka, jakby mówił z drugiego pokoju.

– Masz matkę. Nie zmieniłam się.

– Akurat. Ty też się zmieniłaś w kogoś innego! Jak mogłaś? Na ogrodzeniu w klubie tenisowym! Moja matka by tak nie postąpiła. Nie! To do niej niepodobne.

– Niklas, obiecuję, że zawsze będę...

– Odeszłaś od nas! A tata niedługo trafi za kratki! Straciliśmy też dom!

Nic do niego nie trafia.

– Nie wiadomo, czy tata pójdzie do więzienia.

– Nie jestem głupi. Oczywiście, że przegramy tę sprawę. Nie jestem idiotą! Wszystko przepadło!

Wstaję z kanapy, podchodzę do niego, żeby go przytulić, choć wiem, że on tego nienawidzi.

Odpycha mnie, ale ja zbliżam się do niego jeszcze raz. On znowu mnie odtrąca. Zazwyczaj szanuję to, że on nie lubi być przeze mnie obejmowany, ale dziś nie daję za wygraną. Kiedy próbuję po raz trzeci, on mnie nie odpycha. Stoimy w milczeniu na środku salonu. Trzymam go w ramionach, przyciskam go do siebie i opieram głowę na jego ramieniu.

– Jestem tu, Niklas – mówię. – Tutaj. Na to zawsze możesz liczyć. Zawsze będę twoją matką.

Do naszego mieszkania nie wpadają już promienie zachodzącego słońca, odbijają się tylko od okien sąsiedniego budynku. Niektórzy sąsiedzi jedzą kolację na tarasach, słychać brzęk szkła i szczęśliwe głosy, które mieszają się z hałasem dochodzącym z autostrady.

Gdzieś tam jest jego ojciec.

Odsuwam twarz od ramienia Niklasa. Mam ochotę zmierzwić mu włosy, ale się powstrzymuję.

– Chcesz ze mną poszukać taty? – pytam. – Jesteś w tym o wiele lepszy ode mnie.

– A nie możemy na niego poczekać w domu? – Zastanawia się nad tym przez chwilę i mówi: – Tak, pójdę z tobą.

...

Najpierw idziemy w stronę autostrady. Wychodzimy na wysoki wał ziemny, który miał chronić Farum Midtpunkt przed hałasem. Idę wąską ścieżką wydeptaną wśród wysokich dzikich traw, wśród dojrzałych owoców i kwiatów. Czasem musimy się schylić, żeby przejść pod sosnową gałęzią. Tyle tu krzewów. Frederik mógł się ukryć wszędzie. Myślę o tym, co przeszedł Niklas, upokorzony przed przyjaciółmi. Czy zdołam mu to kiedykolwiek wynagrodzić?

Zbliżamy się do długiego, wąskiego mostu dla pieszych, przebiegającego nad autostradą. Stąd można skoczyć, ale nigdzie nie widzę Frederika. Może wcale go tu nie ma. Może ukrył się u swoich przyjaciół.

Słyszę za plecami głos Niklasa.

– Dlaczego tamtej nocy nie przyszłaś tutaj?

– Co?

– Dlaczego tamtej nocy nie przyszłaś tutaj, tylko zostałaś w domu, żebym cię znalazł?

Odwracam się i patrzę mu prosto w twarz, oświetloną pod kątem przez ciepłe, żółte promienie dogasającego słońca. Oczywiście wiem, o czym on mówi, ale nie mam siły, żeby się nad tym zastanawiać i bezwiednie powtarzam pytanie.

– Co?

– Wtedy, w kuchni, kiedy popiłaś tabletki tequilą.

– Niklas, nie zażyłam żadnych tabletek! – Cisza. – Nie chciałam umrzeć. Tak długo, jak ty żyjesz, ja nie chcę umierać. – Cisza. – Choćby nie wiem, co się działo. – Cisza. – Kto ci powiedział o tabletkach?

– Nie wiem, ludzie tak gadają. To plotka.

Pierwszy raz widzę jego małą, pomarszczoną, siną twarz na moim brzuchu. Zaprasza przyjaciół do domu przy Stationsvej, wszyscy podskakują w nadmuchiwanym baseniku. Biegnie ulicą i płacze, bo spadł z roweru.

– Nawet by mi to nie przyszło do głowy – mówię, trzymając go za ramiona i patrząc mu prosto w oczy. Mój mały chudzielec teraz jest już większy ode mnie. – Nigdy. Nawet bym o tym nie pomyślała.

Nagle dzieje się coś niesłychanego. Po raz pierwszy od trzynastego roku życia Niklas przytula się do mnie. Płacze jak mały chłopiec. Cały się trzęsie. Ja też. Obejmuje mnie, obejmuje kobietę, która jest jego matką. Po raz pierwszy od tak dawna. Mój Niklas. Mój syn.

ZNIKASZ

Kiedy Thorkild i Vibeke przyjeżdżają po Frederika i cały jego dobytek – wypchana po brzegi walizka, cztery torby na śmieci pełne ubrań i trzy pudła, z czego dwa z płytami analogowymi – zachowują się bardzo uprzejmie. Mówią, że rozumieją przyczyny naszego rozstania i starają się nie dolewać oliwy do ognia.

Ale nie chcą, żebym im pomagała znosić bagaże do samochodu. Biegnę za nimi, bo Frederik zostawił na biurku kabel zasilający do swojego laptopa. Vibeke dziękuje mi z tak teatralnym zaskoczeniem, jakby chciała mi dać do zrozumienia, że od naszego ślubu aż do tego momentu myślałam tylko i wyłącznie o sobie.

Od kiedy Frederik wprowadził się do pokoju w suterenie u swoich rodziców, ma nieograniczony dostęp do internetu i codziennie przysyła mi e-maile. Często opisuje, jak zawzięcie poszukuje pracy.

Frederik w trakcie testów wykazuje ponadprzeciętny poziom koncentracji, empatii i zdolności organizacyjnych, dlatego kiedy twierdzi, że czuje się o wiele lepiej, nie próbuję go przekonać, że tylko mu się tak wydaje. Obdzwonił już mnóstwo szkół, pytając, czy nie szukają kogoś na zastępstwa, ale oczywiście wszędzie odprawiano go z kwitkiem.

Istnieje niebezpieczeństwo, że już nigdy nie znajdzie pracy, ale z pomocą przyszedł mu Khayyat, który mieszka w sąsiedniej klatce w Midtpunkt. Khayyat zatrudnia Frederika na próbę w swoim sklepiku w Lyngby. Frederik zabiera się poważnie do roboty, próbuje udowodnić, że można na nim polegać, że po jego uzależnieniu od hazardu i chorobie mózgu nie został nawet ślad. Kiedy będzie mógł wpisać do CV, że pracował przez rok w sklepie, jeszcze raz spróbuje znaleźć pracę w szkolnictwie. Chyba że w jego sprawie zapadnie niekorzystny wyrok.

Niektóre jego e-maile ociekają słodyczą, z innych bije gniew na mnie za to, że chcę rozwodu, a w jeszcze innych Frederik próbuje zrozumieć, co się stało z nami i małżeństwem, które, jak nam się kiedyś wydawało, miało trwać do końca naszych dni.

Droga Mio,

tak naprawdę to Ty zniknęłaś w ciągu zeszłego roku. Nie ja. Ty.

Mia, z którą się ożeniłem, była osobą ciepłą i pełną miłości. Ludzie do niej lgnęli. Została nauczycielką, żeby pomagać dzieciom sprawiającym problemy wychowawcze. Miała w sobie tyle empatii i życzliwości dla przyjaciół, rodziny i uczniów.

Ale od czasu mojej operacji zaczęłaś patrzeć na wszystkich wokół, jakbyśmy byli tylko sumą zachodzących w naszych mózgach procesów neurochemicznych, które odgórnie determinują wszystkie nasze zachowania.

Ale przecież mózg jest tak elastyczny! To, czego doświadczamy, co myślimy i czujemy, a także to, co czytamy. zostawia w nim ślad, który tak trudno zmienić, jakbyśmy się z nim urodzili.

Właśnie to przydarzyło się tobie. Lekarze wyleczyli mój mózg, a ja znowu jestem sobą. Ale czy Ty będziesz jeszcze kiedyś tamtą dawną Mią, po wszystkim, co się stało?

Tutaj, w Lyngby, drzewa zrzucają już liście. Spaceruję uliczkami i tęsknię za wspaniałą żoną, która na moich oczach zniknęła.

Pozdrawiam Cię ciepło,
Frederik

...

Samochód Bernarda lśni czystością, nasz nigdy tak nie wyglądał. Sam ten fakt nie ma wielkiego znaczenia, ale z każdą godziną, którą z nim spędzam, zauważam coraz więcej drobnych różnic, które utwierdzają mnie w przekonaniu, że postępujemy słusznie.

Bernard z odwagą sięga po nowe gatunki muzyczne. Chodzimy na koncerty dziwnych, nieznanych zespołów, podczas gdy Frederik już od dawna zadowalał się puszczaniem w kółko tych samych starych płyt. Bernard inaczej nawet oddycha, nie wypuszcza powietrza głośno przez nos. Zauważa, że włożyłam nową bluzkę. Kiedy uprawiamy seks, przepełnia mnie uczucie, że on poświęca mi całą swoją uwagę i chce wciąż próbować nowych rzeczy. Bez wątpienia poznałam wreszcie mężczyznę, o którym marzyłam od nie wiem jak dawna.

I co z tego, że Bernard stał się taki dopiero po wypadku z Lærke? Przestałam się nad tym zastanawiać.

...

Choć oboje poinformowaliśmy nasze rodziny, że zamierzamy się rozwieść, wciąż musimy kombinować, jak ułatwić im codzienne funkcjonowanie, żeby rozstanie przebiegło tak spokojnie, jak to tylko możliwe.

Bernard wyprowadził się ze swojego domu w Brede, w którym jego teściowie zamieszkali teraz z Lærke, by móc się nią opiekować. Dzięki temu spędzają też dużo czasu z bliźniakami, którzy właśnie poszli do liceum.

To jednak tylko tymczasowe rozwiązanie. Bernard pewnie już wkrótce zamieszka ze swoimi synami, a Lærke przeniesie się do pobliskiego ośrodka opieki dziennej, gdzie on będzie ją codziennie odwiedzał. Nigdy nie przestanie się z nią spotykać. Ale musi żyć własnym życiem.

Lærke przeżyła szok, kiedy usłyszała, że Bernard pragnie małżeństwa opartego na partnerstwie. Lekarze przepisali jej środki uspakajające, ale ona i tak wciąż płacze i przez cały dzień w ośrodku opieki mówi tylko o nim. Bernard przeprowadził długą rozmowę z jej lekarzami i pielęgniarkami, tłumacząc im, jak należy się nią zajmować, a oni służyli mu radą i wsparciem. Setki razy obserwowali takie rozstania.

Musimy też myśleć o naszych dzieciach. Oboje wiedzieliśmy, że jeśli mamy kiedykolwiek nawiązać dobre relacje z naszymi synami, nie możemy wtargnąć w ich życie następnego dnia po rozstaniu z Lærke i Frederikiem. Bernard jeszcze nie był w naszym mieszkaniu, a ja każdego ranka staram się być w domu, kiedy Niklas wychodzi do szkoły.

W samym środku tego trzęsienia ziemi, które wywróciło nasze życie do góry nogami, zachowujemy się z Bernardem jak nastolatki. Jemy byle co, pijemy tanie wino i czerpiemy energię z seksu i miłości, i bez końca patrzymy sobie w oczy. Smakujemy każdy dzień, który spędzamy w niewielkim, studenckim mieszkaniu, które on wynajął w Nørrebro, najbardziej rozrywkowej dzielnicy Kopenhagi.

Po południu siedzę z Andreą w pobliskiej kawiarni i opowiadam jej, jak bardzo jestem szczęśliwa.

– Znalazłam mężczyznę mojego życia! – wykrzykuję. – Mogłabym tak spędzić resztę życia.

Mamy godzinę, zanim przyjedzie tu Bernard, żeby zabrać mnie do opery.

Andrea wygląda na zmęczoną. Jak zwykle nie ma makijażu i co najmniej miesiąc temu powinna była pójść do fryzjera. Opowiada mi o tym, że rano musiała zawieźć Iana na piąte z kolei badanie. Z powodu paraliżu ma problemy z płucami.

– Bardzo bym chciałam, żeby tobie też się poukładało – mówię.

Ona podnosi do ust filiżankę kawy.

– Ale moje życie jest poukładane. Jeśli masz na myśli dobre życie.

– Tak, dobre życie.

Nie mówię już nic więcej. Ona dobrze wie, że życzę jej takiego szczęścia, jakie mnie spotkało. Nowego mężczyzny.

– Tylko w dawnych czasach ludziom wydawało się, że kobieta musi koniecznie wybrać między dwoma mężczyznami. Tak zazwyczaj kończą się stare powieści: „Ach, ostatecznie wybrała lekarza, a nie arystokratę". A my mówimy: „Hura, szczęśliwe zakończenie!". Ale dziś już powszechnie wiadomo, że nie tędy wiedzie droga do szczęścia. To kłamstwo, narzucająca się nam przemocą iluzja.

– Nie chodzi o to, żeby wybrać tego czy tamtego mężczyznę? Powszechnie o tym wiadomo?

– Tak, to przestarzały sposób myślenia.

– W takim razie jak osiągnąć szczęście?

– No cóż, szczęście to efekt podwyższenia w mózgu poziomu dopaminy i innych neuroprzekaźników w chwili, kiedy uprawia się seks, wygrywa na loterii albo kupuje się nowy dom. Ale bardzo szybko poziom tych substancji spada i człowiek wcale nie jest szczęśliwszy niż wcześniej.

– Chcesz powiedzieć, że jeśli choć trochę wybiegniemy w przyszłość, wszystko w życiu okaże się równie bezwartościowe?

– Nie, nie o to mi chodzi. Istnieje jeszcze inny rodzaj szczęścia, doświadczanego wtedy, kiedy poziom aktywności w lewym płacie czołowym jest wyższy niż w prawym. Tego rodzaju szczęście nie przemija tak szybko. Wręcz przeciwnie, można wyćwiczyć u siebie umiejętność intensyfikacji poczucia szczęścia przez całe życie.

– W jaki sposób osiąga się taki stan?

– Czyniąc dobro, medytując i poświęcając życie jakiejś istotnej sprawie. Badacze mózgu zmierzyli i zweryfikowali te parametry.

– Medytujesz i osiągasz szczęście?

– Tak. Poza tym pomagam Ianowi i dzieciom. Tak, jestem szczęśliwa. Właśnie z tego powodu ateizm jest taki wspaniały. Otwiera drogę do wizji świata nieskończenie bogatszej i piękniejszej niż te, o których można przeczytać w świętych księgach. Skłania też do głęboko etycznego postępowania.

– Uważasz, że na dłuższą metę byłabym szczęśliwsza, gdybym wróciła do Frederika? – Tego pytania chyba nie powinnam jej zadawać.

– Oczywiście tego nie potrafię powiedzieć. Chociaż... nie. Nie twierdzę tak. Ale sądzę, że wyolbrzymiasz różnice między nimi, choć one wcale nie są aż tak wielkie. W każdym razie nie tak wielkie, by wpłynęły znacząco na twoje życie.

...

Wciąż wybudzam się w środku nocy ze snów, w których nadal kocham Frederika.

Pojechaliśmy we trójkę na wakacje do Grecji. Pijemy kawę i jemy ciasto w gorących promieniach słońca, nieopodal jakichś starożytnych ruin. Frederik, żeby zrobić mi na złość, zbiega z pobliskiego wzgórza wprost na stoliki i krzesła, bo wie, że ta niebezpieczna zabawa mi się nie spodoba. Ale nie może się zatrzymać i wpada w wielką przepaść, ziejącą u stóp wzgórza. Budzę się z krzykiem.

Po takim śnie długo dochodzę do siebie. Dlaczego, do cholery, wciąż kocham go w snach?

Włączam światło i wstaję. Muszę iść się wysikać i rozprostować nogi, żeby oczyścić ciało z resztek tego snu. Otwieram drzwi do przedpokoju i widzę Niklasa przed drzwiami do mojej sypialni.

Ściął włosy *à la* Kurt Cobain. Wciąż jest przystojny, ale wygląda bardziej męsko.

– Co się stało? – pytam.

– Coś mówiłaś.

– Krzyczałam?

– Tak.

– Przepraszam, że cię obudziłam. To był tylko zły sen.

Oczywiście źle zniósł moje rozstanie z jego ojcem. Ale muszę stwierdzić, że nasze relacje się poprawiły. Od naszej rozmowy przy autostradzie on niekiedy mówi mi szczerze o tym, co robi i myśli.

Jeszcze się do końca nie obudziłam, kiedy opowiadam mu mój sen. Kiedy kończę, pyta:

– Myślisz, że nadal kochasz tatę?

– Tak, na pewno.

Muszę jednak znaleźć właściwą równowagę. Musimy się na siebie otworzyć, ale nie za bardzo. Nie chcę, by czuł się uwikłany z powodu wszystkich moich wątpliwości.

Czy moja kolejna próba rozstania się z Frederikiem skończy się tak samo? Pod pewnymi względami nie poznaję samej siebie. Kiedy poprzednio wyrzuciłam Frederika z domu, byłam szczęśliwa, zaczęłam malować, spotykałam się z innymi mężczyznami. Miałam mnóstwo planów. Ale potem rzuciłam wszystko w kąt i nigdy nie dowiedziałam się dlaczego. Może po prostu nie mogę bez niego żyć. Tak właśnie twierdzi Frederik.

Tak bardzo boję się umierać bez niego – czasem w samotną noc takie myśli krążą mi po głowie – a czy to nie oznacza, że go kocham?

Nie powinnam mieszać w to Niklasa. Zawsze, a przynajmniej w dziewięćdziesięciu procentach przypadków, powinnam mówić mu tylko to, czego jestem pewna.

Patrzę mu prosto w oczy, teraz już to potrafimy, mój syn i ja, w ciemnym przedpokoju.

– Ale bardziej kocham Bernarda – mówię. – Musiałam to zrobić, Niklas. Kocham Bernarda w inny sposób.

On stoi nieruchomo i słucha. Widzę jego krótkie włosy.

– Musiałam. Nie miałam wyboru.

...

Jutro ma rozpocząć się proces. Frederik zwolnił Bernarda, choć zrobiłam, co w mojej mocy, żeby go od tego odwieść.

W wiadomościach donoszą, że osiemdziesiąt kilometrów na zachód od Kopenhagi wybuchł pożar w fabryce. Dwunastu robotników zginęło w wyniku eksplozji, a do gaszenia ognia wezwano strażaków z wszystkich okolicznych miejscowości.

Pogłośniłam telewizor, żeby słyszeć wiadomości w trakcie porannej toalety. Ludzi mieszkających w promieniu sześciu kilometrów od miejsca pożaru ostrzeżono, żeby nie opuszczali domów, ponieważ w powietrzu unosi się zbyt wiele trujących chemikaliów. Ale spiker radzi wszystkim pozostałym słuchaczom, żeby dziś wieczorem oglądali zachód słońca. Gołym okiem nie zauważymy unoszących się w powietrzu drobin sadzy, ale one zadziałają jak filtr przepuszczający tylko czerwone promienie słońca. Przy bezchmurnym niebie wieczorne niebo nabierze krwistoczerwonego koloru. Takiego zjawiska nigdy wcześniej nie zaobserwowano w Danii.

Może wyjdę na chwilę, żeby to zobaczyć, ale mój nowy tryb życia spowodował, że mam zaległości w sprawdzaniu zadań domowych z matematyki. Dziś mam ostatnią szansę, żeby je poprawić przed rozpoczęciem procesu. Od jutra pochłonie mnie tylko i wyłącznie przewidywanie wyroku, jaki wydadzą sędziowie.

Dzwoni telefon. To Frederik. Przypuszczam, że denerwuje się przed jutrzejszą rozprawą. Jednak nie. W jakiś sposób dowiedział się o chorobie mózgu Bernarda i tylko o tym chce rozmawiać.

Po chwili muszę mu przerwać.

– Frederiku, z chęcią porozmawiam z tobą o rozprawie. Ja też się strasznie denerwuję. Wszyscy się denerwujemy. Ale musisz przestać krytykować Bernarda i obmawiać go za jego plecami. Nie mam ochoty tego słuchać!

– Ale przecież on zamienił się w potulnego misia tylko dlatego, że spadł na niego sztuczny deszcz hormonów.

– Frederik, jak nie zmienisz tematu, to się rozłączę.

– Naprawdę chcesz kochać robota, a nie prawdziwego mężczyznę?

– Bernard to facet, o którym marzyłam od dawna. A teraz porozmawiajmy o czymś innym.

– Ale przecież sama przyznasz, że...

Rozłączam się.

...

Jest wczesny wieczór, a ja wykonałam kawał dobrej roboty, sprawdzając zadania domowe. Ktoś puka do drzwi. Niklas poszedł na przystań z Emilie i przyjaciółmi, więc podejrzewam, że to on wrócił po klucze.

Nie, to Frederik.

– Nie mam ochoty o tym rozmawiać – oświadczam bez zbędnych wstępów.

– Nie będziemy. Rozumiem cię.

– To o co chodzi? Czego chcesz?

– Chciałem ci coś pokazać.

Nie wygląda na zdenerwowanego. Ma promienną, łagodną, sympatyczną twarz. Jest w dobrym nastroju, ale bynajmniej nie zachowuje się tak, jak w trakcie swoich maniackich napadów, kiedy jego choroba osiągnęła apogeum.

– Co takiego?

– Musisz wyjść na zewnątrz.

– Chodzi ci o zachód słońca? Mogę go sama obejrzeć. Słyszałam o tym w telewizji.

– Chodź ze mną. To niespodzianka.

– Najpierw musisz mi powiedzieć, co chcesz mi pokazać.

– Mia, zaufaj mi, to coś fajnego. Nie pożałujesz.

Myślę o Niklasie. Ze względu na niego powinniśmy się starać z Frederikiem o dobre relacje. Myślę też o jutrzejszej rozprawie. Ona w dużej mierze zadecyduje o naszych dalszych losach, przede wszystkim o losie Frederika. On pewnie umiera z niepokoju. Wkładam kurtkę.

Idzie do pokoju, który kiedyś należał do niego, i wyciąga z szafy cztery duże poduszki. No tak, więc naprawdę wychodzimy. Pewnie znalazł jakieś specjalne miejsce, z którego obejrzymy zachód słońca.

Bez słowa prowadzi mnie przez Farum Midtpunkt. Niebo już wygląda niesamowicie, a słońce zajdzie dopiero za pół godziny. Nad naszymi głowami, z zachodu na wschód rozciąga się łuna w niespotykanym odcieniu fioletu. Frederik jest spięty, ale nie traci dobrego humoru. Chyba nie powinnam się niczego obawiać.

– Jakieś nowe informacje dotyczące procesu? – pytam.

On nie odpowiada, tylko uśmiecha się tajemniczo.

Idziemy na przystanek tramwajowy.

– Dostałeś posadę w szkole?

– Nie. Ale praca w sklepie bardzo mi się podoba – odpowiada, jakby nie bał się, że za tydzień może już trafić do więzienia.

Jedziemy na Stationsvej.

– Jedziemy do domu? Frederik, co ty znowu kombinujesz?

Znowu ogarnia mnie niepokój. Czy jego stan się pogarsza? Czy wie, co robi?

Nagle widzę nasz dom. Nie byłam tu od naszej przeprowadzki. W oknach wiszą nowe zasłony, a żywopłot urósł. Ja bym go przycięła. Z podwórka zniknęły kubły na śmieci otoczone wiklinowym płotem. Dom wygląda dzięki temu ładniej. Szkoda, że na to nie wpadliśmy. Nowi właściciele pomalowali drzwi, a przez okno widzę, że w salonie powiesili modną lampę origami.

Frederik podchodzi do bramy i ją otwiera.

– Frederik, to nie nasz dom. Nie możemy tutaj wchodzić.

– W centrum handlowym spotkałem Jensa – mówi. – Dowiedziałem się od niego, że nowi właściciele pojechali na dwa tygodnie na wakacje.

A potem, jakby nigdy nic, wchodzi do ogrodu.

– Nie jestem pewna, czy…

Ale coś sprawia, że idę za nim.

W ciągu ostatnich trzech miesięcy moje kwiaty i krzewy rozrosły się jak szalone. W zeszłym roku zasadziłam sadziec purpurowy, ale nie wiedziałam, że aż tak rozkwitł. W przyszłym roku moje rośliny mogą zupełnie zdziczeć, ale teraz, kiedy kwitną floksy i astry, więdnie krzewuszka i zapada noc, ten trochę zaniedbany ogród tętni życiem.

– Chodź – mówi Frederik. Bierze mnie za rękę i prowadzi za dom, na podwórze. Z radością za nim idę.

Kiedy przystajemy i patrzymy na niebo, zapiera nam dech w piersiach. Nigdy czegoś takiego nie widziałam. Na horyzoncie tańczą czerwone płomienie, rozpraszając fioletową poświatę. Na zachodzie nie ma chmur, a gigantyczne słońce przybrało karmazynową barwę. Nad nami czerwienią się podświetlone od dołu chmury. Ten widok zapiera dech w piersiach. Widzę, że Frederik też stoi nieruchomo, znowu potrafi się zachwycić czymś pięknym.

Nasza podwieszana ławka stoi na swoim miejscu. Trawa urosła, ale to pewnie dlatego, że nowi właściciele wyjechali na wakacje. Frederik rozkłada poduszki i siada.

– Chodź.

Siadam koło niego. Tak jak siadywaliśmy za dawnych, dobrych czasów.

Nad nami rozciąga się labirynt z szarobiałych kłębów o purpurowym odcieniu. Tu jest zlokalizowany zmysł węchu, a tu percepcja wzrokowa. Ten obszar odpowiada za sprawne funkcjonowanie organów mowy, a ten za pamięć krótkotrwałą.

Sadza unosząca się nad spaloną fabryką i martwymi ciałami robotników tak dobrze filtruje światło słoneczne, że możemy patrzeć prosto w dysk zachodzący za horyzont. Gigantyczne czerwone słońce. Nienaturalne słońce. Wpatrujemy się w nie w milczeniu: piękny widok, to miejsce, nasze wspólne życie. Kiedy tu siadaliśmy, ten świat należał do nas. Uciekliśmy z przyjęcia u sąsiadów, bo lepiej czuliśmy się w swoim towarzystwie. Kochaliśmy się, krzywo położyliśmy kafelki w łazience na piętrze. Pokłóciliśmy się o aparat Niklasa i oboje krzyczeliśmy z radości, kiedy pokazał nam swój medal z turnieju tenisowego.

Ławka kołysze się pod nami i to wystarczy, żebym się uśmiechnęła.

Kogo będę teraz obejmować, patrząc na naszego syna? Do kogo się uśmiechnę z radości, że powołaliśmy go do życia? A może lepiej wyrzucić te obrazy? Wyrzucić wszystko? Kto zakradnie się ze mną do ogrodu i usiądzie na podwieszanej ławce?

Wreszcie Frederik się odzywa.

– Mia, jestem prawdziwym mężczyzną. Puszczam bąki pod kołdrą i czasem za głośno mówię. Czasem mówię szybciej, niż myślę, i zapominam zapytać, jak się czujesz. To prawda, że kilka lat temu miałem romans z Dorte i Gitte. Pamiętam o tym. Ale wciąż wierzę, że należymy do siebie. Powinniśmy się kochać i spędzić razem życie. Nie sądzisz?

Mam ochotę znowu mu powiedzieć, żeby skończył ten temat, ale waham się przez moment i on to zauważa.

Wstaje, klęka na jedno kolano na trawie i patrzy na mnie. Próbuję wstać.

– Nie, Frederik, ja...

– Nie możesz usiąść?

– Nie!

Kładzie dłoń na moim kolanie, a ja, wbrew sobie, zostaję na kanapie.

Frederik mówi głębokim, trochę chropawym głosem.

– Wiem, że jako twój obecny mąż nie mogę ci się oświadczyć.

– Frederik, jestem z Bernardem. To mój partner.

Ale Frederik nie przerywa.

– Mia, w ciągu zeszłego roku stałaś się kimś innym. Pod wpływem wszystkich wydarzeń i książek o mózgu zmieniłaś się nie do poznania. Jeszcze bardziej niż ja. Dawna Mia zniknęła. Dlatego błagam cię, spróbuj jeszcze raz coś do mnie poczuć! Błagam, wpuść mnie znowu do swojego świata.

Ławka kołysze się pode mną.

– W e-mailu napisałeś, że to przez książki o neurologii zrobiłam się chłodna.

– To nie ma znaczenia. Kocham cię. Chcę być tylko z tobą.

– Ale dlaczego chcesz, żebym do ciebie wróciła?

– Bo należymy do siebie! Bo ty i ja to jedno! Błagam cię, przejrzyj wreszcie na oczy i zrozum, że doskonale się uzupełniamy. Na swój sposób. Że należymy do siebie.

Wzdycham głęboko. Kilka razy.

– Mia?

– Tak?

– Mia, zostaniesz ze mną?

Niebo nigdy nie wyglądało tak pięknie. Na jego tle rozproszone chmury wyglądają jak plamy krwi na białej ścianie.

Robi się zimno. Przeszywa mnie dreszcz, kiedy ciemność zagarnia drzewa i krzewy, które kiedyś należały do nas. Nadchodzi jesień i już wkrótce minie rok od naszych wakacji na Majorce.

– Przykro mi, Frederiku. Nie mogę.

Podziękowania

Dziękuję pracownikom i pacjentom oddziału neurologicznego szpitala Glostrup, szczególnie Hysie Forchhammer, kierującej zespołem neuropsychologów, Allanowi Andersenowi, ordynatorowi oddziału i głównemu lekarzowi, oraz Jensowi Feilbergowi, neurologowi.

Podziękowania należą się także wielu innym osobom, od których tak dużo się dowiedziałem na temat uszkodzeń mózgu, szczególnie Andersowi Gade, adiunktowi w Instytucie Psychologii na Uniwersytecie Kopenhaskim; Louise Bruckner Wive, neuropsycholożce; Julie Lindegaard, założycielce hjerneskadet.dk; Susan Søgaard, pełniącej funkcję project managera w Centrum Rehabilitacji Schorzeń Mózgu; Kåre Fulgelhomowi, lekarzowi z oddziału neurochirurgii w szpitalu Rigs; Britcie Skovgaard; Svendowi Erikowi Andreasenowi, dyrektorowi Duńskiego Towarzystwa Uszkodzeń Mózgu i Jakobovi Ravnowi, lekarzowi.

Dziękuję też osobom, z którymi miałem okazję rozmawiać na temat neuropsychologii: Lone Frank, neurobiolożce i autorce licznych publikacji; Kasperowi Lippertowi-Rasmussenowi, profesorowi na Wydziale Zarządzania i Nauk Politycznych na uniwersytecie w Aarhus; Adinie Roskies, adiunktowi na Wydziale Filozofii w Dartmouth College, i Patricii Churchland, profesorowi na Uniwersytecie Kalifornijskim w San Diego.

Dziękuję także Dorte Sestoft, kierowniczce Kliniki Psychiatrii Sądowej; Peterowi Krampowi, byłemu kierownikowi Kliniki Psychiatrii Sądowej; Knudowi Medenowi, adwokatowi; Nielsowi Pontoppidanowi, byłemu przewodniczącemu Sądu Najwyższego w Danii; Benedicte Ejlers z Centrum Leczenia Uzależnień od Hazardu; Jeanette Melchior, sędzinie sądu dla spraw spadkowych; Benny'emu Rastemandowi, księgowemu i Margit Kibsgaard, byłej kierowniczce Działu Osób Niepełnosprawnych w Gminie Furesø.

Informacje o edukacji na poziomie podstawowym czerpałem od Hansa Kristensena, dyrektora prywatnej szkoły Kildegård; Pera Taniego Hansena, dyrektora prywatnej szkoły Kvikmarkens; Annette Parlo, nauczycielki ze szkoły Kildegård; Helene Bundgaard, nauczycielki ze szkoły pod stawowej w Nivå; Sanne Rud, nauczycielki ze szkoły podstawowej w Trørød i Irene Jacobsen, nauczycielki ze szkoły podstawowej w Stavnsholt.

Podziękowania zechcą także przyjąć przyjaciele, koledzy po fachu i wszyscy, którzy zainspirowali mnie do napisania tej książki, czytali jej kolejne wersje i omawiali je ze mną: Naja Marie Aidt, Trine Andersen, Ida Auken, Christina Englund, Sulima Hind, Misha

Hoekstra, Kirsten Jungersen, Dorte Klokker, Poul Lange, Karen Lumholt, Hanne Meden, Daniel Meyer, Channe Nussbaum, Simon Pasternak, Martin Tromp Permin, Johannes Riis, Bent Meier Sørensen, Christoffer Lumholt Stahlschmidt, Nan A. Talese i Charlotte Weitze.

Przede wszystkim zaś dziękuję (oczywiście) Mette.